『十三五』国家重点图书出版规划项目

国家社会科学基金重大项目

刘建军 ◎ 总主编

百年来欧美文学“中国化”进程研究

（第一卷）（理论卷）

刘建军 ◎ 著

A SERIES OF INVESTIGATIONS ON THE PROCESS OF “SINICIZATION” OF EUROPEAN AND AMERICAN LITERATURE IN THE PAST HUNDRED YEARS

图书在版编目 (CIP) 数据

百年来欧美文学“中国化”进程研究 . 第一卷，理论卷 / 刘建军总主编；刘建军著 . —北京：北京大学出版社，2020.10

ISBN 978-7-301-31473-9

Ⅰ . ①百… Ⅱ . ①刘… Ⅲ . ①欧洲文学—文学研究 ②文学研究—美洲 Ⅳ . ① I106

中国版本图书馆 CIP 数据核字 (2020) 第 134405 号

书　　名	百年来欧美文学“中国化”进程研究（第一卷）（理论卷） BAINIANLAI OUMEI WENXUE “ZHONGGUOHUA” JINCHENG YANJIU（DI-YI JUAN）(LILUN JUAN)
著作责任者	刘建军　总主编　刘建军　著
责任编辑	朱丽娜
标准书号	ISBN 978-7-301-31473-9
出版发行	北京大学出版社
地　　址	北京市海淀区成府路 205 号　100871
网　　址	http://www.pup.cn　　新浪微博：@ 北京大学出版社
电子信箱	zln@ pup. cn
电　　话	邮购部 010-62752015　发行部 010-62750672　编辑部 010-62759634
印 刷 者	北京虎彩文化传播有限公司
经 销 者	新华书店
	720 毫米 ×1020 毫米　16 开本　19.75 印张　390 千字
	2020 年 10 月第 1 版　2020 年 10 月第 1 次印刷
定　　价	88.00 元

总序

一

“百年来欧美文学‘中国化’进程研究”(共六卷)是2011年国家社会科学基金重大项目的最终成果。这个项目确立的初衷,在于总结自1840年以来,尤其是“五四”新文化运动和中国共产党成立之后百多年间欧美文学进入中国进程中所起的作用,其移植后发展变化的基本规律以及中国化进程中的经验教训,从而为今后我们更为自觉地翻译引进、深入研究欧美文学和建设中国的欧美文学乃至外国文学话语提供理论的自觉。

外来文化中国化,是中国现当代社会文化发展中一个极为重要的现象。我们知道,中国社会主义先进文化的建设,离不开对外国文化和文学的借鉴。因此,我们首先要申明,欧美文学中国化研究的立脚点应该是中国文学而非外国文学。欧美文学进入中国的文化语境后,就成为中国文学的一部分,这是本课题研究的立脚点。“中国化”的核心内涵是外来文学在中国新文化语境下的变异、再造与重建。因此,欧美文学进入中国的过程就不仅仅只是一个外来文化对中国的影响过程,也不是一个单纯的借鉴和接受过程,而是欧美文学在新的历史语境下成为中华民族新民主主义和社会主义新文化重要因子并与我们的新文化建设相互融合的过程。

欧美文学的中国化进程是伴随着近现代中国社会历史进程以及文化转型发生并发展的。中国的现代价值观也是西方文化在中国渗透和传播的过程中逐步建立起来的。因此,作为西方文化重要载体之一的欧美文学从引进之日起就和中国人对现代化社会的渴望与现代价值观的需求相契合。当然,我们也要看到,不仅只是欧美文学给中国文学注入了新的思想文化资源,改造了中国文学的精神和艺术风貌,同时,中国强大的传统文化资源也改变了外来文化乃至欧美文学在中国的风貌,使其具有了中国特征。因此,在中国近现代的社会和文化土壤中,欧美文学与中国文学之间是一种双向影响的关系。例如,中国学者以其独特的中西世界划分的视角，将欧美视为一个整体，并进一步提出了“欧美文学”这一概念；还从整体性视角出发，对欧美一些经典文本进行了中国式的内容解读、艺术分析。而在实践中我们看到，这些新的解读，都与中国现代社会的独特发展进程和每个阶段的话语需求息息相关。这就改变了欧美文学作品在其产生地的存在顺序、特定地位、对象关系以及思想内涵、艺术特征的价值指向，从而成为适应中国人思想情感和审美追求的中国现代文化的一部分。换言之，欧美文学乃至外国文学进入中国后与中国的文化语境的关系其实是一种你中有我我中有你的关系。

所以说，本课题并不是中国文学与欧美文学的比较研究，也不是单纯地研究欧美文学在中国的传播史，我们研究的重点是在接受欧美文学乃至外国文学的过程中，中国如何创造了一个属于我们自己的新的欧美文学（或曰外国文学）的历史发展过程。

鸦片战争前后，帝国主义的坚船利炮迫使一部分志士仁人意识到，我们自己原有的思想资源解决不了当时中国面临的问题。于是，他们引进了“科学”“民主”“平等”“自由”“革命”“阶级”等观念。这些观念的引入，使得我们较为封闭的文化开始向现代文化转变。此后，无论是在新民主主义革命时期、社会主义建设时期，还是改革开放以来的社会发展实践，我们都能不断借鉴西方先进的文化思想，包括西方文学中所传递出来的文化思想观念，来为我们的富国强民服务。可以说，西方文化和欧美文学中的现代意识在中国化的进程中，总体上是适应中华民族发展，是为实现伟大的中国梦的实践助力的。因此，我们也可以说，所谓欧美文学的中国化进程，也就是外来文学适应中国梦需要的进程，就是与中国现当代文化和文学同步发展的进程。

总之，研究欧美文学中国化的进程，就是从一个特殊的角度研究中国新文化、新文学的建立和发展的过程，就是为我国实现社会主义现代化强国的伟大使命提供有益经验并建立文化自信的过程。

二

这里先要申明，本课题虽然名称为“百年来欧美文学‘中国化’进程研究”，但这里所说的“欧美文学”，其实是有特定所指的。我们这里使用的“欧美文学”概念是“西方文学”的同义语。我们知道，在国内学术界，外国文学的组成长期以来大致分为三个部分：一是欧美文学，主要指的是欧美大陆一些国家的文学，如欧洲的希腊、英国、法国、德国、意大利、西班牙、荷兰、挪威等国以及美洲的美国、加拿大、哥伦比亚、巴西等国家和民族自古至今所产生的文学。二是俄苏与东欧文学，包括俄罗斯—苏联文学以及东欧的波兰、捷克、匈牙利等国家的文学。三是亚非文学，也即我们今天经常说的"东方文学"。这种划分，在"五四"新文化运动之后已见雏形，在中华人民共和国成立初期的一段时期内得到广泛认可。当时很多高等学校开设外国文学课程都分为三部分，即俄苏文学、欧美文学和东方文学。当时一些教材的编写，也是这三个部分分别独立编撰。抛开"东方文学"不论，就是西方文学教材，都是分头编写"欧美文学"和"俄苏文学"。欧美文学部分不涉及俄苏文学，俄苏文学需要单独编写教材，单独讲授。这样，久而久之，就形成了我国学术界一个约定俗成的观念，即"欧美文学"不包括"俄苏文学"。更有甚者，在当时的情况下把"欧美文学"看成是"资本主义思想"为主导的文学，而把"俄苏文学"，尤其是"苏联文学"看成是"社会主义思想"所主导的文学。尽管这一区分没有明确出现在20世纪50年代的教科书中，但其影响是不可否认的。到了六七十年代，尤其是到了1978年改革开放之后，这一划分逐渐被国内学者们所抛弃。"西方文学"的概念，合并了原有的"欧美文学"与"俄苏文学"。（在杨周翰等先生主编的《欧洲文学史》中，就将俄苏文学并入了欧洲文学之中；朱维之等主编《外国文学简编》时，也将第一部标明为"欧美部分"，俄苏文学被放进了这一卷中。）此后，"西方文学"的概念渐渐流行开来，以至于我们今天一说到"西方文学"，就知道其是包括俄苏文学在内的欧美各国自古至今所产生的文学现象和作品的总称。

但是问题在于，现在我们所通用的"西方文学"概念，也存在着极大的弊端：首先，我们很难界定"西方"的范畴。在我们现有的教科书中，"西方"主要指地理意义上的欧洲和美洲。因此，欧美文学即为西方文学。这个地理上的定义虽然轮廓较为清晰，但若一细究，似乎又太牵强。应该指出，欧洲和美洲，地域广阔，国家民族众多。其中老牌的欧美国家和那些新兴的欧美国家无论是历史文化传统、社会发展道路、生活习惯乃至道德风俗等，都存在着巨大的差异。即使在全球化迅猛发展的今天，其社会的差异性、文化的异质性也是极为巨大的。把两者武断地并置，都看成是"西方"，无疑是说不清楚的。其实，从我们现有的外国文学史著作或教材来看，所谓欧美文学，占主导地位的仍然是那些欧美比较发达国家的文学。其次，我们很难说清楚"西方文学"的性质。既然地理学意义上的"西方"范畴划不清，那么，像某些现代西方学者主张的那样，按地缘政治划分是否可以呢？答案也是否定的。在当前西方很多政治家和政治学者的眼中，西方是富国或曰发达国家的代名词。第一次工业革命之后，欧美一些发达的资本主义国家，走在了物质文明发展的前列，在思想文化领域也提出了构成今天社会发展的一些基本的经济、政治、文化主张。而对那些发展缓慢的欧美国家和民族而言，这些主张根本不能代表他们的文化性质和需求。这样的现实其实导致了欧美一些发展较快的国家(如英、法、德、美等)开始以傲慢的态度来审视那些发展较慢的国家和民族及其文化。这样，“西方”其实只等于是发达国家和民族的称谓(这也是我们不愿意用“西方文学”来指代整个欧美文学的原因)。再者，从近百年来西方文学进入中国的进程来看，引进的主流还是欧美几个主要国家的文学。例如欧洲主要是古代希腊和罗马，以及英、法、德、俄、西班牙等，美洲在很长的时期内主要是美国的文学作品。而大量的其他西方国家的文学作品，在改革开放之前，我们或涉及很少，或根本没有涉及。即使在今天，这些发达欧美国家的文学仍然占据着主导性的地位。其实，我们所说的欧美文学“中国化”进程，主要还是这些发达国家(包括俄罗斯—苏联)文学进入中国文坛的过程。

有鉴于此，我们在进行本课题研究时，觉得还是用“欧美文学”的概念更符合百年来西方文学进入中国的实际。也可以说，我们这里所说的“欧美文学”是对中国影响较大的一些西方国家文学的特指。换言之，是指欧美那些对中国影响较大的一些国家的文学现象。从这个意义上也可以说，“欧美文学‘中国化’进程”是和“西方文学‘中国化’进程”的概念相一致的。

我们在此还要申明的是：由于本课题是“百年来欧美文学‘中国化’进程研究”，重点在于我们是以欧美文学进入中国的视角，来解说中国现代新文化和新文学的建设进程以及欧美文学在中国新的思想观念建设中的作用。所以，它的重点不在于谈论欧美文学在中国的翻译介绍规律(因为这方面已经有很多高水平的著作发表)，也不是要进行欧美文学在中国的纯文学领域所取得的成就的考察(这方面也有大量的大部头的专著问世)，我们要做的是以欧美文学进入中国的视角，来揭示百年来欧美文学进入中国的进程以及它对构建中国新文化和新文学所起的作用乃至经验教训。由于我们近百年来的新文化建设是在汲取人类一切优秀文化遗产的基础上进行创建的结果，这也就决定了我们在谈欧美文学中国化进程的时候，必然注重其中所包含的很多规律性的东西，这也决定了这一进程具有文学交流融合意义上的普遍性。因此，我们的课题在这个意义上也可以说是对欧美文学中国化进程基本规律的研究。

三

在我们看来，本项目的研究成果主要创新之处或者说主要特点体现在以下几个方面：

第一个创新点在于对“中国化”问题的理解。一是对“中国化”概念本身的认识更加深入。我们认为，“中国化”这一概念中的“化”的本质是扬弃意义上的“融化”；而“中国”则是指近百年来不断发展变化中的思想文化与精神意义上的“中国”。“中国化”作为一个特指的概念，其基本内涵包括：(1)任何外来文化被引进到中国来，都必须与现代中国的国情相结合。它既服务于独特的中国国情的需要，又不断创造了新的中国文化形态。例如，马克思主义进入中国，在服务于中国人民“站起来”“富起来”和“强起来”的百多年来的社会发展实际的同时，也改变了中国社会文化的发展形态，创造出了崭新的中国现代文化国情。作为具体领域的欧美文学（乃至外国文学）的中国化也是如此。一方面它适应了中国文化的转型和中国现代文化的出现，另一方面也为创造现当代中国文化的新形态贡献了新的文化因子，促进了中国社会主义现代文化的形成与发展。(2)“中国化”又是在马克思主义先进文化指导下的发展进程。我们知道，中国的现代化进程与欧美社会的现代化进程是在完全不同的基础上发生的。可以说，欧美一些主要资本主义国家，现代化进程是在其社会内部孕育发展起来的，根本原因在于欧洲几次工业革命的推动。正是这些国家内部先进生产力的发展，导致了新思想、新观念的产生，从而确立了现代资本主义制度。而中国的情形则完全不同。可以说，中国社会的现代化进程，是在中华民族积贫积弱和救亡图存的特定条件下展开的。由于百年前我们的生产力落后，我国还很难在传统社会结构内部和封建社会意识形态的基础上产生出新的现代文化。因此，这样的客观现实决定了我们必须要借助外来的先进文化来改造国民，创造出适应中国现代化进程的新的思想文化体系。在这种情况下，引进、吸收、消化外来文化从而改造我们的旧文化，就是唯一的途径了。加之外来文化纷繁驳杂，这就需要我们进行历史的选择。中国人民在自己的实践中，选择了马克思主义作为自己的指导思想，并在这一思想逐渐中国化的进程中，成为引领中国现代社会发展进步的指导思想。实践证明，正是在马克思主义的指导下，我国的社会主义革命和建设事业得到了巨大的发展，并在今天走向了全面建设社会主义现代化强国的伟大阶段。从这个意义上说,用马克思主义做指导,也是“中国化”的核心之意和必有之义。(3)“中国化”必须要在自己强大的文化传统的基础上才能发展起来。外来文化进入中国,说到底是我们要在汲取外来优秀文化的基础上,改造、补充乃至创新我们的传统文化,而不是取代或者割裂我们的文化传统。从这个意义上说,凡是想用外来文化取代或者割裂中国文化的,都不是“中国化”的真正含义。我们要清醒地看到,中华民族的文化传统一脉相传,今天的文化仍然处在传统的链条中。近现代以来,外来文化的中国化之所以能够取得巨大的成功,不仅是因为我们有着强大的传统文化资源,更重要的是我们还保有具有深厚中华传统文化学养并精通外来文化的卓越学者。他们怀着“位卑未敢忘忧国”的使命意识,坚信“文章合为时而著,歌诗合为事而作”的审美理想,代代耕耘,薪火相传,把外国文化与中国文化有机融合,创造出适应中国社会发展的社会主义新文化。因此,我们所说的“中国化”,又是在中国文化的思维方式、审美取向基础上,让欧美文学,乃至外国文学适应中国社会发展进步的产物。本课题在写作过程中,始终遵循对“中国化”概念的这种认识,并在此基础上总结百多年来欧美文学“中国化”进程。

二是我们尽可能对马克思主义中国化和具体文化领域的中国化之间的联系与区别,做出较为科学的解释。我们认为,如果说马克思主义中国化,指的是指导思想上的中国化,是总纲,总的规定,那么欧美文学乃至外国文学的中国化,则属于具体领域的范畴。就是说,我们既强调指导思想的中国化,也要强调具体领域的中国化。从这个意义上说,欧美文学“中国化”这一概念无疑是成立的。这正如我们经常说到“规律”这个概念。我们知道,“规律”包含着普遍规律和特殊规律。一个社会的发展要首先遵循普遍规律,普遍规律是根本性的规定,它规定一切具体事物发展的基本走向与方式。但不同事物的发展同时也有其特殊规律。我们既不能忽视普遍规律而只重视特殊规律,同样,也不能只重视特殊规律而忽视一般(普遍)规律。只有二者的辩证统一才能更好地认识和把握事物的发展进程。在“中国化”问题上我们必须要坚持普遍主义和特殊主义的辩证统一,这是因为,中国化不能不受普遍规律的制约,同时也必须要认识外国文学中国化的特殊规律。反过来说,如果我们只是坚持和强调马克思主义中国化的指导思想价值,而忽视文学艺术等具体领域中国化的实际,我们所说的“马克思主义中国化”也就成了一句空话。总之,“中国化”是一个体系,其中既包含着指导思想的中国化,又包含着具体学科领域的中国化,不同层面的中国化发挥着各自不同的重要作用。

基于对“中国化”问题的上述理解，我们发现，百年来我们在外来文化和文学的引进过程中，形成了独有的“中国化”理解。“中国化”已经成为我国现代以来引进外来文化的专有概念或特指名词。

第二个创新点在于，我们是在对中国百年来革命与建设发展的特定理解的基础上，来考察欧美文学“中国化”进程的特点的。我们认为，从1840年到1919年“五四”新文化运动兴起的七十多年是仁人志士提出“中国社会应该走什么路才能实现伟大的民族复兴”的时代之问形成的历史时期；从1921年中国共产党成立起，中国人民开始科学地回答和解决这个问题。在回答“如何走”的问题上，开始阶段（即“五四”运动前后）也是争论不休的，各种不同的党派和立场相左的文化派别都想把自己的意见强加在中国人民的头上。但“五四”新文化运动的深入发展，使人们看到了“三座大山”沉重压迫的现实，从而使中国共产党人所主张的革命斗争和民族解放之路成为当时的历史选择。马克思主义理论之所以能在中国大地上广泛传播，就是当时的人们看到，若人民不能解放、民族不能独立，什么“实业救国”“教育救国”和“科学民主”“民权民生”都不过是空洞的口号，都是走不通的道路。换言之，要实现中华民族的繁荣富强，首先要走“民主革命和民族解放之路”，让中国人民“站起来”。这样，从1919年“五四”运动开始，尤其是从1921年中国共产党成立到1949年中华人民共和国建立这28年，进行新民主主义革命成了中国现代化进程的第一步。这个历史阶段，中国人民在中国共产党和以毛泽东同志为核心的党的第一代中央领导集体的带领下，经过28年艰苦卓绝的斗争，打败了地主阶级、军阀等反动势力，战胜了日本法西斯强盗，赶跑了以蒋介石为代表的国民党反动派，建立了人民当家做主的中华人民共和国，“中国人民从此站起来了”。可以说，这一步，我们走得非常精彩，也极为成功。

从中华人民共和国成立到1978年改革开放，这三十年是第一步走和第二步走的交替阶段，即我们过去常说的进行社会主义革命和建设阶段。如果说前一个时期（1919—1949）中国现代化的主要任务是进行新民主主义革命的话，那么1949年到1979年这三十年间，我们面临的主要任务有两个：一是继续完成推翻旧世界经济基础及其上层建筑的革命任务，维护无产阶级政权和人民当家做主的地位；二是进行社会主义改造和建设现代化国家的任务。这两大任务的叠加，就形成了这三十年的革命与建设并重的局面。为此，我们既可以将中华人民共和国成立后的第一个三十年看成是新民主主义革命任务的延续时期，也可以将其看成是改革开放后三十年的前导阶段。

中国建设现代化国家的第二步走,是要走“发展经济、提高人民生活水平”的“以经济建设为中心”的道路。即当我们“站起来”后,还要“富起来”。如前所述,这一步应该说从中华人民共和国成立后就已经开始了,但明确提出将其作为主要任务则是在1978年召开的中国共产党的十一届三中全会上。这次会议是中国社会伟大转折的标志,也是我们进入第二步走的标志。如前所言,在中华人民共和国成立后的头三十年,我国已经开始了社会主义改造和社会主义建设的伟大实践,初步完成了从一个以农业为主的、贫穷落后的旧中国向现代工业化社会主义新中国的转变,并建立起我国工业化社会的基础。但这三十年毕竟是个过渡阶段。一方面,为了维护新生政权的需要,为了清除旧思想、旧文化的需要,革命还是重要的任务之一。另一方面,建设也是重要的任务。按一般逻辑,随着政权的不断巩固和社会主义建设事业的深入发展,我们应该逐渐减少革命的比重而加大建设的比重。但由于当时一些实际情况,只有到了1978年,建设任务才开始凸显。以邓小平同志为核心的党的第二代中央领导集体,提出了“以经济建设为中心”的历史任务,从此中国人民开始自觉地走向了现代化征程的“富起来”阶段。邓小平同志对此有着深刻的洞察,他指出,今后一段时期我们党和国家的主要任务是“以经济建设为中心”,“发展是硬道理”。也正是在以邓小平同志为核心的党的第二代中央领导集体的带领下,中国社会开始了改革开放、建设四个现代化强国的伟大进程。经过三十多年的改革开放,中国的物质文明和社会发展取得了巨大的进步,由一个贫穷落后的发展中国家,进入了经济社会发展较快国家行列。到了2009年,中国的经济体量和综合国力得到了极大的提升,在世界上的影响力极大增强。可以说,这一步,我们也走得极为精彩。正是这三十多年的努力奋斗,使得中国人民在“站起来”的基础上,开始“富起来”了。

2009年以后,中国成为世界第二大经济体;2012年,党的十八大报告首次正式提出了“全面建成小康社会”,标志着第三步走的开始。换言之,以中国共产党第十八次全国代表大会的胜利召开为起点,中国现代化建设“强起来”的伟大历史征程开启了。十九大报告进一步提出了建设富强、民主、文明、和谐、美丽的社会主义现代化强国的奋斗目标。也可以说,“五四”时期提出的科学、民主、强国、富民的理想,只有在今天才真正有了实现的可能。

正是在对中国现代历史发展重新认识的基础上,我们重新阐释了欧美文学中国化进程中的具体流程和经验教训,并对很多问题做出了新的解说。因此,本课题不单单局限在欧美文学乃至外国文学领域,其中还包含着对不同时期中国社会重大政治文化问题的反思，如为什么在“五四”运动前后会出现大规模的欧美文学翻译引进热潮、如何处理好文学反映生活与马克思主义指导的关系等。我们认为，这样做的好处在于，我们可以发现文学现象中所隐含着的很多现代中国社会思想文化发展的本质性的东西。而本课题正是从对中国现代社会发展再认识的角度，对百年来欧美文学中国化问题进行阐释和解说。

第三个创新点在于，本课题抛开了以往同类著作那种偏重于欧美文学的翻译、引进和研究的学术史写作方式，强调欧美文学引进与近现代中国的先进文化的产生、发展和演进的关系、价值和作用。也就是说，在本课题研究中，我们不仅关注学术史的梳理和研究，更关注从欧美文学进入中国并成为中国现代思想文化资源主要组成部分的角度，结合中国革命和建设的实际，来审视外来文化与中国社会发展之间的紧密联系。进一步说，我们撰写的这套著作，侧重从思想史的角度来总结近百年来欧美文学的中国化进程，从而探讨欧美文化与文学与中国现当代社会文化发展之间的互动关系。近年来，国内的外国文学界出版了一系列相关主题的著作。仅近十年，就相继出版了陈众议主编的《当代中国外国文学研究（1949—2009）》（中国社会科学出版社 2011 年出版），申丹、王邦维总主编的 6 卷本《新中国 60 年外国文学研究》（北京大学出版社 2015 年出版），陈建华主编的 12 卷本《中国外国文学研究的学术历程》（重庆出版集团、重庆出版社 2016 年出版）等非常有代表性的学术著作。这些著作，或以年代顺序为经，以不同国别文学作品的翻译和研究为纬，或从体裁类型乃至语言分类为角度，对中华人民共和国成立以来中国学术界对外国文学的翻译和研究做了细致的梳理。应该说，这些大部头著作基本上都属于“学术史”的范畴。我们在汲取这些优秀著作成功写作经验的基础上，力图进行价值取向和研究侧重上的创新。为此，我们制定了偏重于“思想史”和“交流史”的写作原则，即我们要在百年来社会历史发展历程中，以中国社会现代化进程为依据，根据不同历史发展阶段中国现代文化的形成和发展流变，考察总结欧美文学中国化的艰难进程、时代贡献、经验教训乃至今后发展趋势，从而为今后中国文学话语的建设做出我们的努力。为此，本书采用了新的结构方式，即回答问题的方式来写作。我们一共梳理了百年来欧美文学中国化进程中五十多个较为重大的问题，进行了细致的辨析和深度的理论解说。我们不仅想要告诉读者，这百年来发生了什么，出现了哪些重大的事件和文学现象，更重要的是揭示这些事件背后的成因，为什么会做出这样的选择，其中有哪些经验和教训。这就突破了很多同类著作就文学谈文学，就现象谈现象的不足。

既然定位于要从思想史的角度来谈这个问题,因此,我们是把欧美文学中国化作为一个完整、不断发展变化、各种要素合力作用的中国社会文化现象来把握,努力揭示近代以来一大批先进知识分子在其中所起的重大作用。我们认为,既然我们谈的是欧美文学中国化的问题,我们就不能仅仅把欧美文学中国化看作是欧美文学作品在中国的翻译、研究和传播,而应把它看成是与不同历史时期中国社会的阶段性发展、马克思主义在中国的传播及其作为指导思想的确立、文艺界思想文化领域的斗争、无产阶级革命和社会主义建设道路的探索、中国现代文学流派的形成,各个时期的文艺政策和文学社团(组织)以及报纸杂志的创办、教材编写、高校教学等多个领域和多个方面相关联的重要问题。也可以说,这是一个全方位、动态研究欧美文学中国化问题的尝试。之所以这样书写,是因为我们认为,欧美文学中国化是一个动态的过程,是在动态中生成的。这个“动”,其实就是中国社会百年来的发展变化,尤其是中国共产党建立以来中国社会的发展变化。另外一方面,既然欧美文学中国化是“合力”作用的结果,那其中必然会有一个起核心或主导作用的力量。我们认为,这个核心的力量要素就是中国近代以来的进步知识分子,尤其是从事欧美文学引进的知识分子,他们以“天下兴亡,匹夫有责”的使命感,为百年来中国社会的观念更新和新文化建设,发挥了重要的作用。在“五四”运动之前,就有一大批忧国忧民的知识分子,通过翻译引进西方的先进思想文化和现代科学技术,在积贫积弱的近代中国社会,追求真理,追求富国强兵之道,通过文化与文学的引进,发出了“中国应该走什么样道路”的历史之问。在马克思主义传入中国,尤其是中国共产党成立之后,又有一大批先进的知识分子,依据不断发展中的国情,逐步将马克思主义与中国的实际相结合,创造性地把外来文化与中国实际相结合,造就了中华民族新的文化辉煌。

本项目成果,在一些具体问题上,也提出了我们自己的新看法和新见解。例如,如何理解“世界文学时代”与“世界文学”关系的问题;如何看待欧美文学进入中国后的“误读”问题;如何看待中华人民共和国成立后知识分子的改造问题;如何评价“文化大革命”前后特定时期出现的“黄(灰)皮书”现象;如何估价历次政治运动对欧美文学“中国化”正反两个方面的影响以及在今天如何构建欧美文学的“中国话语”等问题。在这些问题的阐述中,根据特定历史时期的社会政治文化形势要求,我们坚持具体问题具体分析的原则,坚持历史唯物主义和辩证法原则,做出了新的解说。例如,如何看待中华人民共和国成立后知识分子的改造问题,我们认为,面对建设一个社会主义新制度、新文化的艰巨任务,必须进行全社会的改造旧思想、旧观念和旧文化工作。所以,提出“改造”的问题,是没有错的,也是必需的。知识分子作为新社会的一个阶层,因其掌握知识和文化的特殊性,接受改造是责无旁贷的。所以我们在研究中肯定这些运动的历史价值和实践意义。但同时我们也实事求是地指出了中华人民共和国成立后历次“知识分子改造”运动出现的错误:一是当时社会的每一个人(每一个阶层的人)都需要改造,但在实践中却变成了“只有知识分子需要改造”,并把斗争矛头对准了知识分子,发展到后来甚至把知识分子推到了人民群众的对立面;二是把特定时期的“政治改造”“立场改造”发展到了绝对化的程度,成为对知识分子改造的唯一任务,从而忽略了对知识分子观念更新、方法创新等学术领域的改造。我们认为,只有这样看问题才更为科学和妥当。再如,“文化大革命”中极“左”思潮的泛滥,给社会主义文化建设事业造成了很大的破坏。但从某种意义上说,恰恰是这场运动给知识分子群体提供了更加深入认识社会复杂性以及深思文学真正价值所在的机缘(尽管其代价是巨大的,损害是严重的)。而“文化大革命”结束后井喷式爆发的欧美文学被引入文坛的现象以及对外国文学理解的加深,又不能不说是和“文化大革命”期间这些知识分子对社会发展和人类命运的深刻反思紧密联系在一起的。

凡此种种,都说明,我们在本课题的研究过程中,力图按照马克思主义的立场、观点和方法进行创新,在外来文化和欧美文学进入中国的背景下,结合欧美文学在“中国化”进程中的经验教训,尝试对一些重大问题和看法进行与时俱进的重新阐释。

四

“百年来欧美文学‘中国化’进程研究”的全部成果共包括六卷。其各卷所包括的大体内容如下。

第一卷为“理论卷”。这一卷主要是对欧美文学“中国化”进程中所涉及的理论性与全局性的重要问题,进行集中的理论意义上的解说。比如“我们为什么要研究欧美文学‘中国化’的问题?”“‘中国化’的概念有哪些内涵和特指?”“马克思主义‘中国化’(指导思想)与欧美文学‘中国化’(具体领域)的联系与区别?”“欧美文学能够被‘中国化’的要素是什么?”“百年来欧美文学‘中国化’的主要经验与遗憾有哪些?”这一卷可以说是全书的总纲部分。

从第二卷开始,我们基本上按照历史演进的大致进程,对不同历史阶段的欧美文学"中国化"遇到的重大问题,进行解说。

第二卷的时间范围大约从1840年起到1919年前后,这是欧美文化与文学进入中国的初期阶段。这一卷的核心词是"中国应该走什么道路"。换言之,在这一卷中,主要围绕着"中国走什么样的现代化道路"这个历史之问的形成,揭示欧美文学进入中国过程中最初的曲折经历和发展历程,并总结了当时欧美文学翻译和介绍的成败得失。

第三卷所涉及的时间段是从1919年到1949年这一历史时期,这一卷的核心词是"站起来",即围绕着中国人民"站起来"的历史选择,揭示欧美文学在当时所起的作用。本卷着重指出这段时期是中国人民在中国共产党的领导下,为自由解放而艰苦奋斗的时期,也是欧美文学"中国化"进程走向自觉的阶段。其中涉及马克思主义指导思想地位的形成以及毛泽东同志《在延安文艺座谈会上的讲话》的里程碑价值。总的来说,这是欧美文学中国化从自发的追求到自觉探索的形成时期。

第四卷主要反映1949年至1979年前后欧美文学"中国化"的基本情况。这一卷的核心词是"革命"和"建设",即这是我国"革命"和"建设"两大历史任务的叠加阶段。这段时期既是外国文学进入中国最好的时期之一,也是受"左"的思潮干涉影响,欧美文学"中国化"遭遇严重挫折的时期。其中涉及如何看待"文化大革命"前十七年外国文学翻译引进、研究和推广的成就以及"文化大革命"十年中国的外国文学界"沉寂"的状况。这个时期也可以看成欧美文学中国化全面探索并遭受重大挫折的时期。

第五卷是1979年到2015年这一阶段。此卷的核心词是"富起来"和"强起来"。这个时期,"以经济建设为中心""建设社会主义现代化强国"成为我国建设发展的主要任务。此时也是外国文学中国化大发展的时期。也就是说,随着四个现代化建设进程的到来,我国进入社会主义发展的新时期。这个时期也是各种新问题、新情况不断出现的历史发展阶段。这段时期,欧美文学中国化进入健康发展和全面深化的阶段。这一卷主要是对这一时期欧美文学中国化的经验教训进行初步总结。

第六卷是编年索引。这一卷主要把与欧美文学中国化相关的主要事件和成果以年表的形式列出,目的是为百年来欧美文学中国化的进程提供一个大致的历史发展线索,以弥补本套书史学线索的不足,同时也为这个课题今后的研究提供一个资料索引。

总的来说，这六卷本书稿既是一个完整的整体，各卷又相对独立。我们期望，通过这种结构方式，对百年来欧美文学“中国化”的大致进程有个清晰的把握，同时对每个阶段所遇到的重大理论问题做出史论结合的深度解说。

五

“百年来欧美文学‘中国化’进程研究”是2011年作为国家社会科学基金重大项目立项的。在国家社会科学基金办公室的领导下，在吉林省社科规划办的指导下，尤其是在东北师范大学社会科学处的全力帮助下，我们课题组进行了紧张而周密的研究工作。在项目立项后，课题组于2012年3月18日在北京进行了开题。中国社会科学院荣誉学部委员吴元迈研究员，中国社会科学院外国文学研究所所长陈众议研究员、文学研究所所长陆建德研究员、外国文学研究所韩耀成研究员，北京大学刘意青教授、王一川教授、申丹教授、张冰教授，华东师范大学陈建华教授，北京师范大学刘洪涛教授，南开大学王立新教授等出席了开题报告会。来自南开大学、北京师范大学、大连大学及我校的项目组成员参加了开题报告会。会上，项目主持人刘建军教授就该项目的研究背景、学理构成、编写设想、编写原则、具体分工和工作日程等情况做了全面介绍。专家组肯定了项目组已有的研究基础和总体设计，并对以问题为导向、紧扣标志性事件、抓住主要话语、寻求重大问题给予回答和阐释的研究思路，给予了充分认可。专家们还围绕欧美文学进入中国历程中的若干重大问题进行了充分研讨。2012年4月、2013年6月以及2014年4月，课题组相继举行了3次项目研讨会。会上，课题组成员针对当时研究中遇到的关键问题进行了讨论。大家认为，第一，要抓住“中国现代文学的发展形态在外国文学的影响下，如何创造了一个属于我们自己的新文学”这一立脚点不放松，要明确研究对象是中国化的外国文学而不是原初意义上的外国文学。第二，要紧紧抓住课题的核心思想和基本脉络不放松。课题写作的基本脉络就是要依据近百年来中国人民“站起来”“富起来”和“强起来”的伟大复兴历史进程来撰写，要强调中国化的马克思主义的指导作用，要突出欧美文学中国化与中国的新文化、新文学建设之间的联系。第三，要把总结欧美文学中国化的经验教训和建立欧美文学乃至外国文学的“中国话语”紧密结合起来。也就是说，我们总结以往的经验教训，目的是适应今天乃至今后一段时期内中国文化发展和社会进步的需要，要为建设欧美文学的“中国话语”服务。第四，课题组还明确要紧紧抓住以问题为导向的写作体例不放松；要围绕时代的主题、紧扣标志性事件、抓住主要话语，对不同历史条件下的重大问题给予科学的和实事求是的回答；对一些重大的文化事件和外国文学进入中国出现的问题，要放在具体的语境中实事求是地加以科学地辨析。

正是在这些基本写作原则的指导下，2015 年和 2016 年，课题组进入了艰难而又富有成效的写作阶段。其中对“中国化”概念内涵的确立、对马克思主义中国化与欧美文学（即具体领域）中国化关系的辨析，对翻译、研究、评论等问题在欧美文学中国化进程中的价值以及对建设欧美文学的“中国话语”等重大问题，进行了随时的研讨。同样，对一些重要的时间节点、一些重大事件的历史作用以及对一些特定时期（如“文化大革命”期间）欧美文学中国化出现的问题等，都进行了认真而严肃的讨论。可以说，这个课题研究写作的过程，也是我们课题组成员不断学习和提高自己认识水平的过程，更是不断深化对百年来中华民族伟大复兴发展规律的认识过程。

可以说，书稿的写作过程非常艰难，但也充满了研究的乐趣。现在所呈现在大家面前的这六部书稿，几乎都经过了几度成稿又几度被推翻重写的反复过程，其中有些卷写了五六稿之多。尽管如此，有些部分我们还是不太满意，需要在今后更加深化自己的认识。

六

本课题研究过程的参与人员众多。其中除了各卷的主要执笔人员如刘建军（东北师范大学）、袁先来（东北师范大学）、王钢（吉林师范大学）、高红梅（长春师范大学）、周桂君（东北师范大学）、王萍（吉林大学）、刘研（东北师范大学）、刘悦（东北师范大学）、刘一羽（东北师范大学）、邵一平（东北师范大学）、刘春芳（山东工商学院）、郭晓霞（浙江师范大学）、张连桥（江苏师范大学）等人之外，参与研究指导和讨论的人就更多了。首先要感谢中国社会科学院荣誉学部委员吴元迈研究员、中国社会科学院外国文学研究所所长陈众议研究员和前所长黄宝生研究员以及韩耀成研究员，北京大学刘意青教授、申丹教授、张冰教授，浙江大学吴笛教授，华东师范大学陈建华教授，吉林大学刘中树教授，浙江工商大学蒋承勇教授，中国人民大学耿幼壮教授、曾艳兵教授，南开大学王立新教授，华中师范大学聂珍钊教授、苏晖教授，大连大学杨丽娟教授等，在不同的场合所提出的宝贵意见。同时东北师范大学历史文化学院的荣誉教授朱寰先生、文学院的王确教授、高玉秋教授、刘研教授、王春雨教授、张树武教授、徐强副教授、韩晓芹副教授、裴丹莹副教授、王绍辉副教授以及我的博士研究生米睿、魏琳娜等，为本课题的研究提供了自己的智慧。东北师范大学社会科学处的王占仁处长、白冰副处长、关丰富副处长以及宋强同志等，对我们课题的研究工作给予了大力支持和各种帮助。吉林省社科规划办的毕秀梅主任等也时刻关注着项目的进展，并给予了很多工作上的具体指导。可以说，这部书稿是集体智慧聚合的产物。而众多学者的支持和期望，是我们不断前进的动力。在这里，我代表课题组的全体成员，对他们的帮助表示衷心的感谢。

在全部书稿完成后，我们还邀请了东北师范大学文学院和国内其他几所高校的几位从事现代文学研究和教学的专家通读书稿。对他们提出的宝贵意见，我们永远心怀感激之情。

2016 年 10 月，在该项目结项以后，我们又对全部六卷书稿进行了新一轮完善，并结合新的形势要求对其中的一些提法和观点进行了斟酌与修改。

写好一部以思想性见长的学术研究著作，尤其是像这样一部跨度百余年中国近代、现代和当代社会发展演进的历史进程，涉及中国传统文化和外来文化，尤其是不同的欧美国家文学之间在引进过程中的特殊性以及与中国文学之间相互影响和改造的复杂关系的著作，研究者不仅需要具有本学科深厚的学养、专业知识的储备，还要具有开阔的社会历史发展眼光、正确的指导思想以及科学的方法论。从这个意义上来说，很多方面我们都有着很大的不足。因此，在书稿出版之际，忐忑不安可能是每个课题组成员最真实心态的反映。我们期望着专家和读者的批评！

刘建军

2017 年 7 月

目 录

导 论 …………………………………………………………………… 1

第一个问题:为什么要研究欧美文学的“中国化”进程? ………………………… 1

一、欧美文学“中国化”命题的提出是道路自信的必然要求 ……………… 2

二、欧美文学“中国化”命题的提出是文化自信的理论自觉 ……………… 7

三、欧美文学“中国化”命题的提出是学科本身发展的必然 ……………… 12

四、研究欧美文学“中国化”与建立“中国话语”的意义 ………………… 20

第二个问题:提出欧美文学“中国化”命题的基本依据是什么? ……………… 29

一、欧美文学“中国化”的中国社会发展实践依据 ………………………… 29

二、欧美文学“中国化”马克思主义理论依据 ……………………………… 34

三、欧美文学“中国化”的学科自身发展依据 ……………………………… 42

第三个问题:欧美文学“中国化”的核心问题与基本特征有哪些? …………… 48

一、关于欧美文学“中国化”几个重要概念的阐释 ………………………… 48

二、欧美文学“中国化”进程的基本特征 …………………………………… 63

第四个问题:欧美文学“中国化”能够“化”的决定性因素是什么? ………… 81

一、欧美文学“中国化”能够“化”的决定性因素是人 ……………………… 81

二、欧美文学能够“中国化”也得益于中国开放性的文化体系 …………… 97

三、思想文化建设对欧美文学“中国化”意识发展的助力作用 ………… 104

第五个问题:近代早期译介活动对欧美文学“中国化”的重要性体现在哪里? ……………………………………………………………………… 113

一、早期翻译活动是欧美文学“中国化”的起点 ………………………… 113

二、近代早期文学翻译活动的主要特点 …………………………………… 122

三、早期翻译活动对中国新文学产生的影响 …………………………… 125
四、早期翻译活动对中国新文学发生的意义 …………………………… 133
五、早期翻译活动与中国现代文学刊物的勃兴 ………………………… 138

第六个问题:欧美文学“中国化”的内在发展流程是什么? ………………… 143
一、欧美文学“中国化”的文学引进(拿来)阶段 ……………………… 143
二、欧美文学“中国化”的文学“借鉴—使用”阶段 …………………… 147
三、欧美文学“中国化”的“文学再造和中国话语形成”阶段 ………… 155

第七个问题:当前欧美文学“中国话语”建设的基本原则是什么? ………… 161
一、建设“中国话语”必须要具备先进文化的自觉意识 ………………… 161
二、当前主要任务和文化语境是建设“中国话语”的根本规定 ………… 166
三、要在继承和发展中建立欧美文学的“中国话语” …………………… 173
四、要有体现正能量、发展正能量、弘扬正能量的时代要求 ………… 177

第八个问题:为什么要把文学史观创新作为当前中国话语建设的重要任务?
……………………………………………………………………………… 182
一、欧美文学暨外国文学史观建设必须要注意思维方式的改变 ……… 182
二、必须注重从文化层面建构欧美文学史的新形态 ……………………… 190
三、维系方式视野下欧美文学史观的创新建构尝试 ……………………… 195
四、比较视野下欧美独特维系方式特征的再证明 ………………………… 207

第九个问题:百年来欧美文学“中国化”的经验和遗憾表现在哪些方面? ……
……………………………………………………………………………… 215
一、欧美文学“中国化”进程中的主要成功经验 ………………………… 215
二、欧美文学“中国化”进程中存在的主要遗憾 ………………………… 230

第十个问题:今后欧美文学“中国化”建设需要注重哪些重要的关系? …… 242
一、马克思主义文艺思想指导与“文学反映论”的关系 ………………… 242
二、欧美文学经典的跨文化性及其与我国当代文化建设需要的关系 … 251
三、“阐释的自由”与“历史主体性”“文本主体性”的关系 …………… 263

主要参考文献 …… 267
外国作家批评家人名索引 …… 273
中国著名作家学者人名索引 …… 277
本卷后记 …… 280

导 论

概而言之，欧美文学“中国化”是一个有着特定的内涵、外延、性质和特征的概念。它的本质是欧美文学在中国译介和阐释的基础上所形成的中国话语形态。其发展的进程依据百年来中国现代历史发展三步走的历程，并在马克思主义理论的指导下进行翻译、引进、接受并在中国传统文化的基础上再造“中国的欧美文学”的“话语”过程。我们所提出的欧美文学“中国化”，并非要贬低或取代原初的欧美文学，而是同它形成一种互文和拓展的关系，或曰增殖性的关系。这是中国当代发展道路自信的反映，也是我们文化自信的必然结果。

关于欧美文学“中国化”和中国特色欧美文学话语建设问题，其实并不是一个新问题，在五四新文化运动时期就已经作为一个重要的问题而不自觉地被提出了。百年来的实践与探索为我们提供了进行系统梳理和理论概括的基础。自新时期以来，这个问题作为一个重要问题的提出也已经有三四十年的时间了。本课题就是在前些年国内其他学者大量研究基础上所做的进一步的深入研究。

在以往的研究中，全国的同行学者们做了大量的工作，对不同国家、不同民族、不同语种的文学作品和文学现象进入中国的历程——从翻译过程、文艺理论、文学流派以及各类作品等不同的角度——都做了深入的研讨。可以说，对欧美文学(乃至整个外国文学)进入现代中国的来龙去脉，都进行了卓有成效的梳理和辨析，同时也对其进入中国文坛的规律，进行了有价值的总结。换言之，对欧美文学“中国化”的实践理路，已经描绘得相当详细了。也可以说，自从20世纪80年代国内学术界提出“重写文学史”的主张以来，学者们已经较为自觉地回应这个问题了。尽管在一段时间内还没有欧美文学“中国化”这样清晰的概念，但问题的实质是一样的。为方便起见，我们就近些年来对这个问题的研究情况和态势，从几个主要领域简单梳理一下已经出现的一些重要成果和一些基本看法。

一是外国文学译介的研究逐步走向深化。国内学术界对欧美文学翻译以及相关翻译问题的研究，历史较长，贡献很大。近年来形成的比较一致的看法是,欧美文学的译介工作,对推动中国的文学观念更新,起到了巨大的作用。很多学者指出,20世纪60年代阿英编著的《晚清文学丛钞·域外文学译文卷》就对清末民初的外译文学状况进行了系统的整理。尤其是1978年改革开放以来,侧重于对近百年来翻译作品的统计和研究的著作,获得了学术界更多的重视。近年来较有代表性的统计类研究著作,有安徽文艺出版社出版的罗选民主编《外国文学翻译在中国》("文学与翻译研究丛书")(2003),该书从翻译角度探讨了外国文学在中国的传播发展情况。2007年2月出版了查明建、谢天振编写的《中国20世纪外国文学翻译史(上下卷)》(湖北教育出版社),该书以译事为中心,关注文学翻译的历时性发展线索,阐释不同时期文学翻译的典型特征及其文化原因。还有孟昭毅、李载道主编的《中国翻译文学史》(北京大学出版社2005年版)以文学翻译为主线,梳理了近代以来中国译坛的演变,试图寻找出百余年来翻译文学在中国文坛的准确定位与意义。2007年8月由中国外国文学研究会主编、湖南人民出版社出版的《世纪回眸:外国文学研究在中国》一书则对外国文学,主要是欧美文学在中国的传播情况进行了细致梳理与阐释。可以说,关于中国的外国文学翻译问题的研究,获得了很多学者的高度重视。最显著的事件是在"中国翻译协会第六次会员代表大会暨新中国翻译事业60年论坛"(于2009年11月12日至13日在北京举行)上,很多翻译家和学者对60年来新中国的文学翻译事业进行了认真的回顾和总结。特别值得一提的是,会议还邀请了在我国外交外事、外国文学翻译与研究、翻译教育与科技翻译等领域的资深翻译家和学者作了论坛主题发言,较为全面回顾、展现和审视我国翻译界60年来的发展历程和取得的成就。

当然,研究者们也认识到,如何在中国现代文学史中书写翻译文学这一"章",仍是一个复杂的问题。一方面,我们应该承认中国现代翻译文学的中国性、现代性以及创造性等,承认它是中国现代文学的一个重要组成部分。另一方面,我们又应该把它和本土文学创作区别开来,承认它与外国文学之间的不可割裂的联系。因为它毕竟是从外国输入来的,不论是在作品艺术表现上,还是思想内容上以及作者的身份上,都具有异域性。因此,也不能把它简单地等同于中国现代文学。

二是欧美文学理论在中国的传播推动了中国文论的转型。对欧美文学理论的注重与文本的翻译几乎是同时进行的。近年来形成的比较一致的看法是:西方文学理论在五四新文化运动时期大量进入我国,不仅推动了中国文论由古典向现代的转型,而且对当下中国特色文学理论的建构,也产生了重大的影响。

19 世纪下半叶，王国维、梁启超等近代学者开始引入西方文学理论，并在 20 世纪初渐渐形成热潮。1905 年蒋智由在《新民丛报》第三年第二十二号起，连载了由他翻译、法国学者维朗撰写的《维朗氏诗学论》。孙毓修于 1913 年在《小说月报》第四卷第一号至 1914 年第五卷第十二号上，连载其《欧美小说丛谈》，这是我国第一部系统地评价西方小说（含戏剧）的专著。黄远生在 1914 年《小说月报》第一、二号上发表的《新剧杂论》，试图系统地把西方戏剧理论介绍给国人，因此这些译作具有开创性的意义。

根据很多专家的看法，此后，近一百年来还有过三次大规模的外来文论输入中国，每一次的性质、特点与方向不尽相同。五四时期是中国第一次大规模的西方文论输入时期，这一次主要是以当时最先进的欧洲文论为主。陈独秀在倡导“文学革命”时，心目中理想的样板就是文艺复兴以来“今日庄严灿烂之欧洲”。由于中国内忧外患的具体历史条件，加之俄国十月革命的影响，中国对外来文论的接受很快就由对欧洲文论的兴趣转向了被压迫与被奴役的民族的文论，特别是俄苏文论，并走上了“以俄为师”的道路。因为当时的中华民族正处于同样的处境，而俄苏文论昭示着中国未来摆脱民族压迫、寻求国家繁荣富强的方向，恰如鲁迅在 1932 年 12 月撰写的《祝中俄文字之交》中所说，“俄国文学是我们的导师和朋友”[①]。因而五四时期外来文论输入的主要特点是从近代欧洲文论逐渐转向俄苏文论。

20 世纪 50 年代我们也有过一次大规模的外来文论输入。这一次是在“全面学习苏联”“一边倒”的特殊时代氛围中进行的。作为世界上第一个社会主义国家的苏联，他的文论被我们奉为马克思主义文艺理论的典范，并将此作为我们学习和掌握马克思主义文艺理论的必由之路。我们还采取了行政手段，大规模地引入和学习。19 世纪俄国革命民主主义者别林斯基、车尔尼雪夫斯基、杜勃罗留波夫等人的文论著作、季莫菲耶夫的文艺理论体系、苏联的社会主义现实主义文论、日丹诺夫的文艺思想以及普列汉诺夫等人的著作，尤其是列宁的学说乃至斯大林关于文艺的讲话和批示，经过我们的系统翻译介绍与倡导，对我们的社会主义文论建设产生了重大影响。

第三次是新时期以来，改革开放的新形势促成了西方文学和文论著作大量引进中国的新高潮。西方文论唤起了我们的极大兴趣与理论热情，它与中国的解放思想、改革开放相适应。这一次向我们输入的西方文学是以西欧和北美文

---

① 鲁迅：《鲁迅全集》（第四卷），北京：人民文学出版社 2005 年版，第 473 页。

学理论为重点,兼顾到世界很多国家。可以说,各种西方的文学和文论像蒲公英的种子散落在中国的大地上,迅速传播开来,并对我国的社会文化发展产生了重要而巨大的影响。尤其是在新时期初期,欧美文学理论在中国的译介出现了十分火爆的现象。欧美文学理论的这种译介热和研究热普遍被看成是中国思想领域巨变的附带结果,这诚然是事实。但是,我们也应意识到,这种热潮更是中国的文学领域需要新的思想资源和理论资源的必然结果。

近二三十年来,关于西方文论进入中国的研究论著和观点很多,较有代表性的有:曹顺庆1995年提出中国文学理论的"失语症",是国内较早地提出西方文论"中国化"的命题。他认为,从"西方化"到"化西方"之路,即以我为主地实现西方文论的中国化,是西方文论的中国化之路。这样可以使中国当代文论在历经全面"西化"之后,力求从"杂语共生"中逐步寻回自我文化之骨骼血脉,从"西化"走向"化西",在西方文化与文论中国化之中重新走向辉煌。他还进一步指出了怎样寻找到"转换"与"重建"的切实路径和方法问题。从"中国佛教化"与"佛教中国化"的历程中,他总结出了一条规律——"他国化"。在他看来,文化也好,文论也好,在一定的历史文化条件下,都是可以"转换"的,这种"转换"——就是"他国化"。无论是"中国佛教化",或是"佛教中国化",都是一种"他国化"现象,这是一条文化发展的规律,是不以人们意志为转移的客观事实,我们如果掌握了这一规律,就找寻到了中国古代文论现代转换的切实路径,就找到了中国当代文论"重建"的可靠方法。中国当代文化、当代文论的重要任务,就是要利用"他国化"这一规律,"实现西方文论的中国化"。而要实现"西方文论中国化",首要的不是处处紧追西方,而应处处以我为主,以中国文化为主来"化西方",而不是处处让西方"化中国"。与之看法稍有不同的是陶东风教授。虽然曹顺庆先生与陶东风教授都承认中国文论重建的必要性,但陶教授主张以西方为主来实现中国文论重建。这也是一种很有启迪性的意见。

2008年,时任北京师范大学教授的王一川承担了教育部哲学社会科学重大攻关项目"西方文论中国化与中国文论建设"。经过几年来的深入研究,基本看法已经初步形成。他在考察外国文论在中国60年的历程时,从中总结出四次转向:政治论范式主导、审美论范式主导、符号论范式主导和跨学科范式主导。每次转向的动力都来自当时中国特定国家政治与文化语境的具体需要。他认为,承认外国文论在中国的影响,不能简单推导出中国现代文论完全是外国文论的复制品的轻率结论。换言之,并非影响决定利用,而是利用规范影响。本土文论对外国文论的利用方式将直接规范这种外国文论的影响方式及其影响力。任何外来影响总会受到本土文化的抵抗和变形，这正意味着中国现代文论自主地吸纳外来资源并建构自身自主品格的特定方式。目前中国现代文论的任务在于如何在中外对话中努力探寻和建构属于中国现代文论的民族与自主的品格。

代迅教授也是较早涉及这个问题的学者，他在《全球视野中的本土化选择：近百年西方文论在中国》论文中也指出：近百年中国文论最显著的变化之一是思想资源的变化，即西方文论的不断涌入和巨大影响。西方文论的输入对中国文论的现代转型起到了关键性的启动和示范作用。他对西方文论在中国传播的基本脉络和影响、中国文论在接受过程中的主体性选择、中西文论融汇的理论范式、世界文论语境中的文论民族身份认同等问题作了积极和认真地探索，并试图在此基础上对国内外学界的有关争论作出合乎事实的回答。

周启超研究员也承担了这方面的研究课题。他主编的《外国文论在中国：1949—2009》一书，是中国社会科学院外国文学研究所理论室根据三次学术研讨会的22篇专论汇集成册的。它意在成为一部记录外国文论在当代中国60年旅行主要历程的年鉴，一部可以大致反映60年来中国学界对外国文论的接受与化用之基本轨迹的文献，一部以跨文化视界来反思60年来中国学人对外国文论的“拿来”与“借鉴”活动的备忘录。他认为：“在反思中探索，探索我们未来的外国文论引介规划与战略。这样的回望与反思，或许有助于我们的外国文论引介更好地‘介入’当代中国的文学研究实践，更好地深化当代中国的文学理论建设。经过我们的检阅，可以看到：一直相当流行的将当代中国对外国文论的引介与接受简化为‘西方文论在中国’显然是以偏概全，而有结构性和学理性的缺陷，可谓‘西方中心主义’思维定式操控国外文论接受史研究实践的产物。”[①]

除此之外，有些重要的会议也值得提及，例如2010年夏在北京召开了中国的外国文论30年学术研讨会。会上，很多学者发表了众多有价值的意见。

三是关于欧美文学研究的研究也取得了很大的发展。中国的欧美文学研究的研究，也是近年来我国学界热点领域，也是重要领域。吴元迈先生在《回顾与思考——新中国外国文学研究50年》中明确提出了“关于外国文学研究的研究”即“外国文学学”的概念。他指出：“外国文学学即对外国文学研究的研究，还没有很好开展，而它对吸取百年以来外国文学研究进程中的经验与教训，对

① 周启超：《20世纪80年代外国文论引介：回望四个镜头》，《学习与探索》，2015年第3期，第119页。

外国文学研究的进一步发展,具有重大的意义和作用。"[①]经过十几年的发展,目前这个领域的研究硕果累累,真知灼见迭出。总体来说,较为一致的意见是,通过中国学者对外国文学的研究,在欧美文学中国化的进程中,中国学者的研究已经初步形成了自己的特色。可以说,中国现代文学和当代文学的创作和发展受到了外来文学的重大影响,而这种影响在很大的程度上是通过中国学者对外国文学的研究实现的。而外国文学研究本身的不断进步,使我们更深入地认识到了欧美文学的精华与糟粕,同时我们的研究所指出的欧美文学的经验教训,也给了中国作家正反两个方面的参考,有力地推动了中国文学的发展。例如,中国的外国文学的学者们把西方的文学观念、艺术手法、流派变革等等,进行梳理和深入的研究,有力地推动了我国文学创作和文学批评的观念更新和方法转换。总体上来说,这个领域的工作是积极的、起着非常重要的作用的。有人甚至指出,没有对欧美文学(或曰外国文学)在文学观念、创作观念、审美观念乃至创作手法的深入研究,就不会有近百年来中国文学的这种新形态和新面貌。同样,若没有对欧美(或外国)文学流派、文学现象乃至文学的演进更迭进程的了解和把握,也就不会有我们今天中国文学的世界文学视野。

应该说,这些方面的论著数量是很大的。仅举几个有代表性的论著和观点。李万钧先生是较早提出这样问题的中国学者。他的《欧美文学史和中国文学》是研究欧美文学这方面问题的著作。该作系统地研究了欧美文学的发展与中国文学的关系,并细致地指出了中国文学家们所受到的深刻影响。

中国社会科学院外国文学研究所吴元迈、陈众议等组织本所乃至全国的著名学者,也进行了这方面的深入研究。尤其是对中国外国文学六十年的研究和写作的总结,取得了很多重大进展。特别需要指出的是,2007 年中国社会科学院外国文学研究所承担了一项重要的国情调研任务:"外国文学在我国精神文明建设中的地位和作用"。外文所所长陈众议研究员为该项目的总负责人,各研究室负责人均参加了国情调研的活动和"外国文学研究三十年"文稿的撰写。这项工作结束后,由译林出版社出版了《外国文学研究在我国社会主义精神文明建设中的地位和作用——中国社会科学院外国文学研究所国情调研综合报告》。这篇报告对改革开放三十年来外国文学对中国文学的作用进行了全方位的总结。陈众议研究员指出,新时期的外国文学研究和翻译完全可以用八个字来概括:四面开花、史无前例。也就是说,三十年来,我国的外国文学研究已经

① 吴元迈:《回顾与思考——新中国外国文学研究 50 年》,《外国文学研究》,2000 年第 1 期,第 13 页。

四面开花，翻译规模则史无前例。而近三十年中国文学与外国文学的关系，则更是一种拿来、互文、杂交的关系。可以说，没有外国文学作品井喷式地出现在我们面前，中国文学就不可能迅速告别“伤痕文学”，衍生出“寻根文学”和“先锋文学”；没有外国文学理论狂飙式地向我们涌来，中国文学就不可能历经多重转型，演化出目前无比繁杂的多元态势。因此，三十年的外国文学研究和翻译在解放思想方面起到了先导作用，从而为我国的改革开放进程提供了文化支持。此外，2009 年陈众议还发表了长文《外国文学翻译与研究 60 年》，提出了很多真知灼见，影响很大。

在人们看到了外国文学对中国文学影响巨大的同时，也有学者对中外文学的影响问题进行了深刻的反思。这其中最重要的当属复旦大学陈思和教授在 1999 年前后提出的“20 世纪中国文学的世界性因素”话题。该话题曾引起热烈争鸣。

更值得人们注意的是国家社会科学基金重大项目的立项。2010 年，国家社会科学基金重大项目“新中国外国文学研究 60 年”课题招标。北京大学的申丹教授、华东师范大学陈建华教授分别中标。随后，北京大学课题组和华东师范大学课题组相继开题。在北京大学开题会上，首席专家申丹教授介绍了项目的总体情况，包括选题意义、总体框架、创新点以及预期成果等，并表示争取将该项目打造成北京大学的精品项目。在华东师范大学举行的开题会上，陈建华教授聚集了国内一大批优秀学者，力图要从综合论以及不同文体的详细考察入手打造十卷本的系列著作。现在两个课题组的项目都已经结项，出版了一批有价值的论文和著作。2010 年北京大学陈晓明教授也承担了与本课题相近的从中国文学角度来考察外来文学影响的国家社会科学基金重大课题“百年中国文学与当代文化建设研究”。苏州大学文学院方汉文教授在其担任首席专家的“世界文学史新构建的中国化阐释”(2012 年度国家社会科学基金重大项目)研究中，尝试以中国主体性话语来阐释世界文学史，认为中国辩证理性与诗学的多样性观念能够较为彻底地摆脱以西方为中心的世界文学史的理论框架与实践模式。浙江大学吴笛教授所承担的国家社会科学基金重大项目“外国文学经典生成与传播研究”也是主张外国文学经典研究应结合中华民族的现代化进程、中华民族文化的振兴与发展、我国的外国文学研究对民族文化的贡献这一视野，来考察经典的译介与传播的重大意义与价值。他认为，这一研究不仅应着眼于外国文学经典在原生地的生成和变异，汲取为我国的文学及文化事业的经验，为祖国的文化事业服务，还应着眼于外国文学经典在中国的译介和其他艺术形式的传播历程。换言之,要树立我国文学经典译介和研究的学术思想的民族立场,即通过外国文学经典的中国传播,以及面向世界的学术环境和行之有效的中外文化交流,将外国文学经典的传播看成是中华民族思想解放和发展历程的折射,进而重塑文化中国的宏大形象。应该说,这类的课题还有很多,由于篇幅的限制,不再赘述。

除研究课题外,近年来国内还多次召开了此类主题的学术会议。中国外国文学学会于1999年10月在上海召开了"外国文学工作五十年学术年会",时任中国外国文学学会会长的吴元迈先生发表了主旨演讲,将中国的外国文学研究划分成三个阶段。他还认为外国文学研究要有距离意识,对任何国家的文学,既不能全盘接受,也不能全面打倒,并提倡建立新的外国文学学。他的发言,在学界产生了较大的反响。刘意青、刘象愚、陈众议、王宁等学者进行了呼应。由首都师范大学文学院比较文学系承办的中国高等教育学会外国文学专业委员会2008年年会也是以"近三十年来外国文学史研究及教学"为题召开了全国性的学术研讨会。会议从不同的侧面探讨了外国文学对中国文学和文化影响的问题,并出版了《外国文学史——教学和研究与改革开放30年》论文集。在会议期间,黄晋凯、李明滨、刘意青等先生的发言强调了外国文学对中国现当代文学发展产生的重大影响。林精华、刘建军等提交的论文提出了中国的外国文学史研究与中国知识界关于文学史的认知——论新时期外国文学史观建构问题。总之,这方面研究所侧重的问题主要有外国文学对中国文学和文化的影响,西方文学的译介史以及对外国文学研究的理论性探索。这些研究各具特色,其中一个重要的现象就是人们越来越关注外国文学的引进与建构中国文学的关系,认为理清这种关系非常重要,因为只有理清了这种关系,我们才能够对外国文学在中国的发展以及对中国文学的影响有一个全面客观的了解与评价。2016年4月22日至23日,中国人民大学文学院与哲学院合办了"马克思主义中国化话语体系的国际视野——文学与哲学的双重视域"国际研讨会,与会者围绕马克思主义哲学及文学批评两个领域,总结中国马克思主义研究在近三十年的发展经验,论述马克思主义中国化学术话语体系的建构。其中特别谈到了外国文学进入中国的独特经验。

四是当下关于中国的外国文学史建设问题的研究不断走向深入。外国文学史教材改革的问题,一直是高校外国文学教师和研究者们关注的问题。总的来说,大家都是充分肯定中华人民共和国成立以来在外国文学史或欧美文学史以及国别文学史建构方面所取得的重大成就的。尤其是对其中几部外国文学史评价较高。比较有共识的是：杨周翰、吴达元、赵萝蕤主编的《欧洲文学史》，朱维之、赵澧主编的《外国文学简编》，郑克鲁主编的《外国文学史》分别代表了1949年以后不同时期外国文学史编撰的成就。从学术史的意义上说，它们都可以称为经典。人们普遍认为，这些文学史编撰的指导思想、体例构成、作家作品的选择乃至基本看法和主要观点，已经初步形成了不同历史发展阶段的中国特色的外国文学史样态和模式。例如，李明滨先生曾经撰文回忆过杨周翰先生主编《欧洲文学史》的过程。他回忆道：杨先生在主编《欧洲文学史》时，提出写"信"史的原则。一是作史应"忠实可信"，不可粗率。二是选录史料必须"不虚美，不隐恶"，犹如太史公一样公平正义。《欧洲文学史》基本达到了梳理史料，脉络清楚；点面兼顾，面无遗漏，重点突出；作家作品分等就序，各得其所，叙事从实，不发空论，避免"以论代史"；控制篇幅，适于教学，以免流于历史长编；认真统稿，避免文体参差不齐，或主编不作"主"，教科书变成论文集。总之，严谨、认真的作风使得该书一出版便成了同专业的样品，参编者青年教师亦从中终身受益。关于杨先生严谨、认真的态度还可列举一事为例。改革开放伊始，他深知《欧洲文学史》有开风气、作通用教科书的责任，要广泛听取反应，做到精益求精。1978年7月到8月，他和责编蒋路先生带领统校组罗经国等四人一行，用一个半月从北到南去征求各地师生的意见，带着初稿样书下武汉、南京、上海……直至福州、厦门。暑天乘火车(有时还买不到卧铺票)，每到一地仅停留三五天，要召开座谈会听取意见，这对于两位前辈显然是很疲累的，但是毕竟听到了许多师生，包括一些令人尊敬的前辈如陈嘉、范源忠、赵瑞蕻、郑朝宗等人的宝贵意见，对编订教材大有裨益。杨先生的这次学术创作行动也影响广泛，垂范后辈。[①] 可以说，杨先生编撰外国文学史的思想，奠定了我国外国文学史的思想基础。

但随着社会的发展和中国融入世界文化进程的加快，加之人们看世界视野的扩大和认识水平的提高，这些文学史编撰的一些弊端也逐渐显露出来了。大致说来，一是指导思想需要进一步更新，要用当代中国的马克思主义指导新教材的建设。二是很多原有教材缺失的部分需要弥补，例如基督教文化与欧美文学的关系问题，再如通俗文学的作用问题等。三是原有教材体例的"八股化"(即时代背景、作家生平、故事情节、思想内容、人物形象、艺术特征)模式和分析

① 李明滨：《回忆本学会的创建和杨周翰、季羡林会长的贡献》，刘建军主编：《向着崇高的灵的境界飞升——中国高等教育学会外国文学专业委员会成立三十周年庆典论文集》，长春：东北师范大学出版社2016年版，第18页。

作家作品的机械的“二分法”(即批判了什么,赞扬了什么)以及思想内容与艺术特点相分离的问题,等等。这些问题越来越受到教师和学生的诟病。因此,外国文学史教材改革的呼声不绝于耳。

可以说,近年来关于这方面的研究成果极为丰富,材料众多。举其要者,当推华中师范大学王忠祥先生的一些观点。王先生“关于西方的文学史理论与中国特色的外国文学史构建问题”的访谈录,集中探索了新的外国文学史编撰的指导思想、编写原则和注意事项。他认为观念的更新是重新编写外国文学史的前提,呼吁建设中国特色的外国文学教材。聂珍钊教授也根据自己编撰多部外国文学史的实践,多次撰文提出了中国的外国文学就是比较文学的思想,阐释了新的外国文学史观。东北师范大学刘建军也曾在《外国文学研究》杂志上发表了“构建适应21世纪需要的具有中国特色的西方文学史”的访谈录,指出国内的西方文学史理论形态没有根本性改变虽有多方面的原因,但最关键的问题是思维方式陈旧和缺少文化精神的贯穿,就文学说文学的弊端明显。他还认为,文学史应该是文学史家对历史上的作家作品和文学现象所进行的现代阐释。文学的发展在于其内部存在着一个起着更直接作用的功能性关系系统。他提出在人与自然、与神、与物对峙的不同文化时代背景下,自爱琴文明开始出现的西方人对自己能力所具有的原初自觉,以及这种自觉所促进的西方人对自己本质认识的递进发展,构成了西方文学中强大的、功能性的、以“自由”为本质的人文精神传统。因此,我们今天需要的西方文学史的新形态,必须是以西方人的精神发展进程为核心来重新阐释其文学发展规律的文学形态,必须是要把西方重要文化现象——基督教文化现象包含其中的文学发展形态。他在华东师范大学《中文》杂志上也谈到了关于西方文学教学和研究的几个问题。北京大学韩加明也撰文《外国文学史编纂史与时代变迁》,以1949年以来国内出版的部分外国文学史教材为考察对象,探讨这些教材编写原则的演变,并进而思考外国文学史研究的变化。他指出,外国文学史教材编写或者说外国文学史研究与中国社会文化的变化紧密相连。这些变化反映了国际关系的变局以及我国社会的变迁,探讨这些变化有助于思考外国文学研究未来的发展。

不仅理论上如此,中国学者在西方文学史编撰的实践领域,也获得了很多成就。朱维之、赵澧主编的《外国文学简编》初稿于“文化大革命”前完成,自改革开放不久修改出版之后,几十年来,依据形势的变化和认识的不断加深,又进行多次修改再版,其中原有的机械唯物论和庸俗社会学影响的痕迹越来越少,评价越来越精当,反映了四十年来中国学者外国文学史观的不断进步。在杨周翰先生主编的《欧洲文学史》出版了三十多年后,李赋宁先生又在此基础上重新主编了《欧洲文学史》四卷本,用历史唯物主义的观点再次解释了欧洲文学现象,强调了西方文学思想内容和艺术形式的统一。这部文学史出版于2004年,是全国哲学社会科学“八五”规划重点项目。该文学史在一定程度上排除了以往文学史中写作思维定式影响,较为实事求是地评价文学史上的人物和事件。郑克鲁主编的《外国文学史》教材,发端于1995年,完成于2000年前后,其间又经过两次修订。可以说,这部教材最大的亮点是在历史的进程中揭示了外国,尤其是西方的人文精神发展的历程,影响较大。近年来国家实施了“马克思主义理论研究和建设工程”,由聂珍钊作为总主编编撰的《外国文学史》,集中了国内一批优秀的学者,历经三年完成,代表了当前外国文学史建设的最新成果。它力图用中国化的马克思主义最新观点来阐释自古至今出现的外国文学现象,并力图在今天的新形势下揭示其发展的特殊规律。

总体来说,当前我国的欧美文学,包括外国文学研究的研究,已经呈现出全新的特点。第一个特点是,近年来在中国学术的话语体系建构方面,自觉意识越来越强。其表现为以跟随性为主的译介和研究开始向自觉性的话语建构方向转变。应该说,在很长的时间内,我们总是在拼命追踪着国外学界的研究成果,并将其作为“新”东西急切地引进中国来。但是近年来,我们明显地看到,中国学者建立自己学术话语体系的努力越来越强。尤其是20世纪末,21世纪初以来,我们在总结以往历史经验教训的基础上,开始自觉地寻找和试图建立中国人自己的欧美文学或外国文学的学术话语,这就说明中国人跟随着外国人研究步子走的时代,已经逐渐淡化或趋于终结,这是中国的文化自信的典型表现。第二个特点是“问题意识”不断增强,即我们对外国文学的研究已经开始更加紧密地与当代中国的发展实践和现实文化建设需要相联系,要通过外来文化的另一只眼来认识和解决中国问题的研究意识越来越趋于自觉。我们过去常说的“洋为中用”,已经发展到了一个新的自觉的阶段。第三个特点是对外国文学的译介和研究越来越迅捷,研究范围和领域不断拓展与深化。随着信息技术的发展,在当前中国的外国文学界,甚至出现这样的情况,有些外国作家的作品刚刚发表,中国就有学者对之介绍和研究;有些国外的文学艺术理论刚刚提出,就有中国的学者参与其中,与之进行对话或争鸣。甚至在某个作家获得诺贝尔文学奖之前,我们的学者就已经很有预见性地关注到了这个作家,并进行了较为深入的评论。不仅如此,和几十年前我们所接触的大多局限于欧美、俄苏等国家的文学不同,今天世界各国的文学,甚至一些很小的国家与民族的文学,包括一些较为冷僻的领域已经被我们尽收眼底。可以说,我国今天的外国文学研究,几乎达到了和国外文学界同步的程度。第四个特点是,外国文学教学研究呈现出创新的趋势,中青年人才茁壮成长。当前,全国的高校和外国文学研究机构都在课程体系或教学体系上进行着全新的探索,外国文学领域中新的教学理念和新的教学方法越来越引起人们的注意,这也是非常好的趋势。更重要的是一大批中青年学者成长起来,逐渐成为研究的中坚力量。这些中青年学者有着非常坚实的学术基础和广阔的研究视野,思维更为活跃。以上这些中国的外国文学译介和研究的发展趋势表明,中国的外国文学研究,可以说已经发展到了一个新阶段。

综上所述,近年来我们对欧美文学或曰外国文学对中国文化影响的研究,取得了很大成绩。我们这个课题的研究其实也是在这些研究的基础上起步的。但我们也要看到,以往研究的不足之处也是明显的:一是这些研究相对来说还是分散的:或集中在译介领域,或集中在文艺理论层面,或注重在对我国文学的影响上,或注重在文学史的建构上。还有大量的论著立足于某个作家和单一的作品相互关联上。缺少一个全方位、多领域交融的统筹视野,或者说对整个欧美文学“中国化”的过程注意不够。尽管这些研究在具体的领域发掘得都很深入,但若不从整体上回答一些根本性、全局性的问题,仍然是不圆满的。这样,对欧美文学的“中国化”进程的理解就必然产生局限性。例如,欧美文学“中国化”进程有时被偏颇地理解为中国文学被欧美文学影响及同化的过程,尚缺少就欧美文学在引入中国以后,为什么被接受,为什么以某种特定的方式被接受,在接受过程中,中国的文化对欧美文学产生了什么样的诠释方式以及由此造成的新形态这类问题进行系统回答的有力度的著作问世。因此,我们必须明确地提出欧美文学“中国化”的概念,并围绕着“中国化”的进程,全面地解答这个问题。二是若我们只讲以往中国接受外国文学的过程,只是注重于细致地梳理其来龙去脉,而不能提出今后前进的方向,仍然不免步国外的文学研究的后尘,难有创新性的开拓研究。我们认为,欧美文学的“中国化”进程不仅意味着欧美文学在中国的被接受,更意味着欧美文学被中国的文化语境同化而成为“中国的欧美文学”,即中国文学的组成部分的过程。假如只强调接受,不强调话语新建,似乎也有走了百分之九十九,仍然差一步的遗憾。这也就是说,研究百年来欧美文学“中国化”与建设今天中国的“欧美文学(或外国文学)话语”是一个不可分割的过程。只有将这两方面全部考虑进去,才能够全面概括欧美文学“中国化”进程的内涵。为此,欧美文学“中国化”命题的提出,就是对这种发展趋势的呼应和推动。也可以说，我们这个课题的研究目的，就是要通过百年来欧美文学进入中国并“中国化”的这一视角，在很多学者认真仔细的梳理和总结的基础上，对其发展规律再进行深入的辨析和理论把握。

正是基于这样的认识，本课题研究有两个方面的侧重点：一是研究近百年来以欧美主要国家为代表的外国文学进入中国文化与文学领域的过程。我们认为，这一过程是中国文学界对欧美文学的接受改造过程，也是欧美文学在中国的创新过程，本质就是欧美文学的“中国化”过程。这一过程与中国的现代化历史文化进程密切相关。总结百年来欧美文学“中国化”过程中的经验教训，梳理欧美文学进入中国文化和文学领域的基本规律和各种途径（包括传播方式、接受选择、阐释规律等），对我们当前有效地接受改造西方文化具有重要的意义。

二是在对百年来欧美文学“中国化”进程把握的基础上，构建适应21世纪需要的“中国的欧美文学话语模式”。这种“中国话语模式”的构建必须是在欧美文学现象的基础上，突出中国人所理解的文学精神和文化精神，从而使中国的接受者不仅了解和把握欧美文学的现象，更重要的是把握这一文学所传达的精神文化特征以及其所揭示的社会特征和对人性的哲学、美学的思考，以便更好地与今天中国社会文化发展实际相结合，从而具有指导性和前瞻性。

第一个问题：

为什么要研究欧美文学的“中国化”进程？

注重实践，善于总结经验，不断提出新的理论（或曰理论创新），是中国共产党人不断地从胜利走向胜利的宝贵经验。我们之所以要研究欧美文学“中国化”以及该领域当代“中国话语”建设的问题，是因为这个问题是与百年来中国的现代化进程紧密联系在一起的，也是与中国百年来的新文化建设密切相关的。同时，它与我们今后更好地进行文化建设也是密切相关的。

习近平总书记于2012年提出并深刻阐述了中国梦。所谓中国梦，本质就是中华民族的伟大复兴之梦，就是国家强盛、民族振兴、人民幸福之梦。而要实现这一伟大的民族复兴的目标，就要求我们有能够自觉地利用外来文化资源为建设中国特色社会主义文化制度体系服务的理论自觉。对此，习近平总书记又指出：

> 我们强调弘扬社会主义核心价值观，继承和发扬中华民族优秀传统文化，坚持和弘扬中国精神，并不排斥学习借鉴世界优秀文化成果。我们社会主义文艺要繁荣发展起来，必须认真学习借鉴世界各国人民创造的优秀文艺。只有坚持洋为中用、开拓创新，做到中西合璧、融会贯通，我国文艺才能更好发展繁荣起来。其实，现代以来，我国文艺和世界文艺的交流互鉴就一直在进行着。白话文、芭蕾舞、管弦乐、油画、电影、话剧、现代小说、现代诗歌等都是借鉴国外又进行民族创造的成果。鲁迅等进步作家当年就大量翻译介绍国外进步文学作品。新中国成立后，我们学习借鉴苏联文艺，如普列汉诺夫的艺术理论、斯坦尼斯拉夫斯基表演体系，苏联的芭蕾舞、电影等，苏联著名舞蹈家乌兰诺娃以及一些苏联著名演员、导演当年都来过中国访问。这种学习借鉴对建国初期我国社会主义文艺发展起到了促进作用。改革开放之后，我国文艺对世界文艺的学习借鉴就更广泛了。现在，情况也一样，很多艺术形式是国外兴起的，如说唱表演、街舞等，但只

要人民群众喜欢,我们就要用,并赋予其健康向上的内容。[①]

我们认为,习近平总书记的论述,不仅从历史发展传承的角度揭示了外国优秀文化和文学发展的基本规律和演进过程,而且也为今后中国的外国文化和文学的发展,奠定了理论基础,指明了前进方向。

一、欧美文学“中国化”命题的提出是道路自信的必然要求

自文艺复兴以来,在世界性的现代化进程中,欧美一些民族国家率先走出了自己的现代社会发展道路。这条道路的大体路径是:在经济上依靠工业革命的进步,并在私有制自由竞争的基础上形成了资本主义的生产方式和管理方式,并导致了社会物质文明的快速发展。资本主义物质文明的快速发展,尤其是科学技术的巨大进步,创造了大量的社会财富。在政治上则建立起了代表资产阶级利益的少数人压迫无产阶级及其广大的劳动者的现代社会制度。在文化上则以资产阶级的人性论和人道主义为核心,形成了一整套资本主义的思想文化体系,并试图以此来调试日益增长的社会矛盾。诚然,在资本主义发展的历史阶段,资产阶级“曾经起过非常革命的作用”[②]。这正如著名学者许倬云先生所说:“自从欧洲启蒙运动以来,西方文明的发展方向,是依仗着自由主义、民主政治、市场经济、工业生产和现代科技这几根支柱,支撑了西方文明继长增高。近百年来,虽然西方文明的中心不断在迁移,但总的发展方向却是有相当的动力。西方文明维持了自己的霸权,也将整个世界迅速地带向不断进步的方向。”[③]因此,现代很多西方的理论家们常常自诩这是人类社会走向现代化进程的唯一道路和普遍模式。西方世界总是对这一道路以及这一制度充满着自豪感和优越感。

但几乎就在资本主义现代化的道路发展起来的同时,换言之,就在资本主义物质文明高速发展中,这一制度的一些本质性的缺陷就已开始显现。资本主义制度的本质是少数人剥削多数人的制度,其经济形态中私有制的根本弊端使社会财富日益集中在少数人的手中。特别是20世纪以来,资本主义周期性危机使世界历史发展的脚步受阻。再加上20世纪所发生的两次世界大战,资本

① 习近平:《在文艺工作座谈会上的讲话》,《人民日报》2015年10月15日,第2版。
② 引自《马克思恩格斯文集》(第2卷),北京:人民出版社2009年版,第33页。
③ 陈心想:《倚杖听江声——许倬云教授访谈录》,《书屋》2017年第2期,第66页。

扩张性和在此基础上形成的资产阶级的侵略本性所造成的争夺，更给这个开拓性文明体系造成了巨大的消耗。同样，资本主义内在矛盾和冲突也扩展到全球的思想文化领域，在传统的基础上形成了新的资本主义文明形态。对这一点作出深刻揭示的是马克斯·韦伯(Max Weber)。韦伯认为，现代文明与基督新教的出现有着密切的关系。基督新教是在传统的基督教文明中产生发展起来的。在新教伦理中，神的恩赐和庇佑诚然将许多个别的人连接成一个社会整体，这正好适应了资本主义的大规模生产的要求。可是，事物总是有着两面性。随着科技的发展以及与不同文化的广泛接触，独一真神观念遭到质疑，神又消失了，个人主义、个性自由等意识更为强盛。在这种情况下，人与人之间没有了天然的互相的情感联系，因此也就没有了彼此的关怀。人与人之间的关系本质上成为物质利益下相互提防和伤害的关系。到了今日，我们可以看到，个人主义已经发展到难以修补的地步：人有充分的自由，但人与人之间则彼此不再信任，尤其是对别人几乎可以没有责任。这一情况，造成了社会、甚至家庭的解体，夫妇、亲子之间缺少亲密的相许。“在这种情况下，一个社会将只有满足欲望的掠夺，而没有彼此扶持的互助，这是西方文明正面临的重大缺失”①。

就在资本主义的现代化道路出现了很多问题，很多固有的矛盾难以解决的时候，诚如马克思所言，完成世界历史发展的任务必然由社会主义来担任，社会主义成为世界历史发展和人类进步的必然方向。自从马克思主义诞生以来，人类历史用新的实践证明了马克思的科学判断，世界历史进入了非西方民族国家不断地开辟新的道路和发展路径的时代。近百年来，在中国的现代化道路的探索过程中，主要是在中国共产党的领导下，走出了一条具有中国特色的现代化发展之路。这是一条与西方资本主义发展道路性质完全不同、路径完全不同、效果也全然不同的崭新道路。这条道路不仅使积贫积弱的旧中国很快变成了初步繁荣富强的社会主义新中国，中华民族重新屹立于世界民族之林，而且在20世纪70年代末以来，当代中国共产党人又以中国特色社会主义的“新道路”实现了对传统社会主义发展道路“模式”的转换，从而赋予世界历史新内涵。中国共产党第十九次全国代表大会上提出的习近平新时代中国特色社会主义思想，使得中国的现代化道路达到了新的高度并有力地推动了世界历史发展的进程。

应该指出，中国建设社会主义现代化强国的新道路是中国人民对人类世界

---

① 陈心想：《倚杖听江声——许倬云教授访谈录》，《书屋》2017年第2期，第66—67页。

作出的最伟大的贡献之一。中国提供的这条新道路具有鲜明的特征。

首先,1840年以来的中国,经历了由被动卷入到主动进入世界历史现代化的艰难进程。中国现代化道路的初起发端于19世纪后期半封建半殖民地的旧中国的土壤上。当时的中国社会经济落后,社会动荡,政治腐败,文化衰微,尤其是不具备西方世界那样经过几次工业革命的洗礼所形成的资本主义自我生长的条件。这是和我国的现代化道路与西方现代化道路在起点上的明显不同之处。正是西方思想文化和科学知识涌入,加上民族处在危亡之中的严酷现实,使得中国社会中传统思想观念开始变革。在现代的知识体系和科学民主思想形成的同时,马克思主义的传入、传播和中国共产党的成立,促使了中国独具特色的现代化道路的探索开始起步。尤其是在以毛泽东同志为核心的第一代中国共产党人集体的领导下,中国迈出了走向社会主义现代化道路坚实的第一步。也可以说,正是在中国共产党的第一代领导集体的带领和马克思主义中国化第一次理论成果的指导下,中华民族实现了国家独立,开始独立自主地建设伟大社会主义国家的征程,开辟了与西方国家完全不同的社会主义道路从而实现社会转型并融入世界历史的新进程。20世纪70年代末80年代初以来,当代中国共产党人,开启了改革开放,以经济建设为中心,实现了社会主义发展模式的转换。从此中国社会步入了由传统社会向现代社会转型的新阶段——中国特色社会主义建设阶段,再一次开启"非资本主义道路"走向世界历史的"新道路"时期。以邓小平同志为核心的党的第二代领导集体,主动引领中国走向现代世界。今天,以习近平同志为核心的党中央,正带领中国人民进入世界舞台的中央。因此,有学者认为,实现中国社会主义现代化,实际上就是推进世界历史进程的伟大实践,就是融入世界历史、推动世界历史发展的新历程。由此也可以说,中国的现代化道路,是立足于中国特殊国情的基础上形成的,是依据中国的具体情况而不断发展的。

其次,中国的现代化道路是以民主革命和民族解放的政治诉求为主要任务,逐渐发展到以最广大人民群众的政治解放、经济解放和文化解放为根本目的,并在公有制为主体,多种所有制共同发展的社会主义制度下以实现"共同富裕"为目标的道路。这一点,和西方的现代化道路也有着明显的不同。前面我们说过,资本主义是建立在财产私有制基础上的,因此,它的现代化道路也是以私有化作为根基的。而中国的现代化建设的道路,是以"共同富裕"和"全面小康"以及为中国社会的全面繁荣富强为基本出发点的。正是这一根本点的不同,导致了中国现代化道路和欧美现代化道路的不同性质和不同面貌。这也就是作为中国现代化领导核心的中国共产党，为什么要把“全心全意为人民服务”作为其根本宗旨的原因。我们在这里仅举一个现象就可以说明两种道路不同的性质和不同的效果。众所周知，在现代化进程中，转移农村人口，使其进入城市文明之中，是现代化发展的必然趋势。但是，我们看到，在这个进程中，西方的发展道路和中国的发展道路相比而言，弊端极大。西方的农村城市化最早是从英国文艺复兴时期开始的。在14、15世纪农奴制解体过程中，由于私有制，英国新兴的资产阶级和新贵族通过暴力把农民从土地上赶走，强占农民份地及公有地，剥夺农民的土地使用权和所有权，限制或取消原有的共同耕地权和畜牧权，把强占的土地圈占起来，变成私有的大牧场、大农场。这就是英国历史上的“圈地运动”。圈地运动摧毁了封建的自给自足的小农经济，建立起资本主义的大农业，把封建的土地所有制转变成资本主义的土地所有制，并且进行彻底的改造。到18世纪末19世纪初，自耕农大量减少，几近消失。这种资本主义大农业为英国资本主义的发展提供了丰富的原料，大量廉价的粮食及肉类，有力地推动了英国资本主义的发展。但是，其弊端在于，随着圈地运动中农村公用土地的消失、土地私有权的最终确立以及农业中资本主义生产方式的普遍建立，农业生产者和生产资料进一步分离。这样，一大批农民变成为城市中第二、三产业劳动力的重要来源。换言之，它造成了大量的农民失去土地并变成了无产者，从而导致了资产阶级和无产阶级之间矛盾的加剧，并造就了无产阶级这个资产阶级的掘墓人。除了英国外，法国等欧洲国家的现代化进程也大致如此。不仅是发达的资本主义国家，就是那些不发达或欠发达的国家，如墨西哥、埃及、印度等，走的也是资本主义现代化道路，结果导致大量失地农民涌入城市，成为城市流浪者并造成了贫民窟围城的现象。而中国现代化道路的优势在于，我们实行的是公有制和为全体人民谋福利的现代化道路，改革开放以来，大约有四五亿农村人口进入城市，虽然也出现了一些局部的、个别的问题，但没有引起大的社会动荡，也没有造成更大的贫富差距。这不能不说我们所选择的以公有制和共同富裕为核心内涵的社会主义现代化道路更有优势。这个特征用一句话来讲，就是中国的现代化道路，是以全体中国人民的共同富裕为基本价值取向的。

再者，中国的现代化道路又是以先进文化为支撑的道路。纵观当代资本主义世界，一个醒目的现象是：物质文明的高度发展与精神文化建设的相对滞后之间的矛盾极为突出。由于高福利社会缺少相应的精神文明支撑所带来的各种弊端，成为当前一些发达国家社会经济发展中的主要问题。以私有制为核心所形成的价值观,使得社会财富积聚在少数人手中,贫富差距成千上万倍的扩大,导致了社会各种不满情绪的酝酿、集聚和爆发。不仅如此,在社会地位上,现代社会物质文明的快速发展,常常导致人们所处的社会地位、经济地位不断变动,使人们缺少安定感,感到前途迷惘。甚至在广大的知识分子中间,也长时期弥漫着各种病态、变态和悲观绝望的思想情绪——我们所说的西方现代派文学和后现代主义文学就是这种情绪的典型体现。一句话,在这些作品中,缺少正能量的传递,更多的是负能量的表达。尽管这样的文学对认识现代资本主义社会的本质特征,有着巨大的价值和深度,但是由于缺少正能量的传递,也使得人们看不到前途和亮色。

我国的现代化道路,从一开始就具备自觉的文化建设意识。五四新文化运动显示出了新文化建设的自觉。中国共产党成立之后,便以当代最先进的科学理论,即马克思主义为指导思想,在中国传统文化的厚重基础上,汲取外来文化的优秀成分,开始建立中国特色的社会主义新文化,有力地推动了中国的现代化进程。尤其是在今天,我国物质文明和精神文明的协调发展,给中国现代化道路提供了强大的思想文化支撑和保障。试想,在一个具有近十四亿人口的国家,若没有一个把全中国各民族聚集起来的统一思想,那么,就不可能有"万众一心""同心协力"的思想文化基础,就不可能尽快地实现现代化发展的要求。虽然我国在现代的思想文化建设中,还存在着一些问题,也还有很多不尽人意的地方,但不可否认的是,这种上层建筑极大地适应了中国社会经济基础发展。

综上所述,中国独特的现代化道路,是立足于中国国情和中国特殊的情况而不断发展的道路;是以公有制为基础的全体中国人民共同富裕的道路;是以先进文化为支撑和保障的道路。三者相互依存、相互促进,构成了中国现代化道路的基本内涵和基本逻辑。现当代中国社会的高速发展和全面崛起的实践证明,中国特色的社会主义现代化道路,是继西方世界的现代化之路之后,又一种全新的现代社会发展的道路,是一种今天更具有普遍性价值和意义的道路。尤其是近四十年来,中国的道路更加波澜壮阔,更加成就辉煌,更加为世界各国,尤其是发展中国家所瞩目。

既然中国现代化道路不是简单地重走近代以来西方世界历史进程的发展道路,而是百年来中国几代人立足中国国情,不断探索、创新发展的产物,那么,其中就蕴含着独特的中国智慧和中国经验。因此,深入总结这一现代化发展道路的历史经验,并给予理论上的说明与总结,就成为今天我国学术界的重要任务之一。当前,中国学术界的很多学科领域,都在进行着这方面的深入研究,并从不同学科的角度，对这一问题给予了专业性的回答。那么，伴随着我国对中国特色的现代化道路探索，外来的文化和文学，尤其是欧美的文化和文学，曾经给我们提供了很多有价值的东西。因此，我们也需要认真总结欧美文学进入中国后的发展演进过程以及经验教训，从而为对这一道路自信做出我们的贡献。这一方面是中国国力强大后的一种文化软实力的必然诉求，同时也是我们对外来文化的一种理论自觉。同样，我们也必须看到，欧美社会在现代化进程中走在了我国前面，他们对人类历史进程也贡献了很多智慧和思想。他们的这些智慧和思想，在传入中国后，是怎样被我们接受的，又经历了哪些“误读”和改变，这些思想和智慧对中国现代化道路的形成，起了什么样的作用，尤其是在今天又将会给我们提供什么样的思想文化方面的借鉴，也需要我们从专业领域进行回答。

二、欧美文学“中国化”命题的提出是文化自信的理论自觉

习近平总书记指出：“历史和现实都证明，中华民族有着强大的文化创造力。每到重大历史关头，文化都能感国运之变化、立时代之潮头、发时代之先声，为亿万人民、为伟大祖国鼓与呼。中华文化既坚守本根又不断与时俱进，使中华民族保持了坚定的民族自信和强大的修复能力，培育了共同的情感和价值、共同的理想和精神。没有中华文化繁荣兴盛，就没有中华民族伟大复兴。一个民族的复兴需要强大的物质力量，也需要强大的精神力量。没有先进文化的积极引领，没有人民精神世界的极大丰富，没有民族精神力量的不断增强，一个国家、一个民族不可能屹立于世界民族之林。”①

建构中国学术话语体系，建立我们的“文化自信”，是长期以来中国当代学者的不懈追求。近百年来，中国的学人们始终围着这一目标不断地奋进前行。随着改革开放的进一步深化和我国国力的进一步增强，中国学者在中国特色学术话语体系建构方面，自觉意识也越来越强。它说明中国学人跟随着外国人研究路子走的时代，已经淡化或逐渐趋于终结。也可以说，努力去建设新的“中国学术话语体系”，已经成为今天中国学人的自觉追求。

纵观百年来中华民族的历史，是在艰难困苦中崛起，在不懈奋斗中走向伟

---

① 习近平：《在文艺工作座谈会上的讲话》，《人民日报》2015年10月15日，第2版。

大复兴的历史,也是在持续不断地奋斗前进的过程中,不断思考、积极探索具有中国特色的社会主义现代化道路的历史。正是在这样的伟大实践中,创造了具有中国特色的现代文化,并为当代中国话语体系的建设积累了丰富的经验。同样,中国现代化的发展也需要具有中国特色的现代文化的支撑。没有对自己特色的文化,或者说没有文化自信的现代化,也不是真正的现代化。对此,习近平总书记指出:"我们要坚持道路自信、理论自信、制度自信,最根本的还有一个文化自信。"[①]那么,何谓文化自信?现在较为趋向一致的看法是,文化自信是一个民族、一个国家以及一个政党对自身文化价值的充分肯定和积极践行,并对其文化的生命力持有的坚定信心。中国人在今天为什么要对自己的文化充满自信?根本原因就是我国今天的文化构成是让我们自信的本质所在。

纵观百年来中国现代文化的建设历程,一直面临着三种状况:一是世界各种不同的文化之间的交流日趋频繁,相互影响与相互融合更加紧密。二是中国强大的传统文化需要新的增长点和转型,以适应现代社会的需要。三是马克思主义作为我们文化建设的指导思想,本身需要新的发展,需要与当前中国发展的实际相结合并与时俱进。如何把这三者有机地结合在一起,形成特色鲜明的中国文化,使其既可以适应中国现代化进程的发展,指导中国的现代先进文化建设实践,同时又能够给世界文化建设提供中国的文化理念和文化思想,才是我们今天主要的使命。

首先,我们所建构的当代中国话语体系深刻地反映当代中国发展的世界历史视阈。20 世纪以来,特别是 21 世纪以来,世界的文化变动激烈,大碰撞、大分化、大融合的特征极为鲜明,尤其是更呈现出东方与西方、传统与现代、精英与大众等多种文化冲突形式。在这样的文化大碰撞、大交流、大融合的形势下,没有世界性的文化视野,就试图去建设一种现代化的文化,是根本不可能的。为此,任何国家、任何民族,在现代的语境下,想进行新的文化建设,就需要充分了解世界文化的发展状况,要充分接受和借鉴外国文化优秀养分,才能更好地为自己的文化建设服务。换言之,如果我们今天建设的文化,没有全球性的视野,既不可能是先进的,也不可能会走在世界的前列。应该说,我们在这方面的教训是十分深刻的。众所周知,中国在过去的几千年里曾经领先于世界各国,社会发展和文化发展均居于世界前列。但为什么近代中国衰落了呢?一个主要原因是,由于清帝国末期的"闭关锁国""抱残守缺",没有勇气打开国门,也没

① 习近平:《在文艺工作座谈会上的讲话》,《人民日报》2015 年 10 月 15 日,第 2 版。

有胆量去“门外”看个究竟，才导致我们社会和文化上的落后局面。纵观百年来我国新文化建设的过程，可以说，新文化建设的每一个阶段，都与我们引进和借鉴外国文化有关。例如，五四新文化运动时期，无论是西方的古典文化还是近代文化，无论是基督教文化还是马克思主义文化乃至各种各样的民间文化以及形形色色的亚文化等，都曾经是我们引进和借鉴的对象。1949 年后，尤其是改革开放之后，我们对外来文化，尤其是欧美文化的引进，更是一个引人注目的现象。在外来文化的引进过程中，我们逐渐具备了世界性的文化视野。其中外国文学，尤其是欧美文学的引进，更起到了其独有的作用。我们知道，欧美文学作为欧美社会不同国家和民族社会生活形象化的反映，比较全面地、立体化地表现了其不同历史时期的社会生活、思想感情、风俗习惯、道德价值取向、审美趣味等内容，其中所包含的思想意识和审美特点典型地表现了欧美文化的精髓。在某种意义上说，中国近代以来最初汲取外来文化，是从接受欧美文学起步的。因此，我们今天研究百年来欧美文学“中国化”的进程，其实就是在这个与文化紧密相关的“文学”领域，来了解和把握中国人接受世界文化的规律。进而言之，若说我们有文化自信，首先我们可以自豪地说，中国的现代文化从一开始就是具有全球性和世界性视野的文化。

其次，百多年来中国的传统文化也经历了一个由封闭到开放、由传统到现代的成长发育过程。我们有博大精深的优秀传统文化，它是我们今天文化发展的母体，积淀着中华民族最深沉的精神追求。诸如“天人合一”“和而不同”“天下为公”的社会理想；“止戈为武”“协和万邦”“和为贵”的和平思想；“以人为本”“民惟邦本”的治国理念；“克己修身”“求同存异”“己所不欲，勿施于人”的人生信条；“先天下之忧而忧，后天下之乐而乐”的个人情操；“天行健，君子以自强不息，地势坤，君子以厚德载物”的奋斗精神；“尽忠报国”“留取丹心照汗青”的爱国情怀，“天下兴亡，匹夫有责”“苟利国家生死以，岂因福祸避趋之”的担当意识；“青山处处埋忠骨，何须马革裹尸还”“舍生取义”的牺牲精神；“革故鼎新”“时时新、日日新”的创新思想；“扶危济困”“造福桑梓”的公德意识；“国而忘家，公而忘私”的价值理念等等，这些一直是中华民族优秀的文化遗产和精神之核。正如习近平总书记所说的，中国传统思想文化“体现着中华民族世世代代在生产生活中形成和传承的世界观、人生观、价值观、审美观等，其中最核心的内容已经成为中华民族最基本的文化基因。这些最基本的文化基因，是中华民族和中国人民在修齐治平、尊时守位、知常达变、开物成务、建功立业过程中逐渐形成的有别于其他民族的独特标识”[①]。可以说,继承中华民族历史上长期形成的伟大文化传统,在优秀传统文化的基础上建立我们的现代文化,又是我们文化自信的标志。

但不可否认的是,中华传统文化资源毕竟产生在中国的古代社会,其中还有很多陈旧的和过时的东西,缺少某些现代社会需要的文化因子。这就涉及如何将其从传统文化转换为现代文化、由农耕文化转换为工业文化、由封闭文化转向开放文化的过程。应该指出,我们对这个问题并不是一开始就认识得很清楚。当我们的前辈们从最初引进欧美文化的时候,就出现了两种倾向:一方面有人用“反传统”或“批判传统”的目光来重释中国的传统文化,甚至对中国传统文化做了基本否定的评价。由此,他们或热衷于原封不动地引进欧美的文化和文学观念,企图全面取代中国的传统文化,或试图用舶来的文学观念来“净化”我们的文学传统。另一方面则是有些学者固守传统,试图用中国的传统文化和某些思想来解决新时代出现的问题。甚至直到今天,这两种倾向仍然有一定的表现:如当下仍然有些人企图复活古代文化去突破当下的困境(当然这和继承发扬中国古代优秀的文化遗产是两回事儿,不能混为一谈),还有些人自觉或不自觉地认为所谓西方现代的和后现代的东西,对中国现代化进程中的中国更有用处。正如有的学者所言,在这种全部“拿来”不行,全部“恢复”也不行的纠葛中,换言之,在经历了“东倒西歪”的震荡之后,我们突然失去了理论方向。很多在理论上本来清晰的东西,在现实的操作中似乎变得模糊起来。例如,今天甚嚣尘上的“国学热”,就是如此。在连“国学”究竟是什么都没搞清楚的情况下,就大喊“恢复国学”“弘扬国学”,这就很成问题了。殊不知,“国学”的概念在晚清时代出现,本身是针对“西学”而言的,是和“西学”对立的产物,是当时的人们将之人为地对立起来的结果。这样,我们现在所进行的这个课题的研究,就是想通过百年来欧美文学进入中国并和中国传统文化碰撞、融合的中国化进程的研究,来解决这个问题,看它们之间是怎么有机结合的,是如何使我国的文化传统不仅得到了延续,而且还在新的历史条件下获得了巨大发展。

再者,中国的现代文化又是在世界上最先进的思想指导下建设的文化。我们知道,中国的现代文化,是在马克思主义思想指导下建设和发展的。就中国的具体情况而言,马克思主义作为外来的思想体系和文化学说,也经历了从一个具体学派的理论到成为中国社会的指导思想,从一般意义上的马克思主义到

---

① 习近平:《在纪念孔子诞辰 2565 周年国际学术研讨会暨国际儒学联合会第五届会员大会开幕会上的讲话》,见《人民日报》2014 年 9 月 25 日,第 2 版。

中国化的马克思主义的发展过程。这个过程,既是中国人逐渐接受马克思主义的过程,也是马克思主义在中国不断发展创新的过程。其中马克思主义的立场、观点和方法日益深入人心,不断地与中国的具体国情实际相结合,和中国人民伟大的社会历史实践相结合,有效地推动了中国革命和建设的发展。在思想文化领域,以马克思主义为指导思想所建立起来的上层建筑和意识形态,吸纳了外来文化的有益成分,汲取了中华传统文化的优秀遗产,创造了中国新民主主义和社会主义的新文化。这一文化,以“为人民服务”为主旨,体现了最广大人民群众的立场;以表现中国人的社会生活和社会理想以及中国的革命和建设事业为依据,体现了与中国社会发展进程的紧密联系;以提高全中国人民的思想道德水平为目标,为中华民族的伟大复兴建立文化支撑。可以说,正是在这一指导思想的统筹下,中国现代文化建设取得了辉煌的成就,成为世界文化中的一个醒目的现象。

综上所述,中国现当代文化的先进性,就是因为它是多种文化优秀因子的融合,并在马克思主义先进思想指导下形成的新文化。对此,毛泽东同志早在《中国共产党在民族战争中的地位》一文中,就指出:“我们这个民族有数千年的历史,有它的特点,有它的许多珍贵品。对于这些,我们还是小学生。今天的中国是历史的中国的一个发展;我们是马克思主义的历史主义者,我们不应当割断历史。从孔夫子到孙中山,我们应当给以总结,承继这一份珍贵的遗产。”[①]他紧接着就如何继承遗产的问题给出了具体的指导意见:“使马克思主义在中国具体化,使之在其每一表现中带着必须有的中国的特性,即是说,按照中国的特点去应用它,成为全党亟待了解并亟须解决的问题。洋八股必须废止,空洞抽象的调头必须少唱,教条主义必须休息,而代之以新鲜活泼的、为中国老百姓所喜闻乐见的中国作风和中国气派。把国际主义的内容和民族形式分离起来,是一点也不懂国际主义的人们的做法,我们则要把二者紧密地结合起来。”[②]茅盾先生后来也对毛泽东的这一论述从两个方面进行了深入的阐述。在茅盾看来,所谓的“中国化的文化”,既是“中国的民族形式的”,也是“国际主义的”,即离不开与欧美文化的融汇与贯通及其借鉴、参考价值。为此茅盾特意强调“中国化”与“中国本位文化”存在本质的区别,后者是“排拒外来思想的”,是“中国为体”的老调子的新装。而中国文化发展的先秦和魏晋南北朝时代证明与外国

---

① 毛泽东:《中国共产党在民族战争中的地位》,《毛泽东选集》(第一卷),北京:人民出版社 1968 年版,第 499 页。

② 同上书,第 500 页。

文化的“交流和醇化”才是真正意义的“中国化”。[①] 由此可见,我们当前所建立的文化既不是西方的,也不是中国传统的,更不是一般意义上所说的马克思主义的文化,而是具有中国特色的马克思主义新文化。这种新的中国文化立足当代,根植于中华沃土,汲取中华文明的优秀传统和外来文化的优秀因子,并在马克思主义指导下实现了其创造性的现代转化,展现了人类发展的文化历史继承性。同时,这一新型的中国文化也学习和借鉴了人类文明的优秀成果,彰显了人类文化丰富性。它对推进世界历史文化进程提供了有益经验,为世界历史文化的多样性贡献了新的样本和新的意义,也为建构当代中国话语体系提供了新的原创素材。正是有这样的新文化,我们才具有强烈的文化自信的底气。

我们研究欧美文学“中国化”的问题,也正是要通过这个具体的领域来看中国化的马克思主义作为指导思想,是如何把外国文学和中国文学有机地融合在一起,并创造出独具特色的中国新文学和新文化的。因此,百年来欧美文学“中国化”进程的研究,也是我们外国文学界理论自觉和文化自信的表现。

三、欧美文学“中国化”命题的提出是学科本身发展的必然

研究欧美文学的“中国化”问题,从纯粹的文学学科发展角度讲,也是为了回应“世界文学时代已经到来”的问题而提出的。说到底是为了建设中国特色的欧美文学(包括外国文学)认知模式服务的,是为了中国人的话语自觉服务的。

我们知道,自从19世纪初期德国伟大作家、诗人歌德提出“世界文学时代已经到来”的论断之后,对“世界文学”概念、内涵、界限、标志以及价值的讨论就不绝于耳。百年来,特别是新时期以来我国欧美文学引进和研究获得了显著进步,中国文学和“世界文学”的关系也越来越密切。可以说,仅就中国的欧美文学的引进和研究而言,这一文学现象已经成为“世界文学”的重要组成部分之一。之所以会如此,归结到一点,那就是百年来中国对欧美文学的翻译、引进、研究和传播,已经初步走上了中国特色欧美文学的“话语”建设和发展之路。

但是,很长一段历史时期内,我国的欧美文学学科与其他学科比较起来,把欧美文学“中国化”与“世界文学”联系在一起进行综合研究和理论解说,都缺乏

① 茅盾:《通俗化、大众化与中国化》,《茅盾全集》(第22卷·中国文论五集),北京:人民文学出版社1993年版,第92页。

明晰性和系统性。尤其是在理论体系、理论话语、理论概念以及理论指导实践等方面都处在自发的探索阶段。当然,这个问题也不是没有涉及,多年来,中国很多从事文学研究的学者(无论是研究中国文学、外国文学还是中外文艺理论的学者),都从不同的角度探讨了外来文化"中国化"以及欧美文学话语的"中国特色"的问题。但总体来说,对这个问题的研究都缺乏系统的理论说明和专门性的阐释。换言之,现实极其需要理论,而零散的研究和单一学科化的研究又不适应这种需要,为此,在考察欧美文学百年来进入中国的规律基础上,在理论上重新定义"中国的欧美文学"的性质以及构建今天中国特色的欧美文学话语新形态,显得更为必要和急迫。

2000 年以后,这种情况有了明显改变,可以说,这是一个非常了不起的转变。据统计,近几年来,与此相关的研究开始增多。如前所言,国家社会科学基金重大项目"新中国 60 年外国文学研究""外国文学经典生成与传播研究";教育部重大攻关项目"西方文论中国化与中国文论建设""外国文学翻译与研究 60 年"等重大课题开始立项。同时,也有的学者做了"中国外国文学研究三十年""中国的外国文论建设三十年""百年来中国对外国文学的翻译史"等方面的研究。陈众议、王一川、申丹、陈建华等分别出版了《当代中国外国文学研究 1949—2009》《西方文论中国化与中国文论建设》《新中国 60 年外国文学研究》《中国外国文学研究的学术历程》等大部头著作。在这些研究中,全国的学者们做了大量的工作,对不同国家、不同民族、不同语种的文学作品和文学现象进入中国的历程,从文艺理论、不同体裁作品以及文学流派等不同的角度,都做了深入的梳理和研讨。可以说,对欧美文学(乃至整个外国文学)进入现代中国的来龙去脉,都进行了卓有成效的梳理和辨析,同时也对其进入中国文坛的规律,进行了有价值的初步总结。换言之,对欧美文学"中国化"的实践理路,已经梳理和描绘得相当详细了。因此,在他人所做的具体工作的基础上,将实践层面的成果提升到理论层面,以便更加清楚地认识百年来中国外国文学研究界对欧美文学研究的贡献,改变当今中国文化语境下对"欧美文学"的认知方式,进行总体性的文化影响规律认识与文学基础理论创新,将是本丛书重点要解决的问题。

当前在欧美文学"中国化"和创建具有中国特色欧美文学新话语过程中首先遇到的最大问题是:长期以来,我们始终把中国学术界所从事翻译、研究和讲授的欧美文学(或外国文学)仅仅看成是"欧美的文学"(或外国的文学)。而没有将其看成这已经是中国化了的"欧美文学"(或外国文学)。例如,我们众多的教科书和外国文学词典都这样定义:“外国文学,指的是除了中国人之外的一切外国人写作的文学以及他们所创造的文学现象。”当然,这也不能说就是错误的。但是,这个定义值得商榷,也可以说是很不科学的。我们之所以说它不科学,就是因为作出这个定义的人没有看到,当这些欧美的或外国的文学作品和文学现象进入中国的社会和文化语境的时候,已经发生了巨大的变化。诚然,原初性质的欧美文学,是西方某一个国家的作者运用自己本民族的语言,在自己独特的社会文化语境中,针对自己所生存的时代和所生活社会中出现的问题而进行的文学实践和审美反映的产物,它反映的是其民族特有的思想感情和审美判断。但一旦欧美的文学现象和文学作品进入到中国的社会现实和文化语境中后,经过中国人的翻译过程、多次阅读理解过程以及研究、讲授、传播过程后,已经在某种程度上(甚至在很大的程度上)离开了其原初的意蕴,成了面对中国社会需要、蕴含着中国思维方式、具有中华精神文化特色的第二文本或文学现象了。也就是说,这些文本已经是中国化了的欧美文学而不再是原汁原味的欧美文学了。《晏子使楚》中所说的“橘生淮南则为橘,生于淮北则为枳”,就是这个道理。对此,青年学者高玉曾指出:“‘本土经验’是指中国本土的思想方式、心理结构、伦理道德观念、时代语境、语言等。是否接受、接受什么以及如何接受外国文学,深受本土经验的影响和制约。本土经验深刻地影响了外国文学的形态、性质、意义和价值,它使翻译文学不同于原语和原语境的外国文学从而具有中国性,成为中国特色的外国文学。”[①]

这就涉及我们对“世界文学”概念的理解了。我认为,理解“世界文学”概念,应站在动态的、发展的立场上去进行,而不能抱着静态的眼光去看待它。我们说“世界文学”是个动态的概念,是因为世界文学不可能一蹴而就地形成,也不可能是以千人一面、万人一腔的形态构成。它也经历了不同阶段的演进过程。或者说,一个时代有一个时代的世界文学。

一般而言,任何民族的文学都是在其所处的古代历史阶段独立发生的。这和当时作家们(如果说当时有作家的话)生活的生产力发展较低、地域条件限制、信息封闭以及传播手段低下有关。“不知有汉,无论魏晋”就是当时文化封闭性的典型写照。从这个意义上我们才说,全世界各地域出现的古代的文学都是民族文学或者地域文学,不是今天所谓国家意义上的文学。这正如我们说希腊文学不是古代希腊国家的文学,而是产生在伯罗奔尼撒半岛、克里特岛和小

---

① 高玉:《本土经验与外国文学接受》,《外国文学研究》2008年第4期,第130页。

亚细亚等东地中海周边地域上的文学的统称；我们说但丁的《神曲》是意大利文学，不过是说它是生活在亚平宁地区意大利人创作的民族文学，而不是"意大利国家"的文学是一样的。众所周知，在 18 世纪及之前，当时欧洲人所知道的文学，不过是欧洲范围内(甚至只是西南欧诸民族)的文学而已。反过来说，中国人知道的文学也不过就是中国这块土地上产生的古代文学而已。至于当时在西方产生了重大影响的欧洲希腊罗马乃至中世纪、文艺复兴时期的文学，中国当时也是完全不知道的。至于其他各大洲的民族文学，我们就更是闻所未闻了。那么，在这样的时代，人们是根本不可能提出"世界文学"的概念的。

"世界文学"的概念，只能随着不同民族和不同文化间频繁的文学交流而出现，换言之，只有此地人知道彼地人，此民族了解了彼民族的文学的情况下，"世界文学"这一观念才能萌芽和出现。也就是说，一个民族只有知道并且了解了其他民族的文学后，这样，"对比"或曰"互文"才有可能。人们的眼界一旦被打开，文学的视野也就广阔多了。我猜想，歌德所谓"世界文学时代已经到来"的第一层意思，就是指世界各地不同民族、不同地域的人知道并了解彼此间文学的时代将要到来了。因为作为一个伟大的文学家歌德，也是在他看到并研究了东方文学后，才眼界大开的。这才有了 1827 年 1 月 31 日在与其秘书艾克曼的谈话中，首先称赞了中国传奇小说《风月好逑传》，然后说出了"世界文学"(Weltliteratur)一词。请看下面他说的话："每个人都应该对自己说，诗的才能并不那样稀罕，任何人都不应该因为自己写过一首好诗就觉得自己了不起。不过说句实在话，我们德国人如果不跳开周围环境的小圈子朝外面看一看，我们就会陷入上面说的那种学究气的昏头昏脑。所以我喜欢环视四周的外国民族情况，我也劝每个人都这么办。民族文学在现代算不了很大的一回事，世界文学的时代已快来临了。"①

但歌德的伟大就在于，它不仅说出了世界文学时代已快到来了的第一层意思，即每个国家和民族都知道和了解彼此间的文学的时代快要到来了，而且还说出了世界文学时代即将到来的第二层意思：即人们不仅要知道其他民族的文学，而且还要彼此间能够学习和相互借鉴。这也即"世界各民族文学相互学习和相互借鉴的时代快要到来了"的意思。由此，歌德才接着说："我愈来愈深信，诗是人类的共同财产。诗随时随地由成百上千的诗人创作出来。这个诗人比那个诗人写得好一点，在水面上浮游得久一点，不过如此罢了"。"现在每个人

---

① [德] 艾克曼辑录：《歌德谈话录》，朱光潜译，北京：人民文学出版社 1978 年版，第 113 页。

都应该出力促使它早日来临。不过我们一方面这样重视外国文学,另一方面也不应该拘守某一种特殊的文学,奉它为模范。我们不应该认为中国人或塞尔维亚人、卡尔德隆或尼伯龙根就可以作为模范。如果需要模范,我们就要经常回到古希腊人那里去找,他们的作品所描绘的总是美好的人。对其他一切文学我们都应只用历史眼光去看。碰到好的作品,只要它还有可取之处,就把它吸收过来。"①正是基于这样的认识,他才陆续出版了《东西方合集》《中德四季晨昏杂咏》,并强调东西方文学之间有着密切的联系和彼此借鉴的关系。所以,我们从中可以看到,在歌德的时代,虽然他还不可能对"世界文学"做出我们今天这样的理解。但就"世界文学"这两层含义的提出,就具有了超越时空的价值了。例如,中国文学融入"世界文学"的进程,也证明了他论断的正确性。1840 年之后,正是通过翻译和介绍,中国人知道了欧美文学或外国文学,看到了不同文学的面貌。这既使得我们借鉴了外国的文学,同时也在互文中开始了我们文学的现代化创造进程。

但我们还要看到,时至今日,在世界"全球化"的新形势下,单纯"了解"和"借鉴"意义上的"世界文学"已经有了巨大的局限,对"世界文学"内涵的把握需要新的要素跟进。换言之,今天我们所说的"世界文学",已经不仅仅是简单的借鉴和影响的关系,而是相互启发、相互碰撞的互补关系。也可以说,正是在这种交融中,形成了价值取向上渐趋相似的关系。这一点,歌德在宣布"世界文学的时代已快来临"时候也谈到了。我们也可以把这一点看成是歌德所理解的"世界文学"的第三层意思。例如,对于什么是世界文学,他进一步说道:"我们大胆宣布有一种欧洲的,甚至是全球的世界文学,这并不是说,各种民族应当彼此了解,应彼此了解他们的产品,因为在这个意义上的世界文学早已存在,而且现在还在继续,并且在不断更新。不,不是指这样的世界文学!我们所说的世界文学是指充满朝气并努力奋进的文学家们彼此间十分了解,并且由于爱好和集体感而觉得自己的活动应具有社会性质。"②可见,歌德所指的世界文学源于作家思想深处的一种使自己的创作具有社会性质的理想。这种社会性质可以为全人类所接受。换言之,在这里,歌德并不是要泯灭民族文学的特色,而是要使文学表现普遍为人接受的东西。

但现在的问题是,国内外的学术界似乎总是有人认为,"世界文学时代"是

---

① [德]艾克曼辑录:《歌德谈话录》,朱光潜译,北京:人民文学出版社 1978 年版,第 113—114 页。

② [德]歌德:《歌德文集》(第 10 卷),范大灿、安书祉、黄燎宇等译,北京:人民文学出版社 1999 年版,第 410 页。

要建立一个世界各国各民族价值一律或曰具有一个恒定的价值取向的“世界文学”。很多研究者在谈及这个问题的时候，有意无意间总是让人觉得，似乎“世界文学时代”一定有着一个与这一时代相对应的实体性的“世界文学”。因此，这些学者的着力点用在对“世界文学”的恒定内涵是什么的探讨上以及“世界文学”的实体如何构建上。其实这完全是徒劳的。我们知道，任何文学都是特定时代、特定地域人们生活的反映，不同的民族也都有各具特色的价值观、人生观和审美观。加之作家是以个人独特的审美感受来认识世界并反映世界的，这就决定着“世界文学时代”不可能出现所谓的价值恒定、艺术整一意义上“世界文学”。尤其是在今天文化价值多元的时代，具有恒定价值的实体意义上的“世界文学”更不可能产生。为此，我们需要多考虑的是“世界文学时代”应该有个什么样的文学相处的样态，而不是把精力用在所谓的“世界文学”本体的构建上——这才是问题的焦点。

与此相关的还有一个问题需要我们注意，就是“世界文学时代”所建设的“世界文学”，究竟是价值单一的，还是价值多元的？很多人在潜意识中，似乎“世界文学时代”，是以表现人类共有的价值伦理或曰“普世价值”为基本特征的，即一定是抛开了各民族具体的价值标准而用人类普遍性的价值所构建的单一性的世界文学。近年来，随着“世界主义”的兴起，关于表现“普世价值”的文学受到了各方面的关注。问题在于，现在人们所谈论的“普世价值”，一直是受西方话语支配的，是西方人把自己的价值强说成是“普世价值”的体现。这里也涉及我们对歌德所说的“世界文学”的误读。

诚然，歌德是说过这样的话：“我们所说的世界文学是指充满朝气并努力奋进的文学家们彼此间十分了解，并且由于爱好和集体感而觉得自己的活动应具有社会性质。”①但请注意，歌德这里所说的含义，绝不等于有个所谓“普世价值的文学”，而只是“充满朝气”“努力奋进”“应具有社会性质”的文学。就是说，歌德所指的“世界文学”是源于作家思想深处的一种使自己的创作具有理想社会性质的文学。而只有这种理想社会性质的文学才可以为全人类所接受。歌德并不是要泯灭民族文学的特色，而是要使每个民族的文学都能够表现出普遍的被人接受的社会理想。他指出：“我们想只重复这么一句：这并不是说，各个民族应该思想一致；而是说，各个民族应当相互了解，彼此理解，即使不能相互喜

---

① ［德］歌德：《歌德文集》（第10卷），范大灿、安书祉、黄燎宇等译，北京：人民文学出版社1999年版，第410页。

爱也至少能彼此容忍。”[①]这样,歌德所理解的世界文学,并不是像有些人所理解的那样是只有某一种价值取向(尤其是西方价值取向)的文学。换言之,歌德认为,只要是能够促使人们走向进步、充满正能量并体现世界发展趋势的文学,都可以进入世界文学的范畴。那么,在今天只要能够体现世界发展的历史趋势,能给人以正能量的文学,都应该是“世界文学”内涵的应有之意。我们要特别注意,不能把现代西方世界所鼓吹的“普世价值”当成歌德所主张的“世界文学”基本内涵的构成。其实,文化的多样性,决定着价值的多样性。如果说有所谓的“普世价值”的话,今天也不过就是各民族文学所具有的向上性、进步性的主张而已。由此出发,我们应该而且必须要建立中国的文学意义上的“普世价值观”,并在此基础上构建我们所理解的“世界文学”,并以此来回应新的“世界文学时代”的到来。

这一问题的焦点在于,在我国,今天是要重点抓好我们中国的世界文学话语的建构,还是向别人的话语靠拢?换言之,今天的“世界文学”是各种话语齐鸣,还是一鸡独唱?这是一个大是大非的问题。我认为,“世界文学”的问题,并不是向某种“普世”价值靠拢的问题,而是各民族文学中美好的向上的价值在一起和谐相处的问题,是在文化发展中的多元价值融合再造的问题。这样,理想的“世界文学”,其实就体现了现代价值的统筹性和文化形态的多样性。可以说今天的“世界文学”,是现代价值观的统筹性与文学样态丰富性的高度统一。因此,这才决定着越是世界的,就越是受制约现代价值观的,同时也是受制于文化多样性的。今天的“世界文学”和前世界文学时代的最大不同在于,我们今天讲的文化多样性,是在自觉地把握人类历史发展趋势上的多样性,是现代进步观念统筹下的多样性。这正是今天我们对人们常说的“越是民族的,就越是世界的。同样,越是世界的,也就越是民族的”话语的理解。我们说它是世界的,就是因为它们不仅体现了人类固有的追求美好世界的愿望与走向社会进步的要求,同时也恰恰是因为这些不同民族的文学构成了世界文学百花园中不可缺少的一部分。同样,我们说它是民族的,就是因为它们体现出了各自文化的特殊性。由此推论,即使有所谓的“世界文学”,那么,今天的“世界文学”也并非是样态一致的或是仅有单一价值的文学,而是存在着多样性理解和多样性话语融合相处的文学。

在21世纪的今天,全球化对文化领域的影响已经成了有目共睹的事实。

---

① [德]歌德:《歌德文集》(第10卷),范大灿、安书祉、黄燎宇等译,北京:人民文学出版社1999年版,第410页。

尤其是信息技术的发展和交通现代化的便利已经影响到了我们生活的方方面面，浸透到我们的社会生活、经济生活和文化生活的深处之中。可以说，“文化”在这个全球化的时代才真正成为“处在总体联系中的动态有机体”[①]。这一趋势直接导致了原有的“国家文学”“民族文学”乃至“地域文学”等界限的模糊。因为在全球化进程中，尤其是在信息化高度发展的条件下，那种封闭意义上的“国家”“民族”和“地域”文学的内涵已经发生了根本性的变化。在全球化时代，一方面是世界各国与欧美文学直接接触的机会越来越多。例如，大量的研究人员的频繁交流，各种国际性研讨会议的召开，海量学术论文的快速传递以及留学人员的数量增长，使得非欧美国家的文学研究者更直接地接触原初的欧美文学成为可能。同样，世界各国具有欧美文化体验、掌握外语的研究人才的大量涌现为文本旅行的研究提供了人力条件。在中国也是如此，随着改革开放新时期以来中国人走向世界、走向全球的步伐加快，欧美文学在中国的传播和研究也获得了充分的发展空间。但另外一个方面，世界各国人员的紧密联系，交流的便利性增强，也使得各自文化在交流融合的同时，自己的话语意识消弭在日常便利的交流中。尤其是一些发展中国家的文学话语，逐渐被强势的发达国家话语所取代。现在我们可以逐渐看清一种倾向，即非欧美作者，包括我国学者写作的欧美文学研究著作，越来越“像”欧美学者写作的东西。无论是思想观点，还是文化意识，抑或是审美倾向乃至行文技巧等，都越来越失去了本民族话语的主体性。在这种情况下，世界各国的有识之士明显意识到，一个民族在引进外国文学，尤其是欧美文学的时候，保持自己的“话语权”，建立自己的学术话语就成了当务之急。尤其是西方所谓“普世价值观”随着欧美文学的话语向外扩张的时候，这一弊端更加明显。这样的现实，明显不利于各个民族的文学在“世界文学”中的存在。因此，人们渴望在接受外来文学的时候，能够发出自己的声音，这样的现实，其实也预示着“世界文学”新的发展时代的到来。

因此，我们才把今天这个“世界文学”的时代称为“建立自己话语”的“世界文学”时代。在今天这个“世界文学”的新时代里，一些民族国家开始有了要建立自己的“欧美文学言说话语”的自觉。只有当各个国家和民族的文学，都在现代价值观的基础上，建立起自己立场上的文学话语的时候，世界文学的新时代才真正到来。打个比方说，若歌德所说的“世界文学”如同一个大花园。最早，由于视野局限，我们的花园中只有本地方的花草树木。后来我们发现了外地的

---

① 刘建军：《关于文化、文明及其比较研究等问题》，《东北师范大学学报（哲学社会科学版）》2002 第 2 期，第 11 页。

品种,引种过来,花草树木种类大量增多,但问题是不能让外来的花草都嫁接进某一种花草的基因,使得其变得千篇一律,而要在各自样态和特点的基础上,既千姿百态(个性化),又都美艳芬芳(共性化)。到了今天,我们需要的“世界文学”是每个国家或民族的文学都更加富于自己的话语特色,同样也更加适应全世界人民对美好价值的追求,从而使得“世界文学”的百花园既美艳动人,但又个性鲜明。

当今的中国毫无疑问应该更自觉地站在“建立自己欧美文学话语”前列。这既是我国经济、政治和文化发展的必然要求,也是百年来中国引进欧美文学乃至外国文学发展到今天的需要。从我们的课题研究中,我们深深感到,当前中国的欧美文学(包括外国文学)的介绍、引进和研究,已经走过了“知道”和“借鉴”的阶段,开始了用“中国的话语”融入世界文学大花园的第三个阶段。换言之,中国应该用自己的话语参与欧美文学乃至世界文学的发展进程,并为之提供中国人看待欧美乃至世界文学的意见。萨义德(E. W. Said)在出版于1983年的《世界・文本・批评家》一书中,论及理论旅行问题。“理论旅行”强调对理论进行动态描述、追踪其传播和演化过程。萨义德把理论的传播比喻成动物和人的迁徙。萨义德指出,理论传播经历四个阶段:理论在某处孕育,这是起点阶段;在各种外力作用下,理论开始了时间和空间的跨越,去寻找新的栖息地;新的环境对于这种舶来的理论或者吸收或者抵制;那些适应环境的理论最后留存下来,不过已经变异,融入了新的环境中。萨义德所说的“经过理论变异融入到新的环境中”的东西,其实就是“新的理论话语”。①

四、研究欧美文学“中国化”与建立“中国话语”的意义

从最一般的意义而言,研究欧美文学“中国化”的问题,可以更好地总结外来文化和文学在我国现代化进程中所起到的积极作用,并探讨外来的文化和文学在进入中国的百年来的基本规律和经验教训,从而更好地为我们今天的文化建设服务。

仅就文学自身的发展而言,这个问题的研究也有着重要的意义和价值。大体说来,有以下几个方面:

---

① [美]爱德华・W. 萨义德:《世界・文本・批评家》,李自修译,北京:生活・读书・新知三联书店2009年版,第400—402页。

1. 这个问题涉及不同国家之间文学关系的未来走向。当下在我国的外国文学领域所遇到的另一个重大课题是回答“什么是文学的未来关系”的问题。其实,不仅中国,其他国家也遇到了这个问题。

我们知道,当前文化交流已经成为不可阻挡的历史文化现象。就像一个国家离开了其他国家不能生存一样,一个民族的文化和文学也不可能在封闭的条件下蓬勃健康发展。所以,今天的不同民族和国家文学之间关系,说到底更是一种互文性、互补性或增殖性的关系。从心理层面上来说,很多人认为文学产生于文学家个体身上固有的集体感和对文学社会功能共识的基本认知,即虽然不同国家文学中的作品均产生于每个文学创作者的自发性,但是他的作品在出版后,尤其是被翻译成其他文字之后,就产生了渴望被他者接受和评论乃至产生影响的心态。这也是文学世界性得以产生的心理基础。而译介作品通过在接受国的讲授、诠释等程序后,必然会产生变体,当这种变体达到一定的程度后,就会使民族文学向世界文学转化。以欧美文学为例,欧美文学中国化的根本内涵在于把欧美文学变为中国社会所接受的文学。从文本中所蕴含的文化性质来看,“中国的欧美文学”就是被中国文化认同了或者说接受了的欧美文学,认同或接受的目的是使之适合中国社会的时代文化发展要求。这种情况的出现一方面是因为欧美文学固有的适应世界的性质(其实任何民族的文学都包含这样的性质);另一方面,欧美文学必然是以其变体(即译文文本及其研究文本)进入接受国文化中的。这两种情形的相互作用就使欧美文学中国化成为可能。进一步说,如果欧美文学以这样的方式既能被中国接受,又能被其他国家以各自的历史文化语境来接受,那么外来文学其实就是在不断地被“他国化”的过程中,逐渐成为世界文学的。它既被接受,又被改造和更新,就使得它的适应性越来越强,最终才能变成全人类所接受的世界文学。曹顺庆先生将这种现象称为“他国化”。他运用文化与文论“他国化”这一文化发展规律,进一步指出,从过去近百年我们的西方化,转换到今后若干年的我们“化西方”,才能实现以我为主的西方文学的中国化,才能真正实现中国文学的现代转化与重建。中国的文学走向世界的道路也正是如此。

进而言之,作家自身意识形态的变化和文学文本的传播又都要以全世界各国的意识形态变化为基础,并在此基础上构建世界文学。在我们看来,世界文学的时代,应该是不同的民族文学在引入其他民族的文学之后,其思想价值和审美价值经过改造、吸收等吐故纳新的过程,使其他民族的文学成为本民族文学的一部分。这既是互文、互补,也是文本的增值。当英语文学被译成汉语,进入中国文坛后，经过诠释、研究、“误读”等过程，已经成为中国文学重要因子；反之，当中国文学作品被美国人译成英语，经过诠释、研究、“误读”等过程，中国的某些文学的思想与审美因子其实也就成为美国文学中的文化要素了。这两种文学在转化和互补中，必然都指向了世界上人们共有的价值要求，这才是“世界文学时代”到来的根本标志。换言之，文学也好，文论也好，在一定的历史文化条件下，都是可以而且必须要发生“转换”的。这种“转换”，就是“去本国化”和走向“世界化”的过程。由此可见，解决好“什么是世界上不同民族文学之间的关系”问题，对我国文学观念的创新、新的民族文学范畴的界定以及增强中国人学习西方文学的自觉意识，都有重大的意义。

2. 研究欧美文学或曰外国文学“中国化”的问题，可以对“中国文学”的范畴进行拓展和重新界定。与上一个问题密切相关的是，在这种新的理论指导下，我们可以对“中国文学”的范畴进行重新考虑与界定。何为中国文学？亦即中国文学包含着哪些人创造的文学？过去人们在谈到“中国文学”的范畴时，常常依据作者的族裔身份和作品的题材来判定，其学理遵循“中国人写的并且写中国人的”传统认知模式。但我们新的出发点则是从文化场域出发。换言之，是既考虑民族身份，又从不同民族、不同地域的人对文学的交流角度出发的。按照我们的划分，中国文学不能包括海外华人文学(因为这一文学是在外国的某一民族文化或地域文化的场域发生的)，但必须包括欧美文学或外国文学在中国的译介和传播乃至重建的部分。

把翻译过来的外国文学作品算在中国文学范畴之内，并非是本项目的独创。很多中国的学者，通过对翻译文本的深入研究，已经越来越趋向于将中国的翻译文学纳入中国现代文学史。其主要理由如下：第一，中国现代翻译文学从“生产”到“消费”的全过程始终不脱离中国现实语境和文学语境，所以具有中国性、本土性。从这个意义上说，它虽然是外国作家创作的作品，即属于外国文学，这是没有疑问的，但它更是中国翻译家通过翻译“创造”的作品，是翻译家们在原初文学基础上的“创作”。同样，它的读者对象也是中国的现代读者。可以说，中国的社会现实、文化语境、中国读者的文学欣赏习惯以及文学需求始终潜在地影响和制约它的选择和运作，从而深层地决定它的意义和价值。具体说来，既然翻译文学是中国现代时期出现的文学作品，也主要是以现代汉语形态出现的作品，所以本质上属于中国现代文学，应该纳入中国现代文学史的“书写”的范畴。第二，中国现代翻译文学的本土性、中国性，不仅仅是因为它是中国需求和认同的产物，更表现在它的文本又是在中国现代文学体制的运行下产生的。中国现代翻译家的知识结构,乃至他在翻译时所遵从的文学制度、审美风尚等,也深深制约翻译者及其翻译,所以翻译出来的文本具有深刻的时代性、民族性,从而具有中国现代文学性。即是说,外国文学一旦被翻译成汉语之后,它就不再是纯粹的外国文学,而同时也是汉语文学,被置于汉语语境之中,其性质和归属就要根据它特定的语言、体制和时代等综合因素来决定。文学形式上,中国现代翻译文学更接近中国现代文学文本,而不是外国文学文本。第三,中国现代翻译文学不仅在作者的层面上、在文本的层面上应该属于中国现代文学,在读者和阅读的层面上,它更应该属于中国现代文学。翻译文学虽然来源于外国文学,但它与原初的外国文学具有完全不同的归属,原初的外国文学其本民族语言决定了他的读者对象主要是“本国人”,而翻译文学其译语则决定了它的读者对象主要是“翻译者国家的人”。就中国现代翻译文学来说,它是给中国现代读者看的,它的性质、它的意义和价值同时也取决于现代中国社会中的读者对其接受的要求。正是因为中国现代翻译文学在完整的文学活动构成上,即从作者到文本到读者到语境都具有中国性,所以,它与原初的外国文学有根本的区别,更属于中国现代文学。

以上的看法并非是笔者的创见,当代很多学者基于对翻译文学的深入研究,已经提出了翻译文学属于中国文学的看法。例如谢天振先生等人就提出了“中国的翻译文学”的概念。早在1989年,谢天振就发表了《为“弃儿”找归宿——翻译在文学史中的地位》一文,指出“文学翻译中不可避免的创造性叛逆,决定了翻译文学不可能等同于外国文学”,并提出“恢复翻译文学在中国现代文学史上的地位”的主张。此后不久,他又发表了《翻译文学史:挑战与前景》和《翻译文学——争取承认的文学》两文,再次指出“翻译文学在国别(民族)文学中的重要地位,并且把它作为一个相对独立的文学事实予以叙述,这是值得肯定的”。[①] 同时指出:“在20世纪这个人们公认的翻译的世纪行将结束的今天,应该是我们对文学翻译和翻译文学作出正确的评价并从理论上给予承认的时候了。”[②]在此基础上,谢天振明确提出了“翻译文学不等于外国文学,并且还是中国文学的一个组成部分”[③]这一命题。不仅如此,他还在一系列著作中对翻译文本的中国文化性质、文学特征、审美特色乃至书写手法等方面做出了深

---

① 谢天振:《译介学》,上海:上海外语教育出版社2000年版,第277页。

② 谢天振:《翻译文学——争取承认的文学》,《探索与争鸣》1990第6期,第60页。

③ 谢天振:《2004年翻译文学·序》,韩忠良主编《2004年翻译文学》,沈阳:春风文艺出版社2005年版,第1页。

入的阐释。在孟昭毅、李载道主编的《中国翻译文学史》中，编者也在该书"绪论"中明确指出："中国翻译文学是研究中外文学关系的媒介，它实际上已经属于中国文学的一个特殊而又重要的组成部分，成为具有异域色彩的中国各民族文学。"[①]我们认为，在翻译过来的外国文学文本中，外国文化的精神气韵和中国文学中的民族精神已经在译介的过程中彼此渗透，相互融合。好的翻译文本已经达到了我中有你、你中有我、不分你我的境界。这样的文本，其实已经成为翻译者的再理解和再创作的产物。这个翻译过程其实和我们今天的中国人用白话文翻译注释我国古代的文言文的文献具有极大的相似性。换言之，欧美文学在中国百年来的传播已经使它与中国文学不可分割。

为此，我们可以根据上述的理由再次重申：中国文学应该由四大部分构成，即中国的汉民族的文学、中国的少数民族文学、中国的港澳台文学、中国的外国文学。换言之，中国的外国文学(包括翻译文学)是中国文学的应有之义，是中国文学的重要组成部分。可以说，正是这四大板块，构成了中国文学的总体风貌。(这里需要说明的是，海外华人文学不能被认为是中国文学的组成部分，这样的文学应该属于华裔作家所在国的文学。)只有这样，我们才能够真正认识欧美文学(包括外国文学)进入中国百年来文化进程中的地位和价值，也才能进一步丰富中国文学的内涵和范畴。我们甚至可以绝对一点说，"中国现代文学"是中国古代文学与外国文学在当代中国的自然延伸和发展形态。外来的翻译文学和中国本土文学一起导致了中国文艺思想和文学秩序的变化。

顺便说一句，近些年来有人对大学的中文院系开设外国文学课颇有微词，认为中文院系教授外国文学，不伦不类。我们说，既然外国文学进入中国后，已经变成了"中国的外国文学"，那么在中国大学的文学院或中文系，开设外国文学课是完全合理的。与之相关的是，可能也有人认为，在中国大学的外文学院用其原有的语言，如英文、法文、德文或其他民族的语言，来开设外国文学的课程，并直接使用其原文的文本，这似乎和"中国化"没有什么关系了吧？其实也不尽然。即使我们完全用原文的文本，并使用与文本相适应的语言来讲授，也与"中国化"密切相关。因为尽管文本是外国的，讲授的语言是外国的，但我们的知识储备、思维方式乃至审美习惯，都是中国的，因此，这一讲授过程也不能不受到这些要素的制约，可以说，它仍然不是所谓原汁原味的外国文学了。

3. 研究欧美文学"中国化"的进程问题，有助于调整国内教授与学习外国

① 孟昭毅、李载道主编：《中国翻译文学史》，北京：北京大学出版社 2005 年版，第 2 页。

文学或欧美文学的目的。我们现有的欧美文学或外国文学教科书，在谈到教学目的时，说的都是为了了解西方文学知识、借鉴外来文化文学优秀成果，提高我们的文学鉴赏能力和思想文化水平。当然，这个目的是不错的。但是，在欧美文学“中国化”这个新的命题基础上重新审视这个问题时，就会发现中国人学习外国文学和文化遗产的目的，应该是让我们的学习者具备消化外来文化和创造新文化的能力，应该有让外国人创造的文学作品成为中国的文化因子的能力。为此，我们建议，今后学习外国文学的时候，首先要让讲授者和学习者明白，当前我们需要什么？换言之，我们的文化中缺少什么，而外国文化中的优秀文化因子是什么？即要把中国自己的文化学好的同时，更好地去学习外来文学。现在我们看到，有些教材纯粹是就外国文学而说外国文学；有些讲授者甚至大肆卖弄欧美文学的所谓“先锋”和“实验”的价值。这都是不行的。为此，我们今天对欧美文学或外国文学的学习，需要对外国文学的引入或译介乃至研究采取一个正确的立场。鲁迅在《拿来主义》这篇杂文中区分了“拿来”和“送来”的不同，在鲁迅先生看来，“送来”之物让我们恐惧，比如鸦片、废枪炮即为送来之物，而“拿来”则不同。“拿来”的态度是这样的：“他占有，挑选。看见鱼翅，并不就抛在路上以显其‘平民化’，只要有养料，也和朋友们像萝卜白菜一样的吃掉，只不用它来宴大宾；看见鸦片，也不当众摔在茅厕里，以见其彻底革命，只送到药房里去，以供治病之用。”鲁迅先生又说：“总之，我们要拿来，我们要或使用，或存放，或毁灭。那么，主人是新主人，宅子也就会成为新宅子。然而首先要这人沉着，勇猛，有辨别，不自私。没有拿来的，人不能自成为新人，没有拿来的，文艺不能自成为新文艺。”[①]鲁迅先生的话富有启发意义，它启发我们在面对欧美文学或外国文学的时候，也要以拿来的态度对待。“送来”和“拿来”的根本区别在于主体的不同。“送来”的主体是对方，人家送来什么，有人家的目的。而“拿来”的主体是我们自己，我们要拿来什么，完全取决于我们自己，完全以我们对外国文学的需要为出发点。那么。我们今天“拿来”外国文学做什么呢？我们用“拿来”的外来优秀文化的因子，去培养受教育者创造我们自己新文化的能力。再接下来思考的问题就是我们拿什么？欧美文学作品众多，鱼目混珠，良莠不齐，加以甄别选择那些适应我们需求的作品是一项非常重要的工作。我们只有选择正确的、有益的东西才能消化得好，才能利用得好，也才能真正成为我们创造新文化的要素。到了21世纪，虽然总体来看，我们的译介成就很大，但

---

① 鲁迅：《鲁迅全集》（第六卷），北京：人民文学出版社2005年版，第40—41页。

也出现了一些问题。当前文化传播的速度快速而广泛，世界文学作品的译介蜂拥而至，令人目不暇接。这样的现实导致很多没有来得及筛选的外国文学作品翻译过来并摆在读者的面前。而且，大众文化的发展使西方文学作品被引进中国后获得了更大的读者群，这个读者群体的扩大是不可小视的力量，因为它涉及的不仅仅是专业的研究人员或文学家，还包括社会各阶层的人士。所以，我们只有把那些有生命力的、正能量的，可以将适应中国的社会需求的文学作品拿来，才能对我们的新文化建设有作用。应该说，目前的环境为我们消化外来文化和创造新文化提供了极好契机。

再者，我们今天在学校中，尤其是在高校中所讲授的“外国文学史”或“西方文学史”，究竟是要原封不动地把西方不同的国家文学以及观念告诉中国人，还是要在欧美文学现象的基础上做出中国人自己的理解，从而作为中国人理解的文学要素进行讲授，这是完全不同的两种学术立场。我们的这一研究，至少可以冲破西方文学中心论的思维观念，挖掘出适应中国社会文化需要的“欧美文学”的内在价值。应该说，这样的改变在当前有着其巨大的现实政治意义，自20世纪后期以来的人类世界，始终面临着一个独特的文化语境，西方某些国家总是将其所独有的思维模式、世界观、人生观和价值观，当成人类的“普世价值”向全世界推销，以维持其政治、经济和文化上的霸主地位。在这种情况下，假若我们还唯西方人马首是瞻，试图要建立比欧美人还西方化的“欧美文学史”，并力图以此来指导我们的实践，就显得太幼稚可笑了。

进一步说，特别是随着社会的发展和人类的进步，在欧美世界几百年来所形成的并导致了西方社会快速发展的思想观念、价值信仰在目前都变成了悖论的情况下，人们不得不重新思考西方的思维方式和价值准则的合理性。尤其要指出的是，当西方的理论都难以解决西方人和西方社会自己面临的问题的时候，它怎么可能解决中国社会自身现代化进程中出现的问题呢？这也要求我们的人文社会科学必须联系中国的现状，来审视当代的世界文化发展的脉络。就对欧美文学译介和研究来看，摆在我们面前最为紧迫的任务不是在西方原有认知框架中机械地介绍欧美文学，而是要将西方文学放在中国的特定的文化语境和中国人自己的认知框架中来分析探索。为此，本课题提出的观念和理论假说，就成为重新看待西方文学的基点，也就具有了重大的现实和理论价值。如果研究成功，它可能会改变当前我们对外来文化的接受心态，会在学术立场上和接受立场上发生重大的转变，并且提升我们的理论自觉。

4. 重新认识欧美文学在中国的新形态，还可以解决长期以来中国学界一

直争论的一个问题:即比较文学和中国文学与外国文学的关系问题。现在有两种倾向值得注意:一是从事比较文学研究的学者,一直努力要在中国建设一个既独立于中国文学,也独立于外国文学的"比较文学学科"。诚然,近三四十年来这些学者做了大量的工作,也取得了很大的成绩。但比较文学学科界限和学科属性究竟在哪里?换言之,它到底属于哪个学科,甚至是否可以成为一个独立的学科,至今还没有做出让大家都满意和有信服力的解答。同样,在比较文学没有自己专属文本的情况下,这个学科如何立足?如何打消它被认为是一种文学批评方法而不是一个独立学科的怀疑?这些问题也一直很难有个准确的定论。二是比较文学的文学研究方法与中国的外国文学的研究方法究竟有哪些不同,它们不都需要用"横向或纵向比较的""互文"乃至"变异"的手法进行吗?难道这些仅仅属于比较文学学科的专利?抑或是其他学科都可以采用的方法?既然这些方法在每个学科的研究中都可以使用,那么为什么要强调比较文学学科的专用性?现在很多专门从事外国文学研究的学者,认为"比较的方法"不过是外国文学研究中经常使用的一种重要的批评方法而已。现在这种争论仍时有发生,并出现了互不买账的状况。这无疑是不正常的。

我们认为,既然"中国的外国文学"属于"中国文学"重要的组成部分,那么,"中国的比较文学"的学科性质也就应该属于"中国文学"的学科。换言之,既然中国的外国文学翻译、介绍和比较研究(包括欧美不同国家之间的文学比较研究),本身就是用中国人的视野,根据中国社会发展的需要,为解决中国的社会文化发展问题而进行的研究。这样的研究立场,其实也在为"比较文学学科"定位。由此,我们就可以深刻地认识欧美文学在中国文化语境中的崭新性质,从而可以在一种新的基础理论的指导下,更好地为建设中国的新文化服务。

总之,通过欧美文学"中国化"的研究,可以在这一文学现象发展规律的基础上,建立中国人自己的欧美文学的话语。这一做法的好处在于:第一,它使我们更为自觉地站在中国的立场上来认识和看待欧美文学在中国所起的价值和作用问题,这将使得我们在研究欧美文学的时候,视野更为宽广。换言之,我们的看法和意见即从"中国话语"对欧美文学的独特认识和理解角度,将会让产生在西方世界的欧美文学的思想价值和艺术价值内涵得到新的拓展。这本身也是中国人对"欧美文学"乃至"世界文学"做出的贡献。第二,"中国话语"的建立也为我们对待外来文化和文学提供更有效的理论指导,使我们在思考"拿来什么""借鉴什么"的时候,认识更为清醒,理解更加理性。注重理论自觉,是当代中国人的优长所在。中国共产党人之所以能取得新民主主义革命和社会主义建设的一个又一个胜利，尽管原因是多方面的，但注重自己的理论话语建设，在每个时期都提出特定的理论话语去指导实践，无疑是最重要的原因之一。我们从事欧美文学研究的人，也同样需要自己的理论话语指导，以使我们的工作更有成效。第三，建立科学的欧美文学的"中国话语"，将提升中华民族在世界文学领域的话语权。当前，在世界文坛出现了各种各样所谓"新理论""新学说"的情形下，中国话语的缺席，无疑是和我们的国力影响、国家地位不相符的，也是和我们厚重的文化传统不相符的。我们要在总结百年来欧美文学"中国化"进程的基础上，提出科学的话语并在世界文坛上发出自己强有力的声音。这一发展走向，将会使我国的欧美文学研究，乃至外国文学研究，更加符合"世界文学"发展的大趋势。

第二个问题：

提出欧美文学“中国化”命题的基本依据是什么？

任何理论命题的提出，都有着其自身出现的依据，否则就是空谈和臆想。按其重要性而言，欧美文学“中国化”命题的基本依据，大致有三：一是百年来中国社会发展的实践依据；二是符合这个领域发展的理论依据；三是学科本身发展的规律依据。

一、欧美文学“中国化”的中国社会发展实践依据

可以说，近百年来中国现当代社会的发展进程和中国人民的伟大社会实践，是我们提出欧美文学（或曰外国文学）“中国化”最基本的，也是最重要的社会历史依据。

众所周知，1840 年以来的中国社会经历了翻天覆地的变革。从社会发展历程来说，这一时期我国相继走过了晚清、民国、中华人民共和国等不同的社会历史发展阶段。从社会发展形态来说，我国经历了由帝制到共和的社会转型，即从封建社会到半殖民地半封建社会到社会主义社会发展进程。从社会发展成就来说，我们由一个积贫积弱的、被世人蔑称为“东亚病夫”的民族，成为一个初步繁荣富强的伟大民族并屹立于世界民族之林。这一百七十多年来的社会巨变，尤其是从五四新文化运动至今，百年来中国社会的发展变化让世界瞩目和震惊。那么，为什么在短短的一百多年的时间里，我们会取得这样的伟大成就呢？这就是在中国先进知识分子不懈地探索下，在众多仁人志士舍生忘死的奋斗中，尤其是在中国共产党的领导下，中国人民找到了一条适合自己发展的独特道路。

下面我们将从文化发展的角度，来谈一谈对百年来中国社会发展进程的看法。百年来中国的现代社会文化的发展进程大致可以分为“提出问题”和“回答

与解决问题"两个阶段。

先说"提出问题"的阶段。这个阶段的持续时间大约从1840年到1919年这七十多年间。清道光二十年,即公元1840年,发生了第一次鸦片战争,西方列强用坚船利炮敲开了古老封闭的清帝国的大门,中国进入半殖民地半封建的社会发展阶段。1842年,清王朝被迫签订丧权辱国的《南京条约》,这是我国近代半殖民地半封建社会的开端。随着1860年第二次鸦片战争的失败,英法联军以及后加入的俄国逼迫清政府先后签订了《天津条约》和《北京条约》以及中俄的《瑷珲条约》等不平等条约,中国丧失了东北及西北共150多万平方公里的领土。帝国主义的坚船利炮使得中国人固有的"世界中心之国"或"中央之国"的优越感一败涂地。在这种现实情况下,一个巨大的问号摆在当时中国人民面前:为什么古代强大的中国会衰败至此?现实的中国社会走什么样的道路才能重新走向繁荣富强?可以说,这是经过几十年时间所逐渐形成的一个历史之问。在这段时间内,不同阶级、不同立场、不同处境下的人们做出了各种努力,纷纷提出了各种看法,追问着衰落至此的原因。有人认为是古法不彰、礼崩乐坏的结果,主张恢复古代的祖宗之法和传统价值观,当时的复古派们的大致看法如此。但也有一些人,如林则徐、魏源等有识之士认为,中国之所以衰落如此,主要是观念上的落伍和技术上的落后。因此,他们主张"师夷长技以制夷",学习西方的科学技术,尤其是军事科学技术,以富国强兵。这导致了洋务运动的兴起。洋务运动的其他参与者们则主张自强求富,中体西用;早期维新人士以王韬、郑观应为代表,提出商战思想,主张在中国实行资本主义工商制度;而资产阶级改良派则掀起戊戌变法,主张君主立宪,试图从政治、经济、文化等方面进行改革;更为激进的资产阶级革命派倡导学习欧美先进国家的政治制度,主张革命,实现民主共和。这里,我们要提及一个在当时比较重要的人物,这就是最早走出国门的郭嵩焘(1818—1891)。光绪元年(1875),郭嵩焘经军机大臣文祥举荐进入总理衙门,不久出任驻英公使,光绪四年(1878)兼任驻法使臣。我们之所以在这里单独谈及他,是因为他是一个较早多次走出国门,对西洋社会进行过深入考察的官员和外交家。他到了英国后,对其政治、经济、社会、文化等方面的事情非常关心,曾经多次旁听议院会议,研究两党制度和教育科技以及考察军队等,还曾深入到普通市民家庭进行考察,并在此基础上写成了《使西纪程》。郭嵩焘不同于当时那些走马观花式的出使者,也不像那些道听途说西方世界的人那样,去认识西洋世界,而是在详细了解和认识英法等国的基础上,提出了自己的基本看法。择其要点,大致有以下几个方面:一是西洋并非我们心目中的蛮夷，也有自己两千年的文明传统；二是西洋教育发达，学制完备，学术昌明，人才辈出。三是制度和法律先进，在军事和武器先进的背后，是制度和法律使之然。四是君民兼主国政，使用法治治国。诚然，“自强求富”是近代中国的一种进步思潮，但对达到“富强”之路的理解却有很大的差别。洋务派认为只要通过国家组织科学技术和经济活动，增强军事、经济实力，就算达到了“富强”的目的。郭嵩焘对此则表示了完全不同的看法。他认为中国“富强”的“本源之计”在于循习“西洋政教”“以立循用西法之基”。换言之，他提出西洋的政治经济乃至文化制度值得我们“循习”。“西洋能以一隅之地”为“天地精英所聚”是“良有由然”。他认为，中国的朝野人士，若不能正确地认识西洋的进步，不幡然醒悟，革故鼎新，势必西洋日强，中国日衰。郭嵩焘的看法，在当时已经超越了很多人，因此，他受到很多保守派人士的反对和攻击，也是必然的了。

在上述这些主张的背后，其实都隐含着“中国应该走什么道路”的历史之问。而到了五四新文化运动前夕，更具有现代意识的社会改良派、无政府主义、科学民主思想乃至马克思主义等等，也涌入了中国。可以说，五四新文化运动的前后十几年，是中国历史上的第二次“百家争鸣”时期（第一次毫无疑问当属于春秋战国时期）。这一历史阶段基本上属于中国人自觉或不自觉地强化这一历史之问并试图开出各种各样药方和给予初步答案的时期。经过七十多年的反复探索，人们逐渐认识到，历史再也不能走回头路，老路子已经完全走不通了，中国应该走一条完全不同于老祖宗的全新的道路。从而到了由“提出问题”到“回答和解决问题”的历史文化发展阶段。

五四新文化运动的兴起，开始了中国人民对“中国应该走什么样的道路才能走向伟大复兴”这个历史之问的“回答和解决问题”阶段。经过 1840 年以来几十年的探索和追问，到了 1919 年五四运动前后，此时中国人在回答这个历史之问时已经有了道路上的自觉。其中最大的原因是因为我们接受了马克思主义。在回答“如何走”的问题上，开始阶段也是争论不休的，各种不同的党派和立场相左的文化派别都想把自己的意见强加在中国人民的头上。从大的历史发展趋势上说，当时提出的这些主张，有其历史的进步性。但问题在于这些主张并不符合当时中国的实际。五四新文化运动之前，中国的社会各种积弊已经到了无以复加的阶段。从社会政治上说，清王朝后期，中国封建社会制度极为腐朽没落，中国古代政治的优长要素已经完全被抛弃，制度颓废、朝政混乱、官场腐败；从经济上说，此时仍然固守着或强化着长期形成的以个体生产为主的小农经济模式，轻工抑商，百业不振。在思想文化上，中国的儒学传统的内涵，完全被陈腐、保守乃至没落的思想观念所取代。尤其是在帝国主义列强瓜分中国、企图亡我中华民族的危机形势下,中国已经到了灭族灭种的危机边缘。在这种现实下,这些空洞的主张无法拯救危难中的中国。正是由于五四新文化运动的爆发,使人们看到了三座大山沉重压迫的现实,从而决定了中国共产党人所主张的革命斗争和民族解放之路成为当时的历史选择。马克思主义理论之所以能在中国大地上广泛传播,就是因为当时的先进知识分子看到,若人民不能解放、民族不能独立,什么“实业救国”“教育救国”和“科学”“民主”“民权”“民生”都不过是空洞的口号,也是走不通的道路。换言之,要实现中华民族的繁荣富强,第一步首先就要走“民主革命和民族解放之路”,让中国人民首先“站起来”。也就是说,中国共产党选择的先“站起来”的道路,成为了历史的选择,也代表了人民的选择。这样,从1919年五四运动时期开始,尤其是1921年中国共产党的成立到1949年中华人民共和国建立近三十年间,进行新民主主义革命就成了中国现代化进程中的第一步。这个历史阶段,中国共产党在以毛泽东同志为核心的第一代中央领导集体的领导下,团结全国人民,经过28年艰苦卓绝的斗争,打败了地主阶级、军阀等反动势力,战胜了日本法西斯强盗,赶跑了蒋介石为代表的国民党反动派集团,建立了人民当家作主的中华人民共和国,“中国人民从此站起来了”。可以说,这一步,我们走得非常精彩,也极为成功。

从1949年到1978年改革开放的第二个三十年,是第一步走和第二步走的交替阶段,即我们过去常说的进行社会主义革命和建设阶段。如果说前一个时期(1919—1949)中国现代化的主要任务是进行阶级革命和社会革命的话,那么之后的第一个三十年,主要任务有两个:一是继续完成推翻旧世界经济基础尤其是上层建筑的革命任务,维护无产阶级政权和人民当家作主的地位。第二个是进行社会主义改造和建设现代化国家的任务。这两大任务的叠加,就导致了这三十多年的“革命”与“建设”并重的局面。为此,我们既可以将这三十年看成是革命任务的延续时期,也可以将其看成是1978年改革开放的前导时期。

中国建设现代化道路的第二步走,是要走“发展经济、提高人们生活水平”的“以经济建设为中心”的道路。即当我们“站起来”后,还要“富起来”。如前所述,这一步应该说从1949年后就已经开始了,但是自觉地将其作为主要任务提出则是在中国共产党十一届三中全会上。1978年中国共产党十一届三中全会的召开,是当代中国社会伟大转折的标志,也是我们进入第二步走的标志。如前所言,在中华人民共和国成立后的头三十年,我国已经开始了社会主义改造和社会主义建设的伟大实践,并取得了伟大的建设成就,初步完成了我国从一个农业的、贫穷落后的旧中国向现代工业化社会主义国家的转变，并建立起了我国工业化社会的基础。但这三十年毕竟是个过渡阶段，因此，为了维护巩固新生政权的需要，改造旧的生产关系和清除旧思想、旧文化，仍然还是重要的任务之一。只有到了 1978 年，建设任务才开始凸现了出来。以邓小平同志为核心的党的第二代领导集体，提出了“以经济建设为中心”，并开始了改革开放的伟大征程，从此中国人民开始了自觉走向现代化道路的第二步。邓小平同志对此有着深刻的洞察，他指出，今后一段时期我们党和国家的主要任务是“以经济建设为中心”，并提出“发展才是硬道理”。可以说，从 1978 年开始，发展经济，满足中国人民物质文化的需求作为主要任务提到了人们面前。中国开始走向了经济建设和社会发展之路。也正是在以邓小平同志为核心的党的第二代领导集体的带领下，中国社会开始了改革开放、建设四个现代化强国的伟大进程。以“邓小平理论”“三个代表”重要思想和科学发展观为指导，经过三十多年的改革开放，我国的物质文明和社会发展取得了巨大的进步，中国由一个贫穷落后的发展中国家，进入了经济社会发展较快的国家行列。到了 2009 年，我国已经成为世界上第二大经济体，中国的经济体量和综合国力得到了极大的提升，在世界上的影响力极大增强。这一步，我们也走得极为精彩。正是这三十年中国人民的努力奋斗，在“站起来”的基础上，开始“富起来”了。

2012 年中国共产党第十八次全国代表大会的召开，标志着第三步走的开始。换言之，以中国共产党第十八次全国代表大会的胜利召开为起点，我们开始了中国现代化建设“强起来”的伟大历史征程。这一步的主要任务是建设富强、文明、科学、民主、自由、和谐的社会主义强国。也可以说，五四运动时期所提出的科学、民主、强国、富民的理想，只有在今天才真正有了实现的可能。对此，习近平总书记明确提出，全面建设更高水平的小康社会，要进一步提高人们的物质生活水平，丰富人们的精神文化生活，进一步推动经济建设、政治建设、文化建设、社会建设以及生态文明建设协调发展，实现中华民族伟大复兴的中国梦[①]。随后又相继提出了“两个一百年”奋斗目标。可以说，这一步走的目的是要使我们“强起来”。

由此可见，在建设富强文明的中国的问题上，不是毕其功于一役，而是分三步走，是中国共产党人为中华民族伟大复兴所选择的正确道路，也是对中华民族当代发展最伟大的贡献。正是这种历史发展走势构成了中国现当代社会文

---

① 参见习近平：《决胜全面建成小康社会 夺取新时代中国特色社会主义伟大胜利》，北京：人民出版社，2017 年。

化发展的基本流程。同样,我们所说的欧美文学"中国化"进程,其实就在中国现代化独特道路的实践中发生的。因此,这一中国现代化的历史发展进程,也就构成了我国近百年来欧美文学"中国化"进程考察的最主要的实践依据。换言之,欧美文学的"中国化"进程,就是依据中华民族伟大复兴的实践而产生和发展的历史进程,也是与实现伟大的中国梦相统一的进程。

二、欧美文学"中国化"马克思主义理论依据

应该说,近百年来我国的欧美文学的引进、借鉴和研究传播等等,成就是很大的。它是在中国现代化进程的推动下产生的,同时也是在中国化的马克思主义指导下进行的。换言之,没有中国化的马克思主义的指导,也就没有欧美文学"中国化"的进程。

在谈这个问题之前,我们首先谈一谈两个认识上的误区。

第一个误区就是,长期以来,我们有很多人,嘴上虽然不说,但心底总是存在着一个疑问,即有着几千年强大的民族文化传统的中国,自己的文化博大精深,需不需要一个外来的文化,即马克思主义的文化来作为我们的指导思想。作为外来的马克思主义,能否成为中国社会和文化的指导思想?也即马克思主义文化是在欧美社会文化的土壤中产生的,是欧美社会政治、经济和文化条件下的产物,那么,马克思主义来到中国,是否水土不服?

对此,我们的回答是,马克思主义成为中国社会的指导思想,不仅是可能的,而且是必然的。

根据有三:其一,文化交流和发展的一个基本规律在于,在不同的民族和国家的交往中,一个在经济政治上处于上升阶段的国家和民族,总是不断地汲取着先进文化的成分和因素,去改造和完善自己的文化。对此,列宁在其晚年的著作中系统地谈到了这个问题。[①] 我们知道,在清末民初,中国文化和欧美文化相比,已经处在了相对落后的位置。那么,新的先进文化成分必然要进入我们的文化系统中来,并改造我们固有的、已经不适应当时社会发展的旧文化,从而使我们的文化传统呈现出新的形态,焕发出新的活力。更何况,在当时进入中国的诸多外来文化中,马克思主义是最先进的文化,也是最适应中国人历史

① 参见《列宁选集》(第四卷),北京:人民出版社1995年版。

需求的文化，所以，它必然会脱颖而出，成为我国革命和建设的指导思想。由于这个问题我们后面还有反复谈到，在此不再赘述。其二，在欧美文化的发展实践中，我们也可以找到外来文化成为一个民族或地区主导性文化的强有力例证。欧美社会文化的最初源头是古代希腊罗马文化。现在我们很多的教科书，都在重复着一个命题：即后来的欧洲文化的源头是古代希腊罗马文化。因此，有些学者将其绝对化，认为后代的西方文化或文学一直是在古代希腊文化和文学的传统中发展起来的。其实，古希腊文化作为西方社会的主导性文化，不过只是存在于古代的希腊阶段和罗马时期（甚至在罗马帝国时代就已经发生了变化）。从罗马帝国后期开始，尤其是西罗马帝国灭亡前后，一个出现在东方的外来文化——基督教文化，已经开始取代希腊罗马的古代文化而成为自此之后的主导性文化。在欧洲中世纪，我们明显可以看出，基督教文化成为欧洲文化建设的主导思想和新建文化的核心内容。为什么会如此，是因为，在当时的欧洲，基督教文化相对于古代的希腊罗马文化而言，是先进的文化。古代希腊罗马文化，注重的是人的本能欲望的展示与张扬，偏重于注重人的本性要求的生活，而基督教文化注重的是人的精神生活，偏重于精神的强盛。因此说，从注重本能欲望到注重精神强盛，是欧洲文化发展的巨大飞跃。仅从这一点而言，就可以看出当时基督教文化的历史进步性。[①] 可以说，自欧洲中世纪之后，尤其是经过文艺复兴运动的洗礼，西方的文化已经不再是纯粹的希腊罗马文化自然顺延发展的产物，而是在基督教文化指导统辖下的新的文化形态。换言之，自文艺复兴之后基本定型了的现代欧美文化，是在一个外来文化统筹和指导下建立起来的新的欧美文化形态。并且正是这个新的文化形态，支撑、保证或推动了欧美现代社会的快速发展，并从封建社会形态发展到了资本主义社会形态。由此可见，既然西方社会可以把一个外来的基督教文化作为自己的文化建设的指导思想和基本原则，并推动了西方社会的发展进步，那么，马克思主义文化进入我们的文化传统中，成为我国新的社会文化的指导思想，又有什么可怀疑的呢？更何况，近百年来马克思主义进入中国的实践证明，它不仅使我们的文化从传统走向了现代，创造了中国社会主义文化的新形态，更重要的是在马克思主义指导下，中国社会在伟大的民族复兴中，创造了一个又一个具有历史意义的辉煌。其三，外来的先进文化进入另一个文化系统中，还与这个被进入的民族对待这个外来先进文化的态度密切相关。一般而言，外来的某一文化在进入到另

---

① 对此问题的详细论述，参见刘建军：《基督教文化与西方文学传统》，北京：北京大学出版社 2005 年版。

一个民族文化的过程中,往往形成两种截然不同的态度,一是无条件接受它,另外一种态度是全力否定它。前者是“月亮是外国的圆”,全盘照搬;后者是“月亮是本地的圆”,闭关自守。从世界文化交流的历史来看,凡是对外来先进文化接受程度好的,较为成功的,无不是走了第三条道路:既接受外来文化中的有益成分,又根据现实的要求与自己原有的文化传统相结合,并做出“为我所用”的阐释。例如,西欧文艺复兴运动中构建出来的西方现当代文化,就是把外来的基督教文化与自己传统的古代希腊罗马文化相结合的产物。文艺复兴运动中出现的那些伟大的人文主义者,一方面反对中世纪基督教文化中的落后反动的神学因素,但也保留了基督教文化中的思维模式、基督教人道主义观念以及很多在当时仍然有积极意义的成分(甚至在文学艺术中保留了很多基督教文化的题材、体裁、艺术手法等);另一方面他们又要恢复和发扬古代希腊罗马的文化传统。正是有这样一大批时代巨人的文化自觉,才造就了近代西方文化的新形态。那么,中国在五四运动前后能够接受马克思主义,也是因为我国有了这样一大批先进的知识分子和文化巨人,他们在接受外来文化,尤其是在接受马克思主义先进文化的过程中,不仅非常注意马克思主义与中国实际相结合,也非常注意与中国优秀的传统文化相结合,并根据现实社会的发展实际,不断与时俱进地创新和发展马克思主义,才有了体现不同历史阶段性的“中国化的马克思主义”的理论成果的出现。也就是说,由于我们具有这样一大批伟大的思想巨人和文化巨人,他们较好地处理了外来的马克思主义文化与中国传统文化乃至中国社会发展需要三者间的关系,也就使得马克思主义作为我国社会主义革命和建设的指导思想成为历史的必然。

第二个误区是,说到欧美文学或者外国文学“中国化”的问题时,有人认为“欧美文学中国化”或“外国文学中国化”的概念不能成立。更有甚者,认为这个命题是个“伪命题”。

诚然,我们在这里使用的“欧美文学或外国文学中国化”的概念基本上是套用“马克思主义中国化”概念而来的。有人认为,马克思主义作为一种科学的思想体系、一种无产阶级的世界观和方法论,是可以中国化的。这是因为:第一,马克思主义之所以能够中国化,与它的学说是一个立场科学、逻辑严密完整的思想体系密切相关,因此可以用其思想学说建立一个符合中国社会发展实际的理论基础和指导思想。第二是马克思主义“中国化”,本质上是因为马克思主义的基本立场、观点和方法具有普遍性的价值,可以指导世界性的无产阶级革命实践,因此也当然可以指导中国社会文化发展的具体实践。从这个意义上看,马克思主义是可以“中国化”。换言之，我们可以用马克思主义科学的世界观、人生观、价值观和方法论，结合中国的国情和发展的实际，来指导中国社会主义革命和建设。外国文学则不是一个完整的思想体系，而是作为一种世界性的文学现象而存在的。它是自古至今延续生成、涉及并涵盖了不同国家与民族的一种文化现象，其中所包含的世界观之驳杂、人生观之各异、方法论之多样，立场价值等差异之巨大，使得它不可能像作为一个完整的科学的思想文化体系的马克思主义那样，成为我们的指导思想。加之外国文学作品基本是世界各个民族和国家在不同的历史阶段产生出来的精神产品，更多体现的是不同时期的地方性的知识与个人化的艺术审美感受，它就更难以“化”成中国文学的指导思想或者文学理论基础了。姑且不说我们难以找到一个统一的西方文学本体或一个文学理论，即使找到了，这个文学理论或文艺思想若“化”成了，那不就是“全盘西化”或者说“全盘欧化”了吗？有鉴于此，有人认为这个命题难以成立。这些人认为，欧美文学是不能够像马克思主义那样，可以“化”成中国的东西。

这种看法似乎有一定的道理。但是，世间的事物是复杂的，也是分为不同层次的。诚然，从指导思想、世界观和方法论的角度而言，毫无疑问，由于中国国情的特殊性，只有马克思主义在中国能起到“指导思想”和“立场、观点和方法”这样的功能和作用。但是，我们决不能由此就认为，“中国化”只有这样一种含义。对此，毛泽东指出：“使马克思主义在中国具体化，使之在其每一表现中带着必须有的中国的特性，即是说，按照中国的特点去应用它，成为全党亟待了解并亟待解决的问题。”[①]

我们认为，“中国化”应该既是泛指的概念，又是特指的概念。关于其作为特指的概念，我们后面会谈到。这里我们先谈“泛指”意义上的“中国化”问题。假如我们从最一般的意义上讲，凡是外来的东西，按中国人的需要，经过拿来、借鉴、改造和创造与创新过程，并使之成为中国的东西，可以说就是“中国化”的过程。这也就决定着在具体文学研究领域，“中国化”过程其实就是“洋为中用”的过程，就是借鉴国外的优秀文化遗产，并根据我们的国情需要，进行新的文化创造过程。例如，外国文学进入中国之后，外国的文化因素和中国的文化因素相互融合，形成了独特的“中国的外国文学形态”，其实就是文学领域的“中国化”的成果。例如西方哲学被中国人所接受并在理解的基础上联系中国的实际进行了新的创造，形成了“中国的西方哲学话语”，这也可以说是西方哲学的

---

① 毛泽东：《中国共产党在民族战争中的地位》，《毛泽东选集》（第二卷），北京：人民出版社 1991 年版，第 534 页。

"中国化"。同理，西方教育思想被中国人所接受并改造，构建出"中国的西方教育话语"，这也是西方教育思想的"中国化"。甚至外国政治制度、法律制度、文化制度中的一些思想和做法，在按照中国的国情加以借鉴和改造之后，形成了中国特色的样态，这也可以说"中国化"了。换言之，这正是毛泽东同志提出的"在中国的具体化"的具体形态。

倘若我们从分层次的角度来看待"中国化"的问题，就会发现，我们可以有指导思想上的"中国化"，也可以有具体领域的"中国化"。欧美文学的"中国化"，或者说外国文学的"中国化"，其本质属于具体领域的范畴，因此，这一概念无疑是可以成立的。例如，我们经常说到"规律"这个概念。"规律"包含着普遍规律和特殊规律。一个社会的发展必须要遵循普遍的规律。普遍的规律是一个根本性的规定，即它规定着一切具体事物发展的基本走向与表现方式。但不同事物的发展同时也存在着其特殊规律。我们既不能忽略普遍规律而只重视特殊规律，同样，也不能只重视特殊规律而忽略一般(普遍)规律。只有二者的辩证统一才能更好地认识和推动事物的发展。我们在中国化问题上为什么要坚持普遍性和特殊性的辩证统一呢？这是因为，欧美文学"中国化"不能不受普遍规律的制约，同时也必须认识欧美文学或外国文学中国化的特殊规律。反过来说，如果我们只是坚持和强调马克思主义中国化的指导思想价值，而忽略文学艺术等具体领域"中国化"的实际，我们所说的"马克思主义中国化"也就成了一句空话。西方有些学者看到了事物的普遍性与特殊性的问题，但他们总是处理不好这个关系。例如，约翰·汤姆林森在谈到如何认识"全球化"时就曾说过："对全球化认识有好的与坏的方式。一个坏的方式，是从一个前提出发，这个前提就是我们现在所讨论的维度是主控话语(master discourse)，是'事物真正全部归一'的领域，是能揭开所有其他推理的逻辑。一个更好的方式，则是确认描述世界的具体方式，这个世界包含在一个经济的、政治的或是文化的话语之中，并且试图在这些术语之中引出对全球化的一种理解，同时，不断否认其概念先行的做法：它是在多维性自我意识的认可中去追赶的一个维度。"[①]从这段话中就可以看到，西方学者看事物的时候常常把普遍的和特殊的二者对立起来。所以总是得出一些偏激的或偏执的结论。

如前所言，哲学、文学、艺术、宗教等具体领域的"中国化"，是受着总体性的指导思想的"中国化"制约的。马克思主义作为我国的指导思想，具有统辖具体

① [美]约翰·汤姆林森：《全球化与文化》，郭英剑译，南京：南京大学出版社2004年版，第23—24页。

领域中国化的功能和作用。“马克思主义中国化”的核心要素有三个：一是马克思主义学说的基本立场、观点和方法；二是中国不断发展的国情，即“中国实际”；三是与时俱进的阐释和解说。马克思主义的立场，总体而言，其实就是人民群众的立场或社会发展进步的立场（社会不断地发展进步要求体现了人民群众的本质要求）；马克思主义的基本观点，主要就是解放生产力，发展生产力，推动社会的不断进步和人的自由全面的发展。马克思主义的方法就是实事求是，依据实际的具体的问题进行具体分析。

可以说，马克思主义的理论高度和历史高度，马克思主义的科学性和实践性，决定着各个具体学科领域的中国化进程。换言之，一切具体领域里的“中国化”，都是在中国化的马克思主义这个总统筹和总指导下进行的。文学艺术，包括外国文学领域也不能例外。对此，陈众议先生撰文指出：“马克思主义文艺观并不简单。它关涉文艺的基本问题，大至世界观方法论、价值观与审美性，小到人物塑造和环境描写、情感抒发和细节刻画等诸多领域。换个角度说，从马克思、恩格斯到列宁、毛泽东和习近平，他们的论述，即令不算系统，也植入文艺内核，揭示文艺的基本规律。这是由马克思主义唯物史观的高度所决定的。隆古先人的口口相传姑且不论；如今，设使创作者有意摈弃理性，作品譬如孩子，也必不能掩盖其与生俱来的基因。”[①]因此，用中国化的马克思主义做指导思想，结合学科发展具体实际，实事求是地用外来文化推进某个学科领域的发展和前进，这也是具体学科领域“中国化”的鲜明特征之一。为此，我们既不能将“中国化”问题狭隘化，用总体化代替具体领域的“中国化”，也不能搞那种没有指导思想的各个学科领域为所欲为的“中国化”。

可能有人质疑，为什么要以马克思主义作为指导思想进行欧美文学“中国化”，换一个别的理论不也可以吗？比如说五四新文化运动时期在中国有人主张的所谓西方社会的民主主义理论、民族主义理论、善恶斗争学说等。我们的回答是，不可以！如前所言，因为当时的历史状况决定着我们只能选择马克思主义。当时中国人民对“站起来”的历史要求，必然会使马克思主义的革命和阶级斗争理论最符合当时中国的实际。试想，在文盲和半文盲充斥着的国家里，当最广大的人民群众仍然处在水深火热之中的时候，不先解决“站起来”的问题，一切都是空谈。

不仅如此，马克思主义作为近代以来传入中国的科学理论，自身也有一个

---

① 陈众议：《“莎士比亚化”——马克思主义文艺观刍议（二）》，《外国文学动态研究》2017年第2期，第5页。

从学科理论和学术主张的角度转化到指导思想的演化过程。当历史要求需要理论指导的时候，中国的现实要求必然会使马克思主义从一个学科领域的理论升华为指导思想。我们知道，马克思主义最早在19世纪中叶就传入中国了，当时有一份传教士办的报纸叫《万国公报》,《万国公报》虽然是以介绍基督教教义为主，但也报道一些西方世界发生的政治事件和其他政治主张，其中就介绍过马克思的学说，并把这个学说概括为是“安民均平”的学说。比《万国公报》稍后介绍马克思学说的，主要是同盟会的一些老盟员，像胡汉民、廖仲恺、宋教仁等等，他们后来组建了国民党。甚至在国民党主办的《建设》杂志上，胡汉民也发表过一些以马克思的思想和学说研究中国问题的文章。但是，此时这些人介绍传播的马克思的学说，并不是作为指导思想而只是作为具体的学术主张或具体的社会主张来对待的。换言之，在最初它不是作为一种意识形态的理论，而是作为一般的学术主张被译介到中国的。

毛泽东同志曾指出：“十月革命一声炮响，给我们送来了马克思列宁主义。”[①]在这里所说的“马克思列宁主义”，指的是无产阶级的世界观和思想体系，是中国革命和建设的指导思想。众所周知，在中国，马克思主义作为革命理论和无产阶级世界观的广泛传播是从十月革命后开始的。李大钊是当时在中国传播马克思主义最早的革命先驱者。十月革命爆发后，李大钊经过不断地求索和鉴别，逐渐摆脱各种资产阶级、小资产阶级社会思潮的影响，最终选择了马克思主义，成为我国历史上最早的马克思主义者和中国共产主义的先驱者之一。1918年2月，李大钊先后在北京大学、女高师、师范大学讲授“唯物史观”“马克思的历史”“马克思主义经济学”“社会发展史”“社会学”等课程，宣传马克思主义，受到进步青年的热烈欢迎。他还参加了《新青年》杂志的编辑工作，主编《每周评论》,使之成为“五四”前后宣传马克思主义的主要阵地，为介绍和宣传马克思主义学说，推动反帝反封建的爱国民主运动，发挥了重大作用。1919年5月，李大钊在《新青年》第六卷第五号《马克思研究专号》上发表了全面系统地介绍马克思主义的文章《我的马克思主义观》。文章对马克思主义的三大组成部分——唯物史观、政治经济学和科学社会主义都有所阐明，并指出这三个部分“都有不可分割的关系，而阶级竞争说恰如一条金线，把这三大原理从根本上联络起来。”[②]这标志着马克思主义在中国进入比较系统的传播阶段。在此期间，还有陈独秀、毛泽东、董必武、陈潭秋等宣传并实践着马克思主义学说。

---

① 《毛泽东选集》(第四卷),北京：人民出版社1991年版，第1471页。

② 李大钊：《我的马克思主义观(上)》,《新青年》第六卷第五号，第524页。

1921年中国共产党成立之后，马克思主义更广泛地传播开来。李大钊、毛泽东等人伟大的功绩在于，他们正是在实践中把马克思的学说从学科意义升华成为中国革命和建设的指导思想。在中国共产党成立之后，马克思主义先是成为党的指导思想，后来逐渐发展成为中国革命和建设的指导思想，并最终成为全中国人民社会主义建设事业的指导思想、世界观和方法论。

我们党之所以一直把马克思主义当成自己的指导思想，并非仅仅是由于共产党人的信仰而大力提倡的结果，更重要的是它在实践中代表了社会发展前进的方向，代表了最广大人民群众“站起来”“富起来”“强起来”的根本利益，代表了人类彻底解放的要求。同样，在方法论的意义上而言，马克思主义是最明快的哲学，用它可以洞悉社会的发展和人与人之间关系的真正奥秘。这样，马克思主义本身的世界观、方法论的科学属性，使其能够很快超越具体学科的范畴和具体的学术主张成为中国社会的指导思想——这也是中国的现代历史发展进程对马克思主义的选择。从这个意义上说，以中国化的马克思主义为指导，考察分析欧美文学（或曰外国文学）“中国化”的进程，不仅是合理的，而且是必须的。这也是我们提出欧美文学“中国化”命题的思想理论依据。

当然，欧美文学“中国化”的具体呈现方式和途径与马克思主义“中国化”的呈现方式和途径也不是完全一致的，正如它们各自所起的作用不同是一样的。作为我们指导思想的马克思主义，在进入中国之后的发展演变，都是在马克思主义基本原理，即辩证唯物主义和历史唯物主义的立场、观点和方法的基础上呈现的，其“中国化”的具体途径是以不断形成的毛泽东思想、邓小平理论、三个代表重要思想、科学发展观以及习近平新时代中国特色社会主义思想等不断发展的阶段性理论建构而成的。由于注重其基本原理，即注重其立场、观点和方法，才决定着它具有总体性和指导性的功能。而欧美文学由于其具体学科的性质而不是指导思想的性质，其“中国化”的呈现方式则体现为具体的学科意义上的特征。以欧美文学或曰外国文学中国化为例，它基本上是按照译介－借鉴－再造的阶段性路径进行的。在具体的操作实践中，首先要“选择定位”。因为欧美文学思想驳杂、主张各异，就需要我们先要有一番选择。比如我们接受什么，弘扬什么，抛弃什么，赞美什么，批判否定什么等。选择的标准一方面是中国革命和发展的实际要求，再者是需要在中国化马克思主义的指导下进行。其次是重新组合，即依据中国特定阶段社会形势发展的要求，在欧美文学进入中国后对其进行重新地排列组合，这就需要改变其原有的产生和存在顺序（最早期在国外产生的作品可能后译介进来）、地位关系（有些在国外很有地位的作品，在中国可能不会受到重视。而有些我们非常重视的作品,像《钢铁是怎样炼成的》《牛虻》《丛林之书》等,在其原产地评价并没有像我国那样高)。随之在此基础上和依据我们的需要进行"人为化"重组。如今天我们写作的《西方文学史》《外国文学史》等等,常常把某一个阶段出现的不同民族的、国家的作家和作品,人为地放在一起,加以条理化、类型化或依据不同性质进行重新安排。例如,一说到文艺复兴时期的文学,我们就把意大利、法国、英国等诸多国家的作家作品集合在一起,力图说明它们的共同性和时代性的特点。由此可见,欧美文学的"中国化"呈现方式和具体途径,与作为指导思想的马克思主义"中国化"并不是处在同一地位的,前者只是后者的产物,是一个受其指导而形成的结果。

从上述的论述中,可以看出,欧美文学或外国文学"中国化"的命题不仅成立,而且是一个具有科学思想根据的命题。马克思主义意识形态是决定具体领域中国化的重要因素,我们目前所进行的这个研究,就是用中国化的马克思主义立场、观点、方法对欧美文学(或曰外国文学)这一具体领域的"中国化"进行深入研究的一次尝试。

三、欧美文学"中国化"的学科自身发展依据

与一般的文学现象产生发展不同,欧美文学"中国化"不是一个文学领域自然出现和发展的过程,而是人们主动建构和人为推动发展的进程。

这样说的主要理由在于,欧美文学与中国文学分属于两个不同的文化体系,而中国化了的"欧美文学"则是两个不同的语言体系交融产生的文学现象。因此,提及欧美文学乃至外国文学的中国化,不能不说它与译介之间有着密不可分的联系。翻译和介绍,可以说是这一文学命题的学理逻辑起点。

很长时间内,我们热衷于从"狭义"的角度来看待翻译问题。在很多教科书或辞书中,翻译被理解为在准确、通顺的基础上,把一种语言信息转变成另一种语言信息的行为。也有人认为翻译是将一种相对陌生的表达方式转换成相对熟悉的表达方式的过程。其内容有语言、文字、图形、符号的翻译等。其中,"翻"是指对交谈的语言转换,"译"是指对单向陈述的语言转换。或者说,"翻"是指对交谈中的两种语言进行即时的、一句对一句的转换,即先把一句甲语转换为一句乙语,然后再把一句乙语转换为甲语。这是一种轮流的、交替的语言或信息转换。"译"是指单向陈述,即说者只说不问,听者只听不答,中间为双语

人士,只为说者作语言转换。在此认识的基础上,很多前辈提出了一些有见地的翻译思想:如翻译要做到“信、达、雅”;或要“硬译”;或翻译要在原文基础上进行再创造等。对狭义的翻译概念阐释来说,这些固然是有价值的。但问题是,在这种狭义的对“翻译”的理解中,我们似乎总是感到有一个极为顽固的意识藏在其中:即翻译者最好能够把原文的一切都贴切地翻译转换过来。换言之,最好的译文是那些能够如实地表现原著味道的译文。这就带来了一个问题:对科学、哲学、政治、技术等领域而言,这样的要求可能是对的。但对文学而言,情况就会大有不同。文学是以审美形象(人物形象、情感形象乃至象征形象)反映整体生活的,是以整体性的艺术感知来表现时代的风俗和社会的风气的。这就决定着在文学作品的语言中,语言具有意蕴大于文字特征。因此,由于语言系统的不同,在其他文字系统中,越是那些所谓原汁原味的译文文字,可能就越缺乏其本身内涵的丰富性与语言意蕴的包蕴性。再加之翻译者自身对原作氛围和气韵有自己的理解和感受,翻译者自己所感受到的独特的作品意味和表现形式,在忠于原作观念的作祟下,可能也只好割弃了。在中国,我们常常听到有人说,此人的翻译文本和原作像极了,翻译得贴切极了,但丢失掉的可能是翻译者所独特理解、个人感受的东西。

其实,对翻译这个问题需要有创新性的理解。中国当前的翻译理论,大多属于狭义的“翻译技术理论”,而对“翻译本体论”的关注则存在着很大的不足。“翻译”的概念有广义和狭义两种理解。前面我们说的所谓翻译要“信、达、雅”,要符合原意等等提法,大都属于“翻译技术理论”上的狭义的理解。若从“翻译本体论”,即广义的角度来说,“翻译”的本意就是“交流”和“沟通”。换言之,“交流”和“沟通”不仅仅是翻译的目的,而且也是翻译的本身。我们之所以说翻译本身就是交流和沟通本身,意思即指使用两种不同语言的人众之间,为了相互理解和交流,需要以一种自己熟悉的语言媒介来达到与使用另一种语言的人相互了解、相互认知的目的。那么,这就决定着翻译的过程并不仅仅体现在具体的翻译行为当中,而且也与翻译者的固有的思维方式、知识储备、翻译目的和理解水平密切相关。可以说,翻译是从译本选择便开始的一项复杂的有机运作过程。翻译的目的不仅要使某个具体的文本得到使用另外一种语言的人的理解,而且还要让其他民族或其他语言系统的人懂得另外文化系统中深层的东西。既然翻译的本质是“交流”和“沟通”,那么,“翻译”就不仅仅是语言层面的东西,而是一种综合性的文化交流和融合的过程。

具体说来,完整的翻译活动是由谁翻译(翻译者的文化背景、翻译立场、政治判断力、文化水平、审美能力等）、为什么翻译（翻译的直接目的和间接目的）、翻译什么（翻译文本的价值选择）、为谁翻译（翻译主要针对什么样的阅读对象）、怎样翻译（直译、意译或创造性的翻译）、产出什么效果（受欢迎的程度——哪些人欢迎，哪些人反对等）等多个因素构成。翻译的立场和动机不同，会导致译本的选择和翻译效果的不同。换言之，文本翻译只不过是“交流”的第一步而已。

我们还要继续追问，“翻译”的目的既然是为了“交流”，那么，“交流”的目的又是什么呢？答案当然是为接受者建设自己的新文化服务。而建设就不能完全照搬他人的，也不能歪曲原意完全按自己的想法来，只有在他人和自己的文化碰撞中，才能产生新的文化样态。这种新的文化样态，就是“创造”的结果。这样，我们得到了一个简短的公式：“翻译”=“交流”=“创造”，或者说译介的根本目的在于“创造”。即任何翻译和译介都是出于交流，交流的目的是借助他者的文化来建设自己需要的新文化。

由此推论，我们很容易得出一个重要的结论：即“翻译”的过程其实是一个“文本增殖”的过程。也就是说，一个文本在原有的文化语境中产生了，那么，这个文本，可以叫作“原文本”或者“母文本”。但经过翻译使其成为其他语言文字的文本之后，并不是仅仅“原文本”被“拷贝”了这样简单。由于翻译是一种加进了翻译者个人理解的“创造”，所以，这种翻译出来的文本就是原文本的“增殖”，是新文本的出现。我们由此也可以称最初的文本为“母文本”，而据此“增殖”出来翻译文本可以被称为“子文本”或“附生文本”（即附载在原文本母体上再生出来的文本）。这本质就是外国作家写作的一部小说，通过翻译家的翻译创造后增殖出来了另外一部类似的小说，外国诗人创作的一首诗歌增殖出来了另外一首类似的诗歌，一出戏剧增殖出来了另外一出类似的戏剧。假如一个“原文本”或“母文本”被用不同的语言翻译了十次，那它就等于增殖出了十个“子文本”或“附生文本”。假若它被翻译了一百次，那它就增殖出来了一百个新的文本。从这个意义上说，所谓世界性的经典文学作品，其实就是被翻译得多的作品，也即是有着无限增殖性的作品。

同样，一个翻译家，他要翻译一部外来的作品时，总是有着个人的思想价值、艺术价值和审美价值等方面的取向。翻译者个人的价值取向并不能与原文本创作者的取向完全相同，更何况翻译者自身的价值取向也处在不断地发展变化中。这也决定着原文本与翻译文本不可能相同。因此，翻译的本质是“创造”，翻译的文本是“增值”，就不是无妄之谈了。

举例而言，鲁迅是我国翻译史上比较重要的翻译家，他所主张异化而非归化的翻译观，在中国的翻译史上留下了浓墨重彩的一笔，也为世界翻译理论的深入发展贡献了非常宝贵的经验。鲁迅在翻译文本的选择上，个人的价值取向表现得十分明显，在日本留学期间，日本正处于日俄战争时期，日本表现出的强盛扩张野心对鲁迅的翻译选择造成了至关重要的影响。他于1903年翻译了第一部译作《斯巴达之魂》，讲述了希腊斯巴达勇士抗击敌人的故事，这个故事显然是鲁迅借以号召国人抵抗外敌的。由此可见，鲁迅先生在这里就改变了原小说的主题和价值指向了。除此之外，鲁迅在日本期间翻译的其他六部作品，如凡尔纳的科幻小说《月界旅行》《地底旅行》和雨果的作品《哀尘》等，都体现了鲁迅期待从外国小说入手来改善国人的认知水平。这一点，也和原作者的写作主旨有着巨大的差异。鲁迅个人认为要开启民智，当从我国文学作品中所缺乏的科学理性元素的启蒙开始，因此他大力翻译了一些科幻作品，旨在希望国人通过这些作品建立理性的、科学的思考意识。鲁迅曾阐释过自己的翻译动机："我国说部，若言情谈帮刺时志怪者，架栋汗牛，而独于科学小说，乃如麟角。智识荒隘，此实一端。故苟欲弥今日译界之缺点，怪中国人群以进行，必自科学小说始。"①

随着当时政治形势的变化以及五四新文化运动的开展，鲁迅的译本选择越来越呈现出更加积极和更加具有战斗力的趋势。他期待通过翻译作品达到唤起民众战斗与反抗意志的意图与努力越加明显。这一阶段的翻译中，一个具有跨时代意义的变化是鲁迅在翻译中开始运用白话文，这也是鲁迅所一直主张的用文字进行战斗的形式之一。这一时期他的主要译作包括《工人绥惠略夫》《苦闷的象征》和《一个青年的梦》等，其中俄罗斯作家阿尔志跋绥夫的《工人绥惠略夫》可以称为鲁迅这一时期的代表性译作。作品讲述的是一个意志坚定但却仇视社会的逃亡者，他一心革命，不惜用暴力进行反抗，在逃亡期间，他残酷地杀害了许多人，最后被捕。鲁迅认为这个故事像一面镜子反映了中国当时的现状，即民不聊生，痛苦不堪，而又找不到光明的出路，只能酝酿仇恨，付诸暴力。在另一本《苦闷的象征》中，鲁迅则借译本之口阐释了自己的艺术观，其实也是自己为什么选择特定译本的核心原因。鲁迅认为，艺术不能只为了娱乐，而是应该反映人的信念、思想与冲突。艺术绝不是用来消磨时间的闲书，而是应该承担起反映人民悲惨生活，从而唤起民众斗争意识与革命精神的载体。他说：

---

① 鲁迅：《月界旅行·辩言》，《鲁迅全集》（第十一卷），北京：人民文学出版社1956年版，第11页。

“我深恶先前的称小说为‘闲书’。而且将‘为艺术而艺术’看作不过是‘消闲’的新式别号，所以我的取材，多来自病态社会的不幸人们中，意思是揭出痛甘，引起疗救的注意。”[①]鲁迅对文艺作品的治病救世的作用寄予很大的希望，而这也成为他在翻译作品中注重选择，并致力于翻译那些描述底层人民的痛苦与反抗作品的原因。鲁迅的翻译动机也因此在这里得到了最明确的解释。他的译著从精心选择入手，目的明确，思想坚定，形成了其独特的翻译景观。他希望他的译作能够揭开国人所不能或者不愿面对的真实与丑恶，从而激发斗志，为民主和自由贡献自己的力量。可见，鲁迅的翻译和介绍工作，就是直接走向了新文化的例证。

由此可见，要创造，必须要有自己的价值取向。笼统地说，我们的翻译文本选择必须要体现中国社会要求的价值取向。一个社会有什么样的价值体系，便一定会影响当时社会对译本的选择。中国最早的翻译起源于佛经翻译，也是因为当时的社会需要新的思想资源的结果。同样，在西方文艺复兴时代也是如此。英国的詹姆斯一世也是要通过翻译《圣经》来达到弱化罗马教皇的控制的目的，奠定新教改革的思想基础，以适应当时社会发展的需要。

说到这里，我们还有一个问题需要说明一下。现在我国的很多高校，尤其是外语高校，采用外文原作当成教材并采用原作使用的语言来进行讲授和教学。这该是对原汁原味的外国文学作品的接受了吧？其实也不尽然。因为这些讲授者或研究者的思维方式和文化底蕴，说到底都是中国的，是带着极为鲜明的中国文化印记的。加之听讲者的接受心态也是建立在中华文化底蕴基础上的。那么，这其实也是一种引进后的创造——一种特殊性言说形态的新造。

从学科发展的意义上说，我国欧美文学或曰外国文学的译介，已经有一百多年的时间了，可以说，翻译工作已经取得了很大的成就，介绍和研究也有了极为长足的发展。那么，在这种情况下，欧美文学中国化也必然要走向我们新文化的“话语”建设阶段。这是学科内部发展的必然。

从以上的分析中可以看出，对欧美文学的译介并不是一个简单化的自然进程，而是与社会各方面发生着密切关系的中国新文化的再造过程。一方面，译介的目的是为了建设，即建设我们的新文化；另一方面，是在马克思主义文艺理论指导下有目的地建设。译介不是我们的目的，译介和研究都是为我们的社会发展和新文化建设服务的。也就是说，译介和建设欧美文学并使之“中国化”是

---

① 朱正校注：《新版鲁迅杂文集》，杭州：浙江人民出版社2002年版，第425页。

一个完整的整体。我们之所以不认为翻译完成了,就是欧美文学或外国文学“中国化”完成了,就是因为翻译的文本只不过是把外国的语言文字转化成了汉语文字而已。同理,我们也不能说把马克思、恩格斯的著作翻译成中文了,就认为马克思主义“中国化”的任务完成了。文本的翻译只不过是欧美文学“中国化”的起点或第一步而已。译介的下一步必然是要走向创造性的建设,这是翻译本身的内在要求,也是我们提出欧美文学“中国化”的学科发展依据。

第三个问题：

欧美文学“中国化”的核心问题与基本特征有哪些？

欧美文学（或曰外国文学）“中国化”作为一个命题的提出，不仅因为它具有坚实的依据，而且也有着鲜明的理论范畴和独有特征。也就是说，欧美文学“中国化”的命题，不是一个随随便便就可以使用的概念，而是一个范畴明确、特征鲜明、内涵独特、包容丰富的命题。

一、关于欧美文学“中国化”几个重要概念的阐释

一个理论是否成立，首先遇到的是概念问题。现在很多学术著作和理论文章的写作，之所以难以说服人，其最主要的一个弊端就是概念内涵不清，范围和界限模糊；或对一个已有的概念缺乏与时俱进的阐释以及概念的创新等。为此，在这里，我们要对本论题涉及的几个重要的概念先做出逐一的说明。而这些概念，恰恰又是欧美文学“中国化”命题的核心理论问题之所在。具体说来，其主要概念包括：“百年来”“中国化”“中国特色”“和而不同”等。

百年来：我们这里所说的“百年来”主要指的是自1840年起到21世纪初这一中国历史文化发展的特定时期。也就是说，“百年来”在这里有着极为丰富的内涵，不单单是一个泛泛的时间用语。众所周知，近百年来这个历史时期是中国社会的巨大转型时期，而这也恰恰是西方文化与欧美文学进入中国的历史时期，更是中华民族新文化建设和新文学发展的伟大历史阶段。所以，“百年来”不仅仅是个时间发展的概念，更是社会制度、思想文化内涵发生根本变化的“性质”意义上的概念。

从“转型”的意义上而言，我们认为，现在“社会转型时期”这个概念被滥用得太厉害了。很多人讲的“转型”其实与“转向”“转折”是同一个意思。这是完全错误的。“转型”是整个社会发展模型的转变，是整个社会全方位的改变，尤

其是国家经济模式、社会制度形式的改变,一句话,是社会性质方面的根本变化。而“转折”则是在基本制度不变的前提下,所进行的前进方向的调整;“转向”则是具体方法层面,例如发展道路、方针政策的改变等。若从几千年以来中国社会发展的历史进程看,个人认为,我国历史上一共有两次大的社会转型:一是在周王朝的晚期,当时社会动荡,诸侯争霸,民不聊生。春秋战国之后,在秦汉时期中国社会实现了第一次大的社会转型,即由奴隶制社会转型为封建制社会,在社会形态和国家管理制度上,由分封制转换为郡县制。在经济制度上,由奴隶制社会中的人身依附制转向土地依附制。在文化上实现了罢黜百家、独尊儒术,形成了“新儒学”一统天下的局面,这为中国的封建社会建立了思想文化上的基本原则。这次转型,维持了中国封建社会两千多年的基本稳定与高度发展。第二次大的社会转型,就是 1840 年后一直到五四运动前后的由封建独裁制向现代共和制的转型。这次转型,奠定了中国走向现代社会的基础。从社会发展形态来说,自 1840 年第一次鸦片战争开始,中国社会开始从古代的农业社会向现代的工业化社会转型。从社会制度上来说,此时开始从封建帝制社会向共和制社会转变。一句话,从古代社会走向现代社会,从专制走向共和,这才是真正的社会转型,是从内到外、从上到下、从经济基础到上层建筑全方位的革命性变革。对此,有的国外学者指出:“ 1911 的辛亥革命最终使中国结束了长达 2000 多年的帝制,使中国走向了共和的道路。”①

无独有偶,两次大的社会转型之前,都经历了大的思想文化解放阶段。春秋战国时期的百家争鸣,本质上是对“中国古代社会如何发展以及走向何方”这一文化核心问题的大讨论。正是在百家争鸣的氛围中,中国社会确立了以儒家学说中的“仁”为核心,并汲取了道、法、兵、阴阳、诡辩等诸家学说的各种文化因子,从而构建了传统意义上的中国思想文化核心体系与价值规范。而在近代的这次伟大的社会转型过程中,像春秋战国时代一样,也同时发生了伟大的思想文化解放运动,或者说再一次形成了百家争鸣热潮。帝国主义炮舰打开了中国的大门之后,面对中国积贫积弱的现实,很多士人先贤、仁人志士都对中国的前途命运忧心忡忡,争相发出了自己的声音。几十年间,各种思潮主张不绝于耳。既有早期出现的复古主义,也有中学为体、西学为用的保守主义,还有进化论、改良主义等等。此时国外的,尤其是西方的一些文化思潮,如无政府主义、实用主义、自由主义、启蒙主义、马克思主义等被集中地介绍到了中国,这导致了中

① Rana Mitter. *Modern China: A Very Short Introduction*. Oxford: Oxford University Press, 2016, p. 2.

国思想文化界的又一次大的思想解放热潮。

进而言之,近百年来,中国思想文化界最引人注目的变化之一,是思想资源的变化。我们说春秋战国时代的“百家争鸣”最终建立起了以儒学“仁爱”为中心的思想文化体系,由此造就了统辖和支撑中国古代几千年占统治地位的主导性文化——新儒学文化,并在中华文明的发展中起到了重大的和决定性的进步作用。可以说,在世界古代的文明中,中华文化与文明一直是走在世界的前列的。但是不可否认的是,我们的古代文化,尤其是在晚清的改造和阐释下,它缺少的是现代文化的因子和要素。例如,我们一直强调的“君权神授”“朕即国家”的政治思想;“三纲”(君为臣纲、父为子纲、夫为妻纲)、“五常”(仁、义、礼、智、信)的道德规范;乃至“重农轻工轻商”的经济策略,都与现代社会的民本主义、民主自由、革命斗争、个性解放、重商主义等思想有较大的差异。也就是说,在新的历史条件下,中国的古代文化需要注入新的文化因素以适应社会的新情况和新发展。这一现象如同强盛的汉代之后三国纷争、魏晋南北朝分裂时代,当西汉新儒学遇到新形势、新问题的挑战时,需要外来的佛教文化因子注入,以增进原有思想文化体系的活力,改造原有文化体系不适应社会发展的部分,是极为相似的。对此,有学者指出,自古以来,中国人的思想资源不出儒、释、道三家,除了释(佛教)是外来的以外,儒家和道家都是中国本土的并且占据着主导地位。但是1840年以来,由于西方列强的入侵引发了中国深重的民族危机,这种民族危机引起中国社会剧烈的政治经济震荡。这导致着近百年中国知识界出现的一个具有决定意义的变化是,人们更多地引进近现代西方文化思想。从某种意义上说,西方的思想文化已成为中国近代以来社会主导性的思想资源。由此也可以说,西方思想文化资源进入近代中国,并非是像埃及、印度等国那样是被动接受的结果,从本质上说是自己文化内在需要新的文化因子注入,是古老文化再一次破茧成长的要求。(这里有个悖论:即我国的社会现代化进程是被动卷入的,但从思想文化的角度来说,又是主动要求的。)然而,这种文化内在的要求,却在新的历史条件下,走向了激进的道路。当时正是在民族危机和国家危亡之际,在百日维新试图以传统方式走温和的、渐进改良的道路失败之后,人们开始选择与传统加以决裂的激进的革命道路。这样,在中国现代化变迁中的文化层面转换,就演变成了在思想资源上对中国本土传统的激烈否定和对近现代西方文化的饥渴式认同。

在文学艺术领域,五四新文化运动前后,中国社会特定时期意识形态上的这种新的运作方式直接地制约和影响着中国文学与文论发展方向,欧美文学及其文论已经在一定程度上取代了传统的汉语文学资源而成为中国文学领域的重要思想来源。我们知道,中国传统的文学理论一直主张“文以载道”“诗言志”。文学艺术作品或要表现社会的“基本价值观”,或要表现作家文人的“志向与志趣”。文学成为“载道”(载规律性或永恒性的“道”)的工具和表现作家和诗人的主观“志向”的工具。虽然后来出现了“文章合为时而著,歌诗合为事而作”的主张,初步开始从表现永恒的“道”和“个人志趣”向表现现实生活、表现时代风气和人生苦乐向度的调整,但总的来说,中国古代一直缺少的是文学“为人生、为社会、介入现实、关注现实、批判现实”的思想观念。这样,新的时代要求新的文学思想资源,即西方的文学新观念和新主张的进入,恰好起到了这样的作用,承担起了这样的使命。从这个意义上说,外来文学话语和文艺思想进入中国文坛本身,是在丰富中国文学的传统而不是代替或置换这一传统。从总的趋势上看,五四新文化运动之后,尤其是在中国新民主主义革命和社会主义建设时期,我们引进国外文学的思想资源,其实就是在丰富着中国传统的文化和文学资源。并且随着历史不断向前发展,这种引进意识变得更为自觉,更有目的性,从而也就更加适应了中国文学艺术发展的需要。

总而言之,我们把“近百年来”这个概念,不再看成仅仅是一个“时间段”意义上的概念,而更强调的是一个性质意义上的概念,目的是要说明:这一百多年来中国文化与文学的发展,既是我们自己传统的延续,同时也是我们文化文学传统在接受外来文化因子并得到了新发展的一个特定的阶段。为此,我们不赞成那种认为近代以来中国文化发生了“断裂”的意见,也反对那种认为中国的现代文化是“嫁接”外来文化的看法。我们更认为,中国的文化传统是一个具有不同发展阶段(古代阶段和现代阶段)的完整的整体。但要注意,我们所说的这种发展的过程并不是直线进行的,而是呈现出曲折前进的状态。在这种曲折前进的过程中,存在着中西文化相互冲突以及相互融合的双重性质,因此,也导致欧美文学或曰外国文学中国化进程的复杂化趋势。

“中国化”: 近年来,以“中国化”为主题词或核心概念的研究文章浩如烟海。但是,对“中国化”这个概念本身的解释,却涉及甚少。即何为“中国化”?“中国化”这个概念有什么本质规定和哪些基本要素,或曰有什么样的基本内涵、外延或基本特征,都没有被很好地加以阐释。至于前面所言的“指导思想”层面的中国化和具体领域的中国化之间是什么样的联系与区别,也没有得到清晰的理论解说。如果这个问题不解决或解决的不好,是不利于我国当前社会主义思想文化建设的。

从概念的意义上而言,什么是“中国化”?我们应该如何理解“中国化”这个概念?对这个问题,我们要分开来谈。

首先,我们要谈“化”的问题。从词源上看,“化”是渐变、量变到质变的过程,即是新事物产生的过程。也就是说,指的是原有的事物在新的背景、新的条件和新的语境下发生的变化或转化。从中国最早的文字如甲骨文、金文的字形来看,“化”字的左边是一个面向左侧站立的“亻(人)”,右边是一个头朝下脚朝上倒过来的“人”,它是一个会意字,表示“颠倒了”的意思。而“颠倒了”就意味着物体发生了“变化”。《大广益会玉篇》里又说:“化,易也。”[①]“易”也是“变化”的意思,但“化”与“易”连接又有性质上的延伸,即“变异”。如《庄子·逍遥游》里就说:“北溟有鱼,其名为鲲,……化而为鸟,其名为鹏。”[②]这里的“化”用的就是“易”本义,表达的是事物的性质发生了“变化”。《黄帝内经》中对“生、化、极、变”的事物发生发展规律是这样论述的:“物生谓之化,物极谓之变”(《素问·天元纪大论》)。[③] “夫物之生从于化,物之极由乎变”(《素问·六微旨大论》)[④]。依据文言文格式,“从”“由”解释为“从……而来”“由……而来”。整个句子可译为“物之生从化而来,物之极由变而来”。也就是说,新事物产生的过程,也就是“化”的过程。对此,王冰在《素问·六微旨大论》注中也说:“其微也为物之化,其甚也为物之变。”[⑤]至于“变化”的形式特点,张载指出:“气有阴阳,推行有渐为化”[⑥],“‘化而裁之谓之变’,以著显微也。”(《正蒙神化》)[⑦]李中梓《内经知要》记载:“经曰:物生谓之化,物极谓之变 。……朱子曰:变者化之渐,化者变之成。”[⑧]李中梓还引用朱熹的话,阐发“变”与“化”的关系,可见“变”是渐变、量变的意思,“化”是渐变已经完成了,即质变 。

从上述的引述中,我们大致可以看出,在中国古代的文化思想中,“化”有三个含义:第一个含义是一个事物本身形态转换的意思,说的是某个事物从一种形态开始向另外一种形态转换;第二个含义是性质变化的意思,即一个事物开始向另外一个事物转化;第三个含义是“融化”的意思,就是说某个事物(A)在

---

① (南朝梁)顾野王:《大广益会玉篇》,北京:中华书局1987年版,第130页。

② 《中华经典名著全本全注全译丛书·庄子》,方勇译注,北京:中华书局2010年版,第2页。

③ 《中华经典名著全本全注全译丛书·黄帝内经(上)》,姚春鹏译注,北京:中华书局2010年版,第525页。

④ 同上书,第567页。

⑤ (唐)王冰:《重广补注黄帝内经素问》,北京:科学技术文献出版社2011年版,第471页。

⑥ (宋)张载:《张子正蒙》,(清)王夫之注,上海:上海古籍出版社2000年版,第115页。

⑦ 同上书,第117页。

⑧ 李中梓辑注《内经知要》,文棣校注,北京:中国书店1994年版,第22页。

性质上和另外一个事物(B)的性质发生了融合，从而变成了既有A事物性质的因素，同时又有B事物的因素的新的事物(C)。需要说明的是，这种“融化”是“化”的双方互相扬弃，是双方根据现实情况相互去除对方身上不合适的要素，保持有用的要素后进行的一种重新组合。而“现实情况”(即条件)则是双方互相“化”和彼此扬弃融合的依据和出发点。

这样的区分，就使我们可以看出，“化”的第一层含义主要是指一个事物自身形态的变化，比如花开花落、春来夏往等等，这种“化”一般是自然发生的。第二层含义主要指的是此事物向彼事物的转化，如上文所说的“鲲”化为“鹏”，以及我们经常听说的地主家庭的子弟变成了无产阶级革命者等等，就是这个意思。这种“化”的要害是事物的性质发生了变化，是事物原有的性质被另外一种全新的性质所取代。第三层含义是指两个事物之间各自不同要素相融合，成为一个全新的事物。如化学中的“氢”元素与“氧”元素结合成为“水”分子，就是这个道理。那么，马克思主义中国化中的“化”，毫无疑问，是第三个意思。同理，欧美文学中国化中的“化”也是这意思。

三者当中，虽然各自侧重点不同，但也有三个基本的共同点：一是它们都是“变化”的。事物总是处在变化之中，变化是常态。就欧美文学这个事物进入中国而言，也是一定会发生变化的。试图把原生态的欧美文学直接引入中国，并保持其纯粹性，是不可能的。二是，这个变化常常表现为由量变到质变的过程。这也就是说，变化要经历过一定的时间和发展延续的过程，从量变到质变，变化不是一蹴而就的。欧美文学进入中国文坛并逐步“中国化”的过程，就经历了百年来的从量变到质变的漫长历程。三是说，“化”是有条件的，是根据某一事物的内在性质和其所处的具体条件来变化的。按毛泽东同志在《矛盾论》中所言，外因是变化的条件，内因是变化的根据，外因通过内因而起作用。就原生态意义上的欧美文学转化为“中国的欧美文学”而言，其过程就是一个以内因(中国思想文化发展的需要)为根据，以外因(不同时期的中国乃至世界发展的具体形势)为条件的“化”的过程。这其实讲的也就是“化”的立场问题。所谓以内因为根据，就是说内因的需要也同时就是“化”的立场。欧美文学“中国化”，就是要站在“中国需要”的立场上，依据中国现实情况的需要进行，为中国新文学的建设服务。这也就是说，欧美文学在中国特定的语境中，在翻译、阐释、研究、流传的过程中发生了质变，并产生出新的文学体系和文学观念。类似于这样的概念还有“现代化”的概念。有人把“现代化”理解为一个名词性的、静态的概念。因此，在很多人眼中，所谓“现代化”就是达到某种发展指标、到达某种状态等，似乎只要达到某种社会发展程度,就是“现代化”了。其实,“现代化”恰恰是一个动态的不断发展的进程,是用现代思想文化观念指导、规范人类走向更美好社会的进程本身。也可以说,我们会永远走在“现代化”的进程中。同样,我们所说的实现“现代化”,也只能是实现一个个阶段性的“现代化”任务。由此推论,欧美文学“中国化”,也是一个在先进的思想指导下不断前进的阶段性过程。这也就是我们把这一课题命名为“欧美文学中国化进程研究”的主要原因。

从我们上面对“化”的理解中,还会受到两个启发:第一,“影响”不等于“化”。诚然,我们经常说中国文学受到了欧美文学的影响。但“影响”是“化”的前提,“化”是“影响”的结果。没有“影响”根本谈不到“化”;而没有“化”的“影响”,“影响”也不可能有实质性的效果。还要看到,一般而言,“影响”对被影响者而言,是被动进行的,而“化”则是被影响者主动融合创造的。明确了这样的关系,我们才能更好地解释很多文化现象。第二个是“化”与“互化”的辩证关系问题。我们在谈到“化”的时候,潜意识中总是一方被另外一方所“化”,是单向度的“化”。我们更应该看到,其实真正的“化”,是双向作用的辩证的关系。也就是说,当一种东西去“化”另外一种东西的同时,本身也在被“化”,既“化”了他者,又“化”了自己。当我们这样理解“化”的时候,就会对两种文化之间的融合有更为深入的把握。例如,欧美文学“化”了中国文学,使得中国现代文学呈现出了新状态,但同时,欧美文学被我们翻译过来并被研究之后,使得欧美文学在中国也发生了很大的变异。这就是互化的含义。

需要进一步说明的是,在具体学科的中国化领域,除了“化”的一般性特点之外,还有其学科的特殊性。就欧美文学这个领域而言,“化”的过程可以根据其运转的逻辑顺序分为转化的本体、转化的过程、转化的目标体三大部分。

第一,转化的本体是欧美文学作品。欧美文学作品众多,但这个文学作品必须具有值得转化的基本要素。我们知道,欧美文学的产生是符合原语场域要求的特定文本。例如,从英国文学来看,从中世纪开始的与神学相关的作品,及至文艺复兴时期与人文主义思想直接相联的辉煌之作,再到理性时代缜密的小说作品,及至高歌个人情感与理想的浪漫主义诗歌和关注人生苦难的现实主义作品,无不显示出文学作品与当时社会的巨大而紧密的联系。特定的政治形态和文化语境必然会使当时的社会对于如汪洋一般的文学作品进行选择,使最终被时间和历史保留下来的作品成为符合时代话语的代表。不可否认,一些作品也许在其出现的时代不受欢迎,但是因为它符合了另一个时代进步的需求,因此在社会新的发展、语境发生改变之后才可能再次被挖掘、被认可并成为经典的作品。不过上述两种情况只能证明一个事实，即文学作品一定与社会现实紧密相联，即使它不能与产生时期的社会形态相关联，那必定与未来的、发展的社会形态相关联，因而才能被赋予价值。从这个意义上说，只有那些与欧美当时或者未来的时代紧密相联的欧美文学作品，才是一切时代的产物。有此特性，才能影响他者文学，才能被"化"。

第二，中国化的过程是将欧美文学搬移到中国的特定时代和特定文化语境的过程。转化的载体是翻译家、研究家和文学爱好者等。这些人的思想情趣、选择眼光、翻译和研究的功力，无不制约着转化的成效。尤其是中国有其特殊的政治文化背景与文化形态，加之中国的社会形态也随着中国的不断发展而变化，特定的背景与形态必然会对欧美文学作品产生不同的需求与不同的认知。这就更需要转化者具有相当的能力和水平。转化者不仅要精通西方的文化，还要精通中国的文化。不仅需要在两种语言的知识储备上有很高的造诣，而且更要对本民族的文化有很高的造诣。也就是说，既然欧美文学要在中国特定的文化与政治土壤中扎根生存，必然会在译介的过程中发生变化。从译什么、怎么译到出版发行的数量与导向，以及到反复地阐释、研究、解说和认识，都使欧美文学不可能以原生的形态呈现在国人面前，而一定会是转变之后的新形态。

第三，转化的目标是形成符合中国文化要求的欧美文学认知体系。欧美文学的原生体系通过翻译进入中国文学体系当中，一方面，这些欧美文学在经过中国人的选择与淘汰之后，其基本形态已经与其原生的形态发生了转化，成为符合中国文化需求的一种文学体系。在这个过程中，它的经典认知发生了变化、审美向度也发生了变化。另一方面，经过中国文化与中国时代筛选之后的欧美文学，仍然带着强烈的异域特征，因此它对中国文化的冲击与影响依然不可忽视，仍然成为我们看待世界文化的重要参照系。"翻译不仅仅是把一种语言转换成另外一种语言的过程。它也是处理文本、潜在文本和文本语境之间微妙关系的复杂过程。有时候，翻译可以被视用在不同语言间寻找对应语言的过程。缜密的翻译者明白，翻译不仅仅要处理其外延意义，更要处理其内在含义。通过翻译，包括文化、政治及美学在内的成体系的意义会通过跨越语言文化障碍的信息传递与意义传递被表达出来。那么这些信息、美学感受与美学思想是如何通过翻译得到传达，是非常复杂的过程。因此，翻译不仅是实践的过程，更是创造的过程。"①

---

① Kwok-kan Tam, Kelly Kar-yue Chan, Kwok-kan Tam. *Culture in Translation: Reception of Chinese Literature in Comparative Perspective*, Hong Kong: Open University of Hong Kong Press, 2012, p. xi.

综上所述,我们研究欧美文学"中国化",首先要搞清楚"化"的概念,即是中国的特定文化与特定时代对他者原生态文学体系进行相应转化,以期使外国的文学能够在中国文化的土壤上发展壮大,形成有中国特色的外国文学认知体系。

下面,我们来谈第二个问题,即"中国化"这个概念之中的"中国"问题。请注意,我们这里所说的"中国",即在"中国化"概念中使用的"中国",和我们在一般意义上使用的"中国"并不完全是一回事:如我们中国人的国家俗称的"中国",或者是地理意义上的中国,或者是一个区别于其他国家符号称谓的"中国"。"中国化"概念中这里所使用的"中国"是一个包含着众多能指的所指符号,是一个具有今天特定含义的能指符号。

首先,这里使用的"中国化"概念中的"中国"指的是当下意义上的"中国",即当下处在现代化社会进程之中的"中国"。如果从时间范畴上说,指的是百年来从半殖民地半封建社会走向社会主义社会,走向民族独立、国家富强的现代化进程中的"中国"。这个时期的"中国",与1840年之前的"中国"有着本质的不同。在1921年中国共产党成立之后,尤其是1949年中华人民共和国成立之后,无论是从政治上、经济上还是文化上,都与此前的"中国"有明显的不同。这百多年来的中国处在一个伟大的历史转型时期,是从旧民主主义革命到新民主主义革命,再到社会主义革命和建设乃至走向中华民族伟大复兴这一阶段的"中国"。所以,我们所说的马克思主义"中国化",其实就是近百年来,很多仁人志士、革命先驱,广大人民群众在中国共产党领导下不断地引进、运用和发展马克思主义,并以此为指导实现伟大中国梦的过程。同样,在欧美文学领域,也是中国广大的知识分子不断汲取、吸收、扬弃、融合等"化"外来文学和文化,并建设与伟大中国现代化进程相适应的中国新文化的过程。

其次,这里使用的"中国"概念,又是一个不断发展、不断变动的概念,是个与时俱进的概念。前面说过,事物总是处在不断发展的矛盾运动中,百年来的中国社会也处在一个剧烈变动的伟大历史进程中。在不同的历史发展阶段,有着独特的中国国情,存在着不同时期需要解决的主要矛盾和主要问题。加之世界上的各种社会制度、文化观念和文学形态随着时代的变化也不断地变化着,所以,处在这样情势下的今天的中国也是一个不断地发展和变化中的"中国"。这就告诉我们,"中国化"没有终点,只有过程。马克思主义"中国化"如此,欧美文学"中国化"也是如此。从文学意义而言,中国的这种发展特性和变化特性,也就使得欧美文学中国化的过程既呈现出不断发展的特性,也具有发展的相对阶段性。这样一来,诚如我们前面所说,这种不断发展的特性和发展的阶段性,也证明着“中国化”中的“化”,是一个动态的词汇。因此,我们不能把欧美文学乃至外国文学“中国化”看成是一个“静态”的东西,而必须要看作是一个“动态”的发展过程。

再次,这里所使用的“中国”又是精神文化范畴中的“中国”概念。“中国”是个综合性的复杂构成。其中有固有的边境范畴、地理风貌、自然条件、民族构成、历史流变、思维方式、法律道德、民土风情等诸多的内涵。简单点说,有着自己独特的自然条件和社会条件。其中有些自然的和历史的东西是很难用“中国化”的理论去说明的。因为只有精神性文化性的东西,才能够受到外来文化的影响并与其融合。因此,精神文化中的“中国”才是我们关注的领域。所谓精神文化的“中国”,主要指中国人独特的思维方式、精神运行指向、核心价值观乃至人生态度等等。一句话,中国人有自己的世界观、人生观和价值观,有自己的提出问题、认识问题和解决问题的独特方法论。所以,就此而言,所谓外国的精神文化的东西“中国化”,主要是指这些精神文化的东西与外来的文化精神所“化”。因此,要研究“中国化”问题,就必须对精神文化意义上的“中国”有清醒的认识和把握。有些人由于对精神文化意义上的中国不甚了解(亦即对中国的思想国情、精神国情或曰文化国情不了解),就常常把外来的东西生搬硬套地拿过来,因此是难以完成外来文化“中国化”的任务的。

由此可见,“中国化”的概念主要是由“变化”和“融化”的观念与现当代中国的思想文化发展变迁二者有机融合所形成紧密联系的一个特指概念。而“中国化”进程,本质就是在近百年来中国独特的社会发展需要的形势下,引进的外来先进的文化思想在与中国传统文化优秀因素相结合的过程中,促进中国人思想观念走向现代化和中国当代社会精神领域现代化的进程。假如没有对“化”和“中国”的这种理解,所谓“中国化”就是一句空话。

中国特色:目前,关于“中国特色”一词也在被频繁地使用。“中国特色”的内涵和此词语的规定范围,也愈来愈引起人们的关注。我们认为,“中国特色”与“中国化”的概念是密切相关的。何为“中国特色”? 所谓“特色”,主要指一个事物区别于其他事物的独有特征。也有人说,特色是一个事物或一种事物显著区别于其他事物的风格与形式,是由事物赖以产生和发展的特定的具体的环境因素所决定的,是其所属事物独有内涵的表现特征。那么,简单地说,所谓“中国特色”,其实就是中国独有内涵和表现特征。而“中国特色的文化”,就是有着“中国独有内涵和表现特征的文化”。那么,什么是“中国独有的内涵与特征”或

“中国独有特征的文化”呢？从宏观角度来说，“中国特色”的内涵基本上包括以下几个方面：一是符合中国国情，即与近现代以来中国社会独有的历史发展进程的紧密联系；二是先进的理论指导，即不断地以发展着的中国化的马克思主义为指导，理论与实践并行；三是危机意识和进取精神，即具有“中华民族到了最危险的时候”的危机意识和高昂向上不断追求美好的理想世界的进取精神。因为近百年来，中国社会一直处在民族复兴的伟大征程中，前进路上的各种艰难险阻，使得中华民族始终保持着忧患意识和危机意识。但同时，中华民族复兴的伟大使命，又使得中国人民始终保持着昂扬向上的精神追求。以上这三个内涵，构成了“中国特色”的核心特征。同时，上面所说的“中国特色”的三大特征又受到两个方面的规定：一是与中国当代的主流意识形态需要相一致；二是与中华民族特有的传统文化与审美精神相契合。现在我们已经普遍认识到，所谓“当代形态”也好，“现代意识”也好，欧美文学如果不能同中国的社会发展要求相适应，不能与中华民族的审美传统和审美特点相结合，那么，所谓具有“中国风格”“中国气派”和“中国特色”一定是相当抽象空洞、没有意义的。

按逻辑关系而言，“中国特色”首先是受到“中国立场”和“中国属性”决定的。没有“中国立场”，就没有“中国属性”，也就谈不到“中国特色”，亦即“中国化”。诚然，我们强调外来文化“中国化”，强调不同文化间的互化，但既然叫“化”，仍然有个“谁化谁”的问题？这个问题的核心就是“化”的立场问题。如前所言，我们既然叫“中国化”，理所当然是站在中国人的立场上来“化”外来的文化与文学。问题在于什么是“中国人”的立场。中国人是极其众多的，立场也是各异的。尤其是近百年来，属于各种思想、各种学派、各种政治经济文化势力的人，站在不同的立场上，特别是不同的阶级立场上，对外来的文化采取了完全不同的甚至根本对立的态度。这些站在不同立场上的人物，对外来文化或思想，常常为了各自目的择而取之。这虽然也是一种“化”，但却是食外不化。更有甚者，崇洋媚外，唯洋是举；有的则将其视为洪水猛兽，要拒之门外。而我们在这里所说的“中国立场”，主要指的是“根本立场”，即中国最广大人民群众的立场，是顺应历史发展要求，解放思想、解放生产力、推动社会发展和历史进步的立场，也是根据中国不同时期的发展实际来提出问题、分析问题并解决问题的立场。所以这个立场又是和中国的“是非观”紧密联系在一起的。近百年来，中国人民先是反对封建主义、帝国主义的压迫和剥削，闹翻身、求解放；在社会主义阶段，人们要建立民主富强的国家，走共同富裕之路；当下全国人民奔小康，实现中华民族伟大复兴的中国梦，就是不同时期人民群众的根本立场。在 21 世纪的今天，在民族复兴的伟大历史进程中，为全面建设新的文化和新的文学服务，就是我们今天的中国文学立场。我们就是要站稳这个时期的“中国立场”。换言之，欧美文学或外国文学的“中国化”，就必须在这个立场上进行。特别需要指出的是，中国共产党最伟大的功绩就在于，自从它成立以后，始终站在历史的潮头，一直代表着全中国最广大人民的利益和要求，是中国立场的最好体现。因此，欧美文学“中国化”是与马克思主义“中国化”的目标相一致的。

“中国立场”决定着文化的“中国属性”。“中国属性”包含着中国人特有的“思维属性”“价值属性”和“审美属性”三个方面的内容。中国人的“思维属性”来自阴阳为本的变化学说（《周易》讲述的就是这个道理），在这种思维中强调的是矛盾的联系与转化，强调的是“中庸”；而西方思维强调的是“逻各斯中心主义”的“二元对立”，强调矛盾的对立和斗争。中国古代人的理论思维方法是从直观体验开始（注重实践），跳过以概念元素的分解与以综合为特征的抽象思维阶段（以方法论为核心），达到对人生哲理的顿悟。这明显区别于西方那种概念优先的、逻辑的、系统的思维方式。中国文化的“价值属性”是天人合一、精神自省、集体关联和自强不息的进步观，而西方“价值属性”的内涵是人类中心主义、物质主义、个性解放和进化论的进步观；中国文学的“审美属性”是以“诗言志”“文以载道”“文章合为时而著，歌诗合为事而作”以及崇尚“风骨”“情趣”“意境”等为主要内涵的，而西方文学的“审美属性”则是以“模仿论”“美是理念的感性显现”“美是生活”以及“典型”“情感”“意象”等为基本特征的。那么，欧美文学进入中国的文化土壤之后，只有与中国的文学观念相融合，亦即在我们自己已有的概念内涵的基础上，融合进西方文化的概念意蕴，我们才说这种文学具有了中国属性。换言之，脱离了中国民族属性的欧美文学，是难以在本土文化中生根的。

这样，在“中国立场”和“中国属性”基础上形成的欧美文学阐释的“中国特色”，其实质就是根据自己的实际发展状况和时代要求，站在最广大的中国人民的立场上（即社会发展进步的立场上），用中国老百姓喜闻乐见的形式，在世界文学的视野中解决中国问题，使欧美文学适应中国社会发展的历史要求。一句话，对欧美文学“中国特色”最简约的回答就是：我们所引进欧美文学时所提出的问题是中国的，解决问题的方式是中国的，同时也是融入中华民族文学传统中，但对世界有普适性意义的现代文学形式样态。

同样，我们还要指出，“中国特色”是个兼具历时和共时两个向度的发展概念，不同时期其内涵也是不尽相同，不断变异的。所谓历时，就是历史发展的进程导致了欧美文学的“中国特色”不同;所谓共时,就是说在不同的历史发展阶段,欧美文学“中国化”涉及翻译、介绍、研究、传播以及上层建筑的各个方面。因此,在动态中把握“中国特色”,阐释“中国特色”是我们在研究欧美文学“中国化”进程时必须要坚持的原则。这也是为什么我们把此课题名称定为“百年来欧美文学‘中国化’进程研究”的原因之一。

“和而不同”:研究欧美文学“中国化”的问题,必然要涉及不同的文化间的冲突、影响以及融合等问题。两种不同的文化之间应该如何相处?“和而不同”就是我们经常使用的话语,也是我们在文化上追求的主要目标。

如前所言,我们在这里所说的“欧美文学”,主要是指欧美不同民族、诸个国家自古至今所创造的文学作品、文学流派乃至作家创作活动的总称。欧美文学说到底是欧美地域的人们文学艺术创造活动的产物,是异域文化的结晶。欧美作家们所赖以生存的国家的、民族的自然条件、生活方式、所形成的文化氛围、所特有的思维方式和语言形态乃至创作面对的对象,都和中国人有着很大的差异,甚至有着本质的不同。而想要让这一文化性质与审美性质完全不同的文学进入中国,还要让其“中国化”,那必然会发生冲突。因此,有人担心欧美文学根本不能“中国化”,也是不无道理的。

对此,有些学者从思想价值、文化传统乃至审美追求等角度,谈了很多欧美文学与中国文学的差异。也有很多从事译介的学者,从翻译的角度曾对此作了深入解说。他们认为,原语文化场域和中国文化场域中不同的价值体系,使得对文学经典的认知与界定出现一定差异。因此,在翻译文学中,一定会发生原语经典与译语经典不完全对等的现象。也就是说,在翻译文本中,我们认为非常经典的作品,在原语场域中不一定是经典,而原语场域中的经典文本,则不一定及时或者有效地翻译到我们的文化场域中,成为我们的经典。加之任何外国产生的文学作品,当它进入我国的时候,首先要经过文字的转换(即翻译)。而一种文字转换为另外一种文字时,就算再贴切,也已经不是原来的文学了。语言作为思维的载体,它本质上表现的是思维过程本身。而不同的语言则表现的是不同的思维过程,表现的是不同的文化内韵。更何况,当我们在翻译的文本基础上,用中国人的思维对其进行了阐释或在初步阐释的基础上进行的再阐释后,那么,这种建立在翻译文本上的阐释,更不能说还是外国文学的原生态式的作品了。从这个意义上说,中国人不属于欧美文学作品的创作者,也不参与其文学艺术的生产创造活动,作为另外一个文化系统的人,我们是无法与之真正“和”在一起的。

诚然,从文学出现和产生的角度来说,这一说法无疑是正确的。但是,正如我们反复强调的那样,欧美文学和中国文学之间是存在着巨大差异性和异质性的,我们并非说是要把欧美文学从思想观念、审美特性、个性风格、语言表达以及作品样态等等,都纳入中国的文学认知和审美轨道,让欧美文学乃至外国文学都消弭在我们的文化传统之中。恰恰相反,我们主张,在欧美文学“中国化”的进程中,应该尽可能更客观地、更宽容地敞开胸怀去使其更多地保留或保持其西方的本土形态。而在阐释中,则是按照我们的需要进行阐释。也就是说,我们在自己的玫瑰园中要引进郁金香,并不是把郁金香变成玫瑰,而是让其进入中国后,使自己的特征更突显、更鲜美、更灿烂。这样,我们追求的就是整个花园的协调和独特风韵。明白了这一点,我们就可以谈欧美文学“中国化”命题中的另外一个重要概念,即“和而不同”的概念了。

所谓“和而不同”,出自《论语·子路》:“君子和而不同,小人同而不和。”我们要理解这句话,首先要把“和”与“同”分开。“和”是指在人际交往中或维护交往中,能够与他人或他者保持一种和谐友善的关系,但在对具体问题的看法上却不必苟同于对方;所谓“同而不和”则是指小人习惯于在对问题的看法上迎合别人的心理、附和别人的言论,但在内心深处却并不抱有一种和谐友善的态度。在日常生活中,尤其是在两种不同的文化交往中,不同的人,或不同的民族对某一问题持有不同的看法,这本是极为正常的。真正的朋友应该通过交换意见、沟通思想而求得共识;即使暂时统一不了思想也不会伤了和气,可以经过时间的检验来证明谁的意见更为正确。因此,真正的君子之交并不寻求时时处处保持一致;相反,容忍对方有其独立的见解,同时也并不去隐瞒自己的不同观点,才算得上赤诚相见、肝胆相照。这也就是为什么当前很多中外学者,主张“宽容”或“包容”的原因。例如,荷兰裔美国作家房龙(Hendrik Van Loon)在其《宽容》(*Tolerance*)一书中就对历史上的宗教派别之间的对立与融合、迫害与反迫害等复杂而敏感的问题,做出了他自己的回答。他从不同宗教派别的冲突中去寻找背后的深层根源。最终他看到:历史上的宗教祭司常常对一切不利于自己的思想创新进行残酷迫害,这种精神上的不宽容导致了思想黑暗时代的罪恶。他还在书中阐述了什么叫作真正的宽容,并告诉人们,每个人都有权利选择自己所认可的信仰,不应该把自己认为是正确的观念强加给别人,我们应该宽容地对待与自己不相同的观点。房龙预言,总有一天,宽容将会成为人类的重要法则。他在书中还引用《不列颠百科全书》关于宽容的定义:宽容即允许别人自由行动或判断;耐心而毫无偏见地容忍与自己的观点或公认的观点不一致的意见。其实,房龙在这里所谈的“宽容”,就与我们所说的“和”的观念相类似。而“同”则有同党、朋党之意。孔子认为,那些蝇营狗苟的小人却不是这样,他们或是隐瞒自己的思想,或是根本就没有自己的思想,只知道人云亦云、见风使舵;更有甚者,便是党同伐异。这些小人抱有的准则是,凡属于同一阵营人的意见,即使是错了也要附和捍卫;凡是不同阵营人的观点,即使是对的也要加以反对。这样一来,人与人之间就划出了不同的圈子,形成了不同的帮派。

这就决定了在欧美文学(或曰外国文学)“中国化”的进程中,尤其是其理论的建构上,“和而不同”是个非常重要的概念,甚至应该成为一个原则。我们所说的“中国化”,并不是排他性的“中国化”;也不是实用主义性质的“中国化”,应该而且必须是建立在“和而不同”意义上的“中国化”。这就是说,我们是要用欧美文学的优秀遗产为中国的新文化建设服务,是要让外国的文学为我所用,但绝不是要取代它,或把它变成和我们的文学一模一样的东西。我们要清醒地认识它,要从它所展示的文学场景中、风俗画面乃至审美感受中,汲取正反两方面的经验教训。在做出我们自己的解说时,我们并不是要否认他们的意见或他者所做出的解说。换言之,我们要建立的中国化的欧美文学或外国文学,既不是强加给我们的欧美文学,也不是要让欧美文学家们按着我们的意愿去书写。我们都应该按照自己对历史发展趋势的认知去进行书写和评价。换言之,文学作品和文学现象作为一种客观存在,是历史的产物。我们在尊重它的同时,是要按照自己的需要和观念去重新阐释所引进来的欧美文学现象及其作品,而不是要把西方人的看法和观点当成信奉的圭臬、标准并以此来代替我们的话语。同样,我们也绝不是要完全脱离欧美文学的实际,随意解释和无根据地阐发,更不是把西方人的书写贬低得一无是处,如“文化大革命”时期那样,看成是毒草和垃圾,必欲铲除而后快。从这个意义上我们也可以说,欧美文学“中国化”的最终目的是建立世界的“和谐文化”。

这里涉及我们如何看待已经出现的文学文本了。凡是文本一经出现(出版),就已经成为历史的文本了。历史是不可还原的,作为历史的文学文本也是不可还原的。因此,“文学作品”只能是作为一种过去的(历史的)存在而要在当代氛围中存活的产物。也就是说,文学批评是文学批评家和研究家对历史上出现的作家作品和文学现象所进行的现代阐释。现代的人不可能完全重构历史本质的真实,历史本质的真实是被当代人所认可了的现实本质的真实。这实际上就是一种对历史本质精神的现代理解和现代阐释。更重要的是,我们在任何时候所写的历史著作,包括文学史著作,都是给现代人看的,是为当代的文化发展服务的。所以，文学的历史与现代人的需要相结合的过程，也是一种对文学历史的现代阐释活动过程的能动反映。西方当代人对自己的作品进行的阐释是现代的阐释，中国人对欧美世界产生的作品所进行的阐释也是现代阐释，这就使得我们在阐释已经出现的文本时有了共同的当代视野。

在“和而不同”的视野下，我们可以谈一谈欧美文学在中国的新形态了。所谓“欧美文学在中国的新形态”，是针对欧美文学原生态而言的。欧美文学在其原产地的形态，可称为是它的原形态，即欧美文学的本然的形态。欧美文学在中国被传播的过程中，经历了译介、诠释甚至误读的过程，在中国的文化语境中，它必然会改变原来的形貌。原文本的思想性和美学品质也都在对其接受的过程中被中国接受者特有的期待视野所调整，从而产生了欧美文学在中国的新形态。例如，在英语文学中，我们是无论如何也找不到莎士比亚的《仲夏夜之梦》，只有 *A Midsummer Night's Dream*。《仲夏夜之梦》的译名其实就是中国人理解的产物——在汉语语境中，仲夏是指夏天的第二个月，阴历五月左右，是个纯时间概念。而在英语中，仲夏夜又有精灵出没之夜的意思。也可以说，任何翻译成中文的文本，都是原有文本的他者形态——新的形态。这种他者形态包含着一种文化转向另一种文化时，那些不可转化的部分会造成译文意思的曲解与误读。这种曲解和误读之于文学原文本，影响的不仅是具体的意思，而且还有其思想内涵和审美内涵。所以，我们所说的欧美文学被言说的形态，就是在上述意义上所说的中国引进欧美文学时所创造出的中国新形态。这样，一个文本变成了两个文本。那么，这两种文本，哪个更高，哪个更好呢？这种比较其实是没有意义的。按“和而不同”的标准，它们都有其各自的价值和意义。我们的态度是，它们应该同时存在于世界文坛的百花园中。

二、欧美文学“中国化”进程的基本特征

作为一个特定的文化交流现象，在百多年来欧美文学“中国化”的进程中，其总体上呈现出了以下一些本质性的特征。

第一个鲜明特征：欧美文学“中国化”的进程与近百年来中国的现代社会发展和新文化建设的需求息息相关。

从马克思主义生产力决定生产关系、经济基础决定上层建筑的基本原理出发，可以导出现实生活决定文学艺术的产生和发展的基本观点。我们认为，百

年来欧美文学“中国化”进程顺应了近百年来社会转型和中华民族伟大复兴使命，深刻地体现了中国近代以来社会经济、政治文化发展进步的要求。百年来欧美文学的译介引进，乃至研究传播，都与此密切相关。对此，王守仁曾经指出：“外国文学与中国现代化进程，与中国现代文学和文化的演进有密切关系。外国文学的译介和研究，是中外文化交流的重要内容。外国文学在不同历史时期以引领、呼应或强化等形式，直接或间接地影响了中国社会现代价值观的形成和确立。”[①]这确为中肯之言。

我们知道，自1840年到五四新文化运动之前的六七十年间，以严复、梁启超、康有为、王国维、林纾以及后来的鲁迅、胡适、周作人等学人，大量翻译介绍外国的（尤其是欧美的）文化与文学著作，在思想界、文化界引入新思想、新观念和新主张。若把19世纪末20世纪初的这些学者们的努力用一句话来总结，那就是他们此时都是在用不同的翻译作品，并在中国现实文化状况与外国先进文化的比较中，强化着中国社会应该走什么样的道路这个核心的问题。

从1919年到1949年这三十年间，中国翻译、引进和介绍的外国文学作家和作品，主流是以表现劳动人民苦难生活、反对封建阶级和资产阶级压迫与剥削、展现人民群众的革命斗争、展示新的世界、新的理想生活的。如歌德的《浮士德》、易卜生的《玩偶之家》等进步作品被大量翻译介绍。尤其是俄国和苏联作家的作品，不仅在解放区受到读者的认识和喜爱，甚至在国统区，像《铁流》《毁灭》等书籍，也受到了人们的推崇。这样，从基本的发展趋势上看，欧美文学的引进，直接服务了当时中国进行新民主主义革命和民族解放任务的需要。尤其是延安文艺座谈会的召开和毛泽东同志《在延安文艺座谈会上的讲话》的发表，使欧美文学或外国文学“中国化”走向了自觉的发展阶段。《在延安文艺座谈会上的讲话》中，毛泽东同志提出了文艺为工农兵服务，为革命战争服务的思想，也等于把欧美文学中国化的目标和当时中国革命的主要任务紧密地联系了起来。前些年有些学者认为，此时中国共产党人的文学艺术政策，太注重阶级斗争了，甚至还有人认为，正是这种“左倾”的文艺政策导致了沈从文、张爱玲等人的作品受到忽视和不公正的待遇。但是，倘若我们站在当时中国主要任务是民主革命和民族解放，是要推翻三座大山的压迫，打败日本帝国主义的侵略，让中国人民站起来的高度来看待这三十年间的文学倾向，那么，注重阶级与阶级斗争，表现人民的反抗精神和实践活动，反映不公义、不平等的社会制度的危

---

① 王守仁：《现代化进程中的外国文学与中国社会现代价值观的构建》，《外国文学评论》2004年第4期，第99页。

害,反抗日本侵略者的入侵,这是历史的选择,是历史赋予文学艺术的使命。从文化发展的主流上看,忽视这类作家是没有什么问题的。

从1949年中华人民共和国成立到1978年的改革开放,欧美文学或外国文学引进、译介是紧密围绕着“革命”和“建设”双重主题进行的。在20世纪50年代初期,为什么苏联文学受到我们的重视并被大量翻译、介绍和引进,除了中国和苏联同属于社会主义阵营之外,更深层的原因是苏联文学适应了中国社会此时革命和建设的双重要求。一方面我们看到,很多表现苏维埃政权建立前后疾风暴雨式的革命斗争的作品,如高尔基的《母亲》、马雅可夫斯基的《列宁》、法捷耶夫《青年近卫军》、肖洛霍夫的《静静的顿河》、奥斯特洛夫斯基的《钢铁是怎样炼成的》等受到中国读者的青睐;另一方面,表现社会主义建设的作品,如《被开垦的处女地》《水泥》《金星英雄》等也受到中国读者的广泛欢迎,其实就有这种“革命”和“建设”双重任务的内在规定。这里我们要重点谈一谈《钢铁是怎样炼成的》这部小说。前些年,有的中国学者对这部小说的思想价值和艺术价值都进行了指责,认为这部小说不过是被炼成的一堆“废铁”。但我认为,这部小说恰恰在于它完美地体现了中国社会20世纪五六十年代“知识型构”的要求。这部小说的前一部分,主要表现的是“革命”的主题。青年保尔·柯察金这个小说中的主人公,在沙俄旧时代受到了严酷的压迫和身心摧残,正是在革命真理的引导下,他在反对旧政权和反革命白匪军队的斗争中,出生入死,冲锋在前,并多次身负重伤。可以说,他是阶级斗争中的无畏战士,是疾风暴雨革命战争中的英雄。小说的后半部分,主要描写了他在社会主义建设初期的奉献精神和道德情操。他修路时期的坚毅精神、顽强行动能力和高尚的奉献情怀,体现了社会主义建设者的伟大品德。他甚至在全身瘫痪的情况下,仍然坚持笔耕,在一个新的战场上——社会主义建设的战场上也取得了辉煌的成就。由此,《钢铁是怎样炼成的》之所以受到当时中国读者的喜爱,是与当时中国的历史要求分不开的。当时国内对西方世界的文学,如英、法、美、德主要西方国家,以及后来的拉丁美洲、非洲乃至亚洲文学作品的翻译介绍与评价,也与此时代的内在的规定密切相关。由此可见,中华人民共和国成立后的第一个三十年,革命和建设的双重任务,是我国引进西方文学的主要遵循和时代规定。

前面我们说过,1978年改革开放之后,我国社会主义建设的任务开始凸现。在改革开放的三十年中,正是围绕着现代化建设这个中心任务,欧美文学乃至外国文学进入中国的进程具有了全新的特点,即在走向现代化的进程中,会出现什么样的新情况,会遇到些什么样的新问题?——这是当时中国人最关注的热点之一。加上此时对"文化大革命"的反思,由此导致了对欧美大量关于人性、人道主义理论和文学作品的引进与讨论。在此时的初期,欧美文学中很多经典作品井喷式地被引入中国,包括了对其中蕴含的人性、人道主义等合理性成分的肯定。之所以如此,是因为市场经济与人的欲望和人的个性(即人性)密切相关,人们看到,没有个性张扬,没有人性解放,就不会有市场经济。同样,随着社会的发展,人性的复杂性和破坏性怎样才能得到有效地控制和疏导,又成为一个重要的问题。这也导致了关于人性、人道主义大讨论的兴起。与之相关,在已经发展成为现代化社会的一些欧美发达国家,他们在现代化进程中遇到的那些独特的存在境遇、异化现象、荒诞感和悲观绝望等问题,势必给正处在现代化进程中的中国人,提供全新的借鉴和警示。这也就是为什么现代主义文学在此时的中国被大量翻译、介绍和研究的重要原因。到了 20 世纪末 21 世纪初,随着中国社会物质文明的高度发展,人们越来越对当下的生存状态,尤其是人的主体地位再一次丧失的状况发生了兴趣。这样的新现实导致西方后现代文学开始大量进入中国。西方人对后现代社会各种新状况、新问题的反思,也和中国人的思想情怀发生了联系。由此可见,从 1978 年到 2009 年这三十年间,欧美文学包括外国文学进入中国,都是围绕我国以现代化建设为中心这个问题展开的,是在以自觉和不自觉地回答着经济快速发展、现代化建设过程中出现的问题为依规的。

2009 年之后,尤其是 2012 年中国共产党的十八大召开之后,以习近平同志为核心的党中央提出了全面建设小康社会,实现中华民族伟大复兴的中国梦的目标。以党的十八大召开为起点,我们开始了现代化建设的第三步走的历史征程。全面建设小康社会,关键在全面,重点是要建设成富强、文明、科学、民主、自由、和谐的社会主义强国。也可以说,五四新文化运动时期所提出的科学、民主、强民、富国的理想,只有在今天才真正有了实现的可能。由此,我们可以看到,近年来,欧美文学中的一些新的主题开始凸显。比如,关于都市化进程中出现的新问题研究、关于生态问题的研究、关于新的历史条件下人的主体性问题及人类新困惑、新境遇的研究、关于女性主义新深化新拓展的研究,以及新的形势下的伦理变迁的研究乃至后殖民主义研究等,都获得了人们的重视。这里,固然有些问题是早些年就已经开始受到人们的重视,但要看到,在今天这种新形势下的研究,已经发生了一些本质上的变化。

我们以城市文学引进和研究为例,来详细谈谈这个问题。此前就已经开始的城市文学研究,时至今日已出现了新的特点,即从对一般的城市问题的描写转向了现代大都市问题的表现和反映。就城市的发展而言，人类社会城市的出现，经历了三个发展阶段：第一个时期是古代城市阶段。古代城市主要是以军事功能为特征的。换言之，古代城市基本上是军事要塞和军事重地。第二个时期是在公元10世纪前后现代城市出现和此后的发展阶段。现代城市基本上是以商品贸易为功能和特征的，军事功能让位给了商品生产和贸易交换功能。第三个阶段是大城市和大都市发展阶段。在19世纪和20世纪初，欧洲开始形成了一些大城市，后来很多大城市发展成了现代大都市。大城市一般以大工业、大商贸集团为特色，注重于工业化和现代化生产。而随之而起的大都市，则以思想创新、技术创新和文化创新为标志。应该说，在每个城市发展阶段，都有其独特的问题，也都面临着新的矛盾。今天我们对欧美文学的都市文学研究，重点已经开始转移到对“信息时代人的生存（数字化生存）”“都市人文主义状态”“都市突围”以及“都市病”“都市空间”“都市孤独”等领域。换言之，今天西方后现代文学之所以成为人们重点关注的对象，就是因为只有在现代大都市才能出现这种后现代文化现象。至于当下欧美文学所反映的其他问题，就其本质而言，也都是描写和表现当代社会的重大问题的。而我们对它们的翻译和研究，也是要根据我国目前正在进行的农村城镇化、社会城市化和城市都市化的发展趋势进行。由此我们也可以预测，今后几十年内的欧美文学包括外国文学进入中国，一定会以现代都市化进程中出现的新问题为重点，分析它的经验教训，为我们全面走向现代化社会这个核心任务服务。可以说，这也是欧美文学中国化在今后的核心内容和全新使命。

今天对生态文学批评的研究也是如此。以往人们一说到生态文学批评，其视野常常放在对自然生态危机的表现上。但目前我们可以看出，以往那种以自然和人的关系为侧重点的把握，已经转换为对文本中的社会生态、政治生态、文化生态乃至舆论生态等多方位的深度研究。

总之，百年来欧美文学的“中国化”进程，其实就是围绕着中国的现代化“三步走”而进入中国，并为中国人民所接受并进行改造性建构的“中国文化进程”。这条道路，可以说是中国古代文学发展道路的合理延伸，也是在外来文学影响下的重构。这三个发展阶段，在理论的、历史的逻辑和学理逻辑上，有着内在连续性。但由于不同时期的巨大差别，各个阶段的本土化了的“欧美文学”又有着各自鲜明的特征和面貌。例如第一个阶段以被压迫者的命运、反抗和斗争文学进入中国为主旨；1978年以后的改革开放标志着中国社会进入了开放发展的阶段，所以各种文学作品和文艺思潮的大量引进，就和解放思想、改革开放相适应。当21世纪第一个十年过去,我国进入了建设社会主义现代化强国的历史发展新阶段之后,中国的欧美文学翻译介绍和研究就面临着新的使命,即为建设科学、民主、自由、和谐的社会服务的使命。这是我们的外国文学工作者当前面临的最重要的任务,也是这一课题最重要的价值所在。

这里,我也想对中国现代文学的构成和分期谈谈自己的看法。中国的现代文学史的分期问题一直是现代文学界争论不休的问题。但大体都承认从1919年前后的五四新文化运动开始到1949年中华人民共和国成立这三十年为中国的现代文学时期。对此,我们认为,将仅仅三十多年就作为一个单独的文学发展的时代,很难服人。现在就已经看出了这种划分的弊端:现代文学才三十年,而当代文学已经六十多年了,也可能今后还会有一百年、二百年,这种划分无疑是不合适的。我们认为,从1840年起到今天,都应该属于中国现代文学阶段。只不过按我们的分期,要分为两个时期,在第二个时期里又可以划分出四个不同的发展阶段。两个时期是指:19世纪中后期到1919年,是提出问题时期。而后是解决问题时期。1840年到1919年这段时期,可以看成是中国现代文学的产生期。这一时期主要是提出“中国应该走什么样的道路”问题。而从1919年后,则进入了开始回答和解决问题时期。在解决问题时期,又可以分为几个相对独立的发展阶段,亦即可以分为1919年到1949年的“新民主主义革命”阶段,1949年到1979年的“革命和建设并重”阶段,1979年到2009年的“以经济建设为中心”的阶段以及2010年之后较长的“全面建设现代化国家”的发展阶段。这样,中国的现代文学就是一个整体。不仅学理逻辑说得通,而且也符合中国现代化文化建设的实际。

第二个鲜明特征:百多年来,立足于中国文化发展实际,欧美文学在中国译介和阐释过程中,逐渐走向了以中国化的马克思主义为指导的发展历程。正是在中国化的马克思主义指导下,中国的外国文学工作者不断地自觉构建了中国人自己独有的欧美文学阐释话语和阐释形态。

在谈到欧美文学中国化的问题时,一个不可否定的现实是,绝大多数时间里,我们的中国化进程都是在马克思主义理论指导下,努力建立中国人自己的外国文学或欧美文学话语体系。当然,这并不是说,中国人建设自己的欧美文学乃至外国文学的话语体系,一开始就是自觉地进行的。或者说,在中国对欧美文学乃至外国文学的引进阐释和研究的过程中,并不是一开始就以马克思主义为指导思想。

欧美文学的“中国化”在指导思想方面的变化和演进,大致可以分为早期萌芽阶段、深入影响阶段和鲜明确立阶段三个历史发展阶段：

早期萌芽阶段。这个萌芽阶段主要是指五四新文化运动之前。在那段时间里，外国文学，尤其是欧美文学的翻译和介绍，并不是从一开始就受到马克思主义影响或者以马克思主义为指导的。但这些早期的译者或介绍者，却有较为鲜明的科学进步的意识。他们在社会的沉重黑暗和危机状态下，希望“打开窗子，引进一些新鲜的空气进来”，力图通过外来文化产品和文学作品的介绍，输入新思想，给中国人以借鉴和启迪，以便使当时的国人从麻木状态中觉醒起来，让他们睁开眼睛看看外部世界，并试图借助外来文化的先进因素，进行一些社会和文化改良。“中学为体，西学为用”的主张就是这种意识最鲜明的体现。尽管这种努力不能真正起到多大的改造人生、改造社会的效用，但若从动机上来说，文艺不再被看成是少数士大夫情趣的宣泄，也不再是个人审美的无病呻吟，而是通过文学看世界，让人知道我们之外还有一个异样的外面的世界，并且用这个世界反观我们自己的不足，无疑是具有巨大的历史进步意义的。可以说，正是早期译介者自身的现代科学意识，为我们后来以马克思主义作为指导，奠定了现代意识的思想基础。

深入影响阶段。这个阶段大约是从五四运动前后到 1942 年延安文艺座谈会的召开，这是中国文坛引进外国文学过程中，指导思想发生转折变化的阶段。这一阶段大致也可以分为两个不同的发展时期。先是“文学为人生”指导思想确立的时期。从鲁迅的论文《摩罗诗力说》、译作《毁灭》等到周作人写出第一本《欧洲文学史》开始，中国的学人们开始有了较为鲜明的“为人生的文学”的意识。可以说，此时文学的翻译和引进已经与改造国民的灵魂紧密结合起来了。鲁迅的著作被学者们论述甚多，我们不再赘述。这里主要谈谈周作人的《欧洲文学史》写作的价值。1917 年 9 月，经鲁迅介绍，周作人被聘为北京大学文科教授，兼国史馆编纂编辑。随即他开始撰写《近代文学史》与《希腊文学史》讲义，最后将两书合而为《欧洲文学史》，并于 1918 年 10 月由上海商务印书馆出版。全书约十万言，分希腊、罗马文学；中古与文艺复兴文学及 17、18 世纪文学三部分。这部教材是“我国第一部欧洲文学史讲义”，被视为“代表着当时学术研究的最高水平”[①]。陈平原在评论本书时还说，这一著作，不在“客观描述”欧洲文学之来龙去脉，而在开启中国自身之“人的启蒙”。其中一以贯之的核心精神，是所谓“希腊情结”。欧洲千年文学进程，被作者描绘为“希腊精神”之丧失

① 陈平原：《知识、技能与情怀（下）——新文化运动时期北大国文系的文学教育》，《北京大学学报（哲学社会科学版）》2010 年第 1 期，第 147 页。

与回归的历史，丧失期尽述其内涵之潜在生命，回归期则尽列其发扬光大之所在。因此，本书被后起的一些研究者定性为开启“中国启蒙文学”之作。从周作人的欧洲文学史的写作实践中，我们可以看出，他所要开启的“人的启蒙”，就已经具有了“文学为人生”的思想萌芽。

把“文学为人生”的思想发展到一个新的高度的，无疑当属 20 世纪 20 年代初出现的“文学研究会”和“创造社”。据钱理群、温儒敏、吴福辉等人编撰的《中国现代文学三十年》的记载，1921 年 1 月 4 日，周作人、郑振铎、沈雁冰、郭绍虞、朱希祖、瞿世瑛、蒋百里、孙伏园、耿济之、王统照、叶绍钧、许地山等十二人在北京成立以“研究介绍世界文学，整理中国旧文学，创造新文学”为宗旨的“文学研究会”，并公开打出了“文学为人生”的旗帜。作为响应，1921 年 6 月上旬，留学日本的郭沫若、成仿吾、郁达夫、张资平、田汉、郑伯奇等人于日本东京成立了“创造社”。文学研究会创立伊始，便把“文学为人生”当成了自己的宣言。他们宣称：“反对把文学作为消遣品，也反对把文学作为个人发泄牢骚的工具，主张文学为人生。”从“为人生”出发，他们主张“文学应该反映社会的现象，表现并且讨论一些有关人生一般的问题”。为此，要“研究介绍世界文学，整理中国旧文学，创造新文学”。文学研究会十分重视外国文学的研究介绍，他们的目的一半是为了介绍外国的文艺以促进中国新文学的发展，一半是为了介绍世界的现代思想，他们着重翻译了俄苏、法国、北欧及东欧、日本、印度等国的现实主义名著，介绍了普希金、托尔斯泰、屠格涅夫、契诃夫、高尔基、莫泊桑、罗曼·罗兰、易卜生、显克维奇、阿尔志跋绥夫、安特莱夫、拜伦、泰戈尔、安徒生、萧伯纳、王尔德等人的作品。该会会刊《小说月报》出过“俄国文学研究”“法国文学研究”等特号和“被损害民族的文学专号”“泰戈尔号”“拜伦号”“安徒生号”等专辑，在介绍外国进步的现实主义文学方面作出了很大努力。可以说，它不仅推动了新文学运动向前发展，而且开拓了中国现代翻译文学历史的新阶段。更重要的是，他们改变了中国文学的指导思想，把为现实、为人生服务当成了文学创作和研究的主要目的。同样，“创造社”在文学指导思想方面的贡献也是巨大的。在第一次国内革命战争期间，创造社主要成员大部分倾向革命，郭沫若、成仿吾等先后参加革命实际工作。继《创造》季刊、《创造周报》以后，他们又于 1924 年 8 月创刊《洪水》(至 1927 年 12 月止，包括增刊共出 38 期)，1926 年 3 月创刊《创造月刊》(至 1929 年 1 月止，共出 18 期)。从《创造月刊》的办刊宗旨上，可以明显看出创造社已表现出“转换方向”的态度，开始了后期无产阶级革命文学的倡导与创作。郭沫若在《创造月刊》第 1 卷第 3 期发表《革命与文学》一文，首倡

“时代所要求的文学是表同情于无产阶级的社会主义的写实主义的文学”。成仿吾则在1928年2月1日出版的《创造月刊》第1卷第9期发表《从文学革命到革命文学》，号召“我们努力要获得阶级意识”，“努力把握唯物的辩证法的方法”。[①] 后期创造社受当时国际国内“左”倾思潮影响，理论倡导和文学活动不免带有教条主义、宗派主义倾向，在“革命文学”论争中对待鲁迅、茅盾等作家表现出了偏激的情绪，然而大部分成员在参加革命实践，介绍马克思主义文艺理论和苏联新兴无产阶级文艺方面，以及倡导革命文学和革命文学理论建设方面，仍然做出了较大的贡献。从“文学研究会”和“创造社”的活动中，我们可以看到，此时的文学活动无疑与马克思主义的社会革命学说有了更为紧密的联系。当然，它也不可避免地影响到欧美文学译介和引进的过程。

此阶段的第二个发展时期是马克思主义文艺思想影响深入的时期。这个时期，马克思主义文艺思想在中国得到了更广泛的传播，在众多仁人志士的努力下，逐渐走向了以马克思主义指导中国文学艺术创作和外国文学引进的自觉。在此期间出现了一大批信仰和宣传马克思主义文学理论的翻译家和研究家，如瞿秋白、郭沫若、成仿吾、郑振铎、田汉等。他们的工作是把为人生和马克思主义的指导联系起来。尤其需要指出的是，在马克思主义成为中国文学的指导思想的过程中，瞿秋白的作用功不可没。

瞿秋白是多才多艺的文艺理论家、杂文作家、翻译家。他的文学活动，不仅为成长中的中国现代文学留下了许多瑰丽的珍品，而且在翻译介绍外国文学进入中国文坛方面也做出了巨大的贡献。更重要的是，他在宣传马克思主义的文论思想，并号召以马克思主义来指导中国新文学建设方面，更是居功至伟。20世纪20年代初，他以明快清新的文笔，最早报道了十月革命胜利后的苏俄情况，丰富了我国现代文学的宝库。在他短暂的一生中，还翻译了200万字的外国文学作品。不仅如此，他在1932年发表的《文艺的自由和文学家的不自由》一文中，明确指出：“文学现象是和一切社会现象联系着的，它虽然是所谓意识形态的表现，是上层建筑之中最高的一层，它虽然不能够决定社会制度的变更，它虽然总结起来始终也是被生产力的状态和阶级关系所规定的。——可是，艺术能够回转去影响社会生活，在相当的程度之内促进或阻碍阶级斗争的发展，

① 以上均引自于钱理群、温儒敏、吴福辉等人编撰的《中国现代文学三十年》相关章节，《中国现代文学三十年》(修订本)，北京：北京大学出版社1998年版。

稍微变动这种斗争的形势，加强或者削弱某一阶级的力量。”[①]可见，在瞿秋白这里，已经明确指出了文学属于上层建筑，受生产力和阶级关系所决定。同样，它也具有反作用。这已经是马克思主义文学观的清楚表达了。在《普洛大众文艺的现实问题》一文中，他从“用什么话写”“写什么东西”“为着什么而写”“怎么样去写”“要干些什么”等五个方面，系统阐释了“文艺为什么人服务”的问题。他从列宁的“文艺要为千千万万的劳动者服务”的思想出发，明确地提出了“文艺为大众服务”的主张。在创作方法上，他坚持“文艺反映论”，坚持现实主义创作原则，认为文学是社会生活的反映。尤其是在传播马克思主义文艺理论上，它更是做出了突出的贡献。1932年他编撰了我国第一部马克思主义文艺论著选集《现实——马克思主义文艺论文集》。不仅如此，1931年至1933年间，他在上海与鲁迅先生一起领导左翼文化运动，在中国现代文学建设和外国文学引进等方面，做了大量的实际工作。考虑到他是中国共产党早期领导人之一，他的主张对把马克思主义作为我国新文学建设的指导思想，起到了巨大的推动作用。可以说，瞿秋白和其他一些人对马克思主义文艺观的介绍，促使了马克思主义文艺思想在中国指导地位的确立。瞿秋白等人所做的这些努力，初步明确了中国新文学建设的指导思想，这一指导思想也初步开始统筹了欧美文学的“中国化”进程。

鲜明确立阶段。若将马克思主义作为欧美文学的“中国化”明确指导思想的起点找到一个标志性的事件的话，那就是1942年延安文艺座谈会的召开和毛泽东同志的《在延安文艺座谈会上的讲话》发表。从延安时期到今天这七十多年间，可以说是我国文学艺术界，包括外国文学界把马克思主义作为指导思想演进发展的第三个阶段。这七十多年的欧美文学中国化进程，基本上是以中国化的马克思主义为指导的、结合中国社会发展和文化发展需要的新的历史文化进程。

我们知道，欧美文学是欧美不同的国家和不同的民族依据自己的文化传统所创作的文学。在创作中都有着自己的文学指导思想。例如，有的依据的是人性的观念，有的依据的是神学观念，还有的依据的是进化论观念等等，但欧美文学（外国文学）在进入中国后，特别是延安文艺座谈会召开后的七十多年来，中国开始了自觉用马克思主义（或中国化的马克思主义）来指导我们文学实践的进程，从而形成了中国人用马克思主义的立场、观点和方法来阐释欧美文学（外

---

① 瞿秋白：《文艺的自由和文学家的不自由》，《瞿秋白文集》（文学编·第三卷），北京：人民文学出版社1989年版，第58—59页。着重号为原作所加。

国文学）发展的崭新模式。这就使得中国的外国文学引进和研究，从此时起就开始了自觉用马克思主义的理论指导和方法指导，从而形成了中国的外国文学最鲜明的特性。自此之后，我国的外国文学的翻译、研究和传播，不仅立足于中国国情的需要，同时，也开始自觉用马克思主义的观点阐发欧美文学的现象和作品来回应这种需要。

同样，我们也要知道，中国人以马克思主义思想为指导来翻译介绍和研究传播欧美的文学，但这种指导并不是僵化地理解马克思主义的产物，而是在不断变化的社会环境中，依据不断变化的新的情况、新的问题而与时俱进理解马克思主义的结果。我们仅以 1949 年后三次大的外国文学史或欧美文学史教材编写为例，来谈一谈这个问题。自 1949 年以来，我们曾经经历了三次以马克思主义为指导的外国文学教材的建设阶段。第一次是 20 世纪五六十年代以杨周翰、朱光潜等先生为代表的第一代外国文学和文论教材的编写。杨周翰先生主编的《欧洲文学史》、朱光潜先生写作的《西方美学史》，都是他们根据当时人们对马克思主义理解程度所编写的教材。这些教材，是在中国第一次自觉地用辩证唯物主义和历史唯物主义为指导思想写成的。因此，出版后在 20 世纪五六十年代的中国产生了重大的影响。第二代是以朱维之、赵澧先生等为代表的《外国文学简编》等教材，这些教材，虽然在“文化大革命”前就已经启动，但正式出版则是在“文化大革命”结束之后不久的 1980 年前后。应该说，这是编者们在经历了“文化大革命”的动乱后，在对马克思主义新理解的基础上编写的教材。从这部教材中，我们可以看出，较之 20 世纪五六十年代出版的《欧洲文学史》和《西方美学史》，又有了新的发展，用马克思主义立场、观点和方法阐释外国文学现象和作品更加自觉。这样的教材出现，适应了中国改革开放之初的新形势和社会发展的新需求，因此，也产生了较大的影响。之后，这本教材多次重印和再版，不断以对马克思主义的深入理解来阐释外国文学中出现的各种现象，发行了上百万册。今天，世界和中国社会发展的形势都发生了巨大的变化。在这种情况下，我们需要用今天理解的马克思主义，即“中国化的马克思主义”为指导，重新理解与阐释欧美文学或外国文学。换言之，我们需要在新的历史场域中，在新的发展的中国化的马克思主义指导下，对外来的文学进行重新解说。正是在这种需求下，2004 年 3 月，中共中央发出《关于进一步繁荣发展哲学社会科学的意见》，提出实施马克思主义理论研究和建设工程。之后，中共中央办公厅转发《中央宣传思想工作领导小组关于实施马克思主义理论研究和建设工程的意见》，对实施工程作出部署。2005 年 5 月 11 日，中宣部、教育部联合下发《关于加强和改进高等学校哲学社会科学学科体系与教材体系建设的意见》,提出要大力开展马克思主义理论体系、马克思主义发展史和马克思主义中国化的研究,要在一级学科中,设立马克思主义理论学科。并强调指出,要根据中央实施工程的战略部署和总体要求,全面开展高等学校哲学社会科学重点教材建设工作。可以说,今天我们所进行的新的马克思主义教材编写,是在改革开放深入发展的形势下,尤其是在对马克思主义的新理解的基础上——即“中国化的马克思主义”的基础上和指导下,所进行的新的教材编写,以适应今天社会发展的需要。所以,马克思主义教材建设工程是一个不断创新的工程。这也决定我们必须要用不断发展的马克思主义去指导欧美文学的“中国化”建设。2015年由高等教育出版社出版的以聂珍钊、郑克鲁、蒋承勇为首席专家,一大批国内学者如郭继德、刘洪涛、王守仁、陈建华、吴笛、黄铁池、王立新、苏晖、刘建军等参加编写的《外国文学史(上、下卷)》,就是在中国化的马克思主义指导下写成的一部新的成果。在这部外国文学史的“导论”中,编著者就明确指出:“马克思主义的科学世界观和方法论,既揭示了人类历史的发展规律,也揭示了文学的发展规律。只有坚持马克思主义的辩证唯物主义和历史唯物主义,才能真实地描述不同历史时期的文学内容、文学形式和艺术特点,客观地总结不同时代、不同国家文学发展的历史规律,恰当地评价作家作品的历史地位,科学地分析不同文学思潮和文学流派产生、发展和演化的过程,揭示政治、经济、军事、哲学、宗教、道德等各种社会因素对文学的影响。”[①]该教材力图在新的历史形势下,在中国化的马克思主义最新理论成果指导下,对外国文学(包括欧美文学)进行更为科学的解说。

第三个鲜明特征:欧美文学在进入我国的过程中,始终是在中国文学的浓厚土壤中成长、发展起来的,其中具有中国传统文化的浓厚因素和强烈的互文与再造意识。

从最早的翻译作品进入中国开始,人们就一直自觉或不自觉地在思考着这样的问题:我们为什么要翻译外国的东西?怎样翻译外国的东西?应该翻译哪些外国的东西?这些问题成为萦绕在中国人头脑中挥之不去的潜意识。从早期的翻译家严复等人开始,一直到今天的翻译和研究西方文学的学者,也都在用自己的翻译和研究实践自觉或不自觉地回答着这个问题。对这些问题的回答,一方面涉及翻译家们面对所接触到的浩如烟海般的外国的文学作品,首先

---

① 外国文学编写组:《外国文学史(上、下卷)》,北京:高等教育出版社2015年版,第4—5页。

要看其思想性和艺术性是否真的值得翻译和介绍，即来自对原初文本的经典性的和价值性的判断。另外一个就是从自己所熟知的中国文学出发，看中国文学缺少些什么，然后决定其引进什么和翻译介绍什么。可以说，如果对西方文化不了解，就无法把欧美最好的作品翻译、介绍过来，同样，假如没有中国文化的强大功力和厚重底蕴，对外来文化吸收消化的任务也不能很好地完成。

纵观百多年来中国学人对欧美文学或外国文学的译介和研究实践，有两个事实需要引起我们研究者的注意：第一个事实就是，中国从 1840 年到 19 世纪末 20 世纪初（清末）出现的翻译家们，都是中国传统文化底蕴深厚的人物，他们的中国文化造诣压倒性地超越了外来文化。因此，他们的作品翻译，大多都是采用古代文言文的形式进行的。不仅如此，很多翻译家在翻译的过程中还对来自国外的文本进行有意识地删减、对故事情节进行改变、甚至对主题进行更改。至于在形式上，也多采用章回体这种地地道道的中国古代小说的典型形式加以再造。就连林纾这样不懂外语的人，也凭借其强大的中国文化根底，翻译了（毋宁说创编了）大量的西方文学作品。这一现象固然和最初的翻译者所处的时代与个人的局限有关（如刚刚开始摸索着进行翻译、对外国社会历史和文化的不熟悉，以及当时中国的社会经济文化发展水平的落后和外语普及化程度较低等），但我们不得不承认的是：他们不仅翻译了欧美的作品，而且他们的翻译作品还受到了人们尤其是一些学人的喜爱。为什么会如此？就是因为，他们译作中所蕴含的中国文化的深厚底蕴，符合了当时富有浓厚中国传统文化氛围的要求。他们用自己强大的中国文化底蕴，弥补了其外国文化素养不足的缺陷。这些最早的翻译者和外来文化的介绍者，都是极为精通中国传统文化的大师级人物。他们的中国文化功底在当时都是首屈一指的。例如严复、康有为、梁启超、林纾、王国维、辜鸿铭等，其各自所具备的中国的文化造诣是极为深厚的。这就决定了他们在译介和引进西方文学作品的时候，不可避免地（甚至天然地）站在中国的传统文化立场上，在深得中国文化趣味之奥秘的基础上进行的。他们的立场、文艺观、价值情感和采用的语言形式等，都是典型中国式的。这种状况就决定着他们的翻译介绍工作，毫无疑问地受制于中国传统文化的规定。由此可见，中国对欧美文学（乃至对外国文学）的引进自起始之日起，就受到了中国文化的强大制约。尽管在这期间以及后来的一些时间点，也有所谓的“全盘西化”的主张出现，但在中国，这种提法一直没有得到大多数人的认同，甚至在国家处在最危急的时候（如五四运动前后、抗日战争时期等），也没有掀起多大的风浪，就是明证。

第二个事实是,从五四新文化运动开始到20世纪七八十年代之前,翻译的群体发生了变化,此时新出现的翻译队伍中的很多人不再是只懂中国文化,他们还精通外国文化,中外文化较为平衡。换言之,这一时期中国出现的翻译引进和研究传播西方文化和欧美文学的群体,都是由中外文化兼通的一大批学者构成的。在中华人民共和国成立之前,我们所知道的,除了前面所提到的严复、辜鸿铭等人外,中国现代文学中出现的大师级人物,如鲁迅、胡适、郭沫若、茅盾、巴金、老舍、曹禺、冰心、冯至等,不仅中国文化底蕴深厚,而且外语水平极高。可以说,中国现代文学的出现,很大程度上也是中外文化激烈碰撞融合的结果。这里我们仅举两个例子来证明一下:第一个是王力(王了一)先生。我们都熟知王力先生是全国高校教材《古代汉语》的主编,是古汉语界的翘楚。但他最初则是以翻译法国文学和研究外国文学见长的。王力先生的学问博大精深,为学界所公认。他不仅是杰出的中国语言学家,而且是著名的翻译家、诗人和散文家。新中国成立前,他就翻译、出版过法国纪德、小仲马、嘉禾、左拉、都德、波德莱尔等作家的小说、剧本、诗歌以及《莫里哀全集》共二十余种;他早年还撰写了《希腊文学》《罗马文学》等文学史著作;同时,他还是个作家和诗人,他自己创作的诗歌和散文基本上收集在《龙虫并雕斋诗集》《王力诗论》与《龙虫并雕斋琐语》里,后者多次重版。中国现代文学史家把他和梁实秋、钱锺书推崇为抗战时期三大学者散文家。再一个例子是老舍先生。1908年,老舍九岁,得人资助始入私塾。1922年后,在天津南开中学教国文。老舍先生的中国文化底蕴深厚,他所写作的小说,具有浓厚的中国传统文化韵味。他甚至可以用自己的文笔传达出具有中国“京味”等地方特色的特殊味道。但同时,他的英文又极好,曾在英国留学六年,期间还担任了伦敦亚非学院的讲师。在留学英国期间,他写作了一系列表现中国人特点、具有浓郁的中国味道的“京味”小说,如《老张的哲学》《赵子曰》《二马》等。由上述的两个例子可以看出,五四新文化运动前后成长起来的中国学人,都是能够在两种文化中自由穿行的大师。

1949年后,很多具有厚重中国文化底蕴的前辈学者仍然继续着自己的翻译、介绍和研究活动。冯至、戈宝权、朱光潜、卞之琳、罗念生、金克木、钱锺书、季羡林等人可以说是其此阶段的代表人物。他们之中虽然有人把主要的精力放在外国文学的翻译和介绍研究上,但他们身上强大的中华民族的文化传统,一直在起着重要的作用。可以说,中华民族文化的强大传统是西方文学中国化的厚重底色,同时也是我们引进欧美文学的学术根基。

在自己的民族文化的基础上进行文学交融的过程中,中国翻译家、作家、研究家也始终具有和外来文化与自己传统文学进行互文比较的意识和立足中国文化传统对外来文化的借鉴的意识。其中主要的做法在于，我们用自己厚重的文学传统，借鉴外来文化中的现代意识，从而造就了中国新文学的既有民族传统，又具备西方现代化要素的新的风貌。这在本质上也是两种文化之间的一种对话。用歌德的话说，各民族之间，即使不能互相喜欢，至少要做到互相了解和互相尊重。由此看来，世界文学应是一种对话的结果，是最耐心的聆听和最真诚的回应。其中，“现代性”是一个基本的命题。要看到，中国的外国文学工作者（包括翻译者、研究者和传播者等）都是在传统的基础上，在“现代性”意识的引领下，自觉或不自觉地将民族的需要，包括民族文学的更新，当成引进西方文学的主要参照系。这是针对中国文学中所缺乏的“现代性”意识所进行着的“盗西方文学之火给国人的工作”。换言之，我国的外国文学工作者一开始所意识到的现代性就是在批判继承文化传统上的现代性。这样，既继承自己的传统，又引进欧美文学的有价值的东西，形成了我国欧美文学引进、研究和传播上的特殊性。这诚如有的学者所言，中国的欧美文学，是在批判、鉴别之中进行着创新，是在自己传统文学的基础上进行的再造。因此，欧美文学中国化的过程自始至终贯穿着现代性的反思与自我反思、批判与自我批判的精神，而这种精神反过来又塑造了中国文学的现代性品质。我们知道，文学现代性作为其理论的品格，就是它的自我反思与自我批判的功能。由此也可以说，欧美文学中国化的提出，意在说明“欧美文学中国化”又完全是一个充满现代意识的命题。对此，王宁曾指出：“翻译更具体地说，是一种文化上的翻译和阐释。通过翻译的中介，大量的外国文学作品，尤其是西方文学作品、文化学术思潮和理论进入了中文的语境。这对于刺激中国作家的艺术想象力无疑起到了积极的作用。鲁迅这位有着深厚中国传统文化根基和文学造诣的大作家和大思想家也表示认同。鲁迅之所以大力主张‘拿来主义’，其中的一点就是因为他的深厚中国传统文化功底使然，使他对传统文化的优点和缺点看得一清二楚，他认为这一行将衰朽的文化深深地打上了‘吃人’的印记，必须被彻底摒弃。”[①]

同样，中国欧美文学工作者还在与中国古典文化的比较、借鉴和融合中，创造了独具特色的对欧美文学观念、概念以及艺术方法的理解方式。就当前使用的一些主要文学观念来看，其实就属于既是中国，又是西方两种要素融合的产物。例如，中国的“歌诗为时而用”就与西方“文学要反映生活”、中国的象征手

---

① 王宁：《“后理论时代”中国文论的国际化走向和理论建构》，《北京大学学报（哲学社会科学版）》2010年第2期，第69页。

法与西方的"象征主义"之间就有着天然的联系;再如西方的"现实主义"与"浪漫主义"就和中国的"写实文学""诡谲、抒情和奇幻手法"的文学之间也有着密切的关联。所以,欧美文学的观念进入中国,并非与中国的传统文学观念无涉,而是各取要素的有机结合。再比如,中国古代文化中,并没有"革命"这样的词汇,我们只有"造反""起义"等概念与之相类似。但这不妨碍我们在使用"革命"这一词汇的时候,把它和"造反""起义"等内涵进行类比理解,从而形成我们自己的"革命"这个概念的内涵,即"革命"就是要反抗一切不合理的社会现象,反抗"人吃人"的社会制度,具体而言,就是反抗贪官污吏、土豪劣绅、土匪恶霸的压迫。鲁迅先生在《阿 Q 正传》中,描写的阿 Q 要"革命",其实就是这种理解的最典型的标本。再如西方文艺学中的重要概念之一的"象征"一词,被引进中国后,也成了亦中亦西相结合的新概念。我们知道,中国古代先秦时期的人们就对"象征"概念有着自己独特的理解。据有些专家考证:这个概念最早来自古代军事上的兵符,即虎符。虎符是古代皇帝调兵遣将用的凭证,是用青铜或者黄金做成伏虎形状的令牌。一个完整的兵符被分为两半,其中一半交给将帅,另一半由皇帝保存,只有两半虎符同时合并使用构成一只完整的老虎形状时,持符者才能获得调兵遣将权。人们后来就把半个虎符与另一半之间的关系,称为"象征"——此半为彼半之象征。因此,在此后中国人的理解中,不可见的某种物(如一种概念或一种风俗)的可以看见的标记,即为象征。在文艺创作中常常被作为一种表现手法,指通过某一特定的具体的形象以表现与之相似或相近的概念、意思或感情。但英文中"symbolize"这个概念却有着自己的含义,它是作为一个西方现代主义概念获得价值和意义的。其表述为:外在的有形的事物是人的潜意识和下意识的象征。如果说中国人理解的象征是以现实此物喻彼物的话,那么西方的"symbolize"则是以现实之物喻心灵的下意识与潜意识。但中国人在接触到了这个概念之后,也把两者混合在一起了。在中国很多人的观念中,象征既可以指现实之物之间的象征,也可以指现实之物与心灵之间的象征。"象征"的内涵与外延被扩大和拓展了。也就是为什么现代中国的很多文学概念既来自西方,但同时又似乎为中国人感到熟悉的原因,也是为什么我们在使用西方文学的观念和概念以及手法时总是理解有差异的原因。"意识流"这个概念也是如此。在中国古代的文学中,我们虽然没有"意识流"的概念,但古代诗人或作家在创作的时候,常常使用这样的手法,如唐人李贺的诗歌、李白的一些诗作,都显示出了"意识流"的手法特征。再如吴梅村《清凉山赞佛诗四首》,也具有浓厚的潜意识流动色彩。因此,当欧美文学中的"意识流"小说进入中国之后,“意识流”的概念也受到了中国学界的重视。但我们用自己的文化理解,把欧美“意识流”小说表现下意识、潜意识的流动,变成了单纯的艺术手法。我们知道,欧美的“意识流”概念来源于弗洛伊德的现代精神分析学理论。按照这一理论,潜意识、下意识主要是指“力比多”,即性意识及其散射、奔突和无序流动。在弗洛伊德那里,潜意识和下意识是作为人的本质来被认识和理解的。下意识和潜意识是人一切活动的基础。因此,欧美的“意识流”小说表现和反映的是西方现代人对人的本质认识的改变,是对人的本质的重新解说。可是,我们很多人却用中国传统文学的经验,使这个概念变成了纯艺术手法了。然而,恰恰在这样一种误读中,我们却建立起了中国的“意识流”理解模式。

不仅如此,欧美文学中国化不仅体现在理解体系和概念的创造过程加进了大量的中国因素,而且在具体领域,如翻译领域、研究领域和传播介绍领域,中国学者也都有自己独特的认知形态和做法。很多素材、形象、艺术观念与艺术技巧手法,也是和中国古代文学的要素联系在一起了。这虽然是一种变形,但却极大地丰富了中国的欧美文学的艺术内涵和表现形态。我们注意到一个非常重要的现象,即中国的外国文学的表现形态极为丰富和多彩多姿。无论我们的翻译也好,研究也好,进行改编使用也好,不仅能够把中国文学博大精深的艺术观念、文学形态和表现手法加以借用,而且还可以把东方各民族的和其他一些民族的艺术观念与表现形式放入中国的外国文学的理解和创造中,从而形成远远超过欧美文学自身的多样性表现形态和艺术形态。而这恰恰又是与中国人开始具有世界文学的眼光和意识紧密地联系在一起的。也可以说,在这些具体方面所表现出来的特点,潜移默化地推动了中国思想上、观念上的现代化进程。

由此可见,欧美文学的“中国化”进程主要是指欧美文学观念、作家作品和大量文学现象译介到中国过程中,被中国人所知晓、理解和接受并成为中国文学现代元素的历史进程。应该看到,中国古代文学是纯粹的民族文学,它虽然在古代社会的不同时期,受到过南亚佛教文化及其印度文学以及通过丝绸之路传播来的阿拉伯文化的影响,但其主体思想、价值观和艺术观念与方法,都是中国自己的,有自己民族的独特话语与艺术范畴。只有在欧美文学作品、术语和文学观念进入中国之后,我国的民族文学形态才发生了现代意义上的转变,我们的民族文学才被融入现代性的因子。这是欧美文学中国化进程的重要标志之一。同样,我们也在进行着创造性的工作,例如,今天中国学界特有的“西方文学史”或“(以西方文学为主的)外国文学史”就体现出了我们对欧美文学的独特认识。其实,从本质上而言,它们已经不是真正的“西方文学史”或“外国文学史”,而是在介绍过程中,在理解上和观念上以及形态构成上,都完全中国化了,是中国的“欧美文学”或“外国文学”,而不再是对某一个国家或民族文学的照搬和介绍。这是中国话语语境中的再一次消化和再造,是一种发生在中国学界和文坛上的新的文学形态,是欧美文学的中国化进程的典型体现。

从上述欧美文学“中国化”的三大特征就可以看出,一是,“化”并不是一个随便可以使用的概念。换言之,不是任何国家或民族都可以随意使用的“概念”。例如,是否欧美文学通过翻译进入了印度之后,就可以说“印度化”了,引进日本就可以说“日本化”了,引进“巴西”就可以说“巴西化”了,或者说引进非洲就可以说“非洲化”了呢?当然是不行的。“化”是两种文化在碰撞中相互借鉴与融合的产物,是传统文化因子与现代文化因素的有机结合。全盘西化不是我们所说的“化”,食洋不化也不是我们所说的“化”。只有在交流碰撞中催生着新文化诞生和推动着新文化的发展的“化”才是真正的“化”。二是,“中国化”有着特定的内涵所指:从中国的情况看,所谓“中国化”是指我们一直呼应着中国传统社会结构和传统文化向新的现代化社会和文化转型发展的进程;是在科学进步的世界观,尤其是中国化的马克思主义指导下引进外来文化并为中国不同时期的主要任务服务的过程;也是在中国厚重的传统文化土壤的基础上,汲取外来优秀文化因素并在自己独特理解基础上形成新的现代学术体系的过程。也可以说,欧美文学的中国化,不是个别领域的中国化,而是全方位的中国化,是中国文化现代化的产物。假如没有这几个方面的主要特征,所谓“化”就是一句空话。

第四个问题：

欧美文学“中国化”能够“化”的决定性因素是什么？

我们前面讲过了欧美文学中国化的主要概念和基本特征。这里涉及怎么样才能够“化”的问题。要知道，任何外来的文化或者文学，能够被“化”成另外一个国家或民族的文学因素，并不是自然发生的，而是有着特定的条件。即使有的是自然发生的，那也并不是真正的“化”。世界上有很多国家，也接受外来的文化或文学，但由于历史的同源性和文化的相似性，即使接受了他者很多文化上的东西，也不能说是“化”的关系，只能说是传承和影响的关系。例如英国文学和美国文学、美国文学和加拿大文学之间，乃至从广义上说的欧洲文学与北美洲文学之间的关系等，就是如此。

那么，既然叫“化”，就应该是接受的国家和民族主动要求和自觉实践的结果。自觉地接受，有目的地使用外来文化或文学并创造自己的新文化与新文学，才是“某某化”的真正含义。那么，一种文化或文学被引进来，能够化成属于自己的新质文化或文学决定性的因素是什么呢？这是本章要重点解决的问题。

一、欧美文学“中国化”能够“化”的决定性因素是人

“欧美文学”本质上说是西方社会和文化的产物，中国的文学是中国的社会和文化的产物，能够把两者沟通起来的，毫无疑问是翻译家、介绍家、研究家和作家、评论家等。欧美文学中国化能够形成并取得重大的成就，和我国百年来出现的一大批先进的知识分子密切相关。因此，欧美文学之所以能够“中国化”，是因为我国每个时代都有一大批有着深厚的民族文化素养并具有先进文化意识的优秀知识分子群体。对此，习近平总书记于 2016 年 5 月 17 日在哲学社会科学工作座谈会上的讲话中就点出了一大批优秀知识分子的名字。他说：“鸦片战争后，随着列强入侵和国门被打开，我国逐步成为半殖民地半封建国

家,西方思想文化和科学知识随之涌入。自那以后,我们的国家和民族经历了刻骨铭心的惨痛历史,中华传统思想文化经历了剧烈变革的阵痛。为了寻求救亡图存之策,林则徐、魏源、严复等人把眼光转向西方,从‘师夷长技以制夷’到‘中体西用’,从洋务运动到新文化运动,西方哲学社会科学被翻译介绍到我国,不少人开始用现代社会科学方法来研究我国社会问题,社会科学各学科在我国逐渐发展起来。特别是十月革命一声炮响,给中国送来了马克思列宁主义。陈独秀、李大钊等人积极传播马克思主义,倡导运用马克思主义改造中国社会。许多进步学者运用马克思主义进行哲学社会科学研究。在长期实践探索中,产生了郭沫若、李达、艾思奇、翦伯赞、范文澜、吕振羽、马寅初、费孝通、钱锺书等一大批名家大师,为我国当代哲学社会科学发展进行了开拓性努力。可以说,当代中国哲学社会科学是以马克思主义进入我国为起点的,是在马克思主义指导下逐步发展起来的。”①

如果我们把百年来从事外国文学翻译、介绍、引进和研究的学者们按代际划分一下,可以看出:在五四新文化运动之前,主要有以严复、林纾、苏曼殊等为代表的第一代从事外国文学翻译、介绍和研究人员。尤其民国初年是个非常特殊的年代,在社会领域,中国的旧文化与西方的新文化思潮交融在一起;刚从旧的封建制度中走出来的人们,头脑中新旧思想、中西思想交汇碰撞,构成独有的“民国文化特色”。此时出现的一大批知识分子虽然出身于中国文化土壤,是在国学传统的氛围中成长起来的。但他们都具有那种“欲改造社会,必先改造国民之精神”的使命感和向往现代科学技术的文化意识。在清朝后期和民国初年的那种腐朽、屈辱的社会环境中,他们勇于介绍外国的先进思想文化和文学。尽管现在看起来,他们的一些做法只是初步的、稚嫩的和零散的。甚至有的人还是站在旧文人的立场上去介绍外国的东西,目的是为了维护清王朝的统治,实行社会的改良。但无论如何,他们忧国忧民的心态是值得肯定的,他们要睁开眼睛看世界,试图用外来的思想去引起统治者对中国社会和文化弊端的注意的努力仍然是要肯定的。这些人可以说代表了当时文化上的先进力量。倘若没有他们的开创之功,后来的欧美文学中国化的进程可能还要向后延长很长一段时间。若说到第一代人的特点,是这批人中,国学的根底压倒西学,因此,在欧美文学引进中国时,中国文化的气息更为浓烈。

五四新文化运动前后至 1949 年是第二代从事欧美文学中国化的学者们的

---

① 习近平:《在哲学社会科学工作座谈会上的讲话》,《人民日报》2016 年 5 月 19 日,第 2 版。

活跃时期。这一时期出现了以鲁迅、胡适、郭沫若、巴金、曹禺、老舍、茅盾、朱生豪、周作人等为代表的优秀翻译家和欧美文学介绍者、研究家。他们对外国文学作品的翻译、作家的介绍和研究，大体上说，起到了介入社会现实问题，追求光明反对黑暗，鼓舞人民群众反对阶级压迫和帝国主义侵略的作用，并把文学引导到追求中国社会进步和实现伟大的民族复兴的方向上来了。他们其中很多人的翻译、介绍和研究外国文学的工作，一直持续到中华人民共和国的建立，甚至持续到“文化大革命”之后。此外，还有冯至、曹靖华、罗念生、卞之琳、戈宝权、朱光潜、杨周翰、朱维之、傅雷等一些大师巨匠，他们在中华人民共和国成立之前，即新民主主义革命时期，就追求光明和进步，顺应历史文化发展的潮流，用自己对外国文学优秀作品的翻译和介绍为新民主主义文化建设殚精竭虑，做出了极为突出的贡献。尤其是 1949 年后，他们为新中国欧美文学“中国化”的建设，又做出了新的贡献。正是由于这些前辈大师们所做的工作，这一历史时期，也可以说这是欧美文学“中国化”最重要的阶段之一。在此期间，中国的外国文学不仅翻译介绍的范围极度扩大，翻译作品众多，甚至很多作品成为翻译的经典，至今仍然被人们认为是不可超越之作。他们在研究立场、研究观点、研究方法和研究体系上都为欧美文学中国化打下了坚实的根基。这一代的代表人物的总体特点是，中西文化的根基相对平衡和牢固。他们不仅在中国传统文学的造诣上极为深厚，而且西学的水平也非常高超。但问题是他们一直处在时代的动荡之中，这在客观上影响到了他们的成就。

改革开放之后，形成了第三代欧美文学或外国文学中国化的代表性群体。尽管季羡林先生是第二代中的一个重要成员，但毫无疑问又是第三代中的重要代表和领军人物。此外，杨周翰、袁可嘉、罗大纲、张月超、叶水夫、王佐良、许汝祉、赵澧等第二代学者老当益壮，仍然继续推进着外国文学中国化的事业，在改革开放的头十几年间，仍然发挥着重要的作用。而以柳鸣九、吴元迈、郑克鲁、陈惇、草婴等为代表的一大批学者、翻译家们，不断适应改革开放的新形势，为欧美文学的中国化建设，做出了新的贡献。在这代人的努力下，中国的外国文学事业获得了长足的发展。不仅翻译的作品和研究的论著井喷式出现，所涉及国家的面极为广阔，而且研究的深度和广度与此前相比也不可同日而语。特别是在追踪外国文学理论与实践发展的最新动态方面，更为迅捷。在近三十年中，尤其是进入 21 世纪之后，一大批新的翻译、研究的力量成长起来了。与此同时，改革开放以来，全国性的外国文学专业组织纷纷建立，研究队伍的规模迅速扩大。特别值得指出的是，今天的外国文学引进和研究，指导思想更为清晰，问题意识更强,针对性更为明确。但若说此阶段这些学者的总体性不足的方面,那就是外文造诣和西方文化素养虽然较好,但其中国文化,尤其是传统文化与文学的功底与前两代学者大师相比,则有很大的不足,尤其是近年来成长起来的中青年学者,更是如此。

这三代学者在每个时代都具有自己的独有特点并做出了独特的贡献与成就。总体来说,百多年来的从事欧美文学“中国化”的中国学者,也有很多共同的特征。大致如下:

第一,中国的现当代知识分子,尤其是从事翻译引进外来文化与文学的知识分子,都具有“位卑未敢忘忧国”“天下兴亡,匹夫有责”的责任感和使命感。

中华民族是一个具有悠久历史和灿烂文化的伟大民族。长期以来,中国的知识分子受到中国传统文化的熏陶浸染,形成了独有的士大夫精神。我们知道,士大夫是中国古代知识阶层的通称,也是官员、文人、教师和地方士绅的复合体。中国古代士大夫是从先秦“游士”演变而来的,两汉以后,士大夫的政治文化特征逐渐成形。在此基础上,形成了以后延续两千多年的士大夫政治文化传统。而士大夫政治文化传统又是士大夫阶层所形成的政治理论、政治价值、政治习俗和政治意识的综合构成。总体来看,中国古代士大夫对国家、对民族始终有一种强烈的责任感和使命感。优秀的古代士大夫精神是中国传统文化的重要组成部分,其深层意蕴在于“士志于道、忧国忧民、任责天下、慎独守正、明德求是”。举凡历史上一些著名的人物,如屈原、贾谊、司马迁、班固、李白、杜甫、白居易、陆游、辛弃疾、文天祥、王阳明、于谦等人,在他们身上,我们可以看到这一精神的流传过程。到了晚清时期,尤其是1840年之后,中国在经济、政治和文化上落后了。随着1905年科举制度的废除,中国传统意义上的士大夫逐渐消失,取而代之的是掌握着近代科学知识的知识分子群体的兴起。新兴的近代知识分子虽然与传统士大夫相比有诸多不同,但传统士大夫的许多优秀精神却被他们继承下来。面对中国内忧外患的现实,他们秉持以天下为己任的责任感和忧国忧民的精神,或从政,或兴办教育,或创办报刊、弘扬中国传统文化,汲取外来文化,不断思考救国救民的途径。例如,梁启超就从明代思想家顾炎武的“保国者,其君其臣肉食者谋之;保天下者,匹夫之贱与有责焉耳矣”[①]话中总结出了“天下兴亡,匹夫有责”的警句。这更成为中国知识分子人格特征的典型写照。

---

① 顾炎武:《日知录》,参见黄汝成:《日知录集释》,1834年(清道光十四年)刊行本。

晚清科举制度的废除,原有的士大夫的社会地位急剧下降,知识分子失去了传统的政治文化权力,社会地位呈现出边缘化,一些优秀的知识分子发起了新文化运动。可以说,他们发动新文化运动的内在动力,就是出自对国家命运的关怀和民族出路的关注。他们引进外来的文化,目的是要建造自己民族的新文化,从而使破败落后的中国能够"允公允能,日新月异",变得重新强盛,并立足于世界民族文化之林。他们知道,文章可以传千古,气节亦能穿越时空。这批民国知识分子虽无权位,但古风还在。他们学富五车,一心忧国忧民,积极投身变革大潮。如章太炎、刘文典等人胸存大抱负,心底有苍生,眼中无权贵;鲁迅先生具有"忍看朋辈成新鬼,怒向刀丛觅小诗"的情怀和"痛打落水狗"的精神,无畏战斗,绝不妥协;郭沫若创作《女神》等一系列作品,对旧世界发出了诅咒,并坚定地相信"凤凰涅槃"后一定会出现一个崭新的中国。五四时期知识分子们的这种"位卑未敢忘忧国"的情怀,被赋予了时代的崭新内涵。这时期他们眼中的不敢忘忧的"中国",已经成为一个处在"内忧外患"的中国。随后出现的知识分子,尤其是那些从事西方文学翻译和研究的进步知识分子,也把欧美文学的翻译当成"盗天火给人间"的事业,希望人们借助外来的文化,认清自己祖国遭受苦难的原因,使人们觉醒起来,去改造或推翻旧制度,期望建立人人幸福的"新世界"。尤其是在毛泽东同志《在延安文艺座谈会上的讲话》发表之后,在解放区,文学为工农兵服务,为革命战争服务已经成为当时进步文人和革命的文学家、艺术家们自觉的选择。1949年后,建设新中国,文艺为人民服务,为社会主义建设服务,更成为中国当代知识分子的自觉选择。虽然中华人民共和国建立之后的一段时间里,由于经验不足,犯了一些错误,走了一些弯路,但绝大多数从事外国文学翻译、介绍和研究的知识分子,不仅在"文化大革命"期间默默地从事着自己的工作,而且在改革开放的春天到来之后,焕发出了巨大的热情。此时他们把自己的翻译和研究工作,与自觉服务四个现代化的建设、服务民族的振兴和发展紧密联系起来。在今天,"位卑未敢忘忧国"的"国",就是当今走向中华民族伟大复兴的"国";而"匹夫有责"的"责",就是为"国家现代化"服务、助力"中国梦"的"责"。正是因为中国近现代的知识分子有着和古代知识分子一样的情怀,才使得欧美文学"中国化"的伟大事业不断向前推进。

第二,百年来中国从事欧美文学乃至外国文学翻译介绍和研究的知识分子与文化学人,大多也都有着对自己民族传统文化的坚定自信和由此形成的独特的看问题的方式。

一种新型的、异质的并且发展较快的文化在进入另外一种发展相对缓慢和滞后文化的过程中，最容易出现的弊端是，这个接受新文化的民族，常常否定自己原有的文化而用外来的文化全盘取而代之，即我们所说的“外国的月亮比本国的圆”或“全盘西化”。中国在1840年前后到五四新文化运动期间，就面临着这样的局面。但可贵的是，我国这一代掌握了近代先进思想和科学知识的欧美文学翻译家和研究家，都有着对中国文化传统的坚定自信。这里我们要重点谈一谈在19世纪60年代出现的“中学为体、西学为用”的思想。我们知道，这一思想是洋务派的指导思想和文化主张。1861年（咸丰十一年），冯桂芬在《校邠庐抗议》中以“以中国之伦常名教为原本，辅以诸国富强之术”之说，最早揭示了这种思想。以后，很多谈洋务者也以各种方式表达过类似的意思。1895年（光绪二十一年）4月，南溪赘叟在《万国公报》上发表《救时策》一文，首次明确表述了“中学为体，西学为用”的概念。次年，礼部尚书孙家鼐《议复开办京师大学堂折》中再次提出：“自应以中学为主，西学为辅；中学为体，西学为用。”张之洞在1898年5月出版了《劝学篇》，对洋务派的指导思想作了全面系统的阐述。在他看来，“中体”是指以孔孟之道为核心的儒家学说；而“西学”则是指近代西方的先进科技。“西学”为“中体”服务。当然，这个思想主张的提出，有其具体的时代背景和现实政治的针对性。但就对从事外国文学翻译、介绍和研究的人而言，这个思想体现出了对自己民族文化的坚定自信。试想，一个国家和民族在处于社会转型时期，尤其是自己的传统文化已经不能很好地适应现实社会发展并被许多人所诟病的时候，坚持自己民族文化的精髓该是多么可贵。

但问题还有另外一个方面，就是对传统的文化自信有个态度问题——是理性的自信，还是盲目的自信？

我们知道，在晚清和民国初年出现的知识分子，对古代文化的自信是必然的，因为他们大多数人就是吸吮中国传统文化的乳汁成长起来的。但问题在于，一个人对传统文化的自信不应该是盲目的，而应该是理性的。对此，在七十多年前的抗战时代，朱光潜先生就曾经指出：“真正的自信，换句话说，就是彻底的自知与自知后所下的决心，认清了达到尽这种责任的方法，然后下决心去脚踏实地地，百折不挠地做下去，一直到最后的成功才罢休。这才是我所谓自信。”[①]这一点，我们从鲁迅先生的经历中可以看出中国此时知识分子的文化自信。众所周知，鲁迅先生与中国传统文化密不可分。他7岁入家塾读书，那时，书桌上除了《鉴略》和习字的描红格，不许有别的书。12岁入三味书屋读书，大

---

① 朱光潜：《国难期中我们应有的自信》，《朱光潜全集》（第8卷），合肥：安徽教育出版社1993年版，第572—573页。

约在这前后,他开始抄写家藏《康熙字典》中的奇字和《唐诗叩弹集》中的百花诗,16 岁以前就读完了四书五经,并“几乎读遍十三经”。他在三味书屋读书时,学写八股文和试帖诗,抽屉中有小说、杂书等古典文学书籍。18 岁考取了江南水师学堂之后,还要四天学英文,一天读《左传》,一天作古文。甚至 28 岁在日本留学时,脱离了中国传统文化的环境下学习矿产和医学,撰写过《说镭》《中国地质略论》《中国矿产志》《人之历史》和《科学史教篇》等介绍或研究自然科学的文章和著作,但还要去听章太炎先生讲《说文解字》。当时留学在外的鲁迅,如果不是怀着对中国传统文化的热爱,是绝不可能这样做的。同时,鲁迅从 30 岁起便开始辑录整理古书,现流传下来的就有:辑录的唐以前小说佚文《古小说钩沉》,记录的越中史地书《会稽郡故书杂集》,纂集校勘的唐代记载岭南风物人情的《岭表录异》,抄录的清水产著作《记海错》,还写有研究古代文学的《中国小说史略》和《汉文学史纲要》,并花费大量时间抄录古碑、研习佛经。这一切均说明,鲁迅先生对中国文化是有着强烈的自信的。他不仅对中国传统文化非常熟悉,并且有意识地自觉地进行着传承。

但同样是鲁迅,却不是一个对中国传统文化抱以盲目自信的人,而是一个理性的自信者。主要标志在于,他能够在批判中进行继承。例如,他对作为中国传统文化的核心组成部分的儒家学说的评判,是非常犀利而鲜明的。由于他无情地批判和否定了儒家学说中的糟粕部分,结果导致一些人错误地认为他对中国古代文化是厌恶的,因此也是不相信的。其实鲁迅对儒家学说并不是全部否定,恰恰相反,他认为儒家学说的一些基本思想、观念和主张是中国传统文化的核心所在。比如儒家的“仁爱思想”、人格修养学说等。也可以说,中国古代文化的优良传统对鲁迅先生的精神、品格、才具、胆识形成有着至关重要的作用。鲁迅生平所表现出来的刚正不阿、坚韧不拔、威武不屈、勇于自新、大智大勇、忧国忧民、舍生忘死的诸多优秀品格无一不是受中国几千年文明中优良文化传统的陶冶熏染。鲁迅先生对孔子本人的人格和其所创立的儒学精神也是给予了明确的肯定和赞扬。

那么,鲁迅批判传统文化中的什么东西呢?那就是被异化为统治阶级思想文化工具的“假儒学”和裹挟在所谓“儒学”中的那些糟粕性的东西。众所周知,孔子的儒学出现后,就被后来的历朝历代统治者们奉为思想文化体系而加以利用。在历史的不断发展中,统治阶级常常把自己的政治纲领、价值观念乃至治理权谋等内容塞入其中。可以说,到了晚清时期,尽管此时仍然采用“儒学”之名,但此时的儒家思想已经完全脱离了先秦儒学的母体,成为一个带有很多糟粕的却适应晚清社会需要的变异性的思想文化体系了。其中较为重要者,如作为后代儒教思想核心内涵的“三纲”说,即“君为臣纲,父为子纲,夫为妻纲”就并不完全属于先秦的孔子学说的内容。这种说法扭曲了孔子“君君、臣臣、父父、子子、夫夫、妇妇”之说的内涵。在孔子那里,出于伦理考量,他倡导无论地位高低都应该正理有序,行事都该依据正理来尽本分。孟子进而提出“父子有亲,君臣有义,夫妇有别,长幼有序,朋友有信”“五伦”的道德规范。而“三纲”“五常”两词,则出自西汉董仲舒的《春秋繁露》一书。董仲舒按照他的“贵阳而贱阴”的阳尊阴卑理论,对五伦观念作了进一步的发挥,提出了三纲原理和五常之道。大体说来,“三纲五常”之说,起于董仲舒,完成于朱熹。董仲舒认为,在人伦关系中,君臣、父子、夫妻,存在着天定的、永恒不变的主从关系:君为主,臣为从;父为主,子为从;夫为主,妻为从。即所谓的“君为臣纲,父为子纲,夫为妻纲”这三纲。董仲舒又认为,仁、义、礼、智、信五常之道是处理君臣、父子、夫妻、上下尊卑关系的基本法则。宋朝时期,朱熹发展“天理说”,把“三纲五常”与“天理”联结在一起,认为三纲、五常是“天理”的展开,是“天理”体现于社会规范的当然产物,是永恒不变的协调社会关系的妙药。具体说来,董仲舒等人的“三纲”观点建立了汉代之后中国古代基本的人间统治秩序。“君为臣纲”是社会关系的秩序,“夫为妻纲”是男女家庭关系的秩序,“父为子纲”是父子血缘关系的秩序。正是这种不同时代的解释,使得三纲五常观念,成为为封建阶级统治和等级秩序的神圣性和合理性辩护的学说,成了中国封建专制主义统治的基本理论,因此受到历代封建统治阶级所维护和提倡。而这种东西与五四新文化运动中所倡导的科学与民主精神根本相左,更与鲁迅毕生所追求的精神自由和个性解放背道而驰,自然鲁迅要对这些禁锢精神自由、压抑个性解放的传统文化中保守腐朽的东西大加鞭挞。这诚如有些学者指出的那样,鲁迅对传统的批判,不是针对传统文化本身,而是针对传统文化中糟粕及其所造成的消极影响,是针对传统文化沉淀于民族基本价值观念中那些负面的效果进行抨击,并不是对传统文化的本身进行彻底否定。换言之,鲁迅所批判的不是存在于字面中的、抽象的、士大夫知识阶层的理想,而是真实地存在于民间的、被世俗化了的陈腐文化观念和民族性格中的劣根性。凡是扭曲人性、异化人际关系、遏制个性解放、压制精神自由的传统文化因素,不论是来自圣人的,还是“古已有之”的,统统要搬掉。这么做是为了摈除痼疾、迎接新生。对中国文化深厚的造诣,对外国文学的精通,对自然科学的关注,都使得鲁迅在审视民族传统文化的时候,比一些所谓“纯粹”的国学大师们多了几个参照系。他对中华民族文化的优和劣都了如指掌，因此也更加理性。

鲁迅先生的身上，毫无疑问，典型地体现了近代以来中国知识分子既对中国传统文化充满着坚定的自信，同样也具有清醒批判精神的鲜明特征。这些基本特性，在近百年来的知识分子身上，都程度不同地存在着。可以说，这也是那些从事欧美文学或曰外国文学“中国化”而勤奋工作的学者们在面对中国文化时所具有的基本心态。他们引进外来文化，并不是为了全盘否定中国的传统文化。他们在批判中国传统文化的弊端时，也不是要彻底否定中国文化而要用外来的文化取而代之。

第三，百年来从事翻译和引进欧美文学的中国知识分子，大多都具备了对两种不同文化“中国式把握”的能力。

在欧美文学的研究中，我们常常将异质的文化和文学与我们自身的文化和文学进行着比较，来看二者之间的差异和相似性，从而给我们的研究打开更为宽广的视野。实事求是地说，这种比较意识并不是从我们有意识开始研究欧美文学时才出现的，而是从我们一开始翻译欧美文学作品时就已经存在了。例如，章太炎先生在 1906 年就指出：“异日发明广大我国之学术者，必在兼通世界学术之人，而不在一孔之陋儒固可决也。”还说：“夫尊孔孟之道，莫若发明光大之。而发明光大之道，又莫若兼究外国之学说。”[①]不仅如此，章太炎先生还进一步指出：“抑我国人之特质，实际的也，通俗的也；西洋人之特质，思辨的也，科学的也。长于抽象而精于分类，对世界一切有形无形之事物，无往而不用综括(generalization)及分析(specification)之二法，故言语之多，自然之理也。吾国人之所长，宁在实践之方面，而于理论之方面则以具体知识为满足，至分类之事，则除迫于实际值需要外，殆不欲穷究也。”[②]王国维先生在这一点看法上和章太炎先生大体相同。

打个比方说，本民族的文化和文学类似于“自我”，而异质的文化与文学类似于“非我”。“自我”和“非我”是两种不同的文化语境。同样的事物，在不同的文化语境中的阐释是完全不同的。在各自不同的阐释中，必然涉及不同的立场，不同的态度，不同的观念，不同的审美取向等问题。应该说，我国绝大多数的翻译家和比较文化的学者，在面对两种不同民族的文化时，都力图把握两种

---

① 转引自王国维：《奏定经学科大学文学科大学章程书后》，《王国维文集》（第 3 卷），北京：中国文史出版社 1997 年版，第 71—72 页。

② 转引自王国维：《论新学语之输入》，《王国维文集》（第 3 卷），北京：中国文史出版社 1997 年版，第 40 页。

文化的真谛,并在比较中来寻找和对待两种文化的差异性及共同点,从而试图得出具有普遍性的结论。从事欧美文学中国化的学者们,虽然遵从着这种一般的规律,但细致考察,可以发现,近百年来的中国学者,尤其是1919年以来的中国学者和1949年以后成长起来的中国学者,则又有着自己看待两种文化和文学的特殊性把握。这种特殊性把握的基本特点在于,在力图精通两种异质文化精髓的同时,还有以中国化的马克思主义为指导来自觉把握两种文化和文学现象的鲜明特点。我将此称为“中国式把握”。所谓“中国式把握”主要指在中国化的马克思主义指导下,按马克思主义的立场、观点和方法来对“外国文化和文学精髓”进行把握的同时对“中国文化和文学精髓”进行把握。这种把握,既不完全是西方的或外国的,也不完全是中国传统的,更不是两者之间的简单相加,而是在现代科学的思想和方法论的基础上并最终在马克思主义世界观和方法论指导下形成的新的文化和文学把握形态。

我们这样说,可能有很多学者不会同意,认为此论过于武断。因为马克思主义传入中国也不过一百年左右,而马克思主义作为中国革命和建设的指导思想,从延安时期算起,也不过七十多年的时间。加之此前七十多年出现的民国知识分子群体,虽然具有科学、民主、进步的思想,但世界观仍然是复杂的,有些人的政治立场也是有问题的,还有些人在历史发展的进程中甚至站到了革命和人民的对立面,这怎么能说百多年来欧美文学的中国化进程都是在马克思主义的指导下对其进行把握的呢?

这样的盘诘似乎有些道理,但是,人们看待问题,必须要看主流,看历史发展的基本趋势。百年来我国现代化进程发展的趋势,基本上是从不自觉到自觉地走向以马克思主义作指导的过程。我们前面说过,从1840年到五四运动之前的漫长时期,是时代向中华民族提出“我们应该走什么路”的时期,也是中国要走什么样道路的探索时期。此阶段中国的仁人志士用自己的翻译、引进和介绍外来的文化,来强化着这个问题并寻找解决问题的各种出路。这种探索,最终都指向了马克思主义所指引的道路。到了五四新文化运动之后,尤其是1921年中国共产党成立之后,中国人找到了现代化和民族振兴的正确道路,这是时代选择了中国共产党,时代选择了马克思主义。因为共产党代表了中国最广大的人民群众的利益和愿望要求,马克思主义体现了中国发展的光明未来。这样的历史进程,本质上是中国近现代的历史发展进程的完整性体现。那么,从文化发展的传承上看,“提出问题”阶段与“解决问题”阶段也是不可分割的。因此,说马克思主义的指导无疑贯穿了中国近现代文化的全部进程,也不是妄言了。处在这样伟大进程中并承担着伟大使命的外国文学工作者，毫无疑问，都是自觉或不自觉地遵循着这一发展趋势的。这也是时代的“知识型构”所规定的必然结果。

同样，在中华人民共和国成立后七十多年的社会主义文化发展历程中，随着不断进行的世界观和思想文化上的教育与改造，马克思主义的立场、观点和方法日益深入人心。这也使得中国当代的学人，在了解和把握西方文化与中国文化精髓的基础上，逐步具有了马克思主义的，尤其是中国化的马克思主义的眼光，并在中国化马克思主义指导下开始自觉地对两种文化进行了重新认识和把握，从而形成了富于中国特色的外国文学的译介引进、研究传播的全新体系。在这种体系中，外国的东西被尽可能地深刻认识和把握了。同样，中国的东西也尽可能地被深入地认识和把握了。但是，这两种认识，无疑都不再是纯粹外国人站在自己的所谓的“神学”的，抑或“人道”的，抑或所谓“普世价值”的立场上形成的认识，也不再是纯粹地中国人站在传统中国文化的“载道”的或“仁爱”的文化立场上的认识，而是在中国化马克思主义指导下出现的崭新认识成果。

下面我们举几个例子来进一步说明这个问题。首先看一看我们对欧洲文艺复兴起源的阐释。在欧洲学术界，对欧洲14—16世纪发生的文艺复兴运动的起源，大致有着以下几种看法：绝大部分学者认为，文艺复兴可以从欧洲中世纪的十字军东征末期开始说起。他们认为，若没有十字军东征，就可能不会催生欧洲的文艺复兴。正是十字军8次东征（尽管第三次半途而废）导致了东西方文化之间的交流，而十字军带回来的古代雕像、大量书籍和希腊罗马纪念品，在西方面前打开了一个新的世界。于是，一些具有人文思想的知识分子，就开始极力传播古典文化，意图达到古希腊罗马那时的成就。也有人认为，14世纪末，由于信仰伊斯兰教的奥斯曼帝国的入侵，东罗马（拜占庭）的许多学者，带着大批的古希腊和罗马的艺术珍品和文学、历史、哲学等书籍，纷纷逃往西欧避难，从而促进了西方复兴古典文化热潮的到来。也有人说：1295年由威尼斯商人出身的马可·波罗（Marco Polo）出版了在当时欧洲社会看来十分荒诞却又充满诱惑的《东方见闻录》（又译《马可波罗游记》，*The Travels of Marco Polo*），由此引发了欧洲人对高度文明、富饶的东方世界强烈的探索欲望，最终开阔了欧洲人的视野，东西方文化的交流促进了文艺的飞速发展，从而导致了西欧文艺复兴运动的产生。以上的这些说法被西方史学界广泛传播。从上面的介绍中我们可以看出，西方学者更注重当时西欧发生的具体的历史事件对这一运动所起的重要作用。

而在我国的学术界，最早写出《欧洲文学史》的周作人先生，则对文艺复兴的起源有着完全不同的理解：他曾写道："自西罗马亡，至文艺复兴，历年千余"。[①] 那么这千余年里，希腊文化和希伯来文化交替作用。"希伯来思想，纯为出世之教，与希腊之现世主义正反。然虽相反，而复并存，史家所谓人性二元(The pagano-Christian dualism of human nature)，不能有偏至者也。故凡理想与实在，个人与社会，理性与感情，知识与信仰，或体质与精神，皆为此二者之代表，互相撑拒，以成人世之悲剧，而人生意义，亦即在斯。即文艺思想消长之势，亦复如是，而其迹在中古为尤著也。"[②]"及东罗马亡，古学西行，于是向者久伏思逞之人心，乃借古代文明，悉发其蕴，则所谓文艺复兴(The Renaissance)是也。"[③]从周作人的这段话中，我们可以看到，他把欧洲文艺复兴运动兴起的原因，完全归因为希腊罗马文化与希伯来文化两种不同性质文化之间碰撞、交融乃至相互替代。

而中华人民共和国成立之后，在20世纪五六十年代杨周翰先生主编《欧洲文学史》时，又有了全新的看法。在该教材谈到欧洲文艺复兴运动起源的时候，首先从生产力和生产关系的变革出发，谈到了13世纪末的意大利沿岸一些城市出现了独立的手工业和工商业等新的资本主义生产关系的萌芽。然后从经济基础决定上层建筑的关系角度，进一步揭示了资本主义新的意识形态出现的原因以及这一新的意识形态与封建意识形态斗争的基本特点和规律，从而导出了欧洲文艺复兴时期的基本矛盾冲突以及一些经典作家与作品在文学史上出现、发展的价值和作用。应该说，这一看法就是按照马克思主义的立场、观点和方法写成的。虽然今天看来，这一看法有些对马克思主义学说机械理解的成分在内，但在当时仍然是非常先进的看法，是中国学者对文艺复兴运动和文学成就在理解阐释上的重大创新。因为只有这部教材，第一次揭示了文艺复兴运动兴起的真正原因。这一观点，直到今天仍然有着巨大的影响。这就是"中国式把握"带来的新成果。

第二个例子，我们再看看对"启蒙运动"和"法国大革命"的关系理解。18世纪西方世界，尤其是法国，出现了轰轰烈烈的启蒙运动。启蒙运动强调理性，主张用理性祛除蒙昧。但关于什么是理性的内涵却众说纷纭。西方世界对启蒙最权威的看法来自康德。康德曾经写过《什么是启蒙》一文，这篇文章影响极

---

① 周作人：《周作人自编文集·欧洲文学史》，石家庄：河北教育出版社2002年版，第113页。

② 同上书，第114页。

③ 同上。

为巨大。文章一开始，康德就指出，所谓"启蒙"，就是人类脱离了自己加之于自己的不成熟状态。所谓"不成熟状态"就是不经别人的引导就对运用自己的理智无能为力。换言之，人类对自己的理智无能为力的原因不在于人缺乏理智，而在于不经别人的引导就缺乏勇气与决心去加以运用。由此可见，人类这种不成熟的状态就是自己加之于自己的了。而要摆脱这个状态需要两个条件：一个是外部条件，即需要别人引导；另一个是内部条件，即需要自己的勇气与决心。由此看出"独立思考"(Selbstdenken) 是康德启蒙思想的核心概念。随之，康德分析了为什么绝大部分的人处于这样未启蒙状态。他首先谈了内因的两个主要因素：懒惰和怯懦。对于"懒惰 "他是这样阐述的：处于不成熟状态是那么的安逸，自会有人替我操办一切，我无需去思想。对于"怯懦"他这样说：因为人懒惰的天性使得一部分人能借之以保护人自居，为了维持他们保护人的身份，他们会使自己的宠物愚笨，告诉他们企图独立行走是十分危险的，那些宠物便不敢去尝试行走了；其次，怯懦还出于人自己对新事物(未知事物)的恐惧。他认为，正是这两点使绝大部分人处于未启蒙状况，即他们自己愿意处于不成熟状态并受人保护。介于这两点内在因素，"任何一个个人要从已经成为自己天性的那种不成熟的状态之中奋斗出来，都是很艰难的"[①]。原因之一在于他们自身，"甚至于已经爱好它了"；原因之二在于外部，"人们从来都不允许他去做这种尝试"。[②] 为此，康德指出："启蒙运动就是人类脱离自己所加之于自己的不成熟状态。不成熟状态就是不经别人的引导，就对运用自己的理智无能为力。当其原因不在于缺乏理智，而在于不经别人的引导就缺乏勇气与决心去加以运用时，那么这种不成熟状态就是自己所加之于自己的了。Sapere aude！要有勇气运用你自己的理智，这就是启蒙运动的口号。"[③]他还进一步指出："这一启蒙运动除了自由而外并不需要任何别的东西，而且还确乎是一切可以称之为自由的东西之中最无害的东西，那就是在一切事情上都有公开运用自己理性的自由"，"必须永远有公开运用自己理性的自由，并且唯有它才能带来人类的启蒙。私下运用自己的理性往往会被限制得很狭隘，虽则不致因此而特别妨碍启蒙运动的进步。而我所理解的对自己理性的公开运用，则是指任何人作为学者在全

① [德]康德：《答复这个问题："什么是启蒙运动？"》，《历史理性批判文集》，何兆武译，北京：商务印书馆 1990 年版，第 23 页。

② 同上。

③ 同上书，第 22 页，着重号是原著所加。

部听众面前所能做的那种运用。”①

从上述我们介绍的康德对“启蒙”的意见中,就可以看出,第一,康德是把人的精神自由看成是启蒙的核心。第二,康德所理解的“启蒙”,主要是人的心智的解放;第三,他提倡的自由主义又是一种理性自由主义。也就是说,康德主张人的自由,解放心智,但这种自由又是理性的。康德提出,这种自由诚然不是一般的自由,而是在一切事情上都有公开运用自己理性的自由。因为一般的自由有经验条件,夹杂着私人的利害关系,停留在这一阶段的人很容易成为偏见或成见的奴隶;公开的自由是纯粹由理性发出的命令,这种自由符合三个条件——它们是普遍的立法,公开使其有机会接受他人的评论;它们排除经验限制且并非为了某个目的,消除其片面性与局限性;理性应为目的王国立法,从而在理念上最终获得全人类理性彻底的解放。无疑,这种公开的运用是维护共同体的合理性的,是对自由的限制,但是这种限制是促进启蒙的。换言之,康德认为,人受两种束缚:一是不自由的束缚,二是受着不理性的自由的束缚。因此,康德提出的理性自由明显不同于西方现代流行的基于个人主义和功利主义所发展起来的放任自由主义。这种理性自由鼓励每个人独立思考,公开运用理性,以推动社会的完善和进步。这样才能把他们自己从不成熟状态中解救出来,从而踏上一条切实坚信的道路。正是受到康德的影响,18 世纪的欧洲启蒙主义者,才大力宣传理性启蒙。

诚然,康德对“启蒙”的看法是极为深刻的,但是,我们也会看到,他的观点仍然是站在唯心主义的立场上的,本质上仍然是把人的心智理性放在了最核心的部分。说到底,善恶斗争仍然是启蒙主义者认识和把握社会本质的方式。“启蒙哲学家们相信人类的理性思辨及善意期待一定会使社会走向进步,使地球上的生活更加美好。”②但若从马克思主义认识问题的高度上来看,思想上的启蒙总是属于上层建筑的范畴。马克思主义认为,社会变化的根本原因在于经济基础。“启蒙”新思想新观念的出现,说到底,是社会生产力发展的结果。对此,马克思、恩格斯在《共产党宣言》中就深刻指出:

> ……蒸汽和机器引起了工业生产的革命。现代大工业代替了工场手工业;工业中的百万富翁、一支一支产业大军的首领、现代资产者,代替了

---

① [德]康德:《答复这个问题:“什么是启蒙运动?”》,《历史理性批判文集》,何兆武译,北京:商务印书馆 1990 年版,第 24—25 页。着重号是原著所加。

② Ed. Hourly History, *Age of Enlightenment: A History from Beginning to End*, Charleston: CreateSpace Independent Publishing Platform, 2016, p. 2.

工业的中间等级。

大工业建立了由美洲的发现所准备好的世界市场。世界市场使商业、航海业和陆路交通得到了巨大的发展。这种发展又反过来促进了工业的扩展。同时，随着工业、商业、航海业和铁路的扩展，资产阶级也在同一程度上发展起来，增加自己的资本，把中世纪遗留下来的一切阶级排挤到后面去。

由此可见，现代资产阶级本身是一个长期发展过程的产物，是生产方式和交换方式的一系列变革的产物。

资产阶级的这种发展的每一个阶段，都伴随着相应的政治上的进展。它在封建主统治下是被压迫的等级，在公社里是武装的和自治的团体，在一些地方组成独立的城市共和国，在另一些地方组成君主国中的纳税的第三等级；后来，在工场手工业时期，它是等级君主国或专制君主国中同贵族抗衡的势力，而且是大君主国的主要基础；最后，从大工业和世界市场建立的时候起，它在现代的代议制国家里夺得了独占的政治统治。现代的国家政权不过是管理整个资产阶级的共同事务的委员会罢了。[①]

马克思、恩格斯的"启蒙观"毫无疑问是建立在经济基础对上层建筑的决定性作用上的。这对康德的启蒙学说，无疑是个巨大的革命性的发展。今天中国的学者，在马克思主义理论的基础上，对此有了进一步的理解。中国的学者首先关注了社会生产力的发展，即欧洲第一次工业革命对启蒙运动出现的价值和作用。人们认为，如果没有第一次工业革命完成所带来的社会生产力发展，就不会有康德所说的理性的自由主义的出现，也就不会有启蒙运动的发生。

第一次工业革命的最伟大的思想成果之一是"无神论"观念的出现。由于在启蒙运动前，受生产力发展水平的限制，人类的一切思维和一切知识都受到有神论的牵制，即人类的一切知识都是建立在"有神论"基础上并给予解释的。比如在"有神论"的基础上解释什么是"上帝"时，就认为"上帝"是创造世界的原动力，是"一切的一"；启蒙之前的人们在"有神论"的基础上解释什么是宗教信徒时，认为"教徒"就是"上帝的羔羊"等等。尤其是"有神论"思想最典型体现在对帝王政治权力的阐释上。以往在人们的意识中，帝王为什么具有至高无上的权力？就是因为"君王是上帝在人间的代表"，他的权力来自"神授"——"君权神授"是之谓也。而恰恰是第一次工业革命完成所导致的"无神论"的出现，才

---

① 《马克思恩格斯文集》(第2卷)，北京：人民出版社2009年版，第32—33页。

造成了人们精神的觉醒。为什么在欧洲的启蒙运动中,法国的"百科全书派"有那么大的影响?就是因为法国的"百科全书派"用"科学"思想,即"无神论"思想重新解释了人类已有的全部知识,所以人们才知道以往建立在"有神论"基础上的一切知识都是人造的谎言。也就是说,在"无神论"出现之后,人们意识到,君王的权力既然不再是来自"神授",那是哪里来的呢?原来是人民赋予的。所以,人民既可以给他权力,也可以剥夺其权力,去推翻他、打倒他。这样,18世纪法国的启蒙运动是在"无神论"基础上的启蒙,因为建立了"无神论"的知识体系,摧毁了"有神论"为基础的思想文化体系,所以才带来了政治上的大革命。马克思主义的阐释和西方哲学家康德的阐释,就在中国人对"启蒙"问题的理解中,有机地结合在一起了,使其更为完善。

在关于启蒙学说对近代以来东方社会所起的作用上,中国人也有着自己的独特理解和把握。东方,包括中国的启蒙思想是受西方启蒙学说的影响而产生的。但问题在于,在19世纪晚期和20世纪早期的中国学者接受启蒙思想的时候,是从接受已经被日本转手了的"启蒙"思想入手的,因此,当时的东方世界的人并没学会从无神论的角度去思考问题,只是接受了启蒙的副产品"革命和斗争"。因此,"启蒙"在东方或中国,在很大程度上被看成是在政治与革命意义上的"启蒙"。这就形成了一种奇怪的局面:革命胜利了,可是神学的观念还没被彻底推翻。这说明东方的启蒙和西方不一样,它不是在工业革命完成基础上的以"无神论"为主旨的思想启蒙,而是更偏重于政治上的启蒙和革命意义上的启蒙——但它又符合了当时东方社会的特殊现实。可以说,法国的启蒙思想虽然从政治革命的角度推动了东方世界,包括中国社会的发展和进步,但由于过于注重政治斗争这一点,忽略了宣扬无神论等基础性的东西,从而使得东方世界的启蒙还有漫长的路要走。从上面的这个例子中可以看出,对"启蒙"的理解,西方世界有西方人的理解方式,东方(包括中国)人有自己的理解方式。可以说,两种理解方式各自都有不同的侧重点和价值指向。从18世纪西方社会的情况看,毫无疑问,西方人从自己的角度产生的这种对启蒙意义的揭示是合理的,因为它适应了西方反对封建神学束缚、建立资产阶级思想文化体系的需要;但这种解释,仍然忽略了生产力发展所起的决定性作用,而19世纪末20世纪初的东方人把启蒙理解为政治启蒙,热衷于政治革命和权力更迭,应该说也适合了当时东方包括中国的实际要求。

综上所述,在中华人民共和国成立之后,当条件已经发生了变化的情况下,中国当代的学者,在马克思所主张的经济基础与上层建筑相互作用的基础上,融合了西方学者的合理观点，并结合中国现实的实践经验，对欧美文学中的一些重大问题做出更符合今天认识高度的解说。我们近些年来出版的一些教材，越来越看到了当时的生产力发展导致生产关系改变，并揭示了欧美文学或世界文学产生的真正原因。

二、欧美文学能够“中国化”也得益于中国开放性的文化体系

欧美文化和文学中的思想意识之所以能够在中国的现当代文化发展中适应中华民族文化发展，为中国梦的实践助力，这是与中国文化作为一个开放性的体系分不开的，也是欧美文化能够“中国化”的另一个重要的原因。

世界上存在着很多不同的文化体系，举大的文化体系而言之，自古以来就有儒家文化体系、基督教文化体系、佛教文化体系、伊斯兰教文化体系和希腊罗马文化体系等。近现代社会以来，又相继出现了资产阶级文化体系、无产阶级文化体系等。当然，除了这些文化体系之外，还有一些其他分类，如英美文化体系、东亚文化体系、南美文化体系乃至更小一些的国家或民族的文化体系等等。这些不同的大大小小的文化体系，若按其对待其他文化的态度来看的话，又大致可以划分为封闭型的文化体系和开放型的文化体系两大类。

所谓封闭型的文化体系，其特征是非常注重自己文化体系的边界和范畴，非常注意自己文化的纯洁性并具有强烈的排他性。例如古代犹太教文化体系就是如此。古犹太人自诩为“上帝的选民”。上帝耶和华只庇佑犹太人而不保护非犹太人。他们非常注意教义、教规、教士和教会仪式等方面的纯洁性。一般而言，犹太教文化是不许其他文化要素进入其中的。《圣经》中记载的历史上多次发生的犹太人和其他民族的人(如非利士人)之争，其重要的目的就是要保护自己民族文化的纯洁性。甚至自己文化中的一些派别，如果在教义上出现了与大祭司们说法的不同理解，也会受到迫害。《圣经·新约》中记载的耶稣基督的遭遇就是如此。为什么耶稣会受到本教人的迫害，其根本原因在于耶稣创立的基督教派打破了犹太教的“选民”意识，强调“凡信我者，皆被拯救”，这就有了开放的思想，从而建立起了世界性的宗教。[①] 但基督教毕竟是从犹太教中产生的，他们所使用的经书大部分(《旧约》)也来自犹太教的经典，所以，基督教在其

① 参见刘建军：《耶稣是被谁杀死的?》，《山东社会科学》2014年第5期。

自身的发展过程中,也渐渐变成了封闭型的宗教。尤其到了中世纪之后,一切和基督教不同的文化,都被看成是异教文化而被残酷打击。八次大规模的十字军东征,其实就是打着光复圣地、铲除异端的旗号进行的;布鲁诺、哥白尼等人受到的迫害,也是基督教封闭性的典型体现。甚至基督教内部出现的不同教派,也常常被当作异端受到迫害。基督教的这种封闭性,只有到了20世纪60年代以后才有所改变。在梵蒂冈第二次大公会议(1962—1964)发表的《教会对非基督宗教态度宣言》开始明确地宣布在任何宗教中都存在着"既是宗教的又是人文的东西"。"诸宗教都可以被视为'拯救的道路'","无论在他们[诸宗教]之中发现什么样的善或者真理,圣教会都会把它视为**福音的一个预备**。"[①]应该说,在古代社会里出现的文化体系,绝大多数都是以封闭性为特征的。

而中国古代文化,却和大多数古代外族文化有很大的不同。我们可以将其称为"开放型"的或存在着开放型因子的文化体系。我们知道,构成中国文化核心的中国哲学思想,起源于《周易》。《周易》相传系周文王姬昌所作,内容包括《经》和《传》两个部分。《经》主要是六十四卦和三百八十四爻,卦和爻各有说明(卦辞、爻辞),作为占卜之用。我们很多人都知道,《周易》里面包含着中国哲学思想的基本因子。从性质上来说,易经中的卦爻变化体现着一种独特认识世界的方法,属于方法论的范畴。在使用这个方法的过程中,可以推导出天地万物变化的奥秘、人间社会发展规律、人与人之间关系调适的方法,以及对世界各个领域、各个方面发展变化的独特认识。

请注意,这说明,中国哲学从一产生便与西方不同。西方的哲学产生伊始,就先讲本质,先说概念,即首先要告诉人们是谁或是什么力量创造了世界,即讲"本源"或"初一"。如古希腊哲学家亚里士多德、柏拉图等人,认为世界的本质是"理念";基督教哲学家认为世界的本质是"上帝",等等。而中国的哲学从创立伊始就是在谈方法论。换言之,中国的哲学是从方法论入手来谈本质论。而西方哲学多从本质论入手来谈方法论。这是中西哲学最初的、也是最根本分野。例如,《周易》通篇就没有提出世界本质是什么,也没有出现"阴""阳"与"太极"等概念。我们知道,"阴阳"与"太极"等概念是在后来出现的,具体地说,这些带有说明本质性的概念是被道家与阴阳家学说所影响而产生的《易传》中出现的。由此,我们在这里再次强调,从一开始,西方哲学是从本质性的概念中推导出了自己的方法论;而中国哲学则是从方法论中揭示了本质性的概念。

① [美]保罗·尼特:《宗教对话模式》,王志成译,北京:中国人民大学出版社2004年版,第99页。

随后，到了春秋战国时代，老子将《易经》的思想精华融入他的《道德经》中，创造了一个以辩证思维为核心的哲学体系。他在经卦阴阳相抱三爻成卦组合方式的基础上，构造了一个“道生一，一生二，二生三，三生万物”的万物起源图式，揭示了事物内部所包含的种种因素的对立统一。在老子这里，《易经》中的方法论已经深入到了社会、政治、伦理等一切方面。曲则全、枉则直、洼则盈、蔽则新、少则得、多则惑，认为委曲总是由保全转化，屈枉总是向伸直转化，卑下总是向充盈转化，蔽旧总是向新奇转化。这种辩证思维方式，是老子观察世界的方法。他运用这条物极则反的原理，对世间万物进行着辩证概括与认识。在他看来，兵强则灭，木强则折，坚强处下，柔弱处上。他又用这一条法则，提出了一系列处理问题的具体办法。最终，他得出了世界的本质是“道”。可以说，老子这些从《易经》中得到启发而形成的辩证思想谱写了中国哲学史上颇有特色的一页华章。“道”的概念是在阴阳变化的方法论基础上阐释的结果、此时还有《传》，《传》包含解释卦辞和爻辞的七种文辞共十篇，统称《十翼》，相传为孔子所撰。不管是不是孔子所撰，仍然是对《易经》阐释的成果，而不是概念本身的推理。按冯友兰先生的说法，孔子述而不作，整部《论语》也是根据《易经》的方法，去阐释世界，尤其是人世间的各种现象的本质特征。只不过它凸显了“仁”的价值与作用，并以“仁”为内核，建立了属于自己的“儒家学派”。有学者指出，孔子深得《易经》之道，其最显著者有二：一是关于“正名”这一政治主张，二是关于“举一反三”的类推思想。在《易经》的推论规则中，有一条是关于阴阳爻与阴阳位是否一致的“当位律”。这一条思维规律要求在自然递进推演时，每一爻的阴、阳性质必须与所在位置的阴阳属性进行对照。一般而言，凡阳爻居阳位，或阴爻居阴位即“当位”，表示此爻所象符合“顺”（事物发展规律）。倘若阳爻居阴位，或阴爻居阳位，则不当位，即此爻不符合事物发展规律，是为“逆”。孔子把这一条推演规律扩大到了社会政治领域，因而提出了“正名”学说。在他看来，社会政治领域中人与人之间的位置关系，也应当如同阳爻居阳位、阴爻居阴位那样当位，才能使一个国家秩序井然、局面稳定，否则名不正、言不顺；言不顺则事不成；事不成则礼乐不兴；礼乐不兴则刑罚不中；刑罚不中则民无所措手足。世上各阶层的人不仅不能越位，而且不在其位，不谋其政，不能产生不当位思想，孔子这一思想又被后人推广。

说了以上这么多，我们的目的就是要说明，中国哲学自出现的第一天起，就是以“方法论”为先导，来解释世界万事万物的现象的。这种认识，体现的是中国人思维方式和思维路径的底蕴。那么，这也就决定着依据这一方法论所建立的体系,将是一个开放性的文化体系。因为从概念出发的文化系统,其本质规定着边界和范畴;而从方法论出发的文化系统,则不过于注重边界和范畴而更注重过程。中国的哲学由此便具有了系统本身的开放性品格。

更为重要的是,后来中国的历史发展,进一步强化了这一特性和品格。在西汉年间,汉武帝采取了董仲舒提出的"罢黜百家,独尊儒术"的主张,使儒学成为中国社会正统思想,影响长达两千多年。正如冯友兰先生所说,这个所谓的"新儒学",是以孔子"仁爱"学说为核心,以"六经"的名义,折中混合了春秋战国时期墨、道、法、杂、阴阳等诸家学说中有用的思想因素,集合成了一个与先秦儒家完全不同的"儒学"体系。对此,有学者认为,汉代是以儒家宗法思想为中心,杂以阴阳五行说,把神权、君权、父权、夫权贯串在一起,形成帝制神学思想体系。更有学者断言,中国传统文化体系是指经过中华民族长期的历史发展所形成的以儒家思想文化为主干并涵盖其他各种思想文化内容所构成的文化体系。春秋战国时期和汉代的文化关系是这样的:春秋战国时期发生的"百家争鸣",奠定了中国整个封建时代文化的基础,对中国古代文化有着非常深刻的影响。可以说,没有当时的"百家争鸣",中国后来的思想文化就不会五彩缤纷。同样,正是在"百家争鸣"的过程中,各家学派相互取长补短,在汉代才形成了中国完整的、统一的传统文化体系,也形成了中国思想文化兼容并包和宽容开放的特点。汉代之后中国的儒家思想也是在吸收融合各家之长的过程中形成发展起来的,并在此后日益成为中国传统文化的主流思想。对此,当代著名国学家张岂之先生在一次讲座中,也为现场观众描述了中国古代文化共同体的构建过程:从秦始皇推行郡县制、取消封建制,彻底改变了先秦时期以血缘为中心的国家制度体系,同时推行书同文,为中华文明的传播发展奠定了坚实的基础。汉武帝以"罢黜百家,独尊儒术"为国策,至此,以汉王朝为主体的多民族国家的文化共同体才真正形成。这个共同体的形成也反映了中国在当时的文化自信。

中国古代以方法论为前提而形成的开放性的文化体系,具有几个鲜明的特点。第一,中国文化是一个有"内核"的文化体系。这个内核就是孔子的儒家学说所倡导的"仁"(即"仁爱")思想。纵观整个中华文化传统,"仁"的思想一直是中国文化思想体系的核心命题,是中国传统文化这个网的"网纲"。其他的文化思想、文化主张要进入中国的文化体系之中,一定要在"仁"这个文化内核的统筹下,才能获得其地位和价值。第二,这个文化体系也是一个关注现实,与社会的治理和人们的日常生活密切相关的文化体系,而不是如同西方,例如德国的那种注重概念说明、逻辑演绎和抽象推导性的纯哲学性的文化体系。我们在研读中国古代哲学的时候,常常会发现中国人看待问题、说明问题的一个鲜明特征:我们的古人不像西方思想家、哲学家那样,惯于用定义性的概念去解释一个现实的事物,并用抽象的语词去说明其内涵,而常常是采用功能性和描述性的方式说明其内蕴。例如,西方人在谈到何为“仁”的时候,总是要用定义性的“善良慈悯”诸如此类的概念来概括阐释其内涵。但中国古人在谈论“仁”的时候,则采取了完全不同的做法,即他们采用功能性的描述来说明它。我们以孔子讲“仁”为例谈一谈这个问题。在《论语》中我们可以看到,“仁”是《论语》中的核心概念,但孔子却没有用概念式的语言阐释何为“仁”,而是根据不同的对象进行了功能意义上的描述说明:对统治者来说,“不施苛政即为仁”;对士大夫而言,“克己复礼即为仁”;对普通百姓而言,遵守“君君、臣臣、父父、子子”的规范即为仁。可见,用阐释性的语言说明抽象的概念是中国文化的重要特性之一。第三,中国传统文化又是一个“开放和改造”并行的文化体系。既然在汉代形成的中国文化体系,是以儒家学说的“仁”为中心并吸纳和融汇了其他诸子学派的思想精髓,是全新的融合新建的产物,那么,也就说明,这个不同于春秋战国之前的新的思想文化体系,具有很强的开放性和包容性。中华文化为什么能够持续三千年而不断裂,一个重要的原因就是中华文化是一个具有开放因素和包容体系的文化。纵观几千年中国历史的发展,我们看到,中华文化的这种开放性和包容性,“化”和“融”了很多外来的异质文化并使之成为中华文化重要因子。例如,在后汉和魏晋南北朝时期佛教文化进入中国时,中国人(不论是统治者,还是普通百姓)并没有决然地将其拒之门外,而是在其进来后,很快进行了中国式的解释和阐发,并用中国的“仁爱”思想和“克己修身”“无为等于大为”乃至“舍得”等观念对之进行重新阐释,从而使其在中国的传播发展过程中形成自身的特色,成为中国化的佛教。有学者指出,佛教在两汉之时传入中土,最初只流传于宫廷皇室之中。当时宫廷信奉黄老之学和各种神仙方术,所以佛教未能与黄老之道区别,佛教教义被曲解为道术,释迦牟尼被视为神仙。西晋时,被称为新道教的玄学盛行起来,佛教僧人利用玄学理论宣扬佛教的般若学说,佛教得以快速发展。例如佛教的《般若经》和《维摩诘经》中的“空”的思想很像老子和庄子的无为思想,因此佛教僧人借用老庄的玄学道理来解释佛经。这种用玄学的道理来解释佛学,又用佛学的道理来发挥玄学的方式,就有效地利用了本土玄学来传播佛教,给佛教提供了传播的机会。南北朝时期,众多学派的出现成为佛教中国化进程中一道特殊的风景线,它们从不同的理论方向推动了中国佛学的完形。在译介佛教经论的同时,中国僧人开始倾心于对佛教义理的探究。特别是在南朝,经论的讲习之风大盛。僧人务期兼通众经,广访众师听讲,一些人也渐以讲经知名,并各有专精。由于讲习经论的不同,逐渐形成了众多以弘传某部经论为主的学派,如毗昙学派、涅槃学派等,其学者也相应地被称为“毗昙师”“涅槃师”等。这里我们姑且不论各个阐释派别的具体主张与学说差别,但在基本问题上,都是与中国汉代文化体系所构筑的儒学思想、道家学说密切相关,尤其是与儒家的“仁”和道家的“空”密切相关。在此种意义上我们可以说,汉代“新儒学”所确立的基本思想,仍然统筹了佛学在中国的阐释和流传。因此,佛学思想在中国的逐步传播中,也逐渐成为中国传统文化的有机要素。至于南宋之后蒙古族人进入中原,包括后来的满族入主中原,他们原有的部族或民族文化在与中原强大文化融合的过程中,自己原有的一些文化因子无疑也成为中华文化的重要要素。

这里需要申明的是,中国传统文化的体系是一个不断进行着自我改造的开放性的体系,并不是说它的内容是开放的,也不是说中国文化的基本主张是强调开放的,也并非几千年来从事中国文化建设的各个时代、各个阶层的人都是有开放意识的,而是说,它的文化结构是开放的。从我们传统文化体系建设的第一天起,就在其体系内存在着先天性的开放结构要素和宽容文化因子。它的方法论优先、以一个内核为统领并融汇各种文化要素的组成方式以及独有的功能性阐释问题的方式,决定着中华传统文化体系结构的内在开放性。换言之,中华文化体系是一个开放性的文化结构体系。

还需指出,正是由于中华传统文化具有开放性的文化结构,才使得我们的文化在不断汲取其他文化或文明要素并将其变为自己文化因素的过程中,能够延绵不绝、世代相因地稳定发展并不断创新的根本原因所在。

进一步而言,正因为中国文化体系有这样内在的开放性基因,我们也就可以从文化体系的角度来解释五四新文化运动时期,为什么马克思主义传入中国后,能够在和中国传统文化发生激烈碰撞的同时,也可以和中国的文化相交融,并能够成为中国文化重要组成部分了。

我们知道,马克思主义也是一种开放型的文化体系构成。从马克思主义创立伊始,马克思主义的创始人就把人类的解放作为自己理论研究的使命。这使得作为马克思主义基础的马克思主义哲学具有极强的实践性特点。所谓强调实践性,其实就是在强调理论体系的开放性。很多教科书告诉我们,马克思主义哲学第一次把科学的实践观引入自己的理论体系,强调自己的全部理论都来自实践,都要付诸实践,接受实践的检验;并且在指导实践中要将其变为群众的实际行动,化为改造世界的利器。实践是马克思主义哲学的出发点和归宿,是马克思主义哲学区别于其他一切哲学最主要、最基本的理论特性。只有把握其实践性,才能真正理解马克思主义哲学的精神实质。正因为实践是不断发展的,所以理论也要不断地发展,那么,理论要发展,就要不断地汲取实践的经验和教训,来丰富理论自身。这种理论品格就表明其体系的开放性。同样,马克思主义的创立是立足于汲取人类一切优秀文化遗产的基础上的,但其对人类一切优秀文化遗产的吸收,又是在“人类的彻底解放”这个核心或基本内核的统筹下进行的。立足于实践,放眼于世界使得马克思主义这个在19世纪中期创造出来的新文化体系,比那些自然形成的或古代出现的诸种文化体系具有无可比拟的开放性和普适性。还要指出的是,马克思主义的创立受到黑格尔的辩证法思想的影响。正是在使用黑格尔辩证法观察世界和思考问题的过程中,马克思创立了辩证唯物论和历史唯物论。在这里,我们必须申明,马克思主义的唯物论和辩证法是一个论题不可分割的两个侧面,二者的地位同等重要。这就是说,马克思是在注重实践的同时,从方法论入手,分析和说明一切现象,从而建立自己的辩证唯物主义和历史唯物主义的思想文化体系。没有辩证法,何来唯物主义?这样,马克思主义也是以方法论为先导,创立自己的科学社会主义理论体系的。因此,马克思主义体系的开放性也是显而易见的。当前,我们学习运用马克思主义,常常说要注重把握马克思主义的立场、观点和方法,其实就是要注重马克思主义的开放性和普适性价值。

如前所言,中国的文化体系具有开放性特征,马克思主义文化体系也具有强烈的开放性特征。这样,中国的开放性文化体系和马克思主义的开放性文化体系之间,就有了天然的体系构成上的共性或同质关系,从而也就使得马克思主义传入中国后,进一步加强了中国思维和认识的开放性。这不仅能够使其很快成为中国现代文化的重要组成部分,而且也容易很快被人们所接受,成为全中国人民的指导思想。有人可能对我的上述看法提出质疑,这就是中华人民共和国成立后的第一个三十年,我们常常对外国的东西加以排斥,认为是“封资修”的东西。这怎么能说明中国当代文化具有开放性呢?对此质疑,我下面将会详细回答。这里,我只说一句,具体做法的保守和文化体系的开放,根本不是一回事儿。我们这里只是从文化体系或思维方式的本质论的角度,来看待其开放性的。

现当代以来,中国从事欧美文学翻译、介绍和研究的学人,既是受着传统文化体系中思维形式的熏陶,又在一百年来不断受到马克思主义立场、观点和方法的教育与影响,因此,欧美文学乃至外国文学进入中国后,很快被中国化的马克思主义看问题的方式所规定了。这样,中国的外国文学能够成为中国现代文学的重要组成部分,也就是理所当然的了。举例来说,在理解德国作家歌德写作的《浮士德》中的“浮士德精神”的时候,中国人很快就从中国古代作家和诗人屈原的创作中,得到了相类似的思想。歌德笔下所谓的“浮士德精神”,其实就是不断追求、永不满足的进取精神。而这一思想与屈原所主张的“路漫漫其修远兮,吾将上下而求索”,高度神似。德国人认为浮士德这种精神,是德国乃至欧洲知识分子最可贵的精神之一,同样,中国人也认为,这种精神是中国士大夫最可贵的精神之体现。可以说,两个作家,尽管出生的国家不同,时代不同,面对的问题不同,甚至要实现的目标也不同,但这根本不妨碍现代中国人对两部作品的同义性理解。我认为,能够造就中国人这样理解的深层原因,还是在于中国文化体系构成的开放性以及对外国作品的改造性吸纳。但中国人和外国人不同之处在于,中国人不论是把握歌德的作品也好,屈原的作品也好,一定要把这种精神的把握和其所处的时代联系起来。换言之,一定要将古代的文学作品或外国的文学作品变成一个开放式的文本,为我所用。这样,中国文化体系自身的开放性和马克思主义思想体系的开放性相结合,导致了中国的外国文学工作者面对欧美文学乃至外国文学文本时,在认识上具有了开放性,并在将其改造之后和中国的需要结合起来。

从上述分析可以看出,中国传统的文化体系和马克思主义的文化体系之间所蕴含着的同一性,造就了中国现代文化和文学观念的开放性。这也是欧美文学或外国文学能够“化”为当代中国文化与文学的关键性因素之一。

三、思想文化建设对欧美文学“中国化”意识发展的助力作用

自从中国共产党成立之后,用马克思主义指导中国的革命和建设实践,就成为我们党的自觉选择。延安文艺座谈会之后,尤其是在中华人民共和国建立之后,我们的党和国家非常注重思想文化领域的建设。而这种持续不断的进行的思想文化建设,对推动我国从事欧美文学翻译、研究乃至推广普及的人“中国化”意识的形成与发展,起到了巨大的助力作用。

总的来说,考察这些思想文化建设的意义和价值,要从以下几个方面来考虑:

第一，我们要从清末民初中国社会缺乏核心价值观和民族凝聚力的现状来看待这些思想文化建设的价值。自从康雍乾所谓的“盛世”之后，中国社会走向了急骤衰落。除了社会发展停滞不前、政治腐败、经济凋敝等方面外，思想文化领域更是发展到了极度危机的边缘。原因有二：一是随着清帝国的逐步衰落，统辖指导着中国两千多年的儒学文化体系，也已经成了与晚清社会发展停滞和落后相适应的意识形态了，换言之，已经成了衰落的社会制度的帮凶了。在此时起作用的“官方意识形态”，即被封建统治者鼓吹的所谓“儒家文化”中，大量糟粕成分充斥其中，已经难以再起到维系中华民族核心价值观的作用了。二是随着世界性的第一、二次工业革命的完成，促使了欧美国家现代意识出现，而且这种现代意识起到了推动社会发展的进步作用。但在中国，不仅思想文化上仍然墨守成规，而且还把西方先进的东西拒之门外，对一些糟粕的东西仍然大加弘扬。这样做导致了一个极大的恶果，就是中华民族没有了核心价值观和失去了民族凝聚力，成为一盘散沙。这种核心价值观的失落所导致的民族凝聚力丧失，在清末民初发展成了政客各自为政、军阀混战的局面，而普通民众则信奉着“各家自扫门前雪，莫管他人瓦上霜”“事不关已，高高挂起”等信条，把古代儒家的“家国天下”思想变成了“人不为已，天诛地灭”。当时中国的这种缺乏核心价值观和民族凝聚力的现实，最终发展到当日本帝国主义发动侵华战争的时候，很多国人为了自己的一己之私，认贼作父、成为汉奸，大量的军队投降反水，成为日本帝国主义的帮凶。可见，中华民族在近现代所遭受的屈辱，从文化上看，是与当时的国人缺乏统一的思想、缺少维系中华民族的核心价值观密切相关。可以说，当时的一些国人成了极端的利已主义者，成了麻木的看客。鲁迅先生写作的小说《药》，就揭示了这种可怕的现实。当革命者“夏瑜”为了民族的解放而流血牺牲的时候，大多数的人则是看客，或是像小说中的主人公华老栓一样，麻木地要用烈士的血做成馒头，以救自己儿子的性命。以华老栓为代表的国人麻木如此，说到底是中华民族核心价值观的缺失和民族凝聚力缺失的结果。为此，中国共产党人在这样的现实情况下，认识到首要的任务是要发动群众，而发动群众，就要用一种新的思想或新的“核心价值观”来团结人民、教育人民，从而完成打击敌人，完成让中国人民“站起来”的历史任务。也可以说，正是在中国积贫积弱、散沙一片的现实中，中国共产党人认识到一个民族，要是没有先进的文化，没有核心价值观，没有统一的思想和意志，就不会有中华民族的伟大复兴。假如我们这样来看问题的话，就会发现，解放前的延安时期，尤其是解放后开展的大量的思想文化运动，本质上是一个要建立新的民族凝聚力和新的符合中华民族振兴的现代化价值观的重要举措。一个不可否认的事实是:今天中华民族的凝聚力是空前的,是历史上从来没有过的。同样,人们的思想觉悟的提升也是空前的。尽管这种凝聚力的建设、人们思想觉悟的提升,有着多方面的原因,但是,注重思想文化改造的各种运动,是起到了巨大的作用的。

第二,我们还要从百年来中华民族伟大复兴的阶段性任务的角度来看这一系列思想文化运动(尤其是新中国成立后发生的各种运动)的意义。我们前面说过,中国伟大的复兴之路是分阶段进行的,不同的历史发展阶段,都有其独特的问题,面临着不同的任务,所以思想文化建设也是需要不断与时俱进的。例如,在清末民初,国力非常衰落,人民的文化水平极其落后。在这种情况下,19世纪末20世纪初的全中国人民,都面临着一个学习先进的文化并用先进文化思想改造自己陈旧僵化思想的任务。这一点,不仅仅是对普通的老百姓是必要的,甚至对那些高举反封建大旗的知识分子,乃至对那些奋起革命和抗争的革命先行者也是必要的。孙中山、李大钊、陈独秀、鲁迅等人,都对这一点感受颇深,都提出过“欲改造国家,必先改造国民的灵魂”的主张。中国共产党成立之后,既然时代和人民选择了中国共产党,开始了“站起来”、再“富起来”、再到全面复兴“强起来”的伟大征程,那么,中国共产党人就必须要根据这三个历史阶段不同任务的要求,来教育全国人民,让人们的思想文化水平和其所处的历史阶段相适应。

为了进一步说清楚思想文化建设对欧美文学“中国化”意识的助力作用,我们将重点谈一谈中华人民共和国建立之后所进行的工作。中国从半殖民地半封建社会,进入社会主义社会,必须要改造旧思想、旧文化以适应新的发展形势。而这种改造必须是“全方位”的。所谓“全方位”,就是说,在这一伟大的历史变革中,全国人民都需要思想改造。工人需要改造,农民需要改造、市民需要改造、士兵需要改造、学生需要改造、领导干部需要改造,甚至共产党员也需要改造。对此,毛泽东同志指出:“在建设社会主义的过程中,人人需要改造,剥削者的改造,劳动者也要改造,谁说工人阶级不要改造?”[①]周恩来也曾说过:“大家学习的目的是为了改造自己。我想,凡是要求学习的人,都应该有这样一个起码的认识。……拿我个人来说,参加五四运动以来,已经三十多年了,也是不断地进步,不断地改造。也许有的同志会说:你现在担任了政府的领导,还要学习和改造吗?是的,我还要学习和改造。因为我不知道的事情还很多,没有明

① 毛泽东:《毛泽东文集》(第七卷),中共中央文献研究室编,北京:人民出版社1999年版,第223页。

白的道理也很多,所以要不断地学习,不断地认识,这样才能够进步。"①从这个意义上说,当时我们党的领导者还是清醒地认识到了全民改造的重要性。因为只有经过不断地思想改造和思想文化建设,才能适应新的社会要求和新的时代发展。这一点,对当时从事外国文学翻译和研究的人来说,更有意义。因为中华人民共和国建立后一段时期内从事这一工作的知识份子,大多都是从旧时代走过来的,很多人又从国外的文学中接受了人道主义、改良主义的思想。尽管他们在反封建、反殖民的斗争中,发挥了重要的作用,并用自己的翻译和介绍给国人带来了新思想、新观念,但 1949 年后出现的很多新情况、新问题,需要这些知识分子用新的思想、新的方法去认识它和解决它。而要具备新思想、新观念和新方法,就要首先改造旧思想、旧观念,旧方法。由此可以看出,那些从事外国文学研究的人所进行的思想改造、世界观改造,是和中国现代化的进程的使命紧密相关的,也是相辅相成的。

同样,改革开放后,"以经济建设为中心"新的历史任务的要求,也需要新条件下不断发展的马克思主义指导。这样,再一次的思想文化建设又是必然的了。那么,我们从事文学活动,尤其是欧美文学或外国文学翻译、介绍、研究的学者们,是否也要根据变化了的现实,改造我们原有的观念、认识、理解和阐释方法呢?答案也是必然的。因为只有这样,我们的文学建设才能说是为人民服务的,也才能说是为社会主义现代化建设服务的。由此也才能说,我们所从事外国文学中国化的工作是与国家和民族的振兴合拍的。

第三,这里,我还想顺便谈一谈中华人民共和国建立后的知识分子的思想改造问题。

实事求是地说,学术界对这个问题的看法一直是比较复杂的。前面我们说过,在中华民族的伟大复兴中,思想改造、世界观改造,并不只是知识分子的需要,而是全社会各个阶层的人的需要。我们以往认识上出现的问题在于,似乎其他人都是改造者,而知识分子是被改造者。最后发展到把知识分子作为主要改造的对象,这是极其错误的。还有一点是,我们常常把世界观的改造,思想文化上的改造同政治改造、阶级立场改造等同起来或者混淆起来,或者用政治改造、阶级立场改造来取代思想文化方面的改造,从而把知识分子当成资产阶级知识分子,当成工人阶级的对立面,在政治上、阶级立场上予以完全否定。我们要知道,一个人世界观和其所具有的思想文化观念,虽然与其政治立场、阶级立

① 周恩来:《周恩来选集》(下卷),北京:人民出版社 1984 年版,第 60 页。

场有着密切的关系,但两者决不能等同。在人类历史上,我们可以找出大量的例子来说明两者的差异。有些知识分子,虽然在阶级属性上是属于统治阶级,在政治上也不属于革命阵营的,但不排除他们在思想文化上具有一定的进步性,其世界观也有时代的合理性。举凡中国的屈原、李白、杜甫、曹雪芹,外国的亚里士多德、奥古斯丁、阿伯拉尔、康德、黑格尔等,莫不如此。因此,世界观的问题、思想文化上的问题,一定不能和政治立场、阶级立场简单挂钩,要在"百家争鸣"的论辩中,在实践的检验中加以解决。

然而,问题又在于,知识分子群体毕竟又是受到过系统的知识训练和学术训练,并具有一般普通民众不具备的观察世界的眼光和洞悉未来发展趋势的能力。正是因为有这样的优长,所以历史上任何新思想的出现和新事物的发现,都与先进的知识分子密切相关。中国的孔子、屈原、王安石、王阳明,后来的严复、康有为、梁启超、孙中山、李大钊、毛泽东、鲁迅等,西方的柏拉图、亚里士多德、莎士比亚、卢梭、黑格尔、马克思、恩格斯等,都是人类历史上知识分子的卓越代表。正是他们创立和传播的各种新思想、新理念,在不同的历史时期内,推动了社会的发展和进步。从这个意义上讲,知识分子,尤其是进步的知识分子是人类文化的重要承担者和创造者。

但不可否认,知识分子也是人,是生活在具体环境中的人。既然是人,那他们也必然会有时代的局限性和作为这个特定阶层人的局限性。我们认为,知识分子本身最大的特点有两个:一是对自己研究所得出的观点和结论比较执着甚至执拗。这里隐含着一个悖论:假如一个知识分子研究问题的出发点是来自实践的,世界观和方法论是科学的和正确的,他所得出的结论也是科学的。那么,他的这种"执着"或"执拗"就是坚持真理,就是在推动着历史前进。但若其立场脱离实际、世界观和方法论不准确或者不正确,他的这种主张可能会给社会带来很大的负面影响,甚至会带来灾难。再一个特点就是知识分子与实际相结合比较差,他们的研究常常注重于学理推论而忽略实际的发展。很多知识分子常常和社会实际脱节,和人民群众脱节。因此,知识分子当然需要不断地改造自己,力求更少地犯错误,需要提出更符合社会的理论和主张。这就决定着知识分子更需要不断地改造自己的思想,以跟上时代发展的步伐。换言之,当时掌握着文化和学问的知识分子,作为思想文化工作者,承担着欧美文学"中国化"的使命,就必须要不断地改造自己,这不是瞧得起和瞧不起知识分子的问题,而是知识分子本身的社会分工和承担的使命使然。实践证明,正是这种不断地进行的思想文化建设工作,使欧美文学"中国化"的工作越来越成为人们的自觉选择。

第四,对我们今天的知识分子而言,更需要在思想文化建设中,进行观念创新、思想创新和方法创新。

我们今天所提倡的观念创新、思想创新和方法创新其实也是一种改造,只不过这种改造已经从政治立场意义上的改造转化到思想创新、观念创新和方法创新改造的内涵上来了。众所周知,我国当前正在进行全面建设社会主义现代化的伟大实践。在这个新征程中,很多从来没有遇到过的新事物、新现象和新问题不断涌现,这就需要不断地改造我们不适应新发展、新情况的陈旧思维模式和陈旧思想观念。尤其需要我们知识分子群体面对世界上出现的新情况和新的历史条件下中国社会发展新要求,不断地进行观念创新和思想方法创新。创新其实也是一场革命,它是不会自然发生的,而是要经过不断地学习和反复的实践,才能使我们抛弃陈旧的观念和落后的方法。因此,这也是一种很重要的“改造”。同样,在信息技术快速发展,世界风云变幻莫测的时代,更需要我们不断地加快适应世界变化的能力。“明者因时而变,知者随事而制。”[①]对此,习近平同志在2014年的文艺工作座谈会上的讲话中,明确提出:“创新是文艺的生命。文艺创作中出现的一些问题,同创新能力不足很有关系。刘勰在《文心雕龙》中就多处讲到,作家诗人要随着时代生活创新,以自己的艺术个性进行创新。唐代书法家李邕说:‘似我者俗,学我者死。’宋代诗人黄庭坚说:‘随人作计终后人,自成一家始逼真。’文艺创作是观念和手段相结合、内容和形式相融合的深度创新,是各种艺术要素和技术要素的集成,是胸怀和创意的对接。要把创新精神贯穿文艺创作生产全过程,增强文艺原创能力。”[②]可是在当前的现实中,我们可以看到,很多知识分子还跟不上时代的发展要求。有人热衷于把西方的或外国的所谓“最新”的或“最热”的观点引进中国,脱离实际地进行宣扬,对其是否适应中国的需要或是否适应中国的国情不屑一顾。这样的所谓“公知”常常成为笑柄。也有的人,缺乏问题意识,无的放矢。热衷于所谓宏大的、空洞的“理论”创造。还有一些知识分子,抱守残缺,其思维方式仍然是陈旧的、落伍的和过时的。这也就是为什么在高校中经常出现两种现象:一是某些学者讲课或讲座很受欢迎,但靠的是对所谓“新”信息的卖弄和对“西方”观点的迎合;另外一类则使学生昏昏欲睡,不感兴趣。这样的现象说明,今天我们仍然需要思维方式方面的改造与创新。

---

① 桓宽:《盐铁论》,乔清举译注,北京:华夏出版社2000年版,卷二之忧边第十二篇。

② 习近平:《在文艺工作座谈会上的讲话》,见《人民日报》2015年10月15日,第2版。

具体到外国文学领域,在欧美文学被翻译、介绍、引进和研究、推广的过程中,从事这一任务的主要是我国文学研究机构、出版机构和高等院校的知识分子。那么,在不同的历史时期,我们翻译和引进什么?我们应该如何根据形势的变化看待一部作品的思想价值和艺术价值?我们在翻译引进一个西方文学的流派和学术观点的时候,不同的时期要站在什么样的立场上,想要达到什么样的目的?这一切其实对社会的影响是很大的。假如,我们的文学工作者不改造自己,不与时俱进,还用以往的陈旧的或过了时的价值观、人生观和道德观来看待欧美的或外国的文学作品,那么,就会导致引进外来的文学与中国实际的脱节。我们下面要举两个例子,来谈一谈这个问题。

19 世纪末 20 世纪初的挪威作家易卜生写作戏剧《玩偶之家》的时候,主要想表现的是家庭和婚姻矛盾冲突,目的是暴露资本主义家庭关系的不合理。作品取材于作家易卜生亲身经历的一个真实事件。在现实生活中,剧作家曾经有个名叫芳拉·基勒的朋友,她的婚姻生活美满。但婚后不久,她的丈夫基勒得了肺结核病,医生建议芳拉带丈夫去南欧疗养。芳拉为了不让丈夫操心,便瞒着丈夫,伪造签名,向友人借了一笔钱。丈夫病好后知道了真相,不仅不感激芳拉,还大发雷霆,指责妻子败坏了他的名誉,并同她离了婚。芳拉一片真情却得到如此报应,精神失常,幸福的家庭就此毁灭。正是根据这样一个真实事件,易卜生写作了他著名的剧作《玩偶之家》。剧本的情节和生活中的故事出入不大,只是结尾做了重大改变。现实中的逆来顺受的女主人变成了易卜生笔下的勇敢出走的娜拉。可见,这出戏剧本来写的是家庭矛盾和婚姻双方的冲突,但传入中国后,在五四运动时期,在当时人们的阐释中,该剧的主题则变为宣扬妇女的觉醒与解放。为什么要这样翻译和介绍,其主要目的是为了适应当时中国社会个性解放,尤其是妇女解放的时代要求。因此这部作品也得到了鲁迅等人的呼应。这样就等于把一个一般性的家庭婚姻矛盾的主题,转移到与中国社会需要相关的“个性解放”应该与不应该、可能与不可能问题的探讨上来了。这说明我们当时的翻译家和研究家,已经抛弃了“三纲五常”“男尊女卑”的旧有的陈腐观念,站在一个新的高度来看待这部作品了。

但当时代发展到今天,假如我们还在重复五四运动时期对《玩偶之家》的看法,还认为这是一部表现妇女解放的宣言式的作品,还在其女性解放的意义和价值上打圈圈,无疑已经不再适应当前的中国国情了。我们知道,当代中国妇女的地位已经得到了极大地提高,娜拉的境况很难在中国的都市上演了,换言之,易卜生笔下的娜拉所遇到的在家庭中地位不平等的问题,也不再是中国当前最急需要解决的问题。

应该指出，在中国社会发展到新阶段的今天，一个新的问题提到了人们的面前，急迫地需要研究者们对此作出说明和解答。这个问题就是今天无所不在的人文理性和技术理性的冲突问题。在现今的生活中，我们会时刻感觉到一个文化上巨大矛盾的存在：一方面，由于物质文明的高速发展，导致每个人的个性要求越来越强烈——人们更渴望无拘无束的生活、渴望各种各样欲望的满足；但另一方面，社会的发展越来越需要严密的规则、法纪和规范等约束，使之有序。前者属于人文理性的范畴，后者属于技术理性的范畴。人文理性本质上是人的欲望和要求的产物（如兴趣爱好、情感需求等）。技术理性也被称为消费理性或契约理性，它主要是按技术指标和消费的要求来实现社会的物质文明的快速发展。人文理性虽然照顾到了个性的差异和要求，但却是以社会发展相对缓慢为代价的。而技术理性虽然使社会发展较快，但却又是以损害个人的欲望要求和个性发展为代价的。这说明，今天我们所处的社会，一方面需要技术理性规范下的快速发展，创造更多的物质财富，以满足人们日益增长的物质需要；另一方面我们生活在这个社会中的每一个人，都希望最大程度地实现或满足自己个人的欲望要求，希望个人的自由得到更大程度的尊重。这样，二者间的冲突成为今天社会文化冲突的显性现象。若按对此矛盾的认识角度来看待《玩偶之家》，我们就会发现，在这出戏剧中，明显地存在着两种完全不同的理性的代表：一个是代表着个人欲望、要求、亲情和善良的主人公娜拉，她的身上具有强烈的人文理性特点。而她的丈夫海尔茂，则是法律、规则、法纪和制度的化身。他考虑问题的出发点是社会原则、实际利益和个人在他人眼中的声誉和评价，具有浓重的技术理性或消费理性的韵味。这样，这出戏剧所描写的家庭的矛盾和夫妻间的冲突，就超出了简单的婚姻和家庭矛盾的范畴，也超出了女性解放的范畴，成了当前社会现实中的两种理性和文化力量冲突的写照。易卜生在资本主义刚刚建立之后不久，就敏锐地看到了这个问题，并且加以成功的艺术表现，这反映了他对历史文化发展趋势把握的前瞻性。

我不认为我们的这种解释就是完全合理的或绝对正确的。但至少有一点，我们对《玩偶之家》的这种阐释，与今天社会发展中出现的新问题更贴近，更直接面对的。假如我们仍然固守着五四运动时期的“革命话语形态”，仍然坚持“妇女解放”的阐释模式，就丢掉了这一文本阐释的与时俱进性，造成了与时代的脱节。

再举一个关于人道主义问题的例子。中华人民共和国成立后我国文坛对西方文学中的“人性论”和人道主义问题的讨论一直没有停息,甚至在20世纪五六十年代和1978年后改革开放初期,曾经形成了几次“大讨论”。就我国对西方的人道主义讨论而言,基本上走了一条“否定”“部分肯定”“基本肯定”和“有条件肯定”的路子。但实事求是地说,此问题到今天仍然没有获得较为一致的结论。但若我们从对人道主义的讨论发展过程来看,每一次讨论,都体现出了比前一个时期的进步。例如,很长的历史时期内,我们得到了一个基本共识:人道主义作为资产阶级的世界观和方法论,在历史上曾经起到过非常进步的作用,在反对封建的神学世界观、反对资本主义制度和各种罪恶方面都有了不起的功绩。很多著名的西方作家,在自己的作品中宣扬人道主义思想,同情人民的苦难,表现了当时人民群众的历史要求。但同时我们也认识到,资产阶级的人道主义也有其先天的局限。因为毕竟其看待世界的出发点是“人性的善恶论”,即用道德上的善恶矛盾斗争来解释社会发展,并以此来评判历史事件和人物——这毫无疑问是不科学的。以上所说的这种认识就是当时我国学者在学习了马克思主义立场、观点和方法的时候得出的结论。但在今天,当我们用发展了的马克思主义的立场、观点和方法再一次来认识和阐释人道主义的时候,学者们就更为自觉地就将“人道主义”放在特定的、具体的历史条件下来考察。今天的学者与以往研究和讨论人道主义最大的不同在于:一是注重具体情况具体分析,打破了人道主义内涵的抽象性与一成不变的弊端;二是强调事物的辩证发展过程,认为人道主义也不例外,也是一个辩证发展的过程的产物;三是在21世纪社会进步的今天,对人道主义新的特点的考察越来越具有了中国视野:比如人的主体性的新形态和新内涵,比如人道主义与西方普世价值观之间的联系,再比如“西方人道主义”和“中国的人道主义”的比较等。可以说,对人道主义问题讨论的进步是与从事这方面研究的学者们观念自觉提升与发展分不开的。

为此,我们要清醒地看到,在今天,知识分子也是要不断进行思想上的与时俱进,这种观念上和方法上的“改造”也是必须的。但这种“改造”主要应该立足在思维创新、观念创新和方法创新上来。我们越来越知道,真正实现了思维创新和方法创新,才会使知识分子的政治立场和学术立场更富有科学精神与正确性。这一点也要引起我们管理部门的注意,不要把一切问题都归结到政治立场上来。换言之,只解决今天知识分子的政治立场问题而不解决思维方式和方法论的创新问题,并不会收到好的效果。

第五个问题：

近代早期译介活动对欧美文学“中国化”的重要性体现在哪里？[①]

欧美文学“中国化”的进程，首先是从翻译开始的，没有翻译，就没有中国化。因此，我们可以说，“翻译”是欧美文学或曰外国文学中国化的起点，也是贯穿这个领域“中国化”过程的主要环节。

一、早期翻译活动是欧美文学“中国化”的起点

我们为什么要翻译外国的，尤其是欧美的文学作品？历史地看，是我们近代以来的中国文化和文学落伍了。对此，毛泽东主席 1956 年在《同音乐工作者的谈话》一文中，就指出：“近代文化，外国比我们高，要承认这一点。艺术是不是这样呢？中国在某一点上有独到之处，在另一点上外国比我们高明。小说，外国是后起之秀，我们落伍了。”“要承认近代西洋前进了一步。”[②]就是因为在近代社会发展阶段我们落伍了，所以，中国的翻译和介绍外国文学尤其是欧美文学，才从 19 世纪下半叶和 20 世纪初期逐渐繁盛起来，于是有众多的翻译作品问世。可以说，这是中国文化吸收西方文化并发生蜕变的重要时期。而此时翻译文学的出现以及发展繁盛，是考察欧美文学中国化的学理逻辑起点。

如果要找一个欧美文学“中国化”的具体时间起点的话，当从 1895 年末开始。按学者马祖毅的梳理，从 1895 年到 1906 年，随着资产阶级维新变法运动的发展，维新派领袖们更注重全面学习西方，当时著名的翻译人士梁启超、严复和林纾被称为那个时期的译坛“三杰”。尤其是梁启超，被列于榜首，他对西学

① 本问题的初稿由刘春芳教授撰写。

② 中共中央书记处研究室文化组编：《党和国家领导人论文艺》，北京：文化艺术出版社 1983 年版，第 21 页。

进入中国的努力和影响是最显著的。他虽年纪最轻,译的作品最少,但创办大同译书局,培养翻译人才,以政治影响翻译事业,故而所起的作用最大。“三杰”积极引进西学,帮助国人了解西方人的生活,了解西方社会先进的科技思想、政治体制及社会制度,从而激发国人变革的思想。

可以说,中国的译介工作从一开始,就与我国的社会、政治、文化紧密相联。最初中国人翻译欧美文学作品的目的绝不是纯粹以娱乐休闲为追求,而是要通过译介西方的作品,达到开化国民思想、改良社会的目的。例如,1897 年梁启超在《论译书》中说:“苟其处今日之天下,则必以译书为强国第一义,昭昭然也。”[1]可见当时的有识之士对于通过翻译西方书籍来传播西方先进思想的重视。正是由于将译介西方书籍视为强国重要的途径与手段,在他的影响下,很多有识之士也对翻译文学提出了类似理论上的倡导。这种理论倡导对此时期翻译文学产生了很大的影响。1897 年康有为刊行了《日本书目志》,其“小说门”就收有日本小说(包括笔记)1058 种,并附“识语”云:“亟宜译小说而讲通之。泰西尤隆小说学哉!”[2]同年,严复、夏曾佑又发表了《本馆附印说部缘起》,并说道:“且闻欧、美、东瀛,其开化之时,往往得小说之助。”[3]极力鼓吹西方小说的社会作用,并拟“不惮辛勤,广为采辑,附纸分送。或译诸大瀛之外,或扶其孤本之微”。[4] 次年(1898)梁启超又撰《译印政治小说序》,明确提出:“今特采外国名儒撰述,而有关切于中国时局者,次第译之。”[5]事实证明,甲午战争之后,特别是进入 20 世纪后,翻译文学作品逐渐增多,而且呈直线上升的趋势,中国近代翻译文学进入发展期。梁启超不懂英文,略通日文,翻译的作品不多,但他 1898 年所译日本作家柴四郎的《佳人奇遇》成为我国近代翻译史上第一部政治小说。政治小说在艺术形式上的一大特点就是通过小说中人物反复的对话或辩论表达作者的政治见解,讨论国事。《佳人奇遇》也不例外,它没有系统的情节,只是设计了几个人物,以长篇反复的对话来发表自己的政见或叙述事件的经过,译者的目的是以这类小说来启迪和教育处于封建专制下愚昧的中国人

---

① 梁启超:《论译书》,《翻译通讯》编辑部编,《翻译研究论文集 1894—1948》,北京:外语教学与研究出版社 1984 年版,第 10 页。

② 康有为:《〈日本书目志〉识语》(节录),陈平原、夏晓虹编:《二十世纪中国小说理论资料·第一卷(1897—1916)》,北京:北京大学出版社 1989 年版,第 14 页。

③ 严复、夏曾佑:《本馆附印说部缘起》,陈平原、夏晓虹编:《二十世纪中国小说理论资料·第一卷(1897—1916)》,北京:北京大学出版社 1989 年版,第 12 页。

④ 同上。

⑤ 任公:《译印政治小说序》,陈平原、夏晓虹编:《二十世纪中国小说理论资料·第一卷(1897—1916)》,北京:北京大学出版社 1989 年版,第 22 页。

民。梁启超的另一重要译作是1902年由日文转译的法国儒勒·凡尔纳的《十五小豪杰》(今译《两年的假日》),以吸取西方思想中的民主精华,来培养、铸造我国青少年的品格。他尤其强调小说的政治色彩和教化作用,常常在翻译外国文学作品时,或改变原作的主题、结构和人物性格,或任意增删。因此,其忠实于原著的程度十分值得怀疑,但在当时却产生了很大的影响。小说问世后,不断被重印、重译。除翻译小说外,梁启超还在被誉为"中国第一部政治小说"的《新中国未来记》(1902)中首先介绍了英国著名诗人拜伦的《渣阿亚》(今译《该隐》)和《端志安》(今译《哀希腊》),成为我国最早翻译拜伦诗歌的译者。梁启超在1896年发表的《论译书》中全面论述了翻译西书的重要性,并谈及了如何培养翻译人才,如何从事翻译的举措。

严复是我国近代第一个系统介绍西方学术名著的翻译家。1898年他翻译出版了赫胥黎的《天演论》。译者推荐赫氏"优胜劣败"的原理,目的是使当时的国人认识到落后的中华民族已处于亡国灭种的边缘;同时,又阐明"与天争胜""自强保种",让人感悟到只要发奋图强,中国仍有希望。这在当时的思想界和学术界引起了极大的影响,使中国知识界获得了一种新的资产阶级的世界观,在思想意识上取得了一次新的飞跃。从1898年到1912年的十多年间,严复在翻译上取得了光辉成就。

严复在近代翻译界关注的几个主要问题上,也给予了理论上的支持。他在与夏曾佑共同发表的《本馆附印说部缘起》中首次论述了文学翻译的重要性。之后又在译亚当·斯密(Adam Smith)的《原富》(*An Inquiry into the Nature and Causes of the Wealth of Nations*,今译《国富论》)时对友人说:"《原富》拙稿,刻接译十数册,而于原书仅乃过半工程,罢缓如此,鄙人于翻书尚为敏捷者,此稿开译已近三年,而所得不过如是,则甚矣此道之难为也。"[①]"鄙人于译书一道,虽自负于并世诸公未遑多让,然每逢义理精深、文句奥衍,辄徘徊踯躅,有急与之搏力不敢暇之概"[②];"复近者以译自课,岂不欲旦暮奏功,而无如步步如上水船,用尽气力、不离旧处、遇理解奥衍之处,非三易稿,殆不可读。"[③]于此以明翻译之难。另外,从他的论述中还可以看出,他主张意译。在译《天演论》时指出:"译文取明深义,故词句之间,时有所颠倒附益,不斤斤于字比句次,而意义

① 严复:《与张济元书·六》,王栻主编:《严复集》(第三册),北京:中华书局1986年版,第534页。

② 同上书,第537页。

③ 同上书,第527页。

则不倍(背)本义。”[①]其实这也就是所谓“意译”(尽管严复称为“达旨”,即译述)。在严复的一生中,他先后翻译并出版了斯宾塞(Herbert Spencer)的《群学肄言》(*The Study of Sociology*)、亚当·斯密的《原富》,约翰·穆勒(John Stuart Mill)的《群己权界论》(*On Liberty*)、《穆勒名学》(*A System of Logic*),甄克思(Edward Jenks)的《社会通诠》(*A History of Politics*),孟德斯鸠的《法意》(今译《论法的精神》)、耶方斯(W. S. Jevons)的《名学浅说》(*Primer of Logic*)等学术名著,成为当时翻译界声望最高的翻译家。严复在翻译界最大的贡献还有他在翻译理论方面提出的“信、达、雅”的翻译标准,一直沿用至今。这一标准在《天演论·译例言》中首次提出。他主张的“信”是“意义不倍本文”,也就是忠实于原著;“达”是不拘泥于原文形式,尽译文语言要达到以求原意明显。但严复对“雅”字的解释今天看来是不足取的。他所谓的“雅”是指脱离原文而片面追求译文本身的古雅。他认为只有译文本身采用“汉以前字法句法”——实际上即所谓上等的文言文,才算登大雅之堂。由于其所处时代,严复提出的“信、达、雅”翻译标准的解释有一定的局限性,但许多年来,这三个字始终没有被我国翻译界所废弃。

林纾也是一个中国古代文学的大家,其主要业绩在于他的翻译文学。作为一位不懂外文的翻译家,他在二十年间里先后翻译了163种涉及十多个国家三十多位作家的文学作品,成为中国翻译史上一个独特的现象。“林译小说”文笔流畅、隽永,极富表现力,语言有时读起来比原作还优美。许多现代文学大家(如鲁迅、郭沫若、周作人以及冰心等)的创作和翻译都受到他很大的影响。他的第一部译作,亦即1898年与王寿昌合译的《巴黎茶花女遗事》是第一部产生重大影响的翻译小说,一经出版,顿时“不胫走万本”“一时纸贵洛阳”,在中国近代翻译文学史上起到了里程碑式的作用。严复曾说:“可怜一卷《茶花女》,断尽支那荡子肠。”[②]它不仅征服了广大读者的心,而且也在一定程度上改变了中国文人对外国小说的错觉,开始认识到外国也有如《红楼梦》一样的杰作。同时,文中采用的艺术手法和技巧,如第一人称的叙事、倒叙、书信和日记的插入,也对中国近代文学创作产生了一定的影响。除《巴黎茶花女遗事》外,林纾还翻译了许多影响较大的译作。如:美国斯托夫人的《黑奴吁天录》(*Uncle Tom's Cabin*,今译《汤姆叔叔的小屋》,1901)、英国司各特的《撒克逊劫后英雄略》(*Ivanhoe*,今译《艾凡赫》,1905)、笛福的《鲁滨逊漂流记》(1905—1906)、斯威夫

---

① 王栻主编:《严复集》(第五册),北京:中华书局1986年版,第1321页。

② 同上书,第365页。

特的《海外轩渠录》(*Gulliver's Travels*,今译《格列佛游记》,1906)、英国狄更斯的《孝女耐儿传》(*The Old Curiosity Shop*,今译《老古玩店》,1907)、《滑稽外史》(1907)和《块肉余生记》(*David Copperfield*,今译《大卫·科波菲尔》,1908)、美国华盛顿·欧文的《拊掌录》(*The Sketch Book*,今译《见闻杂记》,1907)等。这些作品也都大大开拓了中国人民的生活和艺术视野,对近现代文学的兴起起到了积极的推动作用。

辜鸿铭最重要的贡献是将中国经典《论语》(1898)、《中庸》(1904)译成英文,在向西方介绍中国文化方面影响很大。其次,他还以五言古体翻译了英国诗人威廉·柯伯(William Cowper)的讽刺诗《痴汉骑马歌》(*The Diverting History of John Gilpin*),把诗人的风趣和诗中主角布贩子的天真烂漫和那股痴傻的味道翻译得极为贴切,极富幽默感。

清末民初侦探小说成为一股风气。其中周桂笙以翻译侦探小说闻名。周桂笙通英、法两国文字,阅读了外国小说数百种,视野较广,能欣赏、体认外国小说的长处。因而,在中国近代理论界成为宣扬小说方面西优中劣的代表人物。他最早翻译的侦探小说是1903年法国鲍福的《毒蛇圈》,译文为流畅的白话,在当时很少见。比伍光建的白话翻译还早约四、五年。继《毒蛇圈》后还翻译了《歇洛克复生侦探案》(1904)和《福尔摩斯再生案》(1904—1907)的后三篇。但最早的侦探小说翻译并不出自周桂笙,而是1896年翻译《英包探勘盗密约案》的张坤德。

苏曼殊以译拜伦诗而著称。其中影响最大的是1909年翻译并被收入《拜伦诗选》的《去国行》《赞大海》和《哀希腊》,这三首译诗倾注了译者对拜伦的崇高敬意和真挚的爱国主义情感,体现了苏曼殊译诗的主要风格。苏曼殊的译诗比较忠实于原作,多采用古典诗的形式,十分注意形式的整齐美。《去国行》运用五言八句,保持了近体律诗的形式;《赞大海》为四言,带有《诗经》的风格和韵味。苏曼殊对近代翻译文学最大的贡献在于他编选的四部翻译诗集:《文学因缘》(1908)、《拜伦诗选》(1909)、《潮音》(1911)和《汉英三昧集》(1914)。他的译作对近代翻译诗歌的发展起了不可忽视的作用,同时也拓宽了翻译文学的领域。《文学因缘》第一次将大量的英译中国古典诗歌收集成册。《拜伦诗选》是我国近代翻译史上第一部外国翻译诗歌集,收拜伦诗5题42首,对传播拜伦诗产生了相当大的影响。苏氏在译诗当中又提出了自己的一套翻译理论,认为“衲谓凡治一国文学,需精通其文字。”[①]认为精通所译国家的文字,是翻译最起

---

① 苏曼殊:《与高天梅书(庚戌五月爪哇)》,柳亚子编:《苏曼殊全集》,北京:中国书店1985年版,第226页。

码的要求。指出自己的译作是"按文切理,语无增饰,陈义悱恻,事辞相称"[①]。他的翻译在翻译理论界发挥了一定的影响。

马君武也是近代著名的翻译家。精通日文、英文、法文、德文,翻译过多种自然科学和社会科学的著作,在近代翻译诗歌史上占有重要的地位,与苏曼殊齐名。1905年先于苏曼殊翻译了拜伦的《哀希腊》。但最著名的译诗是1907年译英国诗人胡德(Hood)的《缝衣歌》(*The Song of the Shirt*),全诗为整齐的五言古诗,译笔细腻真切,哀婉动人,通过缝衣女的歌唱,述说了她因生活贫困而日夜劳作、不敢停针的悲惨境遇。后几经转刊,颇受中国读者的欢迎。

尽管19世纪下半叶欧美文学的翻译工作已经有了很大的成绩,但在这段时间里,欧美文学的翻译还没有成为独立和自觉的引进活动。为此,在中国早期进行的欧美文学翻译中,我们不能不注意另一个时间点——这就是1907年。在这一年,中国近代翻译文学发生了新的变化。被誉为中国近代文学四大期刊之一的《小说林》在该年2月创刊,加之1906年11月创刊的《月月小说》,两大杂志大量刊发翻译小说,为近代翻译文学提供了广阔的发展空间,且绝大多数作品均注明了原著者。从此,翻译文学不论在数量上还是质量上都较之以前大有不同。此外,从1907年开始,还有大量文艺报刊创刊,除《小说林》外,《竞立社小说月报》《中外小说林》《新小说丛》《广东戒烟新小说》《小说世界》等也陆续刊行,为翻译文学进入繁盛期创造了良好的条件。从1907年起到1919年,翻译文学进入特别繁盛的时期。据日本学者樽本照雄统计,1907年至五四前(1919年以1/3计)的翻译小说有2030种,大约是前两期翻译小说总和(527种)的四倍。1907年2月中国第一个由留日学生组织的话剧团体"春柳社"在日本东京上演了话剧《茶花女》第三幕,标志着在译介影响下中国话剧正式诞生。

1907年前后这一时期较前期翻译文学有了新的特色:第一,文学体裁趋于完备,如果说上一时期主要是翻译诗歌、短篇小说和剧本外,此时其他文体作品的翻译大量出现。例如,小说的翻译蔚然成风,对五四新文学现代小说的形成具有积极的影响。此外,还出现了散文诗和童话的翻译。自1907年后,侦探小说大量译入也形成一股侦探热,当时翻译数量多,涉及面广,翻译队伍庞大,翻译速度快。侦探小说翻译几乎与原著创作同步,数量也约占到全部翻译小说的五分之一。第二,一些有代表性的翻译家对翻译文学的认识也逐渐提高。曾朴

① 苏曼殊:《拜伦诗选·自序》,马以君编注:《苏曼殊文集》,广州:花城出版社1991年版,第302页。

指出：“要保存原著人的作风，叫人认识外国文学的真面目，真精神。”[①]林纾则认识到译者必须进入作品中人物的精神世界。第三，翻译文学中名家名著增多。由于留学队伍的不断扩大，更多通晓一种或多种外文的翻译家走上译坛，且大多有较好的外国文学基础和鉴赏力，从而使得这一时期的翻译家们对文本的选择有了较明确的文学眼光。第四，这一时期译述仍然存在，意译者居多，但同时也出现了直译。曾朴所翻译的法国戏剧和吴梼所翻译的小说均属直译，周氏兄弟则更是有意识地提倡直译。第五，语言大部分还是采用文言翻译，但白话的萌芽已经出现。伍光建的翻译就多采用简洁畅达的白话。第六，外国翻译诗歌专集开始陆续出版。女性译者的翻译作品开始不断出现。自 1900 年薛绍徽译的科幻小说《八十日环游记》后，陈鸿壁、张默君、凤仙女史、黄翠宁、陈信芳和听荷等也都分别有译作出现。

1919 年五四新文化运动前后，早期中国的欧美文学翻译进入了新的发展阶段。此时科学民主思想成为社会的主要思潮之一，同样“白话文”运动的兴起也对翻译文学的发展产生了巨大的影响。可以说，科学民主思想与白话文写作，成为宣传新思想的孪生兄弟。它们二者，相辅相成、相得益彰、互为表里，成为新文化出现的两大利器。

胡适作为五四新文化运动的先驱人物之一，早在五四新文化运动之前就开始了翻译文学活动。胡适通英文，翻译作品均较忠实于原著。他翻译的诗作多是英国和美国诗人的作品。虽然在 1908—1914 年间他多采用古体译诗，但语言较苏曼殊等人要通俗许多。1914 年后，在翻译苏格兰女诗人安妮·林德赛的《老洛伯》、英国奥斯汀·多布森的《奏乐的小孩》和美国萨拉·梯斯代尔的《关不住》等诗歌的时候，在形式上就已有白话文呈现，显示出了翻译文学的一个新的走向。在译介外国小说方面，胡适侧重于短篇小说，对此后中国小说的短篇化创作也产生了很大的影响。

吴梼是当时近代俄罗斯文学翻译成就最突出的翻译家，他是俄罗斯文学创作三大家莱蒙托夫、契诃夫、高尔基作品的第一个中译者。他精通日语，所译作品多由日译本转译。另外，还翻译了契诃夫的《黑衣教士》(1907)、莱蒙托夫的《银钮碑》(即《当代英雄》第一部《左拉》，1907)和高尔基的《忧患余生》(即《该隐与阿尔乔姆》)。译作均以纯熟的白话翻译，其纯熟程度可与伍光建相媲美。陈嘏是屠格涅夫作品中译本最早的译者，1915—1916 年首先发表了屠格涅夫的

---

① 曾朴：《致胡适书》，时荫编著：《曾朴及虞山作家群》，上海：上海文化出版社 2001 年版，第 18 页。

《春潮》和《初恋》,从此,中国开始了对屠格涅夫作品更深入的翻译。在《春潮》和《初恋》两部作品中,陈嘏采用文言与白话等值翻译的方式,显示出较高的翻译水平。他的文学鉴赏水平较高,译作几乎全是名作,且均忠实于原文。伍光建(1866—1943)是译介法国文学的一位重要的翻译家。五四前以译法国著名作家大仲马(1802—1807)的历史小说《侠隐记》(今译《三个火枪手》,1907)、《续侠隐记》(今译《二十年后》,1907)和《法宫秘史》(1908)最为著名。他精通英文且作品译自英文本,虽译文中偶有删削,但从整体上看,译作均较忠实于原著。另外,他的翻译采用简洁畅达的白话,与周桂笙、徐念慈等人的白话译文相比,要纯熟许多。

曾朴(1872—1935)是近现代译介法国文学最有系统的一位文学翻译家。他十分注重翻译法国的浪漫主义文学,译作以雨果的作品为重点。其中,1916年翻译出版的戏剧《枭欤》(今译《莱斯·波基亚》)和1912年连载于上海《时报》的长篇历史小说《九十三年》,在当时都产生了很大的影响。此外,他还翻译莫里哀的《夫人学堂》(今译《太太学堂》)和左拉的《南丹与奈侬夫人》,也在当时产生了一定的影响。他对于林纾式的改译和意译不满意,主张翻译要忠实于原著,认为翻译者必须认真研究原著语言的文法和特色,才能忠实地传达出原著的风韵。他也不满意林纾用文言译外国小说,认为这样的译品,只不过是"外国材料的模仿唐宋小说",而主张用白话翻译外国文学,认为唯有如此,方能传达出"原著人的作风(风格),叫人认识外国文学的真面目,真情话"。① 因此,他的翻译较忠实于原著,他所译的法国文学作品在当时也是较好的译本。

包天笑(1876—1973)是近代又一位著名的翻译家。他翻译作品很多,自1901年至五四运动期间,翻译作品约80余种。他主要以翻译教育小说著称,其中的《馨儿就学记》(1910)、《苦儿流浪记》(1912—1914)、《埋石弃石记》(1911)三部还受到当时教育部的嘉奖。三本译书中又以《馨儿就学记》影响最大。包天笑的翻译既不署著者名,又多系不严格的意译,随意性较大,其中甚至还杂有创作。如《馨儿就学记》中的"扫墓"一节,就以包家的事为蓝本,这都是为今天的翻译界所不取的。但在一个向来缺乏教育小说的国度里,包天笑注意翻译这类教育小说,不论是从儿童教育角度或小说创作角度来讲,都有积极的促进意义。

周瘦鹃(1895—1968)是近代翻译界的后起之秀,他翻译作品极多,自1911

① 转引自郭延礼:《中国近代翻译文学概论》,武汉:湖北教育出版社1998年版,第416页。

年（时年16周岁）至五四前共发表各种翻译作品165种。其中，影响最大的是《欧美名家短篇小说丛刊》（1917），这是继鲁迅、周作人选译的《域外小说集》（1909）之后的又一部短篇小说专集，也是近代收外国短篇小说数量最多、国别最广、名家名著最多的一部小说选集。在这部作品中周瘦鹃已经注意译介“弱小民族”国家的作品，这一点在翻译文学史上具有很大的意义。

周氏兄弟（鲁迅、周作人）在中国近代翻译文学中，代表着一种新的动向，预示着五四运动前夕旧文学的解体以及向新文学的过渡。这一时期，周氏兄弟分别译有多部作品，他们选译的《域外小说集》将翻译重点放在20世纪初的短篇小说上，以一种新的文学眼光来审视整个翻译文学界。此外，还注意翻译“弱小民族”国家的文学，特别是波兰和匈牙利两个国家的文学，旨在唤起被侵略、被压迫的中国人民的反抗意识。在翻译上周氏兄弟提倡忠实于原文的“直译”，既是为了纠正林纾等人任意删节的毛病，也是为了忠实地介绍外国文学。鲁迅在《域外小说集·序言》中说：“《域外小说集》为书，词致朴讷，不足方近世名人译本。特收录至审慎，迻译亦期弗失文情。”[①]又在《略例》中说：“人地名悉如原音，不加省节者缘音译本以代殊域之言，留其同响；任情删易，即为不诚。故宁拂戾时人，迻徙具足耳。”[②]尽管文言直译的译文，读起来难免诘屈聱牙，却能最大限度地保持原著的真实面目。此外，这一时期文学家曾广铨翻译的英国哈葛德（Henry Rider Haggard）的《长生术》（1899）；沈祖芬的《绝岛漂流记》（今译《鲁滨逊漂流记》，1902）也都颇引人注意。[③]

综上所述，自1895年起，欧美文学进入中国文坛形成了规模，欧美文学中国化开始发端，并在此后进入了不断发展的阶段。

这里面有一个问题必须要引起人们的注意。这就是在五四新文化运动前后，大量的欧美文学作品都是由日文翻译过来的，有很多日本文学作品也进入了中国。由此，有些人认为日本文化与文学观念对中国当时思想界的影响很大。其实不然。我们认为，自近代社会以来，中国对日本文化的接受有两次高潮：第一次主要是在五四新文化运动前后。当时大量的留日学生和进步学人，如孙中山、戴季陶、鲁迅、郭沫若、郁达夫等，确实翻译介绍了很多日本政治、文化和文学方面的著作以及文学作品进入中国。但是必须指出，与其说他们翻译日本的作品或日本的小说是在介绍日本的文化和思想，莫不如说他们是通过日

---

① 鲁迅：《鲁迅全集》（第十卷），北京：人民文学出版社2005年版，第168页。

② 同上书，第170页。

③ 上述文字是在马祖毅《中国现代翻译简史》梳理的基础上形成的，特此说明。

本的文献和文学来介绍欧美的思想和主张。因为日本自明治维新之后,其文学作品中更多的不再是表现日本的传统思想而是欧美的先进思想。例如,夏目漱石创作的小说,其中所反映的思想意识,与其说是日本传统的,莫不如说更是欧美现代观念的产物。所以,我们的这些先驱者们,只不过是利用日本的著作和文学作品(包括日本人翻译的欧美文学作品),来学习其中所包含的西方观念和学说。换言之,通过日本的文本,学习西方的观念,是这一时期留日学生和学者们学习的主要目的和翻译介绍工作的基本特征。更进一步说,即使是很多人介绍了日本的文化思想和社会主张,也不过是在重点介绍自明治维新以来,日本社会被欧美思想改造的过程及其经验教训而已。这一点,我们必须保持清醒。顺便说一下,第二次高潮是1978年改革开放之后我们学习日本,这次的目的主要是学习日本的先进技术和先进管理经验,也并不是要学习日本所谓的先进文化思想。自古至今,日本并没有出现过完全属于所谓的世界性的"先进文化",更谈不到所谓的"原创性思想"了。他们的思想几乎都是从外国学习来的。这从早期日本学习中国文化,获得思想的启迪,1861年明治维新之后学习欧美,获得技术和管理上的进步,就是确证。

二、近代早期文学翻译活动的主要特点

翻译文学在中国最初发展时期具有鲜明的特点,这些特点既是对此时翻译文学特点的考察,更是通过翻译文学对这一时期社会文化特点的考察,从而使我们从起点上更加清晰、更加明确地了解欧美文学进入中国的具体形态以及对后来的影响。

根据马祖毅的看法,中国早期文学翻译的主要特征在于:

1. 总的来说,中国这一时期的文学翻译仍然处在不自觉的阶段,其主要标志是缺少对文学文本的选择意识,只是朦胧地感到应该输入西方世界的文本,以便借鉴其思想。因此,这些早期的欧美文学翻译者在选择底本时不大考虑作品的文学地位和价值。从总体上看,名家名作所占比例不到翻译小说的百分之十,其余百分之九十以上均属二三流乃至三四流作家的作品。这种翻译特点足以看出当时翻译界对于欧美作品、西方思想的强烈饥渴。翻译家们以大量接触、大量译介西方书籍为目的,并未有时间和精力去粗取精。虽然此时的翻译比较驳杂,但也要看到,这种大量的饥渴式的、泥沙俱下式的翻译,使西方书籍

得以迅速进入中国,为国民接触西方作品开辟了较为畅通的渠道。

2.早期的文学文献与文本翻译以意译和译述为翻译的主要方式,使得作品在翻译过程中时有误译、删节、改译和增添等现象,从而造成作品的失真。虽然这种做法在今天看来实不足取,但却迎合了当时"睁眼看世界"的需要,因而促进了翻译文学作品在国内的接受与传播。如梁启超所译的儒勒·凡尔纳的《十五小豪杰》,就很说明问题。现在人们知道,这部小说首先是由法文译成英文的,英人翻译时,就是"用英人体裁,译意不译词";后来日本人在把英文版的小说翻译为日文时又"易以日本格调";到梁启超从日文翻译成中文时,"又纯以中国说部体段代之"。几经"豪杰译",这位作品中的"小豪杰"就变成了不同国家译者各自心目中礼赞的"小英雄"了。这样的翻译作品,虽然几经转译,与原文有了很大的出入,但因为当时中国强烈的文化饥渴,仍然受到读者的欢迎。这说明,此时翻译行为本身,是将传递外国思想文化放在首位的。

3.因袭中国传统小说的程式和故套,旧瓶装新酒。翻译时有意将外国小说译为传统的章回体,为作品分章标回,运用对仗的回目,且多使用"话说""且说""下回分解"等章回体中的老套程式用语。因此,所谓"新意境""新样式"在翻译小说表现形式上只不过是旧瓶装新酒罢了。究其原因,这样的翻译方法一则能够使国人非常容易地接受西方作品,二则译者在翻译时所要应对与思考的问题相对减少或者更加容易些,三是说明此时的翻译家们仍然站在中国传统文学的立场上看待外来文学。综合看来,这一时期的翻译在理论探讨和技巧运用方面均无较高的建树和较深刻的把握。但是如前所说,正是这种毫无拘束的方式使得翻译得以蓬勃发展,而之后的翻译理论探讨均是从这些全面而又自由的翻译实践的基础上进行的。

4.翻译体例不完备,译文不注明原著者和译者姓名,一书重译、多译的现象严重。不仅如此,翻译时,对原著者译名翻译混乱,即使对儒勒·凡尔纳和柯南·道尔两位国人熟悉的作家的译名也有八九种乃至十几种之多。这种现象表明最初的翻译并未有统一的计划与完备的统筹,均属自发性的翻译。但这些翻译实践却为今后的翻译建设、翻译规划提供了反面的借鉴,使得后来的翻译家们认识到,翻译外来的文学作品,必须要建立章法和标准;同时也使得最初的翻译百花齐放,为后来翻译的个性化奠定了基础。我们知道,所有的秩序均是在无序之中建成的,而翻译实践最初的无序状态是今后有序状态的开端,同时也是后来翻译文学作品"百花齐放"的滥觞。

5.译介开始时以欧美强国作品为主,后来渐渐涉及一些弱小国家作品,翻译的眼界不断扩大。最初的翻译活动大多集中在一些欧美大国作家的政治和文学作品,这也是最初翻译实践不可避免的选择——最初的译介必然要选择影响力大、底蕴深厚国家的作品。只有随着翻译实践的进一步增加与深入,才会有其他弱小国家作品的出现。事实是,当中国的翻译界接触到弱小国家的作品之后,欣然发现弱小国家民族的作品更加符合我们的政治需要,因为弱小国家作品中体现出受苦受难的民族形象恰好符合我国当时积贫积弱的历史现实,符合中华民族为摆脱贫困状态进行努力斗争的美好期待,因此后来对于这些作品的译介也逐渐增多起来。

6. 在各类文学体裁中,小说翻译活动最为活跃,不仅数量多,而且类型比较完备。根据现有的资料统计,到 19 世纪末欧美小说的几种主要类型均已被翻译,但数量很少。进入 20 世纪初以后,政治小说、科幻小说、侦探小说、教育小说、冒险小说、法律小说、爱情小说和历史小说等类型小说翻译逐渐增多。我们知道,小说是最容易被读者和大众广泛接受的文学形式,因此对小说的翻译数量是最为庞大的。不仅小说翻译的类别多种多样,而且翻译者们也对各种小说的类别都进行了或细致或粗略的介绍,使得国民从形式上能够更好地了解西方文化,曲折地推动了中国社会的发展和进步。还需要提出的是,当时的诗歌翻译较小说来看相对少些,这是由于用古典诗体翻译外国诗歌,困难很多。尤其是 1905 年之前,诗歌翻译主要还是依附于其他作品或通过小说中人物的歌唱而出现。如:梁启超译拜伦的《渣阿亚》片段和长诗《端志安》中的两节均出现在他的政治小说《新中国未来记》中。但是在选题上则大多是选择革命意识和反抗精神强烈的作品,这也形成了我国翻译大发展时期的一个特色,而这个特色也被后人继承了下来。以英国浪漫主义为例,早期的翻译集中在革命精神较鲜明的拜伦与雪莱身上,而非自然色彩深厚的华兹华斯那里。这说明,对于革命精神的重视是我国翻译的重要特征,体现了翻译与政治的紧密结合。顺便说一句,之所以小说和诗歌体裁受到早期中国翻译家的青睐,主要的原因也与中国明清时代的文学注重“讲史”和“咏世”的近代传统有关。[①]

以上这些翻译特点表明,当时的有识之士将中国积贫积弱的现象归结于固步自封的文化保守情结,认为中国亟需西方思想的开化与影响;西方近代科技的发展以及西方思想的异样深刻震撼了国人,掀起了向西方学习、了解西方的热潮;同样,所翻译的作品并未经过细致的理论思考与技巧梳理,而是求快求

---

① 以上的观点均来自于马祖毅《中国翻译简史》和其他一些学者相关论述的启发,特此表示感谢。

多。虽然翻译的作品数量大、品种多，但翻译效果参差不一。这些鲜明的特征，表现了初起时期欧美文学中国化的基本样貌。

三、早期翻译活动对中国新文学产生的影响

可以说，翻译欧美文学对中国现代文学的发生与发展起到了巨大的推动作用，中国早期的翻译文学的活动促成了中国文学的现代样式形成，并且对现代文学的创作思想与创作形式产生了深刻影响。具体来说，翻译文学与中国现代文学之间究竟有着怎样的关系呢？在马祖毅、张德明、高玉等人看来，早期的翻译文学与中国现代文学的关系主要表现在以下四个方面：[①]

第一，翻译文学与中国现代作家构成了对话关系。翻译文学与中国现代作家的对话关系，是指翻译文学为中国现代作家提供了观察世界的眼光、思想和方法，提供了审视社会和自我意识的新的哲学观和人生观。同样，现代作家又通过自己的文学创作对翻译文学加以回应，对外国文学家提供的艺术摹本从思想观念到表现方法，再到情节结构和文学素材等进行吸纳、整合进而成功地实现创造性的转化。这种对话关系的存在，使我们能从中国现代作家的文学思考与文学创作的实践活动中，清楚地感受到一些外国作家对他们的影响和启迪。

例如挪威戏剧家易卜生，就是一位与中国现代作家展开了强烈的精神对话的文化巨人。早在1907年，鲁迅先生就在《河南》月刊第二、三、七号上连续发表了《文化偏至论》和《摩罗诗力说》，两篇文章中都提及易卜生。在前一篇里，鲁迅说易卜生是崇信个性解放的善斗的强者，“以更革为生命，多力善斗，即忤万众不慑之强者”[②]。在后文中，他又称颂易卜生是捍卫真理的勇士。鲁迅先生对易卜生戏剧的喜爱，不是偶然的，正是由于五四时期的新时代和新文化建设的需要，使易卜生和他的戏剧作品受到格外的推崇。除鲁迅外，《新青年》1918年6月也刊登了“易卜生专号”，形成了对易卜生介绍和翻译的热潮。胡适的《易卜生主义》、袁振英的《易卜生传》以及周瘦鹃、潘家洵对易卜生戏剧的翻译，一时间成为那个时代非常有影响的文章和译著。潘家洵的《易卜生集》在1921年和1922年问世，更标志着易卜生在中国的翻译和传播达到了一个新的

---

① 本节四个方面的总结，见张德明：《翻译文学与中国现代文学现代性》，《人文杂志》2004年第2期；高玉：《重审中国现代翻译文学的性质和地位》，《中国现代文学研究丛刊》2008年第3期。

② 鲁迅：《鲁迅全集》（第一卷），北京：人民文学出版社2005年版，第56页。

高度。与此同时,中国现代文学界对易卜生的作品也进行了及时的反馈,现代作家围绕易卜生文学作品中提出的问题进行了激烈的争辩和深入的反思,并在自己的创作中作出了相应的反应。

归纳起来,易卜生对中国现代文学的影响主要表现为三个方面:第一,引发了关于"娜拉走后怎样"问题的激烈论争。这方面,以鲁迅和胡适等人为代表,体现了中国作家与易卜生之间的对话关系。第二,带来了五四新文化运动时期"问题小说"的创作热潮。在易卜生的影响下和对中国现实的观察中,鲁迅、叶圣陶、冰心、王统照、许地山等五四作家通过大量的小说创作,来反映关于人生、恋爱、家庭、儿童和女性命运等人们面临的种种问题。第三,使五四时期的文学作品中出现了许多类似易卜生《玩偶之家》中的"娜拉"那样的"叛逆"女性,并且这样的女性受到了广泛的推崇。有代表性的如田亚梅(胡适《终身大事》)、卓文君(郭沫若《卓文君》)、子君(鲁迅《伤逝》)、梅行素(茅盾《虹》)等等。这些叛逆女性的出现,集中反映了五四作家对当时妇女命运的异常关切,也体现了易卜生翻译对中国创作界的巨大影响。除此之外,曹禺先生在创作《雷雨》时,受到易卜生的影响就更加明显了。很多学者认为,他的《雷雨》脱胎于易卜生的名剧《群鬼》。曹禺自己也承认曾受到易卜生戏剧的深刻影响。他在1978年在纪念易卜生诞生150周年时就说过:"我从事戏剧工作已数十载,我开始对戏剧及戏剧创作产生的志趣、感情,应该说,是受了易卜生不小的影响。中学时代,我就读遍了易卜生的剧作。我为他的剧作严谨的结构,朴素而精炼的语言,以及他对资本主义社会现实发出的锐利的疑问所吸引。"[①]但曹禺先生同时也在用自己的《雷雨》的创作,回应着易卜生。易卜生的剧作《群鬼》反映的是挪威资本主义兴起时期的社会现实生活。这一方面表现了保守的宗教势力对现实生活的干预;另一方面又表现了资产阶级思想席卷这片土地的情景。而《雷雨》表现的则是中国转型时期的复杂现实。从剧本中可以看到,作品反映了几千年的封建主义思想根深蒂固,资产阶级思想有了长足发展,知识分子开始觉醒,无产阶级也具有了觉醒意识等复杂现实。从两个剧本的比较中可以看出,中国的社会矛盾要比挪威更加激烈复杂,从民族危机上来看,中国的处境较之于挪威要更加危机重重。因此,在矛盾冲突的设置和情节的冲撞上,《雷雨》比《群鬼》更迅猛激烈,而激烈的矛盾冲突自然需要更加鲜明、更加具有反抗色彩的人格。这便是《雷雨》中人性解放的因子比《群鬼》中更突出的原因所在。

---

① 曹禺:《纪念易卜生诞辰150周年》,《人民日报》1978年3月21日。

第二,翻译文学与时代风潮构成呼应关系。一时代有一时代之文学,一时代也应有一时代之文学翻译。只有同中国现代的社会政治和时代环境构成了应和关系的汉译外国文学,才可能作为被认可的翻译文学载入中国文学的历史名册。中国近现代是一个充满了动荡、矛盾和纷争的时代,随着传统价值体系的溃塌,人们渴望尽快寻到新的思想、新的价值观念。而新的思想、新的价值体系的建立就必须求于异邦,就必须发扬"拿来主义"的文化借鉴精神,通过借助翻译输入外来思想和文化,从而带来中国新文化的建立与发展。从这个意义上说,思想上的启蒙是五四新文学的时代主题,周作人在五四时期曾呼吁建设"人的文学""平民文学"。其后,文学研究会又积极倡导文学为人生的创作主张。在这个时候,只有体现出"为人生"理想的文学翻译自然才与时代合拍。因此,茅盾才认为:"翻译文学作品和创作一般地重要,而在尚未有成熟的'人的文学'之邦像现在的我国,翻译尤为重要;否则,将以何者疗救灵魂的贫乏,修补人生的缺陷呢?"[①]前面所说的五四新文化运动时期的中国作家关于"娜拉走后怎样"问题的讨论,实际上也是由易卜生激发的中国作家对当时中国妇女命运的探讨,这从一个侧面反映了对易卜生的翻译与"为人生"的现实要求之间的契合。20 世纪 20 年代时,郑振铎曾经指出,对西方文学的翻译介绍,必须考虑国内的具体情况,才会有力量,才能影响一国文学界的将来。因此他说:"现在的介绍,最好是能有两层的作用:一、能改变中国传统的文学观念;二、能引导中国人到现代的人生问题,与现代的思想接触。"[②]郑振铎这段话中的第二点,实际上就是强调文学翻译要与时代密切关联。五四新文化运动退潮之后,对俄国文学的译介逐渐取代欧美近代文学而成为中国翻译的热点,别林斯基、列夫·托尔斯泰、车尔尼雪夫斯基、杜勃罗留波夫、契诃夫、高尔基等俄苏作家和理论家被相继介绍到中国。五四运动之后中国翻译界为什么对俄苏文学如此感兴趣?对此,瞿秋白有一段精彩的阐述,他说:"俄国布尔什维克的赤色革命在政治上、经济上、社会上生出极大的变动,掀天动地,使全世界都受他的影响。大家要追溯他的远因,考察他的文化,所以不知不觉全世界的视线都集中于俄国;而在中国这样黑暗悲惨的社会里,人都想在生活的现状里开辟一条新道路,听着俄国旧社会崩裂的声音,真是空谷足音,不由得动心。因此大家都来讨论研究俄国。

---

① 茅盾:《一年来的感想与明年的计划》,陈福康:《中国译学理论史稿》,上海外语教育出版社 2000 年版,第 231—232 页。

② 郑振铎:《俄国文学史中的翻译家》,《改造》杂志第 3 卷第 11 期,1921 年 7 月 15 日。

于是俄国文学就成了中国文学的目标。”[①]此外,20 世纪 30 年代西方现实主义作品翻译在中国的盛行,40 年代苏联社会主义现实主义文学在延安的译介等等,都反映了翻译文学与时代的应和关系。从另外一个角度来看,上述翻译事实也说明,只有在时代召唤中适时出现的翻译文学,才可能为自己铸就具有历史合理性的价值基础。因此,翻译文学本质上与中国社会的现代化进程密切相关。

第三,在语言变革上,翻译文学与本土文学创作构成互补关系,并有效促进了本土文学的创作在语言运用上的发展与突破。翻译文学的语言组织与中国现代作家的文学创作之间究竟存在怎样的关系?是完全等同还是具有差异?既能创作又能翻译的现代作家在进行创作和翻译时,是使用两套不同的话语还是使用相同的语言思维形式呢?要确定翻译文学是否具有独立价值,我们就必须对这些问题作出明确的回答。文学创作和文学翻译尽管都属创造性活动,但二者在语言组织中所遭遇的阻力是不相同的。在文学创作中,作家要解决的问题主要是如何把自己对社会人生的思考直接转化为富于艺术性的语言,而文学翻译则不得不照顾到原有文本语言,因而在语言的使用上是既有所依靠又有所“顾忌”的。英国翻译学家泰特勒(A. F. Tytler)曾指出,好的翻译应遵守“三原则”:“一、译文必须能完全传达出原文的意思。二、著作的风格与态度必须与原作的性质是一样。三、译文必须含有原文中所有的流利。”[②]泰特勒的话尽管夸大了翻译中原作对译文的决定性作用,但在强调翻译受制于原文这一点上还是站得住脚的。因为既要考虑译用语言的特征,又要考虑到对原文的意义、风格和行文特点的尊重,所以在语言的组构中,文学翻译便与作家的文学创作拉开了距离,二者之间具有了一定的张力。在这种张力关系中,翻译文学的语言选择对现代文学创作的语言运用有着很大的影响。比如现代文学中的“欧化”倾向就是一个明显的例证。陈子展说,文学革命以后,“一时翻译西洋文学名著的人如龙腾虎跃般的起来,小说戏剧诗歌都有人翻译。翻译的范围愈广,翻译的方法愈有进步,而且翻译的文体都是用白话,为了保持原著的精神,白话文就渐渐欧化了”[③]。这是对当时文学翻译语言情形的准确描述。这种情形的出现给

---

① 瞿秋白:《瞿秋白文集》(第三卷),北京:人民文学出版社 1954 年版,第 54 页。

② 泰特勒:《论翻译的原则》,陈福康:《中国译学理论史稿》,上海:上海外语教育出版社 2000 年版,第 222 页。

③ 陈子展:《中国近代文学之变迁·最近三十年中国文学史》,上海:上海古籍出版社 2002 年版,第 95 页。

现代作家提供了一种重要的创作理念,即主张用欧化语言来进行文学创作。傅斯年在《怎么做白话文》一文中就提倡要“直用西洋文的款式,文法,词法,句法,章法,词技(Figure of speech)……一切修辞学上的方法,造成一种超于现在的国语,欧化的国语,因而成就一种欧化国语的文学”[①]。傅斯年的主张代表了五四运动时期新文学建设策略中的一种重要思路。新文学如何创建,在五四新文化运动时期并没有现成的语言标准可以依凭的情况下,胡适当年就把希望寄托在文学翻译上。他说:“怎样预备方可得着一些高明的文学方法?我仔细想来,只有一条法子:就是赶紧多多的翻译西洋的文学名著做我们的模范。”[②]现在看来,胡适的这番话的确有一定的远见卓识。回顾近现代的文学翻译和文学创作的历史,我们不难发现,从语言运用的角度而言,对白话语言在文学表达上的可行性是先在翻译文学上取得成功后,再由现代作家落实在文学创作上的。正如郑振铎在肯定清末文学翻译对新文学创作的重要意义时所说的那样:“中国的翻译工作是尽了它的不小的任务的,不仅是启迪和介绍,并且是改变了中国向来的写作的技巧,使中国的文学,或可以说是学术界,起了很大的变化。”[③]可以说,中国现代文学作品的语言形态,从词汇、句法到语法规则,都与翻译文学的“欧化”语言有密切关系,许多采用白话文创作成功的文学作品正是翻译语言影响下的结果。

第四,在翻译和创作上,形成了水乳交融相互促进的关系。高玉曾谈到,五四新文学是从新诗创作开始的,而最早的新诗是胡适的《尝试集》。按照胡适自己所说,其中收录的《关不住了》是他“新诗成立的纪元”[④]。但实际上,这首诗却是译自美国作家萨拉·提斯黛尔(Sara Teasdale)的一首诗歌[⑤]。作为中国现代诗歌的“纪元”性作品,竟然是翻译作品!可以说,作为“事件”这具有极大的象征意义,它深刻地说明了中国现代文学创作与文学翻译之间的渊源关系。实际上,现代文学史上的“译”“作”不分,胡适并不是个别现象,直到20世纪30年代的冯至身上仍然存在这种现象,比如《北游及其他》(1929)是冯至的一本诗集。

---

① 傅斯年:《怎样做白话文》,欧阳哲生主编:《傅斯年全集》(第1卷),长沙:湖南教育出版社2002年版,第132页。

② 胡适:《建设的文学革命论》,《胡适说文学变迁》,上海:上海古籍出版社1999年版,第56页。

③ 郑振铎:《清末翻译小说对新文学的影响》,陈福康:《中国译学理论史稿》,上海:上海外语教育出版社2000年版,第229页。

④ 胡适:《〈尝试集〉再版自序》,《胡适文集》(第9卷),北京:北京大学出版社1998年版,第84页。

⑤ 胡适:《关不住了》,《胡适文集》(第9卷),北京:北京大学出版社1998年版,第135页。关于胡适诗歌翻译及与创作之间的关系,廖七一先生有详尽的研究,参见《胡适诗歌翻译研究》,北京:清华大学出版社2006年版。

不论是冯至本人编的“选集”还是后人编的“全集”,都是归类于冯至的创作之中,但其中却收录了五首译诗。[①] 现代翻译文学虽然不像近代翻译文学一样普遍地“译”“作”不分,但在总体上,创作与翻译深层地纠缠在一起,具有一体性。二者是互动的关系,其影响与渗透难解难分。因此,可以看出,若脱离了创作,我们就不能很好地理解翻译文学;反过来也是这样,脱离了翻译文学,我们也就不能很好地理解和研究现代文学的创作。

纵观中国现代文学史,如前所言,我们可以看到,很多作家的文学翻译和文学创作是互动的,同步调的。戴望舒就是如此。对他有相当了解和理解的施蛰存就曾说过:“戴望舒的译外国诗,和他的创作新诗,几乎是同时开始。”[②]“望舒译诗的过程,正是他创作诗的过程。”[③]其重要的依据就是:“初期的戴望舒,从翻译英国颓废派诗人道生和法国浪漫派诗人雨果开始,他的创作诗也有些道生和雨果的味道。中期的戴望舒,偏爱了法国的象征派诗,他的创作就有些保尔·福尔和耶麦的风格。后期的译诗,以西班牙的反法西斯诗人为主,尤其热爱洛尔迦的谣曲,我们也可以在《灾难的岁月》中,看到某些诗篇具有西班牙诗人的情绪和气质。”[④]之所以出现这种状况,是因为在中国近现代初期,文学创作与外国文学“近”而与中国文学“远”。或者说,在性质和关系上,文学创作更亲近于外国文学而疏离于中国传统文学,原因很简单:当时的文学创作主要是学习欧美文学,不论是从精神上还是艺术形式上,都与欧美文学的中国表述——翻译文学——更接近。而当时的“中国文学”主要是指中国古典文学,它的性质决定着它恰恰是中国现代文学要反抗和叛逆的。所以,文学创作与它更疏远。有一则逸事就很说明问题。1925 年,李健吾考上清华大学国文系,第一天上课,朱自清点名时,点到了李健吾,于是问他是不是那位经常在报纸上发表作品的李健吾。李健吾回答“是”。然后朱自清对他说:“看来你是有志于文学创作喽,那你最好去读西语系,你转系吧。”[⑤]这个故事具有象征性,它深刻地说明了中国现代文学创作与欧美文学或曰外国文学(主要表现为翻译文学)之间

---

① 关于现代文学中作家“创作集”中收入译文的现象,秦弓《论翻译文学在现代文学史上的地位——以五四时期为例》一文的“结论”中有所论述。他引周作人的解释很能说明问题,不妨转引如下:“我相信翻译是半创作,也能表示译者的个性,因为真的翻译之制作动机应当完全由于译者与作者之共鸣,所以我就把译文也收入集中。”周作人的话参见《文学评论》2007 年第 2 期。

② 施蛰存:《〈戴望舒译诗集〉序》,《戴望舒译诗集》,长沙:湖南人民出版社 1983 年版,第 1 页。

③ 同上书,第 3 页。

④ 施蛰存:《〈戴望舒诗全编〉引言》,梁仁编:《戴望舒诗全编》,杭州:浙江文艺出版社 1989 年版,第 6 页。

⑤ 这则材料来自《韩石山文学批评选》,太原:书海出版社 2004 年版,第 109 页。

的紧密关系：文学创作与文学翻译具有一体性。

中国现代文学创作与文学翻译的一体性还突出地表现在作家和翻译家的一体上。前面我们说过，中国现代文学史上那些重要的作家，他们同时大多也是翻译家。鲁迅、郭沫若、茅盾、巴金、冰心、冯至、周作人、梁实秋、戴望舒、穆旦、瞿秋白、卞之琳、萧乾、徐志摩、朱光潜、梁宗岱、夏衍、周扬、周立波等，都可以称得上是翻译大家。更重要的是，文学翻译对这些作家的文学创作造成了最直接也是最深刻的影响。例如，鲁迅受果戈理的影响、郭沫若受歌德和惠特曼的影响、冰心受泰戈尔的影响、冯至受里尔克的影响等等，这都是公认的事实。而在这种影响中，翻译具有中介性。对他们的创作而言，翻译可以说是最直接、最实在的影响，也是最深层的影响。作家翻译的过程也可以说是创作的全方位学习和训练的过程。正如卞之琳评论戴望舒的翻译所说：“他翻译外国诗，不只是为了开拓艺术欣赏和借鉴的领域，也是为了磨炼自己的诗传递利器。”[①]蹇先艾也说：“翻译倒正是一个休养与培养创作力的好机会，不惟可以不至于使自己的写作的技术变得很生疏，而且还能多少学到一些名家的巧妙手法。”[②]文学翻译，不仅要对原著从内容到形式进行反复的体味、琢磨，以体验其文学性，还要仔细斟酌如何用中文进行有效的表达。对于中国现代文学中的许多作家来说，这种文学体验和表达实际上就是创作的模仿和准备，它会对作家的创作从思想观念到思维方式再到艺术表现等各方面都发生潜移默化的影响。

事实上，比较中国现代作家的作品和他们的文学翻译，我们可以找到大量相似性的文本。在很多作家的作品中，我们都能够看到他们的翻译作品的影子和痕迹。当然这种影响的影子和痕迹是多方面的，可能是思想观念上的，也有可能是结构上的，还有可能是意象上的、技巧上的等等。如果把冯至的《十四行集》第二首和他早些时候翻译的里尔克的《秋日》进行比较，我们看到，冯至的诗在语句、笔法上以及在结构立意上，甚至在意象上都与里尔克的诗有某种相似性。我们甚至忍不住联想冯至的《什么能从我身上脱落》整首诗就是从里尔克《秋日》脱胎而来的。另外一个著名诗人穆旦也深受现代英语诗人的影响，这是公认的事实。20 世纪 30 年代末期穆旦在西南联大外语系读书时，对英国现代诗歌产生了强烈的兴趣与爱好，并反复研读和揣摩。当然，艾略特、叶芝、奥登等人的诗歌对他产生了潜移默化的影响，这种影响通过中文创作表达出来时就

---

① 卞之琳：《翻译对于中国现代诗的功过》，《卞之琳文集》（中卷），合肥：安徽教育出版社 2002 年版，第 551— 551 页。

② 蹇先艾：《翻译的尝试》，《蹇先艾文集》（第 3 卷），贵阳：贵州人民出版社 2004 年版，第 286 页。

表现出一种翻译的形态,这大概就是江弱水所说的"移译"和"模仿"。江弱水曾详细考察了穆旦诗歌与现代英语诗歌,特别是与奥登诗歌的关系。他的结论是:"在穆旦的诗集里,触目皆是奥登留下的痕迹,且经常不加掩饰。""穆旦的诗思经常并不享有独立自主的知识产权。好多在我们认为是原创的地方,他却是在移译,或者说,是在'用事',也就是化用他人的成句。"[①]江弱水具体对比了穆旦的《饥饿的中国》(三)和穆旦翻译的奥登的《西班牙》两首诗来说明他的观点。若把穆旦 20 世纪 40 年代写作的诗歌和他 70 年代翻译的《英国现代诗选》进行对读,我们也会感觉到二者之间的确有太多的相似性。对于穆旦来说,翻译与创作是相互影响的关系,它们深深地纠缠在一起,具有一体性,很难绝然地分别开来。当然,学习和借鉴在中国现代文学史上是非常普遍的,也是很正常的。中国现代文学就是在学习和借鉴西方文学的过程中发展并逐渐成熟起来的,发现了穆旦与现代英语诗歌之间的渊源关系,这丝毫不构成对穆旦的否定。

鲁迅也是这样。把鲁迅的作品和他翻译的作品进行对读,我们总是感到有很多地方似曾相识。语句上的、语势上的、意象上的、结构上的以及思想和观念上的,等等。当然,这种相似性同样也是相互的。就是说,鲁迅的文学翻译影响了他的文学创作,反过来,他的文学创作又会影响他的文学翻译,二者交互在一起。对于鲁迅来说,他的文学活动从来都是两方面的。一方面是文学创作,一方面是文学翻译。我们今天把这二者区分得很开,鲁迅的翻译甚至连进《鲁迅全集》的资格后来都被"剥夺"了。但对于鲁迅本人来说,区别却并不像今天这样明显,它是有机地融合在一起的。外国文学对于鲁迅来说可能已经变成了他的潜意识和无意识的东西。他自已恐怕也说不清楚哪些因素是学习和借鉴而来,哪些因素是独创的。同样我们也应该为鲁迅的学习和借鉴进行辩护,我们说鲁迅受到了西方文学的影响,比如鲁迅的《狂人日记》借鉴了果戈理《狂人日记》,这丝毫不损鲁迅的伟大。世界上任何一个伟大的作家都要学习和借鉴前人与别人的创作,并且,学习和借鉴与他本人的成就通常是成正比的。鲁迅的伟大就在于,他一方面大胆地向西方文学学习,这种学习使他站在一个很高的基础上;另一方面他又充分吸收民族文学遗产,在汇通中外文学的基础上创新。正是现代作家们的这种努力,开辟了中国文学新的道路,即现代文学的道路。

翻译与中国现代文学创作深深地纠缠在一起,不仅表现在作家与翻译家的一体性上,还表现在整个文学活动的一体性上。在中国现代文学的早期,文学

---

① 江弱水:《中西同步与位移——现代诗人丛论》,合肥:安徽教育出版社 2003 年版,第 132、129 页。

还不具有现代意义上的分科,文学创作、文学翻译、文学批评、文学研究包括文学史研究和文学理论研究,它们是一体的,其联系是自然性的,有机的。其中文学创作是核心,其他都可以说是文学创作的衍生,为创作服务的。正是因为如此,那时候很多文学翻译家、文学批评家以及一部分文学研究学者都是从作家中产生的,或者说具有创作的背景。不像今天,作家是自然产生的,而学者和翻译家是大学专业训练出来的,并且文学创作、文学研究和文学翻译,各成一体,相互隔绝,互不联系。这里,我们不得不指出,当代我国的现代文学研究,之所以有很多不尽如人意的地方,可能与当今的研究者两大知识缺陷有关:一是我们很多研究者缺乏创作能力,二是很多研究者缺乏翻译能力。当我们面对中国现代文学大师们的时候,我们面对的既是中国传统文化的继承者,又是外来文化的通晓者;既是翻译家,又是创作家,有些还是革命家或社会活动家。这样,我们如果知识不全面,经历或阅历不全面,会很难深入理解这些大师创作的真谛。倘若以上的说法能够成立的话,那么我们今天的学人,是要在这些方面补课的。

四、早期翻译活动对中国新文学发生的意义

如前所言,19 世纪末 20 世纪初的文学翻译家,大多不是抽象的翻译理论及其体系的提出者和建构者,他们本身就是文学创作者。他们的翻译活动,是和自己的创作实践紧密联系在一起的,换言之,他们或是从自己文学创作的实践中,感到需要外来文学的借鉴,或者是在翻译的过程中有感而发要进行创作。再加上时代的呼唤及对民族复兴的责任感和使命感,因此,形成了此时翻译群体和翻译活动的鲜明特点,即前面所说的这一群体的人既是翻译家,也是创作家,更是社会活动家或旧民主主义革命家,呈现出“三位一体”的特征。他们所进行翻译实践,也是把翻译、创作和引进先进文化思想融为一体的活动。由此可见,此时的文学翻译工作,不仅对欧美文学“中国化”的进程起到奠基和开创性的作用,而且也成了后来欧美文学乃至外国文学“中国化”进程的潜在的基本规定。

应该说,这种三位一体相统一的特征,也符合译介工作的基本目的。在今天,我们已经知道,文学翻译作为一种社会文化行为,必然存在着面对大量文本的选择问题。浩如烟海的欧美文学文本不可计数,我们不可能不经选择地尽数

译出,要翻译必然会根据我们的时代需要、历史需要和文化需要做出相应的抉择。我们对于文本的选择本身,就已经与我们要达到的目的联系起来。也就是说,我们所选择的原语文本,最核心的依据是使“它们”来符合我们的需要,以达成我们的目的。因此,文化、政治、制度、权力、审美、时尚、传统、现实等各种因素形成的合力影响和制约着翻译行为,形成了翻译文学的综合制约力。这种合力随着时代的变化而有所变化,各种思潮、政治、意识形态的变化使翻译文学在这股合力中不断变化,甚至此消彼长,从而导致着翻译文学的聚集点、热点,甚至整个格局都会不断发生变化。而翻译家必然要表达对所翻译的文本的看法和评价(有的以论文写作的形式,有的以文学创作的形式),这样就使得外来文本以翻译文学的形式进入中国。而一旦翻译文学进入了中国文学的视野,进入中国文学的范畴,那么它就必然会触动中国文学历史进程的命脉,进入我们的精神文化体系,对我们的文学性质产生影响。

尽管早期对欧美文学进行翻译时人们还缺乏这种自觉,但当时翻译的影响也是不可低估的。具体说来,我们大致可以从以下五个方面梳理其意义。

一是开拓视野。近现代以来的中国文学之所以具有世界性的视野和全球化的襟怀,是与翻译文学的进入分不开的。中国由于地理文化的原因,几千年来自居天下之中,“天圆地方”“世界中心”的思想深入人心,单方面认为世界其他地方均属蛮夷,唯我为中。早在十六七世纪,意大利传教士利玛窦来华为万历朝廷画制《坤舆万国全图》,就为中国人认识世界打开了全新的窗口。19世纪前期,林则徐组织编译英国人的《世界地理大全》,译名为《四洲志》,从地理学上首次打开了中国人的世界视野。然而由于当时统治者闭关锁国的政策,加之翻译文献和文学仍然处在零散的状态,新的观念对当时的社会基本还没有介入,使得中国人的思想意识中,与世界的距离依然停留在空洞的地理距离范畴,未能使中国人在思想上更加具体地意识到中国之外多样却充满差异的另一个世界。林纾的翻译使国人生动具体地认识到,西方世界存在着与中国文学一样动人心魄的感人作品,充盈着令人心动的喜怒怨乐。在之后的历史发展中,翻译杂志出现,翻译丛书问世,翻译基金创建,翻译作品也开始成批涌现。正是早期翻译文学大量涌现,使得当时的中国人形成了对外部世界越来越丰富的感知,使得中国的文学在此时越来越具有了广阔的视野。

二是扩充文类。中国传统文学以诗文为主,其他文类虽然也存在,但直到唐宋时期,才出现了传奇、话本等文学样式。到了明清之后,其他文类也才明显多了起来。这些本土产生的文学作品,明显具有中国传统文学特点,具有中国自己的文类形态的鲜明特征。如骈体诗文、唐传奇、宋话本、元杂剧、明清章回体小说等,且语言大多为文言文。早期的翻译文学则打开了扩充文类的大门。翻译文学使得中国文学移植了西方的小说、散文、戏剧等新的外来形式,甚至原有的诗歌样式也得到了新的发展。欧美文学的新型门类,以及与中国文学门类相似相近的文学样式,都在翻译文学的译介时不断尝试、不断探索,最后外国的文类与中国的固有文类在相互的碰撞间发生转化融合,文化体验和审美趣味也随文类的融合扩充而发生相应的转化。例如,小说在某种程度上说是属于中国已有的文类,比如唐代的传奇和明清出现的《水浒传》《西游记》《三国演义》《红楼梦》以及《儒林外史》《聊斋志异》《三刻拍案惊奇》等均为中国较有代表性的小说作品,但深受这些古典文学作品影响的中国现代作家们在创作的时候,汲取了大量的外国小说形式、表达方式和艺术技巧等,创作出了新形态的小说。在《孽海花》《二十年目睹之怪现状》以及鲁迅、陈衡哲等人创作的小说中,我们看到,中外小说形态、手法、技巧和形式都已融汇在一起了。鲁迅先生的小说《阿Q正传》,就明显地带有中外小说艺术上相互杂糅的特征。因此,在谈及自己的小说创作时,鲁迅曾经这样说道,自己创作小说时,"大约所仰仗的全在先前看过的百来篇外国作品和一点医学上的知识,此外的准备,一点儿也没有"[①]。现代散文大家周作人也有过这样的看法:"我常这样想,现代的散文在新文学中受外国的影响,这与其说是文学革命的,不如说是文艺复兴的产物。"[②]由此可见,现代中国文学受西方翻译文学的影响之深,尤其在新型文学门类的创造中,与西方文学门类样态简直难分彼此。

而对于中国文学门类中早已存在并最为发达的诗歌创作,翻译文学所产生的影响和冲撞也非常强烈。在百年前文学翻译蓬勃发展的时候,译诗的影响首先导致中国诗歌形式上的变化。中国古诗和外国译诗之间产生了纠缠交错、迷茫难定的关系。在自由体和新格律诗体的反复考量当中,中国古诗的形式慢慢发生了变化。当时诗歌的这种变化源起于一个极有趣的欧美诗歌文体——十四行诗。究其原因,也许正是因为该诗体为中国所没有,而西方却长于此,因此形成了诗歌形式变革的突破口。其原因在于,中国古诗的原有样式无法在一夜间发生变化并完全接纳西方的自由体诗的形式,于是既有韵律要求,又为中国所缺乏的十四行诗便成为许多受西方文学影响的诗人创作的首选。闻一多首先发表的《白朗宁夫人的情诗》(《新月》创刊号)便是一个重要的信号,他在发表

---

① 鲁迅:《鲁迅全集》(第四卷),北京:人民文学出版社2005年版,第526页。

② 周作人:《陶庵梦忆序》,《泽泻集 过去的生命》,石家庄:河北教育出版社2002年版,第12页。

时将"Sonnet"译为"商籁体"。发表之后因该诗具有中国古典律诗的严格格律性,又有西方诗歌长于铺排的特性,因此广受推崇。后来,孙大雨、林徽因、徐志摩、李唯健等人又相继发表了一些十四行诗。之后冯至翻译了里尔克的十四行诗并自己创作了《十四行诗集》。这些创作实践将十四行诗的引入与推广推向了另一个高潮。通过译介而使中国文学的门类发生这样那样的变化的情形,由此可见一斑。

三是扬举思潮。中国文学的传统较为整一,几千年来基本遵循自我发展的规律,较少受到外来文学的影响。自先秦文学至唐宋诗词,中国文学一直以来以文言文为主要语言,以诗歌为主要形式,以"载道"为文学创作的目的,以儒家经典为价值尺度。因此导致整个中国文学史上鲜有较为激越的波及全社会的较大的文学思潮产生。即使出现一些文学思潮,常常囿于文人的小圈子之中,很少产生广泛的社会性的影响。尤其是像西方世界那样的"文艺复兴""启蒙主义""浪漫主义""批判现实主义"等涉及全社会政治、经济、文化等各个领域的大的思想文化解放运动,在清朝中叶以前的漫长的社会中基本没有出现。而外国文学的译介则大大触动了中国文学的历史命门。正是在西方文化和文学思潮的启发下,中国的新文化思潮开始兴起。其中最具影响的是五四新文化运动。五四新文化运动带来的中西文化的撞击和对比,使得人们从与中国传统文学本质相异的西方文学那里获得了新的价值观念。对此,陈平原教授指出:"对20世纪中国思想文化进程来说,'五四'便扮演了这样重要的角色。""五四运动的幸运在于,刚刚落幕便被正式命名,且从第二年起就有各种各样的纪念活动。可以这么说,'五四'成了近百年来无数充满激情、关注国家命运、理想主义色彩浓厚的青年学生的'精神烙印'。"[①]作为五四新文化运动参与者与领导者的陈独秀对这一新文化思潮,尤其是对文学革命,持提倡与支持的态度,他认为"今日之中国文学,委琐陈腐,远不能与欧美文学并肩。"[②]文学革命的主旨是将清末开始酝酿的变革引向文学的深层结构,包括文学观念、审美意识、情感表现等。可以说,西方文学思潮成为这种变革的重要参照体系。朱自清在谈及中国新诗的发展原因时也说:"新诗不取法于歌谣,最主要的原因还是外国的影响;别的原因都只在这一个影响之下发生作用。"[③]他还认为,文学革命就是"欧化,但不如说是现代化","现代化是新路,比旧路短得多,要'迎头赶上人家,非走这

① 陈平原:《作为一种"思想操练"的"五四"》,《探索与争鸣》2015年第1期,第20页。

② 陈独秀:《文学革命论》,林文光选编:《陈独秀文选》,成都:四川文艺出版社2009年版,第179页。

③ 朱自清:《朱自清全集》(第二卷),南京:江苏教育出版社1988年版,第179页。

条新路不可’。”[1]随着翻译文学的不断拓展，西方文学的潮流也引发了中国文学思潮的发生与变革。拜伦、雪莱的浪漫主义追求打开了中国人对于激情与浪漫情怀追求的窗子。而之后更多文学思想的译介，如尼采、萨特、弗洛伊德等人的异样思想闯进中国知识界，都强烈刺激着中国文学界的神经。后来，象征主义、唯美主义、未来主义等一系思想随之进入中国后，更是引发了中国文学界和知识界向开放性、多元性和现代性发展的契机。文学文化思潮的不断扬举，使得中国文学不再单一单调，而是进入了诸流纷涌的文学状态。

四是促发热点。百年来，随着翻译文学种类的不断增多与丰富，翻译文学常常成为中国文学热点的制造者。文学热点的体现形式不一，有的以渗入文学创作的形式隐现；有的则在社会上、市场上甚至广告宣传上占尽风光；有的则在市场社会上激扬起潮流之后反过来再影响文学创作。例如中国的传统文学中没有侦探小说这一门类，或者说我们的公案小说与欧美的侦探小说本质大不相同。清末民初《福尔摩斯探案集》译介之后，就在中国引发了极大的热潮。中国传统的一些公案小说宣扬的是尊崇帝王官吏的意志或者各级当权者的意愿、崇尚为民作主的清官，强调办案者个人的正气与正义，如包公案等。而西方的侦探小说却是以法律为准绳，在破案过程中讲究推理与实证，在断案程序上不注重长官意愿而是注重智慧与知识的运用。这种外来的小说文体新颖、内容新奇，加上恐怖的情节、迷离的案情，使西方侦探小说迅速占领民国时期的市场，并迅速走向民间，形成一股热潮。据阿英《晚清小说史》推算，“当时译家，与侦探小说不发生关系的，到后来简直可以说是没有，如果当时翻译小说有千种，翻译侦探小说要占到五百部以上”[2]。《福尔摩斯侦探案全集》就先后在上海中华书局、大东书局、世界书局等出版发行，形成一种轮番轰炸式的出版态势，从某种意义上证明了侦探小说之热。而侦探小说的热点又反过来引发了中国侦探小说的创作，程小青的《霍桑探案》、孙了红的《鲁平奇案》、陆澹安的《李飞探案》等，无不是由侦探小说的译介而引发的创作热潮。

时至今日，翻译作品引发时尚热点的现象依然屡见不鲜。如英国作家罗琳的《哈利·波特》系列小说，同样引发了多少人的关注与喜爱，由此引发的电影及广告产品等更是不可计数。由此可见，翻译作品显然承担了重要的引领时尚的重要作用，使得不同文化间的热点与时尚能够迅速得以传播和接受，成为文化融合与文化传播方面重要的载体与途径。可以说，无数“哈迷”的事实再次证

---

① 朱自清：《朱自清全集》(第二卷)，南京：江苏教育出版社 1988 年版，第 180 页。

② 阿英：《晚清小说史》，北京：人民文学出版社 1980 年版，第 186 页。

明了翻译文学与社会热点的密切关系,证明了翻译文学在当今社会的重要作用与影响。

五、早期翻译活动与中国现代文学刊物的勃兴

期刊是文学发展和传播的最为重要的平台之一。现代出版物,尤其是期刊的出现,是现代文学作品得以大量产生的强大推动力之一,也是当时作用于大众的重要文化手段。对此,英国当代著名文学批评家伊恩·P.瓦特在他的《小说的兴起》中,特别强调了印刷术和出版业的出现对西方小说兴起的巨大作用。他曾经谈到,18世纪英国的许多读者,包括那些从事紧张工作,缺少闲暇时间的人,尤其是底层缺少文化教育的读者,需要一种更为方便的文学载体形式,文学杂志在宗教小册子的基础上应运而生,正好适应了文学普及的这种需求。他还认为,现代印刷术的出现所导致的期刊报纸的诞生,使得文学作品找到了最好的流传形式。为此,他特意举例说:"1709年《闲话报》和1711年《旁观者》创立。这两份刊物,分别以每周三期和每日一期的形式出版,上面登载了其题目能引起普遍兴趣的文章。这些文章反映了斯蒂尔在《基督教英雄》(1701年)中提倡的目的:它们致力创造出优雅的宗教和宗教的优雅,他们的'使才智发挥作用的有益计划'获得了完全成功。这种成功不仅表现在智者身上,而且也表现在读者大众的其他成员身上。《旁观者》和《闲话报》在非国教学院和另外一些对其他绝大多数世俗文学蹙眉的团体之间大受嘉许,而它们又通常是没有受到教育的乡村的对文学有进取心的人遇到的第一批世俗文学作品。"①

伊恩·P.瓦特所说的情况和中国19世纪末20世纪初的情形极为相似。我们知道,在中国现代文学史上,文学期刊是应时代变革的要求而产生的。在晚清之前的社会里,由于科技发展水平和人们文化水平的限制,我国古代没有真正意义上的期刊出现,更不消说按时固定出版的文学期刊了。在漫长的中国古代社会中,虽然有很多学者或诗人的文集出现,但这些书籍都是专门刊刻的,也是以线装书的形式在文人学士中流传的。因此,这些刊刻的线装的书籍其实只是少数人的专利。即使在清朝康、雍、乾的所谓盛世时代,像《红楼梦》这样大受读者欢迎的文学作品,也只能以手抄本的形式,在上层贵族和有限的学子之

---

① [美]伊恩·P.瓦特:《小说的兴起》,高原、董红钧译,北京:生活 读书 新知三联书店1992年版,第49页。

间流传。虽然后来程伟元等人将其刻印出版，但也不过是少数富有人士的专利。据有关专家们考证，最早的中文期刊是传教士们创立的。以 1840 年的鸦片战争为界，中文期刊的初创期大约可以分为前后两个阶段。在第一阶段，即 18 世纪早期，外国侵略者在南洋和华南沿海一带共创办了六家中文报刊和十一家外文报刊。其中 1815 年 8 月 5 日，英国传教士马礼逊（1782—1834）和米怜共同主编的《察世俗每月统记传》（*Chinese Monthly Magazine*）在马六甲（马来西亚港口城市）创刊，这是近代以来以中国人为对象的第一个近代化的中文期刊，揭开了中国期刊史的序幕。而麦都思、郭士立主编的《东西洋考每月统记传》（1833－1837），则是第一个在中国境内出版的近代中文期刊。这些期刊均“以阐发基督教教义为唯一急务”，主要内容是宣传基督教的道德观念。同时该杂志还附有诋毁中国禁烟政策，刺探军情的任务。1833 年之后，期刊开始在中国境内大量涌现。我们知道，晚清是中国历史上从封建社会向近现代社会转变的一个特殊历史时期，在近代报刊业的中心上海，此期间所产生的各类文献反映了当时的政治、经济、军事、外交、教育、文化、科技、宗教等各方面的内容，具有相当高的研究利用价值。进入 20 世纪之后，专门的文学刊物开始涌现。自 1902 年起便陆续出现了《新小说》（1902—1905，新小说社，梁启超主编，共计 24 期）、《绣像小说》（1903—1906，商务印书馆，李伯元主编，共计 72 期）、《月月小说》（1906—1909，月月小说社，吴趼人任总撰述，周桂笙任总译述，24 期）、《小说林》（1907—1908，小说林社，黄摩西主编，12 期）以及《新新小说》（1904—1907，新新小说社，疑陈景韩主编，10 期）几种影响较大的小说期刊，在其推动下，迅速形成了小说翻译和创作的高潮，上海籍以成为小说发展的中心。据统计，1833 至 1911 年期间出版的各类期刊大约有 302 种之多。

可以说，清末民初面向大众印刷的期刊的出现，对中国的新文化和新文学的产生来说，是一个非常重大的事件和标志。因为期刊的出现使其成为最重要的新文学阵地，同样，它也最快速和集中地反映当时的文学整体发展状况与文学活动的基本情形。

那么，期刊为什么会在此时应运而生呢？这不能不说是受到了外来文化的巨大影响。尤其在清末，随着现代印刷术在中国的广泛使用，人们对时代风云变幻的关注以及各种不同的学说主张乃至政治社会见解的急于表达，都客观上推动了期刊的产生。而翻译家们在翻译介绍外国政治文化和文学作品的时候，常常从欧美的期刊中选取文本，汲取观点。这种期刊形式给他们以巨大的启迪。因此，期刊的重要性就深入到他们的脑髓中了。由此，我们可以说，外来翻译与中国现代文学活动的一体性尤其表现在期刊上，与现在不同，在五四新文化运动前后，当时文学各学科分工不明显，没有严格的“文学创作界”“文学翻译界”“文学评论界”，只有笼统的“文学界”。

在1911年至1919年间，期刊的数量就更多了。当时出现的产生重大影响的期刊有：(1)《新青年》(该刊原名《青年杂志》，第二卷起改称《新青年》)，陈独秀主编，1915年9月创刊于上海，群益书社发行。(2)《每周评论》，1918年12月创刊于北京，由陈独秀、李大钊发起并主编。(3)《晨报》，1916年8月创刊于北京(前身为《晨钟报》，1918年12月改称《晨报》)。(4)《国民》，1919年1月在北京创刊。初为月刊，第4期后，由于经费等原因，为不定期出版。发起者和编辑者为北京的青年学生，主要成员有邓中夏、黄日葵、高君宇、马骏等人。(5)《新潮》，1919年1月创刊于北京，为月刊，发起人有罗家伦、傅斯年、徐彦之、顾颉刚、吴康等人。(6)《湘江评论》，1919年7月在长沙创刊，毛泽东主编，为周刊，形式为四开四版一张，内容分设社论、西方大事述评、东方大事述评、世界杂评、湘江杂评、新文艺等栏目。

高玉教授曾指出，在很长的时期内，中国没有专门的文学期刊，上述所说的各种期刊多是综合性的，既发表时事政治论文章，也发表文学创作和评论作品，还发表文学翻译作品，也有各种文学史方面的介绍，比如外国作家、作品和流派的介绍等。综合性期刊也有文学栏目，而文学栏目也多是综合性的。具体于翻译文学与创作，我们不妨通过《新青年》等几种杂志来作一些具体的分析。

据高玉统计，《新青年》从第1卷第1号到第8卷第6号共48期，共发表文学作品148篇次，其中翻译文学80篇次，文学创作68篇次。另外《新青年》从第2卷第2号开始断断续续连载刘半农的《灵霞馆笔记》。《灵霞馆笔记》包含有大量的翻译诗歌，其中就收录了他翻译的著名的《马赛曲》。《新青年》对于中国现代文学的影响是毋庸置疑的，这个简单的统计说明，期刊上所刊载的翻译文学作品在整个新文学产生的过程中具有重要的地位。

对于翻译文学的性质，《新青年》没有做过特别的说明。但非常明显的是，在《新青年》那里，翻译文学显然并不完全等于“外国文学”。例如，《新青年》第1卷共发表6篇翻译文学作品，其中4篇是双语文本，即“英汉对照”的。但这种“英汉对照”显然不同于今天英语学习中的“英汉对照”，它属于两种文本，即英语文本与中文文本。《新青年》把两种文本并置，实际上表明了这是两种不同的文学作品。英语原文属于外国文学，而翻译文学则属于中国文学。这种把翻译文学区别于外国文学的做法还可以从目录“版权”上反映出来，从第1卷第1号直到第5卷第2号,目录上的翻译文学作品的署名,都只有作为作者的译者而没有标"译"字样。比如第1卷第1号,(小说)《春潮》,署名陈嘏;第1卷第2号上的《赞歌》,署名陈独秀;第2卷第3号上刊载的《欧洲花园》,署名刘半农。不看原文,仅从目录上来看,还以为这些作品都是署名者创作的呢。但实际上,它们都是翻译作品,这一点又在正文处有明确的说明,比如《春潮》的正文处就署俄国屠尔格涅甫原著,陈嘏译;《赞歌》正文处署达噶尔作,陈独秀译;《欧洲花园》正文处署葡萄牙当代文豪尔洼原著,刘半农译。

目录与正文在著作权上的不统一,在今天看来是不规范的。但这种不规范隐隐透露出《新青年》当时对翻译作品在性质上的矛盾心态。在目录上不署"译"字样,似乎表明翻译文学作为汉语文本,它应该属于翻译者所有,属于中国文学。类似的还有胡适的《尝试集》和《尝试后集》,其中收录了大量的译诗,比如《关不住了》《哀希腊歌》《清晨的分别》等。而一直到第5卷第2号,《新青年》始在目录上才标"译"的字样。比如,前一期《国民之敌》目录上署名是陶履恭,这一期则改为"易卜生著、陶履恭译"。再比如《tagore 诗二首》,署刘半农译。周作人译了二篇短篇小说,署名为:"瑞典 August Strindberg 著、周作人译"。这似乎又表明《新青年》开始重视翻译文学的独特性,强调它的双作者性。但不管如何署名,这种翻译文学与创作的"共栖"性都说明,翻译文学在新文学的初期与新文学具有一体性,它实际上是新文学运动的一个组成部分,而不是一种脱离新文学的独立的文学活动。

不仅《新青年》上的创作与翻译是并置的,中国现代文学史上大多数期刊也都是这样的。综合性的杂志比如《新潮》《现代评论》《东方杂志》等,文学期刊比如《新月》《小说月报》《现代》《创造周报》《幻洲》《莽原》以及《礼拜六》等也是这样。《东方杂志》"光绪三十年正月"(即1904年)创刊,首期就设有小说栏,所刊小说就是翻译作品,即"美国乐林司朗治原著"的侦探小说《毒美人》,连载十多期。这一传统后来一直被承袭,"小说栏"后来改为"文艺栏",但仍以发表小说为主,包括创作的小说和翻译的小说。

在中国现代新文化文学史上,文学期刊众多,生存的时间或短或长。翻检这些杂志,我们看到,其中大多数都刊载翻译作品。在这些期刊中,除了《译文》专载翻译作品以外,还有不少杂志大量发表翻译文学作品。比如《大众文艺》,第1卷共7期(1928年9月至1929年11月)中,共刊载作品65篇次(即按一级目录统计),其中翻译文学38篇次,约占总数的58%。再比如改版后的《小说月报》,其翻译文学在整个杂志中也占有很大的比重。1921年共出版12期,其中"译丛"栏发表翻译文学86篇次,而"创作栏"发表的作品只有54篇次。这充分说明,在中国现代文学史上,翻译文学不具有独立性,它完全纳入了中国现代文学的运行机制,文学翻译活动属于整个文学活动的一个有机组成部分,它不同于创作,但也不脱离创作。

中国现代翻译文学与创作始终联结在一起,这虽然与当时学科不成熟有关,但也不完全如此,最根本的原因还在于它们本来就是统一的,本来就是相互联系相互影响的。对于《大众文艺》为什么要刊载大量的翻译文学作品,郁达夫在实际上是"发刊词"的《大众文艺释名》一文解释说:"我国的文艺,还赶不上东西各先进国的文艺远甚,所以介绍翻译,当然也是我们这月刊里的一件重要工作。"[①]换言之,翻译外国文学,不仅是丰富我们的文学,给读者提供精神食粮,同时更是为我们的创作提供借鉴,提高和发展我们自己的文艺。《小说月报》改版周年时,茅盾写了一篇总结性的文章。在这篇文章中,他用了很多篇幅谈文学翻译的问题。他说:"我觉得翻译文学作品和创作一般地重要,而在尚未有成熟的'人的文学'之邦像现在的我国,翻译尤为重要;否则,将以何者疗救灵魂的贫乏、修补人性的缺陷呢?"又说:"我又觉得当今之时,翻译的重要实不亚于创作……翻译就像是'手段',由这手段可以达到我们的目的——自己的新文学。"[②]在类别上,翻译文学具有独立性,但从意义、价值以及运作上,它不脱离中国现实和中国文学。在思想上,它帮助我们完成"人的文学"的目标,提高中国人的精神素养;在艺术上,它给我们提供手法和技巧上的支持,帮助中国文学完成现代转型。所以,翻译文学在存在和运作的深层上源于我们自己的创作。[③]

由此观之,翻译带来了期刊的发展和兴盛,反过来说,期刊的兴盛也带来了翻译的繁荣,而翻译的繁荣又带动了中国现代文学运动和创作的勃兴。这又是一个"三位一体",即"翻译、刊物、创作"的有机统一。翻译借鉴外来的文化,期刊宣扬外来文化中的新思想和新观念,同时,这些新观念不仅让作家思想观念得到提高,而且又教育宣传了更多的读者大众。这是一个相互促进、相互发展、多方共赢的关系结构。从这个意义上说,这也是欧美文学"中国化"进程中的独特现象。

总之,我们研究欧美文学"中国化"的进程,要充分重视早期翻译工作的重要作用。惟其如此,我们才能对这个问题有个科学的把握。

---

① 郁达夫:《〈大众文艺·释名〉,《郁达夫文集》(第七卷),广州:花城出版社1983年版,第315页。

② 茅盾:《一年来的感想与明年的计划》,《茅盾全集》(第18卷),北京:人民文学出版社1989年版,第148、149页。

③ 上述内容参见高玉:《重审中国现代翻译文学的性质和地位》,《中国现代文学研究丛刊》2008年第3期。

第六个问题：

欧美文学“中国化”的内在发展流程是什么？

自从欧美文学或曰外国文学引入中国文坛之后，“中国化”一直作为一条内在的主线不断地向前发展着。其过程就像一条绵延不断的河流，虽然其间不断有各种暗礁险滩的阻隔、惊涛骇浪的翻卷，但始终从小到大蜿蜒曲折地向前流淌着。这也就是说，欧美文学的“中国化”进程，一直是近代以来世界文学在中国生存发展的主流趋势。前面我们谈了很多关于欧美文学“中国化”与中国革命和建设进程的关系，但文学毕竟是文学，它在适应社会发展和呼应社会需求的过程中，自身也出现了不同阶段的文化演进特征。因此，这一章我们要回到文学自身，即主要从欧美文学进入中国的自身发展规律角度，来谈其发展的重心转换。

一般而言，外来文化进入另外一个民族后，大致要经过“引进(拿来)——借鉴——再造”三个阶段。欧美文学或曰外国文学的中国化的进程，也大致遵循着这个规律。在其背后，鲜明地体现了中国学人从不自觉到自觉地推进欧美文学乃至外国文学“中国化”进程的努力。

一、欧美文学“中国化”的文学引进(拿来)阶段

欧美文学的“引进(拿来)阶段”，主要指19世纪下半叶到五四新文化运动开始之前的这段历史时期。可以说，在欧美文学进入中国的“引进(拿来)阶段”，是以“翻译和引进”为主要特征的。尽管此阶段的欧美文学或者外国文学的翻译，在19世纪后期刚开始显得十分幼稚和松散凌乱，不论是引入的文学作品的选择、翻译文本的质量以及翻译语言的使用等，都很不尽人意。但它毕竟给当时的国人和中国的文化带来了新的参照系，带来了新的文化因子，开了新文化建设的滥觞。对此，陆建德曾指出：“翻译在19世纪末的中国变成了一个

伟大的事业，当时的人们觉得一定要去了解外国，知道外国文学是怎么样的，外国人是怎么样的，他们有什么样的价值？他们跟我们的价值有什么是共通的，有什么是不一样的？哪一些方面我们可以借鉴，哪一些方面我们可以学习？"[①]

我们把这个时期称之为文学的"引进(拿来)阶段"，其实就是说这个阶段是以翻译和介绍欧美文学作品到中国的初始时期，也可以说是欧美文化"中国化"进程的起始时期。所谓"引进"，主要指"把外来的东西拿来"。鲁迅先生在1934年提出的"拿来主义"是对这一阶段欧美文化包括外国文学"中国化"内涵最早的概括。在五四新文化运动过去十几年后，鲁迅先生指出："中国一向是所谓'闭关主义'，自己不去，别人也不许来。自从给枪炮打破了大门之后，又碰了一串钉子，到现在，成了什么都是'送去主义 '了。""我在这里也并不想对于'送去'再说什么，否则太不'摩登'了。我只想鼓吹我们再吝啬一点，'送去'之外，还得'拿来'，是为'拿来主义'。但我们被'送来'的东西吓怕了。先有英国的鸦片，德国的废枪炮，后有法国的香粉，美国的电影，日本的印着'完全国货'的各种小东西。于是连清醒的青年们，也对于洋货发生了恐怖。其实，这正是因为那是'送来'的，而不是'拿来'的缘故。所以我们要运用脑髓，放出眼光，自已来拿！"[②]从鲁迅先生的主张中，我们可以看到，"引进"或"拿来"的思想，包含着以下几个方面的主要内容。同时，这些内涵也深刻地体现了"引进(拿来)阶段"人们对引进中国的欧美文学乃至外国文学的认识逐渐深化的过程。

第一，反对文化闭关主义。前面我们曾经说过，由于中国古代的文学，生于斯，长于斯，是在中华文化的土壤中自给自足地生长和发育起来的，总体上看，它与外来文化和文学长期处于隔绝的状态中。尽管中国的古代文化和文学像中国古代社会一样，在自我的发展中，达到了世界的高峰，其文化和文学成为世界封建社会历史阶段的先进文化的代表。但当社会的车轮驶向近代社会(资本主义发展阶段)的时候，由于我们的传统文化之中缺少现代社会需要的新的文化因子。所以，急需引进外来文化和文学思想，尤其是欧美社会的先进文化思想。这样，反对文化闭关主义和保守主义，就成为当时文化和文学领域的当务之急。由此导致19世纪下半叶，以当时具有西方视野的知识分子翻译欧美文学作品为标志，欧美文学进入中国文坛的过程开始了。就从文学最初引进的目的来看，当时被翻译和介绍进来的文学，主要是让长期以来只知道中国古代文学而不知道世界其他民族和国家文学的国人，看一看其他文学的面貌，学习人

---

① 陆建德：《外国文学的翻译传播与中国的新文化运动》，《绍兴文理学院学报》2016第2期，第1页。

② 鲁迅：《鲁迅全集》(第六卷)，北京：人民文学出版社2005年版，第39—40页。

家文化和文学中蕴含的异样文化和与我们不同的思想观念乃至审美特点。换言之，给中国人看一看和我们不一样的生活、不一样的文学，从而达到拓宽我们的文学眼界，改造我们的文学乃至社会的目的。

中国传统文学的风尚是讲究抒发士大夫个人的家国情怀，个人抱负，崇尚英雄和尚忠尚武的主题、讲究仁义礼智信的道德规范和注重主观感受并内敛的审美情趣。在文学艺术形式上，我们古代有自己的诗歌，从《诗经》《楚辞》、魏晋南北朝诗歌，到唐宋的格律诗词以及明清诗歌，都与西方的诗歌大不相同。同样中国古代有志人、志怪小说，唐传奇、宋话本、明清长篇章回体小说等。这些文学作品无论是在主题内容、价值指向、文体特征、语言形式与国外出现的文学作品完全不同。可是到了清朝中晚期以后，社会腐败衰落，其文学也变得非常衰微，封建礼教的陈腐说教和柔弱的审美情趣充斥着文坛。汉唐文学气象消失殆尽。此时出现的小说或者谈情说怪，或者刺时谈异，大体上是“儿女气多，风云气少”。梁启超甚至把中国国力上的弱败归罪于优雅裕如，总是吟诵闺房之乐或者咏叹征旅之苦的中国古典诗词。在民族危亡的浓重阴影笼罩下，这些致力于雅致与温婉的文学作品显然既起不到激发斗志的作用，更对社会问题的解决非常无力。而欧美文学的引入，无疑给中国的作家们打开了新的眼界，也使国人看到了和我们完全不一样的西方的社会状况、道德标准、生活样态、风俗习惯以及人际关系等。可以说，在这种情况下，此时欧美文学的引进，达到了让中国人睁开眼睛去“看世界”，即去看和我们不一样的世界的目的。因此，我们可以把最初的翻译引进外国文学目的，看成是通过文学作品“看世界”阶段，从而为改造我们的文学奠定了基础。

第二，“拿来”要有辨别的眼光，要选择性地“拿来”。为什么我们最初翻译的外国文学作品良莠不齐、混乱驳杂，虽然原因是复杂的，但缺少“拿来”的眼光，即文化的判断力，这无疑是非常重要的原因之一。因此，随着时代的发展，尤其是随着对文学功能认识的深化，人们开始意识到，仅仅“拿来”是不够的，还要在拿来的同时，对拿来的东西进行辨别、认识和选择。诚如鲁迅先生所说：“总之，我们要拿来。我们要或使用，或存放，或毁灭。那么，主人是新主人，宅子也就会成为新宅子。然而首先要这人沉着，勇猛，有辨别，不自私。没有拿来的，人不能自成为新人，没有拿来的，文艺不能自成为新文艺。”[①]请注意，鲁迅先生这句话中，重点强调的是“首先要这人沉着，勇猛，有辨别，不自私”。也就

---

① 鲁迅：《鲁迅全集》(第六卷)，北京：人民文学出版 2005 年版，第 41 页。

是说,外来的文化乃至文学,只有好的东西、优秀的作品,才是人类的共同财富,才对中国有益。而中国在引进的过程中,不能不分良莠,全部拿来。那么,什么是好的东西,有用的东西呢？在当时的人们看来,能够启发中国人心智,激发人们看清现实丑恶,从而能够让中国人觉醒的作品,才是有益的。这种对中国的进步有益的东西都应该吸收的意识的确立,显示了在欧美文学引进中国的过程中人们观念的进步。如果说,中国人早期在“拿来”的时候,还缺乏自觉的辨别意识,还不分良莠地一股脑儿拿来的话,那么,越到后来,文学翻译和引进就越有了较为明确地“辨别”意识了。从比较中可以看出,20世纪初期的翻译实践就比19世纪下半叶翻译有了巨大的进步,一些真正的属于外国文学经典性的、有极高的思想和艺术成就的作品,在翻译作品中的占比越来越大。尤其是那些和中国社会、中国人命运相关的作品越来越受到翻译家们的重视。这是“拿来必须要辨别”意识的显著增长。可以说,在文学领域,从一味“拿来”,到有选择、有辨别地“拿来”,经历了十几年的时间。

第三,“拿来”需要“选择”和“辨别”。但“选择”和“辨别”的标准是什么？这又是一个非常重要的问题。在五四新文化运动之前,社会上各种思潮纷纷涌现,在每个思潮的背后,都体现着其鼓吹者不同的政治和文化立场。常识告诉我们,由于每个人立场的不同和观念的差异,必然会导致选择或辨别标准的差异。只是说“对我们有用的,就拿来”,必然会导致不同的人对“有用”看法的不一致,从而不能更好地“拿来”。由此我们就可以解释,为什么当时所翻译的外国文学作品,甚至包括其他方面的作品,每个翻译者都各有自己“有用”的判断标准,从而导致他们之间思想分歧十分明显的原因。这样,到了“引进阶段”的后期,“拿来”的立场和标准成为最要害的问题。此时出现的各种文化思想包括文学思想之争,本质是对“拿来”的立场之争,是什么样的外来文学对中国的发展和进步能够有作用之争。经过辩论和斗争,加之客观形势的发展,到了五四新文化运动的前夕,“德先生”与“赛先生”逐渐成了中国先进知识分子的共识。因此,“科学”“民主”和“革命”等西方思想也渐渐成为人们引进欧美文学的价值和审美判断标准,并以此来辨别翻译引进作品的优劣。

从上面的分析中可以看出,我们可以把欧美文学进入中国的这个时期看成是欧美文学“中国化”的第一个重要的阶段。因为没有欧美文学的引进,后来的“借鉴阶段”和“再造阶段”就不可能出现,中国文学和世界文学的关系就不会像今天这样的紧密联系。尽管从整体上说,这个时期可以用“引进阶段”来称呼,但是,就是在这样一个阶段中,仍然体现出了引进从低到高的认识过程。这也说明了中国从事文学翻译引进的那些早期的知识分子,虽然各自的立场和世界观不同,但总体上说,仍然具有强烈的与时俱进的意识。假如没有在这个阶段中人们认识的不断进步和深化,也就不会出现后来中国的外国文学和中国现代文学发展的局面。

但我们也必须注意,“引进(拿来)阶段”毕竟是欧美文学进入中国的初起阶段,“引进(拿来)阶段”在学术上的基本特征是:以对外国文学,尤其是欧美文学作品的不自觉地翻译介绍为主,而研究和评论则较为薄弱肤浅。这从严格的意义上说,此阶段还不能说就是欧美文学“中国化”的自觉时期。因此,这一阶段很快被新的阶段——借鉴－使用阶段所取代,就是必然的了。

二、欧美文学“中国化”的文学“借鉴－使用”阶段

欧美文学“中国化”发展的第二个阶段是“借鉴－使用”阶段。我们也可以称此阶段为“有目的地使用外国文学作品为中国现实服务的阶段”。就从时间上而言,大致可以从五四新文化起到1978年改革开放这一较长的时间段。

诚然,从欧美文学引进中国的第一天起,我们的先辈们就开始了对外国文学的借鉴和使用。也就是说,“引进－拿来”和“借鉴－使用”本来是分不开的,“引进”“拿来”就是为了“借鉴和使用”,两者相辅相成。我们之所以把两者分开,不过是从不同时期的主导倾向方面而言,前者是以引进拿来为主,后者是以借鉴使用为主而已。

所谓“借鉴－使用”的基本含义是:在借鉴的过程中,凡是对我们有用的,特别是有直接用处的,我们当然就最先拿来借鉴和使用。具体说来,“借鉴－使用”的内涵有三个方面:一是翻译家本身有了文本选择的自觉性。和前一个阶段相比,五四新文化运动之后,中国学人(尤其是那些进步学人)在翻译介绍欧美的和外国的文学作品时,对要进行翻译文本的自觉选择性增强了。从现有的材料统计中可以看到,早期那些内容杂乱无章的,或思想艺术水平不高的欧美文学翻译文本大大减少,而表现关注人生、暴露社会等问题的作品则受到翻译家们青睐。[①] 二是翻译更有针对性。如果说,前一个阶段,翻译的主要目的是让中国人睁开眼睛“看世界”的话,那么,此时翻译外国文学作品目的就重点指

---

① 这一点请参见本书第五个问题“近代早期翻译活动对欧美文学‘中国化’的重要性在哪里?”的有关内容。

向了"为人生"。从一般的意义上说,"看世界"是可以什么东西都看,都可以了解和观察,主要以了解、认知外来文化为目的。但"为人生"则是要有"为什么人"和"为什么样的人生"等现实性的考虑。尤其是在当时广大人民群众深受封建主义、帝国主义压迫的时代状况下,"为人生"就有了非常丰富的内涵。三是"借鉴"本身内含着在比较中追问社会黑暗的原因和解决现实问题的意蕴。"看"在某种意义上说还是比较被动的,是处于不自觉的状态下的,而"为"则是主动的和有着明确现实的实践目的的。

甚至五四新文化运动时期所提倡的白话文运动,也可以看成是为人生的文学目的所推动的结果。我们知道,白话文运动推动了中国现代文学表达方式的转型与文学向通俗化和大众化方向的革新。五四运动以前,中国文化的基本表达方式使用的是被今人称为古文的文言文,也即是被五四运动白话文的倡导者嘲讽为"之乎者也"的表达方式。文言文的表达方式虽然言简意赅,给人以韵律与形式的美感,但因其明显的格式化与形式化等特征,不仅不易为普通的民众所掌握,也不利于普通民众思想情感的交流。而且,文言文的格式化与形式化的特征,也有碍于现代科学理论和人们思想情感的准确与自由表达。五四新文化运动所倡导与推动的从文言文向白话文转型的文化革新,虽然所实现的只是一种文化表达形式的革新(并且对此今天仍有人持有异议),但是,不可否认,这种文化表达方式的革新实现了去贵族化与去八股化,更贴近普通民众的生活,并有利于不同文化间的对话与交流。可以说,白话文对促进现代科学与技术的发展与传播,对促进文化形式的创新与多样化,都有着不可忽视的重大意义与价值。欧美文学的"中国化",不可能离开当时这一文学语言的深刻变化。因此,这也是中国引进外国文学最重要的形式节点之一。也就是为什么后来的翻译作品都采用白话文,而不再使用文言文的原因了。

尽管我们把五四新文化运动到"文化大革命"结束以后的 1978 年这几十年时间统称为欧美文学"中国化"的"借鉴—使用"阶段。但若从实践的发展和性质上的不同再详细划分的话,其中也包括几个小的发展时期。基本上可以细划分为:"借鉴—使用"的"文学为人生"时期;"借鉴—使用"的"文学为革命战争服务"时期;"借鉴—使用"的"为革命和建设双重任务服务"时期;"借鉴—使用"的"为改革开放服务"的时期。

五四新文化运动前后,为"借鉴—使用"阶段的形成时期。这个形成期大约从五四运动开始,一直持续到 1942 年延安文艺座谈会的召开。这个阶段可以称为"为人生"的阶段。

我们认为,五四运动前后“借鉴-使用”阶段的到来,和当时流行于中国的西方科技思想与实用主义哲学有着密切的关系。在五四新文化运动之前,随着人们对欧美文学以及其他西方文献的引进,清末民初的中国社会中一些人就已经逐渐了解和接受了西方世界科学的思想。这些外来的思想文化正好和当时中国社会变革的需要联系在一起。为了进一步说明这个问题,我们举两个例子加以证明。一个是杜威的实用主义哲学的引入,第二个是马克思主义在中国的广泛传播。也就是说,当人们在接受西方科学思想的时候,此时胡适将杜威的实用主义哲学引入中国并积极加以宣传,一时间,实用主义因其强烈的怀疑和反封建精神,风靡一时,产生了积极影响。实用主义主张功利化,强调注重现实生活;其方法论的根本原则是一切以效果、功用为标准,这就使得西方那种注重实际、注重实用的意识更进一步符合了中国人求实求变的心理。也可以说,五四新文化运动时期外来文化进入中国所产生的最大的心理影响是,希望外来文化对中国人解决当时的贫穷落后的问题有效用,特别是有直接的实用性。对这样的思想学说,人们感到,我们不仅要引进和拿来,而且还要借鉴和使用,并且要通过借鉴和使用,以解决中国社会和文化中面临的问题。这样,“借鉴-使用”阶段随之发生。

应该指出,在19世纪末传入中国的西方文化,最主要的是欧美的资本主义文化。我们前面说过,此时中国学习日本的目的也是要通过译介日本的文本学习欧美文化。即使到了五四新文化运动前夕,中国人所认知的西学与西风指向的仅仅是以自由、平等、民主、科学、理性为主要内容的西方近代以来形成的资本主义文化或自由主义的文化。但随着马克思主义为代表的另一种西方文化在中国的广泛传播,它很快成为一个非常重要的外来思想资源,并进一步加强了一批先进的知识分子要用更科学的思想解决中国现实问题的意识。《新青年》作为五四新文化运动和文学革命的主阵地,它为马克思主义的介绍和传播,做出了大量的工作。就其所刊登外国文学作品以及对文学译介评论方面的文章而言,也为中国文学的现代性追求提供了很多范本。整体来看,此时选译的大多是西方“被欺凌被压迫民族”的具有反抗和批判精神的文学作品。综合地看,五四新文化运动前后是中国对欧美文学和外国文学“借鉴-使用”的初起时期,其基本特征是外译的文学开始有了较为自觉的借鉴和使用意识。如果说在文学领域找出个明显标志的话,就是“为人生”文学观念的提出以及白话文在翻译领域的普遍使用。

前面我们曾经说过,把欧美文学或外国文学作家作品作为“借鉴-使用”而引入中国,并较为自觉的有系统、有纲领、有阵地、有实际活动的当属“文学研究会”和“创造社”。在欧美文学“中国化”进程中的“为人生”阶段,文学研究会和“创造社”的出现无疑是个醒目的标志。文学研究会反对把文学作为消遣品,也反对把文学作为个人发泄牢骚的工具,主张文学为人生。从“为人生”出发,他们主张文学应该反映社会现象,表现并且讨论一些有关人生一般的问题。“创造社”的成员们也呼应着“文学为人生”的理念,大量撰文宣传这一思想。当然,在“借鉴－使用”初期阶段,由于各种思想学说的影响,使得当时的人们在“为人生”的理解上,出现了很大的分歧。以文学研究会的成员为例,这些会员们在“为人生”的内涵理解上和建设新文学的具体主张上,意见并不一致。如有部分成员主张用资产阶级的人道主义观点来关照中国的现实,强调抽象的“善”和“真”的社会理想,鼓吹建立资本主义式的社会制度;有的虽然提倡表现“血和泪的文学”,但在反对借文“阐道翼教”封建观念的同时,却又承认“作者无所为而作,读者无所为而读”的“非功利”的观点,最后走向颓废的逃避现实之路。还有一些成员,则从“科学民主”等观念出发,提出了科学救国、教育救国等主张,最终因所提的主张不切合当时的中国实际而走向失败。还有一些成员比较明确地鼓吹进步文学的主张,提出“表现社会生活的文学是真文学”,主张“在被迫害的国度里”,作家应该注意观察和描写社会的黑暗、人们生活的痛苦及新旧两代思想上的冲突。[①] 这种对“为人生”内涵理解的差异,逐渐导致了从事翻译外国文学译介事业的群体发生了分化。发展到后来,出现了以鲁迅先生为旗手的左翼作家与翻译家,同时也出现了一些自觉或不自觉地为反动政权服务的文人和翻译家。

“借鉴－使用”阶段的再一个发展时期的重要节点是延安文艺座谈会。1942年的延安整风运动既是一次深刻的马克思主义教育运动,也是一次伟大的思想解放运动。它坚持马克思主义与中国实际相结合的正确方向,帮助全党进一步将马克思列宁主义的普遍真理同中国革命的具体实践相结合,极大地推进了马克思主义中国化的进程。从其“反对主观主义以整顿学风,反对宗派主义以整顿党风,反对教条主义以整顿文风”的整风主要内容中可以看出,中国人的文化自觉已经达到了一个新的阶段,就文学领域而言,从延安文艺座谈会开始,较为空洞的“文艺为人生”主张被文艺“为革命和战争事业服务”和“为工农兵服务”所取代。

---

① 参见钱理群、温儒敏、吴福辉:《中国现代文学三十年(修订本)》,北京:北京大学出版社1998年版,第13—14页。

我们知道，左翼知识分子是延安时期文学艺术活动的主要发起者、组织者、参与者与建构者。1936年底，中日之间的民族矛盾进一步加剧，受中国共产党坚决抗日政治主张的召唤，大批进步知识分子与左翼作家奔赴延安革命解放区。初来延安的左翼知识分子开始时仍然按照五四新文艺路径进行文学活动和艺术创作，尖锐批评解放区存在的一些他们不理解、看不惯的现象，引起党内干部和战士的不满。1942年延安开始的整风运动，经过激烈的思想碰撞和热烈深入地讨论，广大的文学艺术工作者，包括从事外国文学翻译研究的工作者们，逐渐意识到革命的文艺为工农兵服务，为革命战争服务的现实针对性和时代要求的迫切性，看到了以往"文学为人生"主张的空洞性。经过整风运动，尤其是毛泽东同志在座谈会上所发表的两次讲话[①]之后，绝大多数知识分子认识到自己的思想上的不足和延安战时环境的特殊性，开始深入群众生活，主动与工农兵相结合，并创作出了一批老百姓喜闻乐见的文艺精品，把延安文艺运动推向高潮。此时的外国文学的翻译和研究，乃至传播，也受到了这一"文艺为工农兵服务"方向的深刻影响，取得了新的成绩。应该指出，延安时期，对欧美文学的传播，首推作家周立波。

1939年，鲁迅艺术学院在延安成立，周立波12月到延安。在周扬的建议下，周立波担任了编译处处长兼文学系教员。在当时战时的文化空间里，周立波对欧美文学的翻译和传播给予了很大的关注。他不仅翻译了哥尔德的《一个琴师的故事》并发表在延安的《大众文艺》第1卷第6期(1940年9月15日)上，更重要的是，他为"鲁艺"的学员们开设了一门外国文学的名著选读课程。在现存的讲稿中，可以看到，他所讲授的作家包括法国的蒙田、司汤达、梅里美、莫泊桑，德国的歌德、莱辛，俄苏的普希金、果戈理、托尔斯泰、屠格涅夫、陀思妥耶夫斯基、高尔基、法捷耶夫、聂维洛夫、班台莱耶夫等多位。其讲授的作家和作品或是揭露旧制度罪恶，表现强烈的社会批判意识；或是关注人民苦难，具有人道主义情怀；或是激励人民战斗，表现革命热情的。这明显地符合了当时"为革命"的时代需要。更说明问题的是，在讲稿中，周立波几乎没有涉及西方的现代派文学。按宋炳辉的说法："只在有关托尔斯泰的'讨论会'中，介绍了托尔斯泰对19世纪的'颓废派、象征派'的排斥态度，……但至少在否认现代派这一点上，周立波是认同托尔斯泰的。因此，从对外来文学思潮的倾向上看，周立波视

---

① 在一个多月的延安文艺座谈会召开期间，毛泽东同志两次发表了讲话。后来把两次讲话合在一起，以《在延安文艺座谈会上的讲话》为题于1943年10月19日在延安《解放日报》上公开发表。

野比较宽广，但显然更倾向于欧美批判现实主义和俄苏作家作品。”[①]周立波先生之所以会如此，除了当时条件限制使他对现代派文学不一定很熟悉之外，很大的原因在于现代派文学中所描写的东西对当时延安和中国文坛来说太陌生了，也太不符合当时中国“革命和战争”的国情了。换言之，从周立波先生在延安的名著选读的讲稿来看，他介绍外国作家和作品，目的是为中国当时的革命战争事业服务，是从为当时中国的主要革命任务服务而“借鉴－使用”外来文化的。前面我们说过，在借鉴的过程中，欧美文学的翻译者、介绍者们一个重要的任务就是，凡是对我们有直接用处的，我们当然就最先拿来借鉴和使用。这也就是为什么从延安开始，我们党一直强调要有选择的翻译介绍外来文学作品的原因，同样也是为什么我们后来一直提出文学要服务于“革命的需要”“战争的需要”乃至“建设的需要”，并将是否适应每一个阶段需要的“政治标准”当成文学评判第一位标准的原因——当然这种选择常常出现主观性的失误或极“左”路线的干扰。但要知道，这恰恰是外来文化进入中国之后“借鉴－使用”时期的根本特征。

1949年到1978年中国共产党十一届三中全会的召开，我国在欧美文学乃至外国文学翻译引进的过程中，仍然遵循着延安文艺座谈会制定的前进方向。所以，我们也可以把这段历史时期内欧美文学，包括外国文学的“中国化”进程看成是“借鉴－使用”继续和发展的阶段。1949年7月2日，中华全国文学艺术工作者代表大会在北平举行。这次代表大会的召开，标志着我国新民主主义革命时期文学历史的结束和社会主义时期文学新历史阶段的开始。文艺“为工农兵服务”和“为革命战争服务”开始转换为“文艺为人民服务”和“文艺为社会主义革命和建设服务”的向度上来了。大会将毛泽东的文艺思想作为新文艺的基本方针，号召文艺工作者为建设新中国的人民文艺而奋斗。从学理上来说，作为新中国文学艺术建设重要组成部分的从事外国文学的翻译、介绍和研究工作的知识分子，也是要为建设社会主义革命的新文化服务。再进一步说，新中国要建设的革命的社会主义新文化就承接于新民主主义文化，是新民主主义文化的新发展，因此，我们更需要外来的文学来为此时我国的社会主义文学和文化建设事业提供有益的借鉴。

前面提到，从1949年到1956年社会主义改造的完成，尤其是到中国共产党第八次全国代表大会召开的这段时间里，是“革命和建设”双重任务的最突出

---

① 宋炳辉：《文学史视野中的中国现代翻译文学——以作家翻译为中心》，复旦大学出版社2013年版，第91页。

的历史阶段。所以，引进俄苏的和欧美的带有强烈革命气息的作品，是适应了当时历史发展的需求的。对这一现象，不能过多地责备。但问题在于，随着中国社会进入社会主义建设为主的阶段后，“革命”和“建设”的比重就应该调整了。中国共产党第八次全国代表大会所提出的对生产资料私有制的社会主义改造“已经取得决定性的胜利”，“我国的无产阶级同资产阶级之间的矛盾已经基本上解决，几千年来的阶级剥削制度的历史已经基本上结束，社会主义的社会制度在我国已经基本上建立起来了。”“我国开始进入了全面的大规模的社会主义建设的时期。”并着重指出：“在新的历史时期中，我们国内的主要矛盾，已经是人民对于经济文化迅速发展的需要同当前经济文化不能满足人民需要的状况之间的矛盾。党和全国人民当前的主要任务是，集中力量发展社会生产力，把我国尽快地从落后的农业国变为先进的工业国，逐步满足人民日益增长的物质需要和文化需要。”[①]这个判断说明，此时我们党已经看到了革命和建设之间的比重之间的变化，如果说，在革命战争时期，革命的比重应该而且必须要大一些，那么，在新中国成立以后，尤其是社会主义改造完成后，就应该加大建设的比重了。但由于当时国际国内时代氛围的特殊性（如冷战）乃至我们建设社会主义还缺乏经验，这一“比重”很快又向“革命”方面调整了。本来在 1956 年后我们应该以引进更多地服务于社会主义建设性质的作品。但这样的现实政治氛围导致了外国文学的引进、翻译和研究工作进一步向以俄苏为代表的“革命”的和“进步”文学向度的倾斜，而欧美文学中的很多作品，因其产生在资本主义世界而受到贬低。一个显著的现象是：在人们的意识中，对俄苏的表现“革命”文学，尤其是苏联的“社会主义现实主义文学”，基本上就是被肯定的文学；而欧美的文学，基本上就是作为批判对象的“落后”或“反动”的文学。

至于在“文化大革命”这种极端的情况下，我国的欧美文学乃至外国文学的“中国化”工作，更简单成为“革命性”和“批判性”的工作。此时，我们引进欧美文学的目的，在很大程度上是将其作为反面教材，目的是批判资本主义的罪恶和其反人民的本质。由此导致众多的外国文学作品，被看成是“封资修”的大毒草，成为批判的对象。在这种情况下，对欧美文学或外国文学的借鉴，成为反面教材的借鉴，成为批判的靶子被使用了。这样的认识上的比重失调一直延续到了“文化大革命”的结束，直到 1978 年党的十一届三中全会召开，才得到根本性的扭转。

---

① 参见中央档案馆编《中共中央文件选集》的相关章节，《中共中央文件选集》，北京：中共中央党校出版社 1991 年版。

不可否认,在改革开放后的很长一段时间里,从主观意识上来说,我们对外来文化和文学的引进仍然是以借鉴为主的,是抱着学习、借鉴和追赶的态度进行的。20世纪八九十年代,我们翻译引进大量外国文学作品,并形成了翻译、介绍和研究外国文学,尤其是欧美文学的"井喷"现象。其中所怀抱的重要的心态就是向西方学习、向外国学习。我们常常听到的话语就是,因为西方的现代化进程走在了我们的前面,而我们要进行"四个现代化"建设,所以就要学习西方的或外国的文学和文化,看看他们在现代化进程中,遇到了哪些问题,经历了什么样的挑战,能给我们提供哪些借鉴,以便使自己少走弯路。应该说,中国要在技术、管理等领域学习西方、学习外国,要大力借鉴西方和外国的科学技术方面的长处,这是没有什么问题的。但是,文化和文学这种属于上层建筑和意识形态的领域,如果一味地强调引进和借鉴欧美的东西和外国的东西,热衷于把自己的文化需要寄托在外来的思想文化输入上,企图借用西方的思想文化解决我们自己在思想文化领域遇到的问题,这就逐渐地暴露出各种弊端。

更为严重的是,前些年有一个非常不好的风气,就是有些中国学者,热衷于追赶外国文学和文学理论的所谓最新热点,囫囵吞枣地把外来的文化照搬到国内来。甚至在自己还没有完全搞清楚的情况下,就津津乐道地对一些所谓新理论、新学说、新概念、新术语和新形态进行热情引进和大肆宣扬,有人还认为这些所谓的"新东西"是先进文化,代表着人类文化的未来。一时间,"历史与传记批评、新批评、形式主义、结构主义、解构主义、精神分析、原型批评、新历史主义、读者反应批评、女性主义、新马克思主义批评、后殖民主义批评以及后来出现的文化批评、生态批评等批评理论蜂拥而至,逐渐占据了中国文学的理论阵地,而我们对西方文学领域的各种主义、思潮、观念耳熟能详,几乎全盘接受。人们对西方的理论趋之若鹜,把中国学术的繁荣寄托在西方学者尤其是那些闻名遐迩的学者身上,把他们的理论奉为圭臬。西方的新术语、新概念逐渐被我们掌握,变成了理论思维中不可缺少的工具。"[①]这就使得"借鉴和使用"变成了"照搬和套用"。中国有自己特殊的国情,也有自己特殊的文化传统,外来的文化中既有对我们有用的成分,也有着不切合中国实际的成分。尤其是当今中国发展现实的独特性,需要一种对待外来文化和文学的新的态度。这样的现实,其实也在告诉我们,对外来文化与文学的"借鉴—使用"阶段,已经到了尾声,今天我们要考虑的是欧美文学"中国化"的第三个阶段的到来以及应该提出我们

① 聂珍钊:《中国的文学理论往何处去》,《东北师大学报(哲学社会科学版)》2016年第6期,第11页。

的应对策略了。

三、欧美文学“中国化”的“文学再造和中国话语形成”阶段

按照中国现代化进程分为“三步走”的分期,今天我们已经开始了自觉地迈向全面建设社会主义现代化强国的伟大征程。“富强、民主、文明、和谐,自由、平等、公正、法治,爱国、敬业、诚信、友善”的社会主义核心价值观的发布,既是作为每一个中国人需要恪守的基本行为规范,也是我们全面建设社会主义强国最高目标的完整说明与体现,更是中国现代化建设第三步走的基本任务概括。它的提出,表明我们国家已经进入了现代化建设的“强起来”阶段,即走向中华民族伟大复兴的时代。这一步是前两步走的必然延伸,也是新的伟大历史征程。为此,我们今天从事欧美文学乃至世界文学翻译、介绍和研究的人,必须从全面建设社会主义强国的高度,来看待我们工作的新性质、新特点。

我们认为,当前我国已经进入到对外来文化与中国的文化相结合的自觉再造阶段。近年来,中国共产党人所提出的中国话语、中国故事、中国表达、中国风格和中国气派等,无疑使我们具有了文化再造自觉的典型标志。

所谓“再造”,其内涵主要包括:一是在原有的基础上才能进行新的创造。这就是说,“再造”不是平地起高楼,从一无所有中生发出所谓新的理论或思想。以我国的欧美文学乃至外国文学翻译和引进为例,就可以看出,在前两个阶段,我国的前辈学者们已经在欧美文学中国化的进程中进行了坚实的奠基和发展工作。他们不仅使中国人知道了欧美文学或外国文学的基本面貌,而且还根据不同时期中国社会的进步与文化发展需求,有效地借鉴和使用了这一文学优秀的成分,并取得了相当大的成就。这些成就概括起来说,主要体现在以下几个方面:百年来经过我国几代学人的共同努力,我国已经建成了较为完备的外国文学,包括欧美文学和亚非文学的译介体系、研究体系、传播体系和人才培养体系;我们已经在基本立场、指导思想、学术观点和研究方法等方面,确立了较为符合中国社会实际的理论形态和体系构成;我们已经在比较视野和审美视野中初步确立了它与中国现当代文学联系、影响和融合的基本模式。因此,我们这里所说的“再造”,就不是重起炉灶,而是在现有坚实基础上向前发展与推进。一句话,“再造”是在现有的基础上进行“创新”,以适应中国当前和今后一段时间内的社会发展和文化进步要求。二是“再造”必须是以中国当前现代化建设

"第三步走"的历史要求为基本规定,以实现中华民族的伟大文化复兴为主要任务的"再造"。这也就是说,"再造"不是随心所欲地按照自己主观意志进行的"胡造",也不是把外来的某些所谓"最新的"或"先进的"理论、学说拿来,去替代我们自己原有东西的所谓"新造"。"再造"的目的是更好地用欧美文学乃至一切外国文学的文化资源来为中国的现代化第三步走服务,为全面地实现伟大的中国梦服务。三是"再造"要以"中国话语"的建设为重点,以增强我们自己的"文化自信"为基本追求的"再造"。换言之,在这一阶段,我们不再把欧美文学进入中国的过程仅仅看成是一个外来文化对中国的影响过程(即引进拿来过程),也不再看成是一个单纯"借鉴和使用"的过程,而是把进入中国的欧美文学乃至外国文学看成是中国文学的重要组成部分,强调其是在新的历史文化语境下建立与中华文化相结合的"中国的外国文学",或"中国的欧美文学"的再造过程。

在这一"再造"过程中,"中国话语"的建构是个核心的概念。当前,"中国话语"这个词汇虽然屡见于报端、杂志和论著中,但对其内涵我们仍然有进一步厘清的必要。应该着重指出,我们这里所说的"中国话语",并不像有些人理解的那样,只要是中国人说的就是"中国话语";也不是我们说出的和外国人不一样的,或者反驳、批评外国学者的看法或观点就是"中国话语"(在某种意义上说,这恰恰是跟着别人跑)。"中国话语"的主要内容应该包括:1."中国话语"首先是站在当代中国的立场上,目的是为了当前中国需要认识的和解决的问题而发出的话语。这里面的关键是"当代性"和"问题意识"。"当代性"就是当代中国社会发展的国情。假如欧美文学的译介和研究不是与今天我们社会发展、文化发展需要密切联系,那么这种话语即使是"中国人说的话语",也没有什么实际意义。"问题意识"本质是实践性,就是要解决在社会文化发展的实践中出现的问题,为指导实践服务。中国百年来的伟大实践,尤其是改革开放以来的伟大实践,给我们认识今天的世界和今天的中国,提供了宝贵而独特的经验教训。总结这一实践的进程并加以深刻反思和理论说明,才是中国话语的要义。2.要清醒地意识到,"中国话语"是在中国传统文化的深厚基础上发生,又吸收了世界文化的丰富成果的滋养,并以中国化的马克思主义为指导所形成的现代话语。可以说,几千年来中国人创造的知识和智慧,欧美乃至世界各国文化中的优秀成分的滋养,加上马克思主义的立场观点和方法的指导,成就了当今中国独特的认识问题、提出问题和解决问题的思维方式与认知方式。这三种文化的优势成分聚集在一起,构筑了"中国话语"的基本形成理路。3."中国话语"又必须是一个全面而完整的科学话语体系构成。这就是说，“中国话语”首先是在体系的意义上被称谓的。换言之，没有体系性的构成，也就难以说有“中国话语”。涉及体系，就需要有体系的出发点、体系的逻辑结构和体系的独特概念以及体系的价值指向等内涵。“中国话语”体系的出发点是站在当代中国的立场思考问题；体系的逻辑结构就是反映事物本质发展的逻辑构成；体系的概念是中国特有的，或者是使用已有的概念但是被赋予新的内涵的；体系的价值指向一定是符合中国社会的发展和进步趋势的。

从我国欧美文学或曰外国文学进入中国百多年来的发展实践中，我们可以看到，建设“中国的欧美文学”或“中国的外国文学”话语条件已经具备，新的时代必将出现属于中国自己的欧美文学话语，也必然会使我国的欧美文学在翻译、引进、借鉴、使用的基础上，走向再造和创造“中国话语”的高地。

可喜的是，近年来，我国在建构对欧美文学乃至外国文学的话语权上，很多学者都表现出了高度的自觉。吴元迈、黄宝生、陈众议作为当代中国外国文学学会的主要领导者，多次呼吁建立中国特色的外国文学学术体系和研究体系。如，1999 年在中国外国文学学会第六届年会开幕式上的发言中，吴元迈先生就在充分肯定了新时期外国文学研究的同时，指出我国的外国文学研究还没有做到“以我为主”，还没有真正建立自己的话语体系。他批评说，当前编著出版的大量各类外国文学史，多数是“大同小异”，重复叙述。尤其是盲从西方文论和文学史观的现象相当严重。为了改变这种状况，他建议：大力开展建立“中国外国文学学”研究，即做好对外国文学研究的研究工作。并强调中国的外国文学界务必以马列主义、毛泽东思想和邓小平理论为指导来研究外国文学，大力加强精品意识，拿出无愧于时代的著作来。对此，黄宝生也以钱锺书先生写作《谈艺录》《管锥编》为例，指出：“尤其值得国内外国文学研究者注意的是，钱学的中国作风和气派。《谈艺录》和《管锥编》都采用札记体，有话则长，无话则短，言之有物，信息密集。这是用中国传统的体裁，做着现代先进的学问。札记文字简约流丽，洋溢着诗美和诗性智慧。这也是中国传统文论的文体特色。凡论及外国文学和理论，均能经过中国思想和文学的消化，绝不像时下国内有些外国文学研究论文，读着仿佛是外国人在说半生不熟、似通非通的中国话。中国的外国文学研究自然应该有中国作风和气派。这也是判断我们对外国文学的消化接受能力、衡量我们的研究是否达到化境的重要标志。”[①]陈众议也指出，中外

① 黄宝生：《外国文学研究方法谈》，《外国文学评论》1994 年第 3 期，第 126 页。

文化交流,是我们激活自己的经典,为中华民族的文化母体注入活力的重要手段。文学是我们深入了解世界的重要窗口,可以使我们对别人的生活感同身受,要通过阅读外国文学、吸收其优长,提升国民素质、强健文化母体。我们传承中华文化和借鉴外国文化,最终是为了让中国创造惠及全世界。此外,很多学者也就此发表了自己的见解。例如,陈思和教授关于“20 世纪中国文学的世界性因素”的命题,也较早地对长期以来我国中外文学关系研究中出现的一种流行观念提出质疑。陈思和教授认为,在传统的中外文学关系研究中存在着一种较为普遍的现象,即“把中国的看成是世界的回声。世界在发信息,而中国是在响应、接受、传播”。在他看来,这种认识的背后其实是有一种惯性的观念在起作用,即认定“中国现当代文学是在外国文学的影响下发展起来的”。陈思和教授的观点是,既然中国文学的发展已经被纳入世界格局,那它与世界的关系就不可能完全是被动接受,它已经成为世界文化体系的一个单元。在其自身的运动中(其中也包含了世界的影响),形成某些特有的审美意识。不管这种审美意识与外来文化的影响是否有直接关系,都是以自身的独特面貌加入世界文学行列,并丰富了世界文学的内容。陈教授强调说,在这样的研究视角里,“世界/中国”的二元对立结构不再重要,中国与其他国家的文学在对等的地位上共同建构起世界文学的复杂模式。因此,他主张,在中外文学关系研究中,不要再把中国文学描述成一个纯粹的、被动的接受体,一个简单的模仿者,一个西方文学潮流“影响”下的“回声余响”。[①] 他要把中国文学放在与外国文学,尤其是欧美文学同等的地位上进行研究。尽管我不能完全同意陈思和的看法,主要原因在于他没有区分外国文学引进中国的早期和中期与后期阶段的不同。通过前面的描述我们已经知道,在外国文学进入中国的早期和中期,确实是欧美文学影响我们,这一点不能否认。但到后期,特别是到了今天,他的意见我则完全同意,即必须不能再把中国和欧美文学的关系,简单地看成是“回声余响”了。今天的中国文学确实已经可以为世界文学提供自己的话语了。此外,吴晓都最近也指出:“新世纪伊始,外国文学研究界对本学科的创新与建构充满期待。”“新世纪的外国文学学科在了解、吸收、借鉴和研究外国文学的过程中,特别需要的正是这种文化自信。”[②]

这一变化的特征,甚至有些国外的学者也注意到了。例如,有的国外学者

---

① 陈思和:《20 世纪中外文学关系研究中的“世界性因素”的几点思考》,《中国比较文学》2001 年第 1 期。

② 吴晓都:《本位、外位与外国文学研究》,《东北师大学报(哲学社会科学版)》2016 年第 6 期,第 14—15 页。

就深刻指出:"自从20世纪八十年代以来,中国的翻译理论家一直就中国的思想及语言进行热烈的讨论。一些学者一开始对'西方理论'和方法持拥护态度,后来则有了差异。一些人努力发展新的、更合适的理论,另一些则反对'西方理论'。在中国,有相当数量的翻译学者有这样的意识,即'西方理论'并不适合中国翻译的目的。尽管人们就此给出了许多不同的解释,但是归根结底是人们对于'独特性'的认识。人们相信中文、中国的历史与文化,以及中国人的思维方式都具有相当强烈的独特性,因此无论是翻译理论还是翻译实践都应当拥有独特的中国方式。"①

除了很多中国学者有了这种构建中国话语的高度自觉外,在对其他很多重要的问题认识上,我们也有了巨大的变化。例如,关于"西方中心主义"的认识问题,就是一例。长期以来,人们一直有个不正确的观念,认定西方文学成就高,代表了人类文学成就的最高的水平,东方文学乃至其他地域的文学成就不大。所以,人们总是在心底深处存在着莫名其妙的对西方文学的敬仰崇拜之情。甚至还有人从数量上看问题,认为西方文学名家多,名作多,这是东方国家的文学无法比拟的。因此,在中国的外国文学教科书的编撰中,也一直认为西方文学的成就高于东方,以至于很多从事东方文学教学和研究的学者,常常抱怨教材中所给的篇幅太少,所介绍的作品太少,对其卓越的成就常常忽略。因此,有学者认为,这就是在我们观念中存在的"西方中心主义"的证据。其实,在我们看来,这只是对"西方中心主义"这个概念最一般性的理解。今天的人们已经更加深刻地认识到,"西方中心主义"其实更是弥漫于我们头脑中的那种西方人的思维模式。换言之,我们总是用西方的文学理论规则和西方的审美标准乃至欧美人的艺术趣味去评价其他民族的文学。例如,用"人道主义""善恶冲突""日神精神与酒神精神"以及"形式主义""结构主义""新历史主义"等观念,套说中国的文学或东方文学,从而得出了这些东方国家或民族的文学不如欧美文学的结论。可以说,在我们头脑中盘踞着的这种思维模式和审美模式,才是真正的"西方中心主义"要害问题。这种思维模式形成于长期以来我们在学习和接受欧美文学时所受到的潜移默化的影响,由此导致了我们在学习过程中丢掉了中国人或东方人评判作家和作品的传统,丢掉了我们自己的思维方式、评价标准和审美规则。在这种思维模式的制约下,我们有些人总是认为,西方人对自己的文学理解一定高于我们,他们由于生活在西方文化的土壤中,对自己文学

① Valerie Pellatt, Eric T. Liu, Yalta Ya-Yun Chen, *Translating Chinese Culture: The Process of Chinese. English Translation*, London: Routledge, 2014, p. 3.

的理解比我们更有优势,所以我们只是抱着学习的心态,膜拜的心态跟着外国人的理解跑,人云亦云。当然,我们承认欧美文学有着自己的独特成就,尤其是在文艺复兴之后的文学成就确实很高。我们引进它、讲授它和研究它多一些,这是没错的。但我们不能把西方的文学观和他们认识与解说社会生活的方式当成评价一切文学成就高低的标准。与之相关,我们头脑中还有个潜在的观念,认为欧美文学就是西方的,我们学习欧美文学,就是要尽可能恢复和深刻理解作者的原意。当然,这样做是没错的,在初学阶段也是应该而且必须的。问题是我们不能把恢复作者写作的原意和他们理解作品的方式当成目的。这样,就是失去了学习欧美文学为我所用的目的了。这其实才是“西方中心主义”更有害的地方,也是我们更应该抛弃的东西。

可喜的是,近年来,我国文坛终于出现了一些用自己的话语来言说欧美文学的理论和批评方法。有些学者开始用中国古典文论思想解说外国文学,包括欧美文学;有些学者从文化冲突的角度来审视外国文学的现象。在这个方面,中国的比较文学界做出的贡献相对而言比较大。在这些努力中,当前比较典型的现象是“文学伦理学批评”的出现。2004 年,聂珍钊先生和一些学者提出了文学伦理学批评的主张。此批评理论一经提出,便得到了吴元迈、王宁、吴笛、刘建军等一批学者的呼应。十几年过去了,文学伦理学批评不仅在国内形成了巨大的批评潮流,甚至在美国、俄罗斯、英国、爱沙尼亚、韩国、日本、马来西亚、新加坡以及中国香港、台湾等地区也产生了较大的影响。

我们认为,文学伦理学批评表现出了清晰而自觉的中国学人立场。从聂珍钊教授提出的文学伦理学批评中,可以清楚地看到,他的文学伦理学批评的立脚点、出发点,都是中国的,是来自中国立场和中国语境的产物。中国社会是一个非常注重伦理和道德价值的社会,中国的优秀文化传统无一不和伦理道德的价值指向有关。中国人解决问题的方式,也与伦理道德的价值判断有着极为密切的联系。在文学领域,中国的文学批评传统也是一直在强调“诗言志”“文以载道”。聂教授正是看到了中国文化的这一鲜明特点和文学批评的基本立场,才把主要力气用在文学伦理学批评的建构上,这就较好地适应了中国现实文化语境的要求。

以上种种现象表明,在当前,中国的外国文学翻译界、研究界和比较文学界越来越具有了中国的看法,出现了越来越强烈的中国声音,欧美文学或曰外国文学“中国化”的事业已经开始迈进一个新的历史发展阶段。

第七个问题：

当前欧美文学“中国话语”建设的基本原则是什么？

欧美文学或者说外国文学的“中国话语”建设，毫无疑问，已经成为当今国内外国文学界最重要的任务之一。但如何建立有效的“中国话语”，才能适应今天中国社会和文化发展对外国文化和文学的需要，是我们下面要讨论的问题。

我们前面说过，中国历史发展到今天，已经到了为全面建设社会主义现代化强国，实现中华民族伟大复兴的中国梦的第三步走的阶段。加之进入 20 世纪末 21 世纪初以来，文化全球化的趋势(也可以说世界范围内的不同文化间相互碰撞、相互影响、相互融合的趋势)明显增强。不同国家和民族文学领域的交流、影响也日趋强烈。因此，我们要建设欧美文学乃至世界文学的“中国话语”，必须要遵循一些新的基本原则。

一、建设“中国话语”必须要具备先进文化的自觉意识

既然我们今天要建立的是与伟大的民族复兴相适应的社会主义先进文化，那么，就需要我们对什么是先进文化首先做一番说明。什么是我国今天要建设的先进文化？我认为，今天我国要建设的先进文化应该而且必须包括三个基本特性。

第一，先进文化必须体现人的本质要求。就是说，判定一种文化的先进与否必须首先看它是否体现了人的本质要求。所谓“人的本质要求”，最简单地说，就是人的自由的要求。所谓“自由”其实质是“超越”，即人在物质和精神某个方面挣脱了某种限制或者局限，或者说超越了以往的某些束缚，达到了一个新的状态，既是获得了一定程度的自由。比如说，一个人没有金钱买食物，那么当他获得了一定的财富之后，可以去买他所需要的食物，就说明这个人冲破了原来没有食物的限制，获得了物质上的自由；同理，当一个人精神上受到某种意

识的局限,或者说受到某些落后的思想或道德观念的束缚,就是精神上处于不自由的状态。而当他冲破了原有观念或落后意识的束缚,或者说超越或战胜了这种束缚,就等于在精神上获得了一定程度的自由。因为自人类诞生以来,任何一个人都是既不想自己的肉体(物质)受到束缚,也不想让自己的精神受束缚。所以,人的自由,或者说,人追求自由的能力就是人的本质的要求。也正是在上述意义上,马克思才将“人的彻底解放”看成是人在物质和精神两个方面的彻底解放。在社会发展中也是如此,当人们冲破了某种旧的生产关系的束缚,促使了生产力的发展,从而推动了社会的进步,这也就是社会意义上的“自由”。由于人类每一次突破不自由的限制都是在特定的条件下发生的,所以,“人的自由”只能是相对的,人的彻底解放只能是由一个个独立的相对自由不断承接、延续和发展的结果。

这里还要注意,人对自由的追求不是一句空话和套话,也不是纯粹个人意义上对自由的追求。它的要义在于,人的自由的要求其实就是每一个人对自己自由的具体要求,而每个个体的要求又形成了人类的自由。换言之,人类的自由要求是由每一个人的具体的自由要求构成的。就像我们常说的人民群众的历史要求,其实也是由我们每一个人的最基本的要求,甚至最粗鄙的要求构成的。没有单个人的具体要求,也就没有所谓人民群众的历史要求。

那么,人的自由和文化又是一个什么样的关系呢?对此,我曾经说过,文化的本质是人的精神情感联系,即思维活动。[1] 先进文化必须体现人的积极的思维活动而不是消极的思维活动。胡思乱想、随心所欲、为小团体的利益而谋划,为某种私人的欲望而费尽心机,虽然也是精神活动或曰思维活动,也属于文化的范畴,但这却不是我们所需要的文化。因为这种文化不是让人在精神上有所超越,而是让人精神更加混乱,更狭隘,更受束缚。所以,我们所需要的文化必须要体现个体意义上的人和人类社会的不断超越,从而获得更大自由的本质要求,即需要充分体现人的自由本质的文化。由此可见,一种先进的文化必须要首先体现出每一个人的自由愿望和要求,这是一个非常重要的东西。但也要注意,个人的要求不完全等同于人民群众的要求,只有当绝大多数人都形成一个较为一致的不断前进的共识或在思想意识上形成共同代表美好理想要求的时候,每个人具体自由的要求才得以形成人民群众的自由要求。这样,我所说的人的自由的本质就是既来自个人自身的自由要求,同时又升华为人类共有的自

---

① 参见刘建军:《关于文化、文明及其比较研究等问题》,《东北师范大学学报(哲学社会科学版)》2002年第2期。

由追求的时候，这才是人的真正本质。马克思所讲的人类的彻底解放，其实就是在对个人自由本质要求肯定的基础上，去实现人类的彻底解放。所以，先进文化必须要体现马克思所说的人的自由解放这样一个本质特征。我们今天全面建设小康社会，就是要让全中国人民获得物质的和精神上的不断超越（自由）。换言之，要从物质贫困中解放出来，也从精神贫困中解放出来，从而走向更光明的未来。这也就是为什么今天我国要建设先进文化的根本原因。那么，这也就决定着我们今天欧美文学乃至外国文学的引进，必须要符合这一先进文化的基本要求。

第二，当前中国的先进文化建设必须是在继承中华民族文化精髓和价值的基础上建立起来。中国传统文化价值是多方面的，但就整体意义而言，其最重要的就是和谐思想和中国特色的辩证法思想。纵观中国古代的重要文献，尽管有不同的理论学说，但追求治理者与被治者、人与自然、人与各种对象之间的和谐，始终是中华民族传统文化中的主线——区别只在于或是用“仁爱”途径（孔孟学说），或是用“无为”途径（老庄学说），或是用“法治”办法（韩非子主张）或用“革命”的学说等来实现这种和谐而已。尽管在古代的思想中所说的“和谐”思想和我们今天所说的和谐概念并不完全一样，但是这些思想却给我们今天的文化发展提供了巨大启示。不仅如此，中国的传统文化还告诉我们，在文化的发展过程中，特别在处理人与人之间关系过程中，它有两个向度：一个是指向和谐的向度，一个是指向对立的向度。今天我们要建设的先进文化，不能再走向人与人之间的对立向度，而必须要走向人与人之间的和谐向度。也就是说要把经过改造的中国古代文化中的“和谐”思想作为当前我国先进文化的基本内核。

在谈到“和谐”思想的同时，我们还必须要注意其中所蕴涵的中国文化中独特的辩证法思想。如前所言，和西方文化所侧重强调的矛盾的对立统一不同，中国的古代辩证法更强调矛盾两种要素之间的密切联系和相互转换。我们知道，事物并不是一成不变的，在不同的条件下，一种文化要素会呈现出不同的形态，也会出现不同的结果。好与坏、对与错、善与恶、进步与反动，在不同的条件下是相互转化的。下面我们举几个例子加以说明。以西方罗马帝国晚期出现的“禁欲主义”信条而言，假如不讲条件，就很难说“禁欲主义”这个概念或观念是好的，还是坏的；是落后的和反动的，还是积极的与进步的。但具体条件一出现，情况就大不一样了。罗马帝国晚期，在蛮族入侵，帝国处在风雨飘摇的情况下，生活在今天埃及亚历山大城的一些富家子弟，因为对罗马社会淫靡腐化的社会风气极为不满，要唤醒当时统治者和国民的危机意识，提出了“禁欲主义”

主张,并身体力行,去郊外作苦修士。那么,在帝国处于危机,罗马统治者和很多罗马人仍然骄奢淫逸、放荡不羁的情况下,主张“禁欲主义”就具有进步意义。但同样是“禁欲主义”这个概念或主张,拿到另外一个条件下,它自身的进步性就大打折扣了。在13世纪末14世纪初文艺复兴运动兴起的时代,当反对蒙昧主义,主张思想解放和个性解放成为社会发展主流趋势的时候,再提倡和鼓吹“禁欲主义”,就是落后和反动的了——这就是转化。同样,“和谐”思想里还包含着一个要素就是“平等”和“民主”的内涵。要达到“和谐”,不完全是谁战胜谁,在很多时候不同的观点和主张之间是互补的。前面所说的“和而不同”就是这个道理。而不同的文化主张之间要互补,就必须是在平等的和民主的同一个基点上互补。人与人之间可能由于经济条件的不同,社会地位的不同,发展快慢的不同存在差异,但没有谁高谁低和谁贵谁贱之分,在某种意义上说,文化亦如此。关键在于一个民族能否汲取他者文化中的有益成分,为自己所用。这一点,对我们研究世界文化和文学的人,更具有指导性的意义。

第三,先进文化还必须要有与时俱进,不断创新的品格特征。我曾经说过:“文化是个人活动及其所构成的集体的活动(特别是人类的精神活动)创造出来并使个体的人在其中运行的‘关系场’,而‘文明’则是依据人的活动及其文化构成所达到的价值的判断尺度。”[①]我们知道,人是用肉体生命承载着精神意识活动的生灵,精神意识的活动(在这里我们也可以说思维活动)是人区别于一切动物的根本标志。正是因为人能够通过思维建立起和自己、和他人、和世界之间的联系,人才真正脱离了动物界进入了人类社会。换言之,正是由于人有精神和情感的活动,即思维活动,才决定着只有人类有文化。我这里所说的“思维活动”是指,人不仅有“思”的能力,更重要的是人还有“维”的能力,即把一些凌乱的“思”整合编织成一个精神运作系统的能力。当人类一旦可以通过精神意识、情感活动建立起一个超越肉体的和物质的精神世界时,我们就可以说文化产生了。但思维之间的联系又不能脱离有形的载体而存在。精神联系或思维联系作为空灵东西的特性,又使得这一联系总是要通过一定的“文化形态”表现出来。所以,“文化形态”又是人所独有的精神意识和情感活动的表现形态——没有这种形态,也就没有了“文化”。也就是说,正是有了这种联系,才决定着人在考虑人与人之间如何相处时形成了适应这一时期的社会制度(政治文化)文化形态;才形成了如何思考问题和认识问题的概念意义上的思想意识形态;才形

---

① 刘建军:《演进的诗化人学——文化视界中的西方文学人文精神传统》,长春:东北师范大学出版社1998年版,第17页。

成了人与人之间的关系准则，即行为方式文化形态以及形成了人如何生活的生活方式文化形态。所以，"文化形态"是人的精神意识情感之间联系这一文化本质的不同的物化显现方式。既然文化的本质是人的精神意识和情感之间的联系，那么，人类思维不断运动和发展的特性，又表明着任何文化总是处在不断的发展和变化之中的。所以，文化是动态的。在理解了什么是"文化"之后，我们才可以谈论什么是"文明"。那么，什么是文明呢？如果说"文化"是人们精神意识和情感上的联系的话，那么，"文明"就是体现这种联系所形成的特定阶段的总体意义上的价值尺度。从这个意义上说，文明其实更是不同历史文化所形成的关于人对自己和人与世界所达到的基本价值程度的发展标志，属于"固态"的东西。

既然文化的本质是人的精神和情感活动，那么，由于人总是不断地进行精神活动，不断地产生出新的思想、新的意识和新的情感，那么就说明文化总是处在不断产生和发展的运动之中的，这就从根本上规定了文化的不断发展变化的特性。不断发展、不断创新是文化的本质特征之一。承认这一点就可以判定，凡是不思进取，不能发展的文化，都是僵死的文化；凡是试图把某种文化形式固定下来的做法，都不是在创造先进文化。因此，先进的文化必须要体现出与时俱进的创新性。现在有个误区，很多地方一说文化创新，就是讲要建设多少文化设施，要搞多少演出，要拍多少部电影和电视剧，要出版多少部文学作品，当然这是必要的，但不是本质性的。我这里讲的文化创新是一种精神活动的创新，是一种提出问题、思考问题和解决问题思维模式的创新。换言之，只有注重人的思想解放和精神发展，才是文化发展和创新的根本所在。[①] 同样，我们还要知道，说文化必须要与时俱进的创新，其实它是与我们日常的生活密切相关的，也是与我们要去解决日常所遇到的具体问题密切相关的。换言之，任何文化都不能离开具体的日常生活来创造和创新。

总之，民族的振兴和文化发展的进步是紧密相连的。不论是文化的发展还是民族的振兴，说到底，是民族的思维的强盛和精神活动的能力创新。只有具有了这样的思维上的创新能力，我们的民族才能够真正实现伟大的复兴。而我们进行的欧美文学"中国化"工作，才能一直沿着正确的轨道前进。

---

① 笔者关于先进文化内涵的详细看法，请参见刊载于 2004 年 3 月 1 日《中国教育报》的论文《当代中国先进文化的特性》和《新长征》2005 年第 3 期的论文《论先进文化的基本内涵》。

二、当前主要任务和文化语境是建设“中国话语”的根本规定

围绕着当前中国思想文化建设的主要任务和当下独特的发展语境,来建设欧美文学的“中国话语”,也是我们要遵循的根本原则。

今天,我们已经进入到21世纪20年代。今后一段时期,中国所面临的是完全不同于过去一百多年来的社会语境和文化语境。也就是说,全面建设现代化强国的社会发展语境、以建设社会主义核心价值观为中心的文化语境、世界文化多元共存的语境以及中国文化自主性的语境已经取代了传统的文化语境。在新的语境下,必须对欧美文学乃至外国文学进行适应中国社会文化建设发展需要的重新解说,挖掘其新的价值。换言之,今天我们的文化建设一定要以“强起来”(即中华民族的全面复兴)作为主旨。在这个总目标下,我们想要让自己建设的文化能够自觉地为国家和民族“强起来”服务,这就需要我们的文化先“强起来”。所谓文化上“强起来”,主要有两个作用:一是能够很好地为民族的强盛提供思想资源和理论支撑;二是能够在世界上提供中国的经验和中国的话语。

如前所言,长期以来,有种思维定势潜在地影响着我国学术界对欧美文学的看法。这就是我们很多学者总是把西方人,包括西方作家的看法或意见当成我们对欧美文学阐释的最终标准,似乎最终的结论应该在西方人那里,或者说作品的真正本意只是西方作家要体现的本意。这样,我们中国人对欧美文学翻译、介绍、研究和传播似乎就是西方文学观点的传达者和他们意见的二传手。在我们学界内部,也有学者常常抛开中国社会发展对欧美文学需要的具体实际,抽象地或机械地进行阐释或解说。例如,今天有人仍然用“善恶论”即人性冲突的观点来看待西方文学作品,或以“人性与神性的冲突”等观念来解释西方文学发展流程;更有人用当代西方的各种所谓“新”的理论来解释欧美文学作品以显示其阐释的“深刻”。这样做的结果让人感到,似乎我们的研究是为欧美国家而做的,我们研究的目的只是为了得到西方作家和学者的青睐,我们研究的似乎常常是为了让西方人更好地认识西方。而中国人研究接受欧美文学的目的,反而退居其次了。应该说,这种对欧美文学乃至外国文学的接受态度是必须要改变的。当然,我们承认西方人研究欧美文学有着得天独厚的优势,因为这是他们自己民族文化的产物,他们也对自己的社会生活、风俗习惯、审美特性

以及所面临的问题更为熟悉。但若要认为他们所说的话都是正确的，或者说他们的见解都是永恒的，具有普遍性的，是不可取代的标准答案，其实也不尽然。我们必须要根据自己的情况来看待他们的文学主张，至于他们对某些重大问题的见解也更需要我们重新认识和反思。

欧美文学，包括外国文学作为已经在异域发生的过去存在，有它自身的客观性和时代所指性。因此，面对浩瀚无边的外国文学，我们今天翻译什么，如何翻译；介绍什么，如何介绍；研究什么以及如何研究，就具有很大的主观选择性和自我目的性。人们常常说，“发思古之幽情，往往是为了现在”。在中国的外国文学领域，我们也必须具备“发外国之幽情，主要是为了中国的现在”的自觉。以往我们之所以让欧美文学的“六经注我”，目的是要了解欧美文学，引进我们所缺少的现代化思想资源。那么，今天我们必须转换观念，去“我注六经”，让其能更好地为我们服务。当然，外国文学本身的艺术价值以及它在文学上的地位等，也是我们选择它予以翻译、引进和研究的一个重要因素，但选择哪些外国作品进行翻译研究从根本上还是取决于中国的社会现实和文学现实，说到底还是要取决于中国现代文化建设的需要。

我们必须知道，本土需要和本土经验对于文学引进来说具有决定性。在中国现代翻译文学史上，说某某外国作家有地位和影响、艺术成就很高，就将其作为翻译的理由，这是苍白的。我们必须从被翻译的对象中找到某种对我们的社会现实和文学发展有用的东西，否则就没有翻译的必要，即使勉强翻译过来也不会发生什么影响。这在历史上曾经有过先例，例如，鲁迅就曾说他“敬服”但丁和陀思妥耶夫斯基，但“不能爱”。为什么？根本原因就在于他们两人的思想对于当时的中国人来说太隔膜了，他们所表达的意见和主张，在鲁迅时期的中国还缺乏文化基础和现实语境，所以接受不了。比如对于陀思妥耶夫斯基的“忍从”思想，鲁迅就说：“不过作为中国的读者的我，却还不能熟悉陀思妥夫斯基式的忍从——对于横逆之来的真正的忍从。在中国，没有俄国的基督。在中国，君临的是‘礼’，不是神。百分之百地忍从，在未嫁就死了定婚的丈夫，艰苦的一直硬活到八十岁的所谓节妇身上，也许偶然可以发见罢，但在一般的人们，却没有。”[①]正是因为如此，陀思妥耶夫斯基就很难被当时的中国读者所接受，其作品自然要受到翻译家的冷落。即使他“太伟大”（鲁迅语）了，也没有用。就是当时有人翻译他的作品，研究他的文学成就，但也多是从“被侮辱和被损害

① 鲁迅：《鲁迅全集》（第六卷），北京：人民文学出版社2005年版，第426页。

的”角度来探讨陀思妥耶夫斯基作品的价值。然而到了今天,陀思妥耶夫斯基却受到高度的重视。究其原因,很重要的一点就是他的作品对人物心理分裂的分析、他对人灵魂深处矛盾的发掘,就适应了我们今天社会发展转型时期的某种心理需要。所以我们说,翻译文本的选择,最根本的还是要适应中国社会发展的需求。

再比如当前我国学术界对欧洲中世纪文学的研究,也是如此。欧洲中世纪文学本来在国外学术界和我们以往的研究中,都对其评价不高。但近年来却成为我国外国文学研究领域的一个“热点”或“重要的研究领域”,逐渐受到了翻译者和研究者的注意,甚至很多青年学者也参与了其中。究其原因,可以看到,我们今天的欧洲中世纪研究已经和中国的文化建设遇到的问题紧密联系在一起了。今天我们研究欧洲的中世纪文学,本质上是在研究解决我们今天文化建设中遇到的问题。我们知道,欧洲近代文化的形成,和中世纪有着密切的联系。过去人们总是认为,中世纪是个黑暗时代,是个社会发展缓慢、文化成就很低的历史阶段。但在深入研究中,人们越来越发现,在这些表面现象的背后,有着对我们今天中国的文化建设富有启发性的东西。

首先,欧洲中世纪文化的发生,是和多种文化因素(如古代希腊罗马文化、蛮族文化、北欧文化乃至阿拉伯文化等因素)进入欧洲大陆密切相关的。正是多种文化进入后不同文化因子之间的碰撞和融合,才使得原初的欧洲文化(主要是希腊罗马文化)样态发生了改变;其次,则是一个外来的文化,成了主导性的文化,从而改变了欧洲古代文化的性质。这个外来的文化也就是在犹太教基础上产生的基督教文化。换言之,外来的基督教文化成了将当时那些性质不同文化要素聚集成为新文化的主导性因素。后来又经过中世纪晚期发生的伟大的文艺复兴运动,造就了新的文化体系,从而形成了后来以基督教文化为主导的,又融合着不同古代文化因子的近代资产阶级文化体系。这样,对欧洲中世纪文化的研究,就告诉我们几个深刻的道理:一是一个外来的文化,完全可以主导另一个地区或民族的新文化体系的生成。很长的时间内,总有一些人,认为马克思主义是外来的文化,其性质与中国古代形成的传统文化性质完全不同,因此对其能否适应中国的需要产生怀疑,甚至有人反对马克思主义进入中国。但欧洲中世纪的经验表明,外来的文化完全可以成为一种新的更富有活力文化的主导者。二是想要造就现代性的文化,必须要有多种文化要素的进入并与本土文化发生激烈的碰撞。也可以说,只有在不同文化的激烈碰撞中,才能使不同的文化之间更为了解和熟悉,也才能在碰撞中产生新的文化。反观世界上很多文化，由于自身的保守，虽然其文化系统很稳固，却没有创新发展的动力。而当外来文化进入后，情况才发生了根本性的改变。这也就是百年前的中国要打开国门的原因，也是“文化大革命”之后我国要实行改革开放的文化上的原因。三是要形成一种强大的新文化，必须要有一个先进的文化为中心并对各种文化要素进行统筹。前面我们说过，欧洲中世纪的基督教文化，对古代的希腊罗马文化而言，毫无疑问就是当时的先进文化。在希腊神话中，人们是用自己的现实生存的经验来解释世界，而基督教则是用神学理性的方式在解释世界。这就是说，在基督教的教义《圣经》中体现出了崭新的解释世界的模式。它的崭新在于，其抛开了人自身的本能欲望，抛弃了人的生活中的感性经验。它把人当成了一个精神的动物来解释，强调人是精神的精灵，或者说是精神载体。基督教思维模式的出现，说明人越来越脱离自然本能的羁绊，而走向了人类的理性世界。所以，我的看法和其他人不同在于，中世纪基督教文化体系的出现和形成并占据欧洲文化的主导地位，并不是人类社会的退步，而是标志着人类理性能力和思维能力的极大增强。中世纪以基督教为核心的欧洲文化的形成，说明人类已经具有了一个脱离自己的欲望的感性世界，再建一个精神理性世界的能力。这标志着人类把握世界，把握人的能力有了很大的增强。[①] 以此观照百年来马克思主义进入中国的进程，也是在外来的先进文化——马克思主义文化——统筹中国古代文化从而转向现代化的进程。仅以以上三点来看，我们就可以说，今天研究已经“过时”了的欧洲中世纪文化与文学，并不仅仅是为了搞清西方的中世纪文学的成就，恢复它应有的地位与价值（当然这是极其必要的）。更为重要的是，我们研究欧洲中世纪的文化以及其内在所蕴含的文化整合和建构规律，可以为我国新文化建设提供有益的经验教训，从而增强我们的文化自信。这样，我们研究欧洲的中世纪文化和文学，其实就和我们今天的新文化建设有了密切的联系。

同样，我们研究现代主义和后现代主义文学也是如此。中国人研究欧美的现代派文学包括后现代主义文学，主要目的是要为我国的现代化的文化建设提供经验和借鉴。由于西方世界的现代化进程比我们早，在其发展中出现了很多的问题，留下了很多的经验教训。我们研究它们的目的，主要是让中国人提前认识到，我们在现代化进程中的时候，如何尽早地明晰其中所包含的问题，避免重蹈覆辙。

---

① 对这一看法的详细阐释，请参见刘建军：《基督教文化与西方文学传统》，北京：北京大学出版社 2005 年版和《圣俗相依：刘建军教授讲基督教文化与西方文学》，北京：中央编译出版社 2014 年版。

在我国当前对西方现代的文学研究中,有一个重要的问题更应该引起我们的警惕和注意。这就是伴随着全球化而来的西方人要把自己的价值观打扮成或推销为“普世价值”的问题。仅从文学发展的角度来看,就会发现,从20世纪以来的欧美文学创作中,西方作家的创作主旨发生了一个转折,即从对国家和民族的意识的张扬开始逐渐转向对人类共同命运的探讨,作家们力图展示当代人类的共同命运,挖掘人类共同的境遇,自觉或不自觉地要做整个人类的“代言人”。

从文化学的意义上说,要做人类代言人,这其实是欧美知识精英们自古以来就坚持“西方中心主义”的一个重要手段。也就是说,欧美文学中的“西方中心主义”一个很重要的表现就是要做人类命运的“代言人”。我们知道,这一手段在西方是有传统的。例如,在文艺复兴之前的欧洲的文化,尤其是中世纪基督教文化中,文学的创作一直是以建构欧洲人的共有价值观为出发点或着眼点的。换言之,不仅文学,当时的哲学、宗教等等领域也是如此。其主要根据在于,这些文献中探讨和涉及的问题基本上都属于“人类”意义上的问题而不是近代“民族的”或“国家”意义上的问题。例如,人与神的关系、天堂与地狱、善与恶乃至有神与无神、多神与单一神等等,都不是具体的民族问题,也不是局限在一个国家内的问题,而是欧洲当时每个国家、每个民族都会遇到或要解决的问题。只有到了17世纪现代意义上的民族国家出现之后,文化的主旨才发生了根本性的变化。其中最重要的变化在于:过去从抽象的人的立场上考虑问题的方式被置换成了从现代国家的立场上来考虑问题了。可以说,民族国家意识的形成,开辟了各国的现代化之路,也真正开启了民族文学的发展之路。此时出现的国家或民族的文学根本不同于早前文学的基本特征有三:一是此时文学考虑问题的出发点和归宿都是“国家的”或“民族的”立场,而不再是那种抽象的“人类”的立场。二是在现代国家形成之后,很多作家和艺术家其实都变成了自己国家问题的表现者、反映者或解决者,个人的创作基本上受制于他所生活的这个国家的制度和意识形态的制约(无论是歌颂的或反叛的均如此)。三是民族传统和形式得到高度的关注。民族风格、民族特色和民族气派不仅受到文学家艺术家的注重,而且也得到国家的提倡,由此也导致“越是民族的越是世界的”的观念深入人心。这表明在这种现代文学观念的背后,隐含着一个最基本的东西,就是作家的创作受到了国家的、民族的意识规定的控制,受到了这一集体无意识的制约。

但是,这一立足于民族国家立场的文学意识只过了二三百年,随着资本主义现代化进程的快速发展，到了20世纪初，欧美文学中又开始具有了新的"全球意识"。从经济活动来说，争夺全球市场和材料来源，无疑是最根本的原因，这也是殖民主义疯狂拓展的原因。与之相关的，就需要有全球化的文化与经济全球化相适应。纵观20世纪出现的欧美现当代的文学作品，尤其是现代派和后现代主义作品，我们不得不说，他们要认识和回答的都不是哪一个国家独自遇到的问题，也不是哪一个个体意义上的人遇到的问题，而是当今整个西方社会的人们遇到的普遍性问题，如人的异化、世界的荒诞、人生痛苦等。这些问题都跨越了欧美不同国家、民族、阶级、种族和文化之间的界限，成为当代西方世界遇到的普遍性问题。艾略特是20世纪初出现的西方文学代表人物，他的长诗《荒原》就是关注人类普遍性问题的杰作。从《荒原》中可以看到，它并非像有些人理解的那样，仅仅是讲英国现代资本主义社会出现的危机，也不是仅仅在说经过了第一次世界大战的西方世界成为价值的荒原和道德的荒原。细读这部诗作，可以看出，他是在反思整个人类的历史，在讲整个人类自诞生的第一天起就"走错了路"的道理。在诗作中，艾略特认为人类社会从出现的第一天起，就一直没有实行"人类法则"，而实行和遵从的是"荒原法则"（或曰"动物法则"）。正是因为选择了"荒原法则"或"动物法则"，所以人类从古到今的历史没有意义，在这个历史中活动的人也没有意义，他们只不过为争夺而争夺，为活着而活着（动物原则）。诗作第一章的"死亡葬仪"，寓意着整个人类生存的无意义和无价值，整个人类的历史不过是一代代芸芸众生无聊的生长和死亡延续过程。第二章"对弈"则是告诉人们，实行荒原法则后人与人之间的关系都是"对弈"关系，"恨不得你吃了我，我吃了你"。换言之，现代人仍然重复着古代的人与人之间尔虞我诈的罪恶，人成了丧失人性的行尸走肉，说他们"是在老鼠窝里，在那里死人连自己的骨头都丢得精光"。第三章"火诫"则暗示人类的一切活动，都没有目标，不过是受欲望之火驱使的结果。在诗人看来，情欲之火毁灭了人性也毁灭了大自然，造成了这个"乌有和乌有联结在一起的现实"。第四章"水中死亡"告诉读者，人类的历史不过是随着人们的欲望之水不由自主、随波逐流、上下沉浮的过程，历史本身毫无意义。诗作最后一章"雷霆的话"，其实就是在说人类要想得救，就必须打碎"荒原法则"去施行"人类法则"。换言之，在艾略特看来，人类今天的问题并不是今天造成的，而是从古到今人类一直没有实施过"人的法则"，都是"荒原法则"在起作用的结果。由此可以看到，艾略特从整个历史整体角度反思了人类今天面临的问题。这诚如尼采所提出的"一切价值重估"，其实就是要整体上反思人类的错误。卡夫卡的《城堡》也讲了一个非常富有哲理的道理,即自古至今,人类总有自己实现不了的愿望,这是似乎就在眼前,但却实现不了的东西,其实就是人类时时刻刻面临的“城堡”。也可以说,“城堡”就是每个人都面临的具体的都想得到,却永远也得不到的那个东西的符号。在贝克特的《等待戈多》中,“戈多”其实就是戏剧角色“戈戈”和“狄狄”的“城堡”。20 世纪作家们这样描写,主要就是要反思现代人类社会出现问题,并试图查找出产生这些问题的根本原因。

实事求是地讲,这样的反思对西方世界来说本来是十分深刻,也是有着很大启示意义的。但问题在于,这些本来是他们写作时代的资本主义社会特有的文化现象,却被他们看成是整个人类的特征了。试想,当 20 世纪初期,中国人在寻求“站起来”并为之奋斗的时候,当其他被压迫、被殖民的民族在进行民族解放斗争的时候,他们的这种认识怎么能为这些民族的代言呢? 说到底,他们不过是发达资本主义社会中那些具有反抗倾向的知识分子的代言人而已。这一点我们应该有着清醒认识,但问题是我国却又有很多人也不自觉地把这些看法当成了 20 世纪全人类的普遍问题加以对待和解说了。很多人脱离了自己国家和民族的具体情境,大力宣扬这类“思想”和“意识”,并以这类观点和意识看待和解说 20 世纪中国的社会问题,这又是一种“西方中心论”的典型表现。

更为关键的是,西方某些国家随着其经济力量、政治力量和军事力量向全世界拓展和扩张,西方世界所遇到的文化问题又通过其文化和文学向外传播,这些西方世界独有的矛盾和问题又被当成人类共有的问题走向了世界,即似乎所谓荒诞问题、异化问题以及其价值观的混乱的问题等这些西方社会所独有的现象,变成了全人类的问题,即被当成了所谓“普世性”的问题,而他们解决问题的一些主张也被当成“普世价值”或“先进意识”得到大肆宣扬和推广。虽然在西方现代主义和后现代主义文学中,很少有直接地、赤裸裸地鼓吹“殖民主义”“扩张主义”或“西方中心主义”的文辞和主张,有些甚至对这些现象进行了所谓的批判与否定,但是,隐含在其背后的,仍然是西方的价值观。

众所周知,20 世纪后期,随着世界性的现代化进程达到了一个新的阶段,世界各个民族国家之间的联系越来越紧密。但由于发展的程度不同,又使得不同民族国家的价值观被各自维护与张扬。这样,导致了新的冲突的出现。在此情形下,寻找和宣扬“普适性价值”就成了和现代化、全球化要求相适应的文化策略。

如前面所言,本来,“普适性价值”的本意是指不同的民族和国家,尽管有着不同的利益需求与价值取向,但作为人类的成员,必须还要有整个人类共同拥有的价值尺度。例如，民主、自由、平等、和谐、富裕、幸福等。这是世界上每个国家、每个民族，每个人乃至每种文化都追求的东西，也是在当前全球化发展的形势下，一种力图在世界性的文化范围内寻找整个人类共同价值观的产物。换言之，我们这里所说的“普适性价值”应该而且必须是在全人类文明中抽取出来并承认全人类不同成员差异基础之上形成的，是体现着世界每个国家与民族相互平等、相互尊重、相互宽容意义上的用语和概念。从操作层面来说，需要人们在看待问题的时候，既要抛弃“我”的立场和价值观，也要抛弃“你”的立场和价值观，必须从“人类命运共同体”的立场和真正的普适性价值观上去思考解释问题，让人类在新的社会发展条件下生活得更加美好。因为只有普遍适用的价值，才能将各种文化的共同性价值提炼出来并被各种不同文化背景的人所接受。当然，在现今世界各国生产力发展极度不平衡、政治经济文化存在重大差异的情况下，真正的“普适性价值”还难以出现。但西方人却常常把自己的价值观说成是“普世价值观”，一些大国甚至把此当成是干涉、入侵与奴役其他国家的文化策略和思想工具。这一点是需要我们时刻警惕的(其实当前有些西方国家提出的“普世价值”仍然是他们自己认为是正确的和最好的价值，隐含着高人一等的心态。这本质上仍然是西方中心主义思维模式的显现)。这一切和笔者所说的“普适性价值”完全不同。[①] 我们今天研究欧美文学或外国文学，就应该在世界各国的文学作品中，抽取其“普世价值”的要素，并提出中国自己的“普适性价值”学说。

三、要在继承和发展中建立欧美文学的“中国话语”

任何新的学术话语的建设，都要在继承的基础上进行创新。否则，就是无源之水，无本之木，所谓“新话语”的建设，也不过是主观臆想的产物。我们今天要进行欧美文学“中国话语”的建设，也要在此前百多年来的欧美文学引进、借鉴等大量富有成效工作的基础上，在前辈们贡献的成就上进行。就是说，当代的“中国话语”不能凭空而生。它必须是继承和发展的产物。我们要知道，百年来欧美文学(外国文学)中国化的进程，是一个不能分割的完整的发展过程。在“翻译一拿来”阶段，鲁迅先生的《摩罗诗力说》不仅指出了借鉴外来文化之必

① 正是因为这个原因，我更愿意把“普世价值”写成或叫作“普适性价值”。这一点，我们后面的“第八个问题”的第三个部分中还将论述。

要,而且还对一些欧美作家,如莎士比亚、拜伦、尼采等西方文学大家,做出了中肯的评价。如:"其煌煌居历史之首,而终匿形于卷末者,殆以此欤?俄之无声,激响在焉。俄如孺子,而非喑人;俄如伏流,而非古井。十九世纪前叶,果有鄂戈理(N. Gogol,即果戈理)者起,以不可见之泪痕悲色,振其邦人,或以拟英之狭斯丕尔(W. Shakespeare,即莎士比亚),即加勒尔所赞扬崇拜者也。顾瞻人间,新声争起,无不以殊特雄丽之言,自振其精神而绍介其伟美于世界。"[①]鲁迅对很多作家的评价在今天的很大程度上仍然被人们尊奉着。周作人先生所梳理的古代希腊罗马到18世纪的文学的发展流变过程,至今仍然有很大影响。可以说,在五四运动之前的历史阶段,他们不仅"盗天火给了中国人民",让中国广大读者知道了外来的文学中所包含的先进思想和进步的学说,而且也给中国后来的学人继续筛选、评价外国作家的作品,建立了基本看法和原则。在新民主主义革命时期,在极其艰苦和社会动荡的条件下,更有一大批学者(无论是在国统区和解放区)承担着"为人生""为革命和正义战争事业"服务的使命,翻译引进研究世界上的进步文学,并进一步拓展了中国的外国文学的研究领域和发展方向。郑振铎先生在1941年出版的《俄国文学史略》的"序"中,就写道:"我们没有一部叙述世界文学,自最初叙到现代的书,也没有一部叙述英国或法国、俄国的文学,自最初叙到现代的书。……这实是现在介绍世界文学的一个很大的缺憾。"[②]就是在这部著作中,作者按着年代的发展流程和作品的分类,并根据贡献的大小和思想艺术成就的高低,基本准确地评价了俄罗斯伟大作家。在新中国成立后,当时的外国文学学者们更自觉地承担起了服务社会主义革命和建设的使命,自觉进行思想改造,初步建构了外国文学的翻译体系、研究体系、传播体系和人才培养体系。尤其值得大书特书的是,在20世纪五六十年代,很多前辈们创编了中国的外国文学、西方文论与美学理论的教材体系与研究范式。尤其是以杨周翰、朱光潜等先生为代表的学者们,编写了以马克思主义为指导的《欧洲文学史》《西方美学史》等教材,从而使欧美文学"中国化"的进程发展到了一个崭新的阶段,达到了一个新的高度。在这些教材中,创编者们以唯物主义世界观为指导,以辩证的观点来看待当时欧洲出现的文学现象。他们从经济基础决定上层建筑的思想出发,确立了由时代背景到作家生平,然后进行作品的思想分析和艺术分析,从而评价其在历史和文学史发展中的地位和作用的模式。这种分析模式,至今仍然是我们写作外国文学史、甚至是一些学者写

---

① 鲁迅:《鲁迅全集》(第一卷),北京:人民文学出版社2005年版,第66—67页。

② 郑振铎:《俄国文学史略》,长沙:岳麓书社2010年版,第1页。

作专题性的外国文学论著的基本模式。至于这两部教材中出现的对一些文学艺术现象、一些文学流派、一些作家作品的主题乃至对艺术特征的基本看法，在很大程度上仍然是我们今天的基本看法。在研究领域如此，在翻译领域也是如此。很多前辈翻译家，在百年来的翻译实践中，不仅译介了大量的外国文学名篇名著，如鲁迅先生翻译的《毁灭》，朱生豪先生翻译的莎士比亚戏剧，傅雷先生翻译的巴尔扎克小说，郭沫若先生翻译的歌德作品，戈宝权先生翻译的普希金诗歌等俄罗斯文学作品，以及新中国成立后季羡林先生翻译的印度史诗、杨绛先生翻译的《堂吉诃德》等，都被认为是经典的翻译精品。如果没有前辈们大量的翻译之作，欧美文学的“中国化”也就无从谈起。尤其是在历代翻译家的翻译实践中，也形成了属于中国自己的翻译理论和方法。这些都是我们在欧美文学“中国化”过程中积累的宝贵财富，也是我们在新的时期创新发展的基础。

可以说，百年来这些前辈学者们在引进外国文学的探索中，完成了文学指导思想上和研究方法上的重大转变。这种转变有着比较清晰的发展流程，即从欧美资产阶级人性论和人道主义世界观的角度，发展到以革命的民主主义世界观的角度，再到以马克思主义世界观的角度来看待外国文化与文学。因此，可以说，在每个阶段，他们都做出了巨大的建树。这样，今天我们的建设具有中国特色的欧美文学话语，必须在前辈工作的基础上进行，既尊重他们的贡献，又要具有创新意识。

虽然前人的积累是丰厚的，成就是辉煌的，但是我们也必须看到，随着世界文化的向前推进，尤其是随着中国社会文化发展新阶段的到来，以往的阐释需要在新的理解上向前拓展，即我们必须用今天中国化的马克思主义最新理论成果为指导，创造出适应 21 世纪中国发展需要的并用“中国话语”言说的“欧美文学”（或者“外国文学”）。举例来说，关于文艺复兴运动的起源，在我们现有的教科书中，一般的表述如下：13 世纪末期，地中海沿岸的一些意大利城市，如佛罗伦萨、威尼斯等地，由于海上交通便利，促使了贸易发展，从而导致商业贸易和手工业的蓬勃兴起和最早城市市民阶层的出现。生产力的发展，导致了新兴资产阶级要扩大材料来源地和广阔市场等要求的出现。这种要求和封建制度及其封建主阶级的利益发生了严重的冲突，新兴资产阶级与封建阶级的冲突不可避免。新兴资产阶级要进行革命，首先要作舆论上的准备，由此导致了文艺复兴运动的发生。应该说，这种对文艺复兴起源的阐释，毫无疑问是建立在历史唯物主义世界观立场上进行的。但随着人们认识的深化，现在越来越感到，这种解释的不足之处也逐渐显现出来了。即这种解释太机械了，也太简单化了。

我们知道,生产力和生产关系的发展是一个社会发展的根本规定或根本原因,但在根本规定和根本原因之上,还有一个直接的规定或曰原因。例如我们在承认生产力和生产关系的发展是文艺复兴运动起源的根本原因之外,还要看到欧洲文艺复兴起源的一些文化成因或具体原因。具体的文化原因大致可以用"一""四""三"来说明。"一"是说它继承了中世纪所创造的一个思维模式或思维传统,即起源于古代希腊的"逻各斯中心主义"的思维方式在基督教的文化氛围中定型,从而成为西方世界人们思维的主要模式。"四"是中世纪给文艺复兴运动留下了"四大馈赠"(近代城市和喜欢艺术的宫廷;大学的建立为其培养了人才;在神学基础上形成的自然科学;宗教内部人道主义思想的增长)。"三"是文艺复兴运动又面临了"三大机遇"(黑死病的发生、拜占庭的覆灭和地理大发现)。正是这样多种文化要素集中而综合作用的结果,导致了伟大的文艺复兴运动的出现。[①]

除了上述原因外,文艺复兴运动起源还有一些其他的因素要考虑到。这就是此前发生在欧洲的一系列小规模的文艺复兴对它的影响问题。现在我们知道,在西欧,至少在14世纪之前就发生过两次文艺复兴。一次是8世纪法兰克王国加洛林王朝时期出现的文艺复兴,简称"加洛林文艺复兴"。"加洛林文艺复兴"是由法兰克查理大帝发动和领导的文艺复兴,它造就了基督教统一西欧文化的局面并形成了第一次西欧文化复兴的盛况。[②] 随后,西欧又出现了所谓"12世纪西欧的文艺复兴"。这次文艺复兴的主要贡献在于世俗文化因素进入到基督教文化中来了,并形成了历史上基督教文化与世俗文学蓬勃发展的局面。[③] 应该说,这两次文艺复兴都给后来14世纪出现的影响更为广阔的欧洲文艺复兴运动,打下了变革的基础并为之做了预演。不仅如此,8世纪兴起的伊斯兰文化对欧洲的文化也产生了巨大的影响。阿拉伯人经由北非和直布罗陀进入西班牙以后的七百年间,曾发生了"百年翻译运动"。"百年翻译运动"的重要作用在于,在阿拉伯人将古希腊亚里士多德等人的哲学按自己的理解翻译成阿拉伯文[④]之后,在这百多年的时间里,又将其从阿拉伯文翻译成了拉丁文等

---

① 此问题请详见刘建军:《论欧洲文艺复兴运动新文化多重起源》,《东北师范大学学报(哲学社会科学版)》1999年第2期。

② 参见刘建军:《查理大帝与"加洛林文艺复兴"》,《东北师范大学学报(哲学社会科学版)》2003年第2期。

③ 参见刘建军:《论欧洲12世纪的文艺复兴》,《北方论丛》2003年第4期。

④ 很多国外学者都指出,对古代希腊文化的继承,大致有拜占庭人和靠近爱琴海地区的阿拉伯人。因此,有拜占庭文化就是古希腊文化的中世纪化的说法。同样,阿拉伯人也对古希腊文化的中世纪化做出了贡献。

欧洲文字，从而使西欧人在经历过四百多年的黑暗时代之后，再次接触到了古代希腊文化的面貌。此外还有北欧文化、拜占庭文化对西欧文艺复兴的影响等等。从上述的论述中我们可以看到，其实文艺复兴在欧洲13世纪末14世纪初能够发生和发展起来，绝非是仅仅的生产力发展的结果（当然，这是根本原因），同时也是各种文化要素综合作用的结果。这样，就等于在前辈们研究文艺复兴运动起源所做工作的基础上，我们做出了新的解说。

这也就告诉我们，当代“中国话语”的建设，必须要在前辈们工作的基础上进行，不能另起炉灶或凭空臆造。更不能简单地把西方的和外国的东西搬来，试图将此来当成“中国话语”。君不见，有些人热衷于西方所谓“最新”理论的输入，甚至在对其基本内涵没有搞清楚的情况下，就满篇新概念、满嘴新名词地鹦鹉学舌，装腔作势吓唬人。更有甚者，用外来的文学理论去贬低中国的文学成就，蔑视中国的前人所做的大量工作。须知道，当代的“中国话语”只能在当代中国的文化土壤中产生，只能在中国的开放性的文化实践中产生。

四、要有体现正能量、发展正能量、弘扬正能量的时代要求

今天“中国话语”的建设，还必须要做到体现正能量，发展正能量，弘扬正能量的时代要求。这样说的文学理论依据在于：人类的文学历史发展告诉我们，文学和其他人类的文化知识以及文明成果一样，都是为推动社会发展和人类进步服务的。文学在本质上是使用审美的方式来认识世界和人生，揭示不同历史阶段人与人之间关系的奥秘，从而为人类走向更美好的未来做出自己的贡献。这一特点，在外国文学中，不管是在古希腊神话中的人对神祇世界的向往上，还是在欧洲中世纪文学中对“上帝天国”的渴望上，在资产阶级文学所鼓吹的“自由、平等、博爱”的“理性王国”的建构上，乃至今天的西方人对“人的自由状态”的祈盼上，都表现出了对美好世界的向往与追求。至于揭露社会的丑恶现象，表现人与自然、社会和自我之间的矛盾，批判某种社会制度和思想束缚，并不是要肯定它们，而是要否定它们，以便使我们得到借鉴，使我们生活的世界更好些。即使欧美那些以“批判现实主义”命名的文学流派的作家们，批判也不是他们的目的，他们的目的是要通过批评现实世界的罪恶来改良或改变世界。这是我们之所以主张文学要表现正能量的理论根据所在。

这里我们要特别指出，欧美现代文学，尤其是当代文学，是西方在社会当代

条件下的产物,反映的是当代社会西方世界面临的问题。如"荒诞""异化""局外人""城堡现象"等悲观绝望情绪,或者说负能量的东西。而这一切都只是西方发达社会现实中人与人之间不正常关系的产物。尽管这些作品都具有片面的深刻性,但其悲观绝望的情绪和让人沉沦的主张,都是不可取的。并且我们还要看到,即使西方发达社会的这些负面现象,也只是被西方的某些知识分子(甚至少数精英知识分子)思考总结的产物,至于它在多大的程度上能代表西方大众的普遍情怀,实在令人怀疑。加之西方现代文化是建立在当代资产阶级人道主义和人性论基础上的文化,其科学性也让人怀疑。虽然这一文化目前还适应着当代西方社会的发展,但欧美世界种种社会问题的出现,也让人们看到了这种文化的巨大弊端。说句绝对一点的话,今天的西方文化其实是一种"由盛转衰"的文化。而我们今天建设的是中国特色的新文化,是以中国化的马克思主义为指导的,在中国传统优秀文化基础上形成的并汲取了外国优秀文化的成果形成的"中国新文化",是处在"伟大民族复兴"阶段的新文化,是上升时期的文化。因此,我们在今天接受或者研究欧美文学的时候,对此要有清醒的认识。换言之,当我们看欧美文学中所表现的思想内涵和艺术内蕴的时候,在看到其弊端和绝望特征并引起我们警觉的同时,我们决不能简单地认为,中国也是如此,更不能不加深入分析地将其当今的文化特点机械地套用在中国身上。现在我们看到,有些学者写作的关于西方现代派文学研究的论文或著作,简单地用西方的某些理论和人是非人的现状等进行类比,机械地把这样一些东西套用在我国的某些领域和现象中,并且还以为这样的分析多么"深刻",多么"前沿",甚至有人断言,这也就是我们自己社会当前的状况,这就很成问题了。

我们强调正能量的现实依据在于:当前,随着地球村时代的到来,文化全球化进展的不断加强。特别是在当前我国改革开放和现代化建设不断深化的进程中,中外文化和文学的发展与交流成为一个显著的现象。文化交流本来是一件好事,但问题是文化交流总是发生在两种或者两种以上的异质文化之间。换言之,正因为两者间是异质文化,交流才成为可能。那么,不同的文化就有着各自不同的传统、不同的价值指向和不同的文化发展目的。举凡世界上几个大的文化现象,如基督教文化、伊斯兰教文化、佛教文化、儒家文化等等,就可以看出,它们之中都包含着真理性的因子,也同样具有非真理性的要素。就是今天出现的一些鲜明的文化现象,如欧美文化、东亚文化、南亚文化、非洲文化等等,其中的内涵也是极为复杂的。简而言之,其内涵都有着正能量的东西,也有着负能量的东西。这就涉及我们在文化交流的时候,是汲取其他文化中正能量的东西,还是热衷于追逐负能量的东西,就反映了我们对外来文化的不同态度。当代的欧美文化中,诚然有很多积极的、先进的东西值得我们很好地学习和借鉴,但其中也包含着大量的负能量的因素需要我们注意。对这些负能量的东西,我们的意思并不是不准许研究和认识,也不是要像以往那样,对外国文学只能引进研究革命的或进步的作品,而不能引进表现落后的或者反动的作品;更不是说在研究中只能说我们愿意听的话。我们的意思是,要在充分研究、认识和把握负能量东西的时候,不被那些负能量的东西牵着鼻子走,成为负能量的二传手。

举例来说,尽管20世纪上半期出现的以现代主义为特征的西方文学表现出了强烈的非理性色彩和浓厚的悲观绝望情绪,但就这一文学深层的意韵来看,西方现代作家描写世界的荒诞、人的痛苦和非人状态下人混乱的内心世界等等,并非仅仅是现代人悲哀意识的单纯宣泄。作家创作的目的其实是要指出现代社会和现代文明的病状,尤其是在异化新状态下的人的病态状态,以期引起人们对出了问题的社会的注意和在异化状态下寻找人的出路。也可以说,他们对荒诞社会的态度是拒绝的,对使人成为非人的世界是痛恨的,对人内心世界的混乱是极度恐惧的。但在他们强烈的嘲弄、反讽的背后,我们又会发现这些作品隐含着探索现代人的出路、展示荒诞境遇下要建立现代人新的主体性的深意。由此可见,在今天,人的主体意识的内涵也发生了新的变化,如果说,在生产力非常低下的古代,人的主体性是与大自然的斗争中表现出来的,强调的是人对自然的驾驭和把握的主体性。而文艺复兴时期出现的人的主体性是来自于对神的反叛,是从神控制人、奴役人对峙中寻找自己作为“宇宙的精华,万物的灵长”的主体性。那么,到20世纪之后,人的主体意识的觉醒就是人要从被异化的语境中寻找和确立人的主体性了。这是新的历史条件下对人的主体性认识的新特征,也是20世纪新的历史条件下人的主体性认识的新发展。这里面包含着两个向度:一是在有些典型的现代派作品中,如卡夫卡、乔伊斯、奥尼尔等人的创作中,就表现出了异化状态下人是非人的状况。而在另外一些现代派作家的作品中,如萨特、加缪以及海明威等,则表现出了异化状态下人的主体意义的积极方面。海明威的《老人与海》可以被看作是一部“存在主义哲学的寓言”,因为作家在这样一个世人皆知的老故事之中,隐藏着他对处在荒诞境遇中的现代人特征的理解。正像国内外一些批评家们指出的那样,生活本身浓缩为一个孤苦伶仃的老人的狭隘视野,桑提亚哥是哲理化的人类形象和人类精神的象征。作品写到,桑提亚哥所面对的外部世界,已不再是传统作家笔下的可以让人认识和改造的自然,它完全成了凌驾于人之上的强大暴力,成了捉弄人、作贱人的荒诞存在;而人本身在这个世界中的生存也是痛苦和失败的。海明威的杰出就在于,他揭示了真正的人所具有的精神品质和人格力量。在老人桑提亚哥身上,作家弘扬的是人的不屈服的抗争精神,是向荒诞世界证实自我存在的价值。这样,打渔对他来说,已不再是一种单纯的谋生行为,它已成为一个自我实现的庄严仪式。尤其是他在与大海较量失败后所说的"一个人并不是生来要被打败的,你尽可以把他消灭掉,可就是打不败他"的话,以及他回到岸上在睡梦中又梦见了象征力量的"狮子"的情节,是对人的精神力量唱了一曲高昂的赞歌。应该指出,类似《老人与海》精神的作品,在20世纪四五十年代,甚至五六十年代以后出现得还是较多的。

尤其是20世纪七八十年代之后,由于社会关系的新特点,对人的积极精神的理解进一步深化。今天的人们看到,人的主体精神不再仅仅是如同作家所表达出来的像桑提亚哥那样的一种抽象的积极力量,它更是一种能够在各种关系束缚中自我和他者共同寻找更美好价值的力量。人作为"宇宙的精华,万物的灵长"在今天更体现为人能够不断深化认识人所处的具体境遇,并能够在诸种关系中寻找既属于自己的,也与他者价值契合的新的人的精神风貌。与此前作品中的人文精神表达不同的是,这种对人的理解,不仅仅只是靠作者的表达完成的,而是作者通过其作品的写作,来启发读者完成的。当前的时代是一个价值多元的时代,由于读者和作者的立场不同、所持的价值观不同,常常会导致对一部作品的多元性理解。例如,当前,"人权"的价值观念获得了众多作家的认同和表现。在当下世界上各种文化冲突、各种社会危机越演越烈的时候,渴望维护自己个人的权利、民族的权利乃至一切生命体的权利等等,成为当前欧美文学作品表达的重要主题。可以说,各种作品中都蕴涵着追求人的权利的韵味。但问题是有人从肯定个人的权利角度,有人从肯定人类的权利角度;有人从生存的内涵角度,有人从发展内涵的角度;有人从后殖民受压迫的角度,有人从女性长期以来被边缘化的角度来进行写作,从而形成了对"人的权利"内涵的多元化理解。作者正是通过作品来搭建一个多元阐释的作品平台,以便让每一个读者都能在自己的独特感受和理解中,树立起属于自己的人的主体性张扬的范式。

可以说,在近几十年来欧美文学作品中出现的大多数主人公,无论是精神昂扬的,还是情绪悲哀的;无论是处于"局内"的,还是处于"局外"的,都用自己的行动或从正面,或从反面反思着人类当前生存的现状。更重要的是它启发着读者的梦想,激励着读者认清自己的现实处境,从而追求着人类更为理想的更符合人类价值的生活。这样,作品就变成了对某种人生状态或人生哲理的反思,从而透露出了一种积极探索新的人类生活、不断反思当下现存生活是否合理的情怀。这就使得海明威式的早期现代主义作家那种对人的积极精神的抽象呼唤和弘扬,转变成了让每个人都进行自主思考从而积极行动的主动者。这是新形势下对人的主体性的创新性表达,是新的人文精神的基本体现。

这个例子表明,我们所说的正能量,是要中国学者在对欧美文学现象和作品的重新解说时,不是一味去弘扬所谓人类的悲观绝望的情绪,去欣赏西方人的自怨自艾;而是要在这样的文学现象和文本现象中,发掘出新的、更加积极的内涵,以推动我们社会的进步。

我们认为,以上四个基本原则,是我们在建设欧美文学乃至外国文学“中国话语”时必须要坚持的原则。也可以说,只有体现着这些基本原则规定的“中国话语”,才是有价值的。这也是我们在研究中得出的重要的结论。

第八个问题：

为什么要把文学史观创新作为当前中国话语建设的重要任务？

欧美文学或曰外国文学“中国化”进程，涉及翻译、介绍、研究和传播以及人才培养、队伍建设、学科建设等多个方面，并具有鲜明的学科特殊性。由于当今我国正在全面建设小康社会，也可以说，中国社会现代化全面性建设的要求，也决定着我们外国文学领域的建设也必然是全面的。而文学史观的建设对欧美文学乃至外国文学的全面性发展来说，带有统筹性的作用。这不仅因为外国文学史教材或欧美文学史教材的建构涉及文学史观、文学演变规律、文学批评的方法论以及对文学现象、作家作品的社会评价和审美评价等多方面的领域，更重要的是，一个民族具有什么样的文学史观，会影响到其翻译、研究、传播以及重建等诸多问题。可以说，没有中国人自己独特的文学史观，就谈不到欧美文学或曰外国文学的“中国化”，也谈不到欧美文学“中国话语”的真正确立。正是因为文学史观的建构对我们的引进和研究欧美文学起着全方位的统领的或基本规定的作用，因此，中国的欧美文学史观的建构，也应该是我们要重点谈一谈的领域。

一、欧美文学暨外国文学史观建设必须要注意思维方式的改变

怎样构建和构建一个什么样的具有中国特色的外国文学史新模式，从 20 世纪 80 年代以来，就成为人们多方面深切关注的学术前沿问题，并迅速发展为中国的外国文学界研究和讨论的一个热点。众多外国文学工作者，更是把它当作创立中国“外国文学学”这样带有战略意义的课题来研究。

以往人们在谈到中国的欧美文学史观建设的时候，常常注重于个别学术话

语或学术理论观点的更新。当然,这是非常重要的,也是不能忽视的方面。但若是将其仅仅局限于此,眼界可能就过于狭窄了。所以,从思维方式变革、中国话语体系的营造、外国文学作家价值的重估以及对外国文学作品内涵的深入发掘,可能是更为重要的。

中国的外国文学史观建设,首先的任务是必须要注重思维方式的转换。我们今天很多人的文学史观,还不能完全适应新的形势发展的需要。比如,在很长的时间里,我们虽然初步建立了以马克思主义辩证唯物论和历史唯物论为指导的文学史观,但在具体使用的时候,尤其是在外国文学或欧美文学教材中使用的时候,则将庸俗的社会学等同于马克思主义,将一般的方法论等同于文学批评的方法论。例如,我们在本书的导言中所指出的现有外国文学教材编写的"八股化"弊端①和分析作家作品的机械的"二分法"模式②以及思想内容与艺术特点相分离的问题等等,就是这种弊端的鲜明表现。这种状况甚至在今天新编的教科书中,仍然延续着。这些弊端说到底是我们思维方式停滞和陈旧的结果。改革开放之后,我们很多学者,大量引进西方的或外国的理论,对冲破当时的思想僵化以及传统的思维定式,的确起到了巨大的推动作用。但很快发展到一些人唯西方马首是瞻,一切都要向西方或外国看齐,结果出现了很多问题;在西方文化失效的情况下,又出现了"寻根派",主张全面复兴国学,试图到老祖宗那里去寻找解决现实问题的出路。这些其实都是缺乏思维创新的体现。

为此,我们必须把思维创新当成是今天新文学史观建设的重要任务。换言之,新的思维方式必须是辩证的和发展的而不是僵化静止的。我们必须把西方的思维方式与中国的思维方式进行有机结合,必须要在西方"化中国"的时候,还要去"化西方",从而形成新的符合今天需要的思维方式。从另外一个角度讲,今天需要的新的思维方式,既不能完全是传统的,也不可能完全是当下西方的,而应该是二者相互交融的、相互弥补和相互促进的。这样,根据中国社会现实出现的各种问题,结合西方文学的实践,实事求是地、具体问题具体分析地去认识和把握好外来的文学与文化,这才是我们思维成熟的标志。同样,形势的不断变化,决定着我们的思维一定不要僵化。思维一僵化,一静止,我们的观念也就落后了。

我们还要看到,新的思维方式必须是在对现实中出现的重大问题的认识和

---

① 现有的教材的体例构成,大多都体现出了"时代背景、作家生平、故事情节、思想内容、人物形象、艺术特征"固定模式。

② 很多教材对作家作品的分析,一般都是采用"批判了什么,赞扬了什么"的统一模式进行的。

解决过程中建立的,而不是学者个人脱离实际,苦思冥想,就理论而进行理论推演,就文学而进行文学分析的所谓“纯研究”的产物。前面说过,当前我国正在进行人类历史上从来没有过的伟大探索和伟大实践,在社会发展中出现了众多亟待解决的或必须要清醒解释回答的问题。既然这些问题在人类的历史上从来没有碰到过,这也就决定着我们必须换个思维角度或者说思维方式看问题。我们不能再用过去的思维方式和方法,去解决今天的问题。歌德说过,理论是灰色的,只有生命之树长青。现在有一些学者,或者热衷于在西方某种理论起点上进行所谓的新体系的构建,或者依据自己一些感悟性的想法,对社会问题进行随意性的解说,这都是很不好的现象。同样,思维创新又是在科学而严密的知识体系基础上形成的,这就决定着我们对社会问题的言说必须是在系统知识体系的基础上来全面地、系统地和辨证地看问题的产物。换言之,既不能跟随原有的知识体系跑,也不能根据社会的某种流行的情绪或观点走。我们的话语,应该是科学严谨的知识体系规定、人民群众现实要求和学者自身理性思索三者的辩证统一。也可以说是以现实问题为针对性,在符合学理逻辑前提下,以人民群众的历史要求为导向的新的思维方式的产物。这是我们社会科学研究走向深化、走向发展繁荣的基本理路,也是我们今天的欧美文学或外国文学研究走向进一步发展繁荣的思维创新的着力点。

从具体操作领域而言,首先我们要从中国人的思维和西方人的思维差异上,尤其是传统思维与现代思维的差异在文学中的表现入手,从当代不同文化间对立、冲突、碰撞与融合的规律性层面,用新的思维方式来重新认识和把握欧美文学的发展流程,从而取代西方世界以“人道主义”价值观为核心所构建的文学演进体系和研究体系,同时也要改变我们以往较单一的,甚至建立在庸俗的社会学基础上的或简单的以阶级斗争为价值标准的僵化的思维方式。

现在,有很多学者已经看到了中国思维方式和欧美等西方思维方式的巨大差异。用最简单的话来说,中国的思维方式是主张“一分为三”[①]的,而西方的思维方式则是强调“一分为二”。具体来说,中国人所特有的思维方式是建立在整体性观照基础上的辩证思维方式。所谓“整体性”,就是说在中国人的头脑中,世界上的一切事物,都是有机联系的整体,其中充满辩证的矛盾运动。但要注意,中国的辩证法中的这个辩证运动,主要是指矛盾双方是相互联系与不断转化的。我们也可以简单地说,中国古代产生的辩证法,是以“联系中的转化”

① 在中国文化中,“三”是“多”的意思。

为基本特征的。中国在认识事物的时候,首先将其看成是一个完整的有机联系的整体,在这个整体中,蕴含着辩证的运动过程。例如,在中国人的观念中,事物都有阴阳两极,二者相互联系,密不可分。但这个阴阳又是可以相互转化的。“山之南,为之阳,水之北,为之阴”,这是就一座山而言的。但假如这水在山之南,那可能就成为山之南为水之阴,水之北为山之阳了。所以,阴阳不是固定的。它们是随着条件的变化而不断地互为阴阳的。古人所说的“塞翁失马,焉知非福”就是讲的这个道理。这也就是中国古代哲学所讲的“无生有,有生一,一生二,二生三”的本意。儒家讲的中庸,其实说的也是这个道理:“叩其两端而执中,执中无权,犹执一也”。[1] 这就是说,这里的两端不是我们平面意义上的A端和B端,两端指的是两个完全不同的事物,研究两个完全不同性质的事物的时候,这个中不是各占50%的“中”,而是新出现的东西。这个“中”就是“三”,“三”也就是“多”。

而西方人对事物的认识则是建立在事物分类的基础上的。在他们看来,事物本身有一个本质性的“逻各斯”,但它必须要分化为相反的两极,由此构成了事物的整体。两极的性质完全不同,且相互间不能转化,只能相互斗争。这就是人们常说的“逻各斯中心主义的二元对立”学说。比如,在古代希腊人那里,“理念”为逻各斯,但理念需要分化成具体的事物才能显现。这也就是柏拉图等希腊哲学家们讲的“现实的床是理念的床的现实显现”的意思。在中世纪,“上帝”是逻各斯,是最初的“一”。但上帝需要按照自己的形象造人,即分化成和自己不同的东西,才能够起作用。天堂一定要有它的对立面“地狱”,而天使一定有它的对立面“魔鬼”。这就是西方的“二元对立”的矛盾构成。在这样的对立中,对立的双方是不能转化的。就如“善”和“恶”,“天使”与“魔鬼”两者之间,根本不能转化,只有斗争。所以,西方观念中“矛盾”的内涵强调的是“对立的统一”,强调的是性质不同的两种事物间的对立,并以其中一方的胜利和另一方的失败作为矛盾结局的方式。这也就是人们常说的一定要让“善”战胜“恶”,“天使”战胜“魔鬼”。这样,就使得他们在认识和分析欧美文学作家和作品的时候,这种“好与坏”“积极与消极”“进步与反动”的“二元对立”的思维模式成为主要的审美模式。应该指出,随着百年来西方文化的涌入,在中国,这也潜移默化地逐渐成为我们很多人认识世界和分析作品时不自觉使用的思维方式。可以说,从五四新文化运动以后到现在,由于长期受到西方思维模式的影响,我们现在

---

[1] 参见陈渔、郑义主编:《孟子》,吉林人民出版社2007年版。

的思维方式也不再是一分为三,而是一分为二的了。一分为二的思维方法肯定会变成二元对立的思考,二元对立的思考方式所产生的思想观念大致就是只有对与错、好与坏、进步与落后等。加上长期以来我们把社会冲突、阶级斗争作简单化和机械化的理解,就使得我们研究和分析外国文学现象的时候,显得越来越僵化和武断,从而形成了所谓的"二分法"机械的和僵化的分析模式。必须指出,这种状况是不利于"中国话语"形成的。我们正确的做法是应该把中西两种思维模式的优长有机地融汇在一起,用新的思维方式来看待和阐释世界文学。

比如我们在看待基督教文化与欧美文学的关系时,长期以来,由于受到了西方"二元对立"思维模式的影响,即只从好与坏的角度考虑问题,才形成了对基督教文化全盘否定的局面。换言之,我们近现代对基督教文化的态度是受到西方"好"与"坏"的"二元对立"思维模式严重影响的。但我们这种的"二元对立"对基督教文化的态度与欧美世界的态度恰好相反。欧美世界对基督教文化基本上是完全肯定的。作为一种流传了两千多年、不断发展并被众多人信奉的文化体系,我们对之既不能完全肯定,也不能完全否定,必须实事求是地、辩证地发掘它在不同历史阶段所起的作用和不足。为此,在今天重新审视基督教文化的时候,就必须要破除僵化的"二元对立",即"非好即坏"的思维模式,必须要将其放在具体的历史文化情境中、放在特定的社会条件下,去分析、认识它。这诚如马克思主义经典作家所言,要具体问题具体分析。有鉴于此,在今天谈到基督教文化的时候,就要既肯定其在特定时期具有巨大价值的同时,也要看到其严重弊端。尤其值得注意的是,基督教的某一个具体的教义和学说,在此时可能是有积极意义的,但在彼时,就可能成为束缚人们的精神枷锁。比如在蛮族入侵欧洲大陆的"黑暗时代",基督教在稳定社会、遏制暴行、传承文明等方面起到了巨大的进步作用,甚至对欧洲近代统一文化的形成,也功不可没。但是,当到了文艺复兴运动时期科学发展、社会进步的时代,尤其是在启蒙运动时期,基督教就起了阻碍社会发展的作用。因此,我们必须要在新的思维方式的基础上,用中国人的话语去重新解说这一文化现象,从而能够在宗教文化本身以及它与西方文学之间关系上说出更科学的中国话语。

再举一个例子,就是在我们现有的外国文学教科书中,一谈到西欧文艺复兴时期的人文主义者,就是将其等同于人文主义思想家,或者说是与封建势力进行斗争的新兴资产阶级代表人物,而它们的对立面,则都被看作是封建反动阶级的代表人物。前者好,后者坏。这样说,当然从最一般的意义上而言,是可以的。但是，从具体实际上看，就出现问题了。其实，关于人文主义者的群体构成问题，也是极为复杂的。具体说来，文艺复兴时期的人文主义者群体，至少由以下几类人物构成：

一是具有一定艺术和文化趣味的城邦贵族，尤其是宫廷贵族，甚至包括一些公国的大公等，如意大利佛罗伦萨美第奇家族的洛伦佐等人。这些人能够成为人文主义者，不在于他们提出了什么新的思想主张，也不在于他们有多么敏锐的理论视野和与神学战斗的精神。他们之所以能够成为最早的人文主义者，主要源自他们自身要挥霍财富、要过骄奢淫逸的现实生活的要求。我们知道，那些富有权势的贵族或高级僧侣，其实他们骨子里是要享受生活的，但问题在于，在当时的宗教严酷和思想文化氛围保守的情况下，他们不敢赤裸裸地主张享受生活。只有当13世纪末、14世纪初西欧社会道德束缚松弛、新的观念出现的时代里，他们才敢大张旗鼓地鼓吹“放纵情欲”和“个性解放”。当时的这些人网罗众多文人、艺术家为自己书写各种生活故事、装饰宫殿、绘饰教堂，他们主观上是为了自己更好地享受人间世俗生活，客观上才起到了反对禁欲主义的思想解放的作用。所以，他们是人文主义者，但他们更是从自己要享受财富和遵从享乐欲望出发的人文主义者，他们除了及时享受现世生活之外没有远大的目标。但这些人在当时的历史文化条件下，也还是有功绩的。他们的功绩主要在两个方面：一方面是用自己享受生活的行动冲撞了中世纪占主导地位的禁欲观念；另一方面是他们雇佣和发掘了一大批作家艺术家，用他们地位与艺术趣味为这些知识分子搭建了一个展示新观念和超人才华的平台。正是在他们的庇佑下，很多文学家艺术家们创作了无数的艺术珍品，从而形成了重视现实生活而不是来世生活的新观念。

二是一些世俗的、具有先进思想的新兴资产阶级知识分子，即一些著名的作家、思想家和艺术家，如薄伽丘、达·芬奇、拉伯雷、蒙田、马洛、莎士比亚、塞万提斯等。这些人是具有先进的思想，掌握了很多先进知识并具有人文主义观念的进步知识分子。恩格斯所说的文艺复兴时期出现的巨人，基本上指的是这一部分人。应该指出，早期的这些人文主义思想家，是在封建大公、高级教士的庇佑下进行人文主义思想观念的宣传工作的。正是在为封建领主服务的过程中，他们利用文学、艺术等形式，宣扬了人文主义的思想。例如薄伽丘创作的《十日谈》，本意是为当时的贵族男女提供解闷休闲的读物，但恰恰是在这种形式下，体现了个性解放的时代要求；达·芬奇的绘画《蒙娜丽莎》，利用了为贵妇画像的形式，表现了“美丽在人间，而不是在天国”的世俗思想；米开朗琪罗的雕塑作品《大卫》则用宗教题材展现了他对人间英雄的崇敬情怀。凡此种种,都说明,这类的人文主义者是真正的时代觉醒者,是新观念的鼓噪者。由于这些人文主义者在国内外文章中谈论的较多,故不再赘述。需要指出的是,在这些世俗的知识分子中间还包括了一大批哲学思想家和自然科学家。在哲学社会科学领域,有马基雅维利、康帕内拉等人。在自然科学领域,波兰天文学家哥白尼、意大利物理学家伽利略、比利时医生维塞利亚斯、英国解剖学家威廉·哈维等都对当时的人文与科学发展做出了巨大的贡献。

三是一些宗教僧侣(包括一些教皇、高级教士和神学哲学家等)也是人文主义者队伍中的重要成员,如马丁·路德、加尔文等人。马丁·路德所提出的"因信称义"的学说,强调"上帝在人心中"的思想主张,有着巨大的历史意义。他不仅思想上极为激进,在行为上也是如此,他于1525年与原修女卡塔琳娜·冯·苞拉结婚,为改革神父独身制开创了先例。另一位著名的宗教改革家瑞士人乌尔德利希·茨温利和路德一样,也主张每个人都要依靠内在的启示对《圣经》做出自我的解释。不仅如此,有些在教会内部身居高位的僧侣,如著名的具有人文主义思想的教皇庇护二世和朱利乌斯二世等,也都是在宗教内部进行改革的人物。

四是最复杂的一类人文主义者,包括一些造反者、现实中的邪恶者乃至我们常说的罪犯等。在这些人的思想意识中,上帝、天堂等宗教信条都是很少考虑的东西,他们常常以个人的欲望和利益为出发点和行动的最高准则。可以说,按照个人的欲望行事,强调用个人的机智、狡黠乃至阴谋去实现自己的目的,为所欲为,是他们最显著的特征。

从上面所举出的人文主义者的群体构成来看,我们就很难用"二元对立"(即好与坏、善与恶、对与错、进步与反动)的标准去划分这些人文主义者。因为他们每个人都是亦善亦恶,或者说,此条件下是善,彼条件下为恶。可是我们的教材中,一说到人文主义者,就都是进步的,都是善的或进步的化身与代表。而一说到他们的对立面,就都是反动的或落后的代表。还以莎士比亚的《哈姆莱特》为例。过去我们常说,在这出悲剧中,主要体现了人文主义者哈姆莱特和封建邪恶势力的代表克劳狄斯之间的斗争。这样的说法,无疑是要告诉人们,哈姆莱特是人文主义者,克劳狄斯不是人文主义者,他是封建罪恶势力的代表,两者阵营泾渭分明。其实,若详细考察,我们会发现,其实克劳狄斯也是一个人文主义者,并且在某种意义上说,他还是一个真正在行动上体现出了人文主义原则的人文主义者,或者说他是一个行动着的人文主义者。例如,作为一个人,他不信天命，靠自己的计谋和手段去攫取王位；他不等不靠，用自己的权势去获得爱情；他想尽一切办法去规避将要到来的风险；他把一切人都当成利用的棋子，驱使他们为自己的利益服务。这一切哪里还有一点点儿崇敬上帝、恐惧来自地狱的惩罚的影子。在他的身上，我们看到的只是作为一个行动着的人的典型特点。他一切以"个人"的利益为中心——其实"以个人为中心"也不过就是"以人为中心"的换一种说法罢了——凭借着个人的智慧、计谋和所掌握的权力在行动。可以说，作为一个人，他比哈姆莱特更有行动能力，更敢作敢为。克劳狄斯的行为，非常契合马基雅维利对人文主义者的描述。我们知道，马基雅维利是一个被公认的人文主义思想家，他的《君主论》被认为是典型的人文主义理论著作。他的理论主张也被认为代表了文艺复兴运动时期人文主义的理论高度。马基雅维利的全部理论主张都是强调人（君主）要凭借自己的能力和智慧行事，以实现个人的价值。阅读过马基雅维利《君主论》这部著作的人都知道，他主张君主应当大权独揽，注重实力，不应受任何道德准则的束缚，只需考虑效果是否有利，不必考虑手段是否有害。马基雅维里还认为，君王应当像狮子那样残忍，像狐狸那样狡诈。"只要目的正确，可以不择手段。"从马基雅维利所赞美的君王的特性看，不是在莎士比亚笔下的克劳狄斯身上都完美地体现出来了吗?!这样，就可以使我们得出新的结论：在《哈姆莱特》这个剧本中，不仅正面的主人公哈姆莱特是人文主义者，其实克劳狄斯也是人文主义者。只不过前者是个偏重于思想领域、有高尚理想和人生价值追求的人文主义思想家，而另一个是侧重于行动的、缺乏高尚目的的人文主义者。但无论如何，他们都是人文主义者是毫无疑义的。当然，我们会看到，那些偏重于思想领域的人文主义思想家更多带有先进的知识分子的美好愿望与理想，因此，也决定着其主张在很多方面是不切合实际的，所以他们要实现自己清澈的、带有理想气质的主张时，举步维艰就可以理解了。而克劳狄斯则是一个现实行动中的人（不管他的王冠是窃取的还是正当得来的），他要面对的是当时的严酷现实，因此，不择手段去行动，就是必然的了。而空灵的理想之于他，实在是太奢侈了。这样，对这两个形象而言，任何采用"二元对立"方式对之进行解释的时候，都不可能真正说明他们的复杂性。而只有中国人看问题的方式，或者说中国人的思维方式，才能更科学地分析文学史上出现的这些复杂的问题，或者说能更平衡地、更科学地看待这些复杂现象。

二、必须注重从文化层面建构欧美文学史的新形态

黄铁池在谈到国内的外国文学史编撰现状和未来发展趋势时,曾经谈到:“国内编写的美国文学史,和其他一些西方文学史如杨周翰等人的《欧洲文学史》、朱维之的《外国文学史》以及郑克鲁主编的《外国文学史》等一样,都有一个较高的起点。这应该归因于选择了较好的蓝本和借鉴了前人的成果,再加上不少分类性的专著,总体呈良性发展的态势。但尽管如此,我们仍然有理由期盼有更多的视野开阔、形式多样、风格各异且各具个性的文学史著作问世。尤其是最后一点,即用我们自己的眼光来阐释外国的文学作品,让中外学者、读者在同一平台上交流彼此的文学观念、审美经验,在众语喧哗中分享对现实和人生的感悟,这无疑是外国(美国)文学史撰写中的一种理想状态。”[①]这一看法,说出了当前我国外国文学史编撰的问题所在,也说出了我们今后应该要做的重点任务。

根据王忠祥先生的研究,到当下为止,外国文学史或欧美文学史的编撰,形成了五种文学史编撰观。在他的论文《构建多维视野下的新世纪外国文学史——关于编写中国特色外国文学史的几点理论思考》中,提到第一种是以弗里契的《欧洲文学发展史》为代表的文学史观。弗里契试图用马克思主义文论系统评析欧洲文学,但奉行经济决定理论,带有庸俗社会学弊病。其割裂“自律”与“他律”关系的偏激文学史观,在苏联和我国学界都被批判过。第二种是美国文论家韦勒克(Rene Wellek)和沃伦(Austin Warren)合著的《文学理论》(*Theory of Literature*)为代表的文学史观。他们强调文学史的编写必须在一定的文学理论指导下进行,反对庸俗社会学的文学史观。第三种是以英国文论家阿诺德·蒙塞提倡“他律论”的文学观,主张文学的外因和内因“相加结合”,但如此“相加结合”是机械性的,并非是辩证统一。以上三种文学史观对我国外国文学教学与研究以及外国文学史的编写都有不同程度的影响和借鉴作用,却也存在不同程度的局限,难以合理解决文学自律和他律的辩证关系。王忠祥先生认为,在20世纪中后期,有不少学者积极引入德国文学史批评家姚斯的接受美学观点,认为文学史是动态的文学史,应该尊重读者的反应,似可将它称为第

---

① 黄铁池:《独语与喧哗——美国文学史的“当代性”反思》,《湖北大学学报(哲学社会科学版)》,2010年第1期,第56页。

四类文学史观。往后驰骋于文坛的西方后现代主义文学史观，自然可作为第五类了。[①] 对这五种较有影响的文学史编撰观，王忠祥先生都是不太同意的，他主张进行构建多维视野下的、具有中国话语特色的外国文学史。其中最核心的主张，就是要改变机械的庸俗社会学和僵化的"二元对立"的外国文学教材的建构模式，加大多种文化因素（多维视野）在文学史建构中的比重。

就中国的情况而言，用中国话语对欧美文学的体系化建设，换言之，用自己的文学史观来看待西洋文学，其实在五四新文化运动时期就已经开始了。周作人、王力、郑振铎等人早在解放前写作的外国文学史，就是用中国人的认识和理解写成的"中国话语"——只不过是早期话语而已。新中国成立后杨周翰、朱光潜以及朱维之、赵澧等人编写的外国文学史，更是用当时理解的中国的马克思主义文学史观指导的初步形成的"中国话语"的产物。至于近年来出版的李赋宁、郑克鲁、王忠祥等人编写的《欧洲文学史》和《外国文学史》，更体现出了欧美文学乃至外国文学"中国话语"建设的当代新进展。尽管成绩是主要的，但问题在于，有两种弊端仍然若隐若现地存在着：一是这些外国文学史对其演进流变内在原因的挖掘，尽管已经某种程度上克服了社会生活与文学发展关系简单化认识的弊端，但仍然还没有真正地解释清楚社会与文学之间的特殊关系是什么，即使有所解释，也主要还是建立在传统的文学社会学批评基础上，缺少"文化"这一极其重要的环节。由此导致其评判的标准仍然是社会学意义上的，而不是文化审美意义上的。换言之，仍然是建立在肯定了什么，否定了什么（内在仍然隐含着善与恶冲突、不同阶级和阶层之间的斗争等）的价值判断上，让人感到其中还缺少一些对文化层面原因的挖掘。第二个弊端在于，这些文学史观仍然是苏联文学史观影响的产物。它的要害问题是对"社会"究竟是什么，没有做出真正的反思。即使在今天，很多中国学者在说到"文学是社会生活的反映"中的"社会生活"的时候，也是懵懵懂懂居多，想当然者居多。对此，我们不禁要问：文学观中的"社会生活"，究竟是指"社会具体的琐碎的生活"，还是"社会总体发展趋势的现实表征"；或者说是"时代风习的具体表现"，或者说是"政治政策的具体要求"，抑或是笼而统之地所说的"凡是人间的生活都是社会生活"？我们认为，以往文学观中的"社会生活"概念的含混，是造成庸俗社会学在一定时期内大行其道的原因之一。关于文学社会学批评的问题，我们后面还会提到，这里不再赘言。而我们认为，文学观中所说的"社会生活"主要是指特定社

---

① 王忠祥：《构建多维视野下的新世纪外国文学史——关于编写中国特色外国文学史的几点理论思考》，《外国文学研究》2010 年第 5 期，第 120—121 页。

会现象中所表现出来的带有本质性的社会发展趋势的具体生活,即人的文化生活和情感生活在现实中的表现。为此,今天的欧美文学史写作,包括外国文学史写作,应该依据马克思主义辩证唯物主义和历史唯物主义的基本原理,主要从文化"合力论"的角度出发,站在人类社会进步的立场上,结合欧美社会发展的实际,对欧美文学发展的规律做出一番新的说明,并力图使我们的欧美文学史乃至外国文学史观和编撰模式有一个新的进展。

毫无疑问,社会生活从根本上决定着文学的发展和流变,这是马克思主义的基本原理。但我们必须看到,社会生活和文学发展之间,并非是简单联系的,也不是社会生活对文学直接作用的,在社会生活与文学之间,存在着文化层面的要素。换言之,文化层面可能与社会和文学两者都更为接近的东西。一方面,"文化"可能是体现着经济基础的要素,另一方面,它又蕴含着上层建筑要素。文化是两者的交替地带,是连接社会与文学并使之结合为一个整体的主要因素。对此,蒋承勇曾指出:"诚然,马克思主义的文学观总体上是一种社会学、历史学的文学观,它从社会经济基础决定上层建筑的基本原理出发考察文学现象,认为文学的发展演变决定于社会经济基础。但是,以往我们的许多外国文学史编撰者对这一基本原理的理解过于简单化、机械化了。他们在阐述一个时期的文学思潮和文学运动产生与演变的原因时,大多只从社会经济、政治的角度单一地、直线式地加以解释,文学发展史也就往往与社会发展史同步,一部审美形态的文学史很大程度上成了认知形态的社会发展史,对文学史和社会发展史的评价用的差不多是同一尺度,这显然是与马克思主义格格不入的庸俗社会学倾向。马克思主义所讲的经济对文学艺术发展演变的决定作用,主要是从根本的和终极意义上而言的。这种作用的具体表现则往往不是直接的,也不是唯一的,在经济与文学之间还有一些中介环节,经济对文学的作用一般要经过这些中介环节来实现。在此,马克思主义的辩证思维显得格外重要。"①

现在的学术界,对文化的定义很多。从广义的范畴而言,文化毫无疑问是人类所创造的一切物质文明和精神文明的总和。但这个定义太空洞了。由此我才说,文化的本质其实是人与人之间思维和情感的联系。但若问为什么人与人的思维和情感之间会有联系呢?这就涉及维系方式的作用了。我们之所以看重维系方式的作用,就是因为文化是在由每个人所组成的社会群体中出现的。就是说,人类有个最基本的特点,每个人一出生就会成为一个社会群体中

① 蒋承勇:《关于外国文学史教材建设的思考》,《外国文学研究》1995年第2期,第33页。

的一员。从大的范畴说，全世界的人组成了人类社会；从小的范畴说，不同地域的人组成小的社会共同体，如家族、部族、民族或国家等。因为只有人类形成了社会群体，才有可能进行生产、生活以及进行政治、经济、文化等活动，才有可能形成各自不同的社会形态。否则，一切都是不可能的。我们所说的文化身份，就是一个人认为自己归属于某一民族群体的并认同其一般价值身份。所以，马克思指出："人的本质不是单个人所固有的抽象物，在其现实性上，它是一切社会关系的总和。"①这一点，很多西方文化史学家也都隐约谈到过。例如，英国马克思主义文化学家雷蒙·威廉斯(Raymond Williams)在《文化与社会》(*Culture & Society*)中就提出了人类的整体性生活方式构成了人类文化的思想。他指出，文化首先是整体性的。② 当代德国哲学家卡西尔也指出："人类文化的世界并不是杂乱纷离的事实之单纯集结，它试图把这些事实理解为一种体系，理解为一个有机的整体。"③试想，如果没有人类社会的集团性，何来文化的整体性呢?!

不仅要看到文化的整体性，而且我们还要看到文化层次性和不同层次间的联系性。例如雷蒙·威廉斯就在指出文化是整体的生活方式的同时，还指出了这个整体性是分层级的。美国人类学家克莱德·克鲁克洪(Clyd Kluckhohn)也指出："对文化作分析必然既包括显露方面的分析也包括隐含方面的分析。……隐型文化由纯粹的形式构成，而显型文化既有内容又有结构。"④美国跨文化交际学的创始人爱德华·霍尔(Edward T. Hall)也将文化划分为公开文化和隐蔽文化两个部分。他于 1959 年在《无声的语言》(*The Silent language*)一书中指出："文化存在于两个层次中：公开的文化和隐蔽的文化。前者可见并能描述，后者不可见甚至连受过专门训练的观察者都难以察知。"⑤

从上述的我们对"文化"的分析中可以看出，"文化"也有不同的层次，更有本质和表象之分。这充分证明，"文化"包含着起着不同作用的要素，那么，"文化"内涵中起着决定性、或者说基础性作用的东西是什么呢？就是"维系方式"。前面我们说过，人是社会性的动物，人一出现。就要形成一个社会性的全体。而把人聚集的力量和方式，是完全不同的。"文化所隐藏之物大大甚于其所揭

---

① 《马克思恩格斯选集》(第 1 卷)，北京：人民出版社 2002 年版，第 56 页。
② 此思想观点请参见雷蒙·威廉斯：《文化与社会》，吴松江、张文定译，北京：北京大学出版社 1991 年版。
③ [德]卡希尔：《人论》，甘阳译，上海：上海译文出版社 1985 年版，第 281 页。
④ [美] 克鲁克洪等：《文化与个人》，高佳等译，杭州：浙江人民出版社 1986 年版，第 8 页。
⑤ [美]爱德华·T. 霍尔：《无声的语言》，刘建荣译，上海：上海人民出版社 1991 年版，第 65 页。

示之物。"[①]从这个意义上来说,我们考察"维系方式",无疑就是在考察构成人类文化最基本、最基础的东西,同时也是在考察造成不同文化差异的最重要的隐性要素。

所谓的"维系方式"是由"维系力量"和"维系表现形式"组成的。即我们要了解"维系方式",必须要先考察"维系力量"。所谓"维系力量",就是某种将不同的个体的人集汇成一个或大或小的人的群体或团体的内在力量,就像太阳用自身引力把群星聚集在自己的周围,形成太阳系一样。这种力量是随着时代的变化和生产力的发展乃至人类的进步不断变化着的一种内在起作用的力量,它不等同于我们所说的某种具体物理的、制度的或道德的力量,它是心理上或曰精神上的一种"亲和力"与"凝聚力"。它虽然看不见摸不着,但却起着非常重要的凝聚作用。也可以说,正是这种"亲和力"或"凝聚力"把不同的个体的人汇聚或维系在了一起,形成了一个个社会共同体。而这个"维系力量"的存在和起作用,又是通过在其基础上形成的人类特有的思维和情感相互联系为表现形式实现的。对此,我将能够把人类维系在一起的某种力量,称为"维系力量"。而将各个民族维系在一起的力量表现形式或构成形式,称为"维系表现方式"。二者结合在一起的形态总体构成称作"维系方式"。

我们说,文化的本质是人的思维和情感之间的联系。但还要看到,人类的思维和情感联系虽然是人类特有的东西,也是文化本质性体现。但它并不是凭空发生的,即人类的思维和情感活动总是要有一个思维逻辑的出发点或情感逻辑出发点。自古以来,生我者、爱我者,或者说与我价值观念相同者,我们就愿意聚集在一起,成为一个命运共同体——或家族、或民族、或国家。反之,则被视为他者、对手或者敌手。既然生我者、爱我者或价值观念相同者才能有相似的思维和情感方式,才能结成某种特定的社会制度文化形态,那么,这就表明,某种思维和情感的出发点,又首先是从一个已经形成的一个特定的社会群体现实规定中生发的,是在某种维系方式结成的社会群体的基础上生发的。也就是说,人类思维方式和由此所导致的情感联系形式,又是被它们背后所起作用的维系方式决定的。这也决定着文化的核心问题是在维系方式基础上所形成的思维和情感联系模式的问题。不同的民族,由于维系方式的不同,其所建立的思维与情感联系的模式也是不同的,从而形成了不同民族文化的差异和区别。但是,也要看到,正如经济基础和上层建筑之间的关系是辩证关系一样,人类维

---

① [美]爱德华·T.霍尔:《无声的语言》,刘建荣译,上海:上海人民出版社 1991 年版,第 32 页。

系方式与其所建立的精神与情感联系之间的关系，也是一种辩证关系。一方面，维系方式的不同，决定了不同民族之间思维和情感联系模式的出发点及其文化特性。同样，这种思维和情感联系模式所固有的不断发展的特点，又使得其特定的维系方式发生着不断变化并成为其文化内涵的主要基因。可以说，不谈维系方式，只谈文化，是不可能真正理解民族文化间的差异的本质的。对此，有国外学者深刻指出："我们无法逾越由语言承载并维系的思维方式所造成的文化障碍并进行有效的、全面的沟通。"[①]

与之相联系的是文化传统问题。应该说，世界上每个民族都有着自己的文化传统。既然叫文化传统，那么这个传统就一定会有着相对稳固的和总体统筹的特性。由于社会形态、经济模式和价值观念乃至人们的生产方式与生活方式，都处在不断地发展变化之中，因此，它们只能说是某种更本质东西的表现形式或衍生物，而不能说它们就是传统本身。这样就决定着我们看待"文化传统"时，必须寻找更为恒定的和起作用的东西。而一个民族的"维系方式"以及在此基础上形成的"思维模式"和"情感运作模式"，就是更为稳定的要素。有鉴于此，"文化传统"本质内涵应该是某种"维系方式"被继承、发展或曰扬弃的传统，也是其与之相适应的思维情感联系模式被不断扬弃的传统。而社会制度、思想观念、价值内涵和风俗习惯等，无不是在这个基础上或依附于这个本质的东西上的产物，是其具体的表现形态。

从以上的论述中可以看到，人类文化的形成经历了一个"维系方式→思维模式→具体样态＝文化传统"的梯级叠加形成与演进过程。其中，"维系方式"问题是文化研究中最基本的问题；"思维模式"或"情感运作模式"则是在"维系方式"基础上产生并体现着其本质规定性的产物；"文化样态"则主要是来自前两者规定所呈现出的显性形态；而"文化传统"则是由前三者融合而成的动态文化流程。但不论怎么说，"维系方式"总是文化中最基础、起最根本作用的东西。

三、维系方式视野下欧美文学史观的创新建构尝试

正是从上述推理出发，我们可以尝试着从这一角度来谈一下对欧美文学发

---

① Boye Lafayette De Mente, *The Chinese Mind: Understanding Traditional Chinese Beliefs and Their Influence on Contemporary Culture*. Tokyo/Rutland/Vermont/Singapore: Tuttle Publishing, 2009, p. 23.

展流程的新看法,从而试图揭示一种新的欧美文学史观。

如前所言,从文化的角度来说,无论古代,还是现代,一个社会也好,一个民族也好,总是面临着一个如何维系自己的或社会或团体或民族使之成为一个真正的共同体的问题。自古以来,每个社会或民族在不同的历史文化发展阶段,都存在不同性质的维系方式。从维系方式发展演变的角度去考察欧美文学史,尤其是在此基础上揭示欧美文学的发展变化规律,将为我们今天新的文学史观的确立,提供全新的视角。

首先,在欧洲社会中出现的最早的"维系方式"是原始氏族社会时期所体现出来的"血缘维系方式"。所谓"血缘维系方式",就是指一个社会集团或社会组织,主要是靠血缘关系维系起来的。人类远古的时候出现的胞族、氏族、家族、部族等,有一个最基本的特点,就是都有一个共同的血缘意义上的父亲或母亲(后来逐渐演化成祖先或祖先神)。换言之,这个家族或部族之所以能成为一个社会群体,就是因为他们每一个成员都承认自己有一个血缘意义上的祖先,每一个成员都与这个"父亲"有着血缘上的天然联系。这种血缘维系方式主要发生在人类的早年时代。原始社会中出现的胞族、氏族、部落、部落群体等都属于这种维系方式的典型形态。例如,希腊神话在最早的老一辈神的故事中,地母盖亚、天父乌拉诺斯,包括后来出现的奥林匹斯神系中的宙斯,都是古希腊先民最早的祖先。不仅仅是西方,世界其他民族都有这样的特点。这样,血缘维系其实就构成了人类最早的社会维系形式,这是人类早期文化非常重要的一个特征。对此,美国著名人类学家摩尔根(Lewis H. Morgan)曾经指出:"凡是同一部落的氏族,一般都出于同一祖先,并拥有同一部落名称。所以本来不需严格规定由哪些氏族联合成一个胞族,由哪些胞族组成一个部落,只是由于某些氏族是由一个母氏族分化出来的,他们有着直接的血缘关系,因此自然而然地组合在一个胞族之内。"[①]马克思也指出:"与原始形态的氏族——希腊人像其他凡人一样也曾有过这种形式的氏族——相适应的血缘亲属制度,使氏族一切成员得以知道相互的亲属关系。他们从童年时代起,就在实践上熟悉了这种对他们极其重要的事物。"[②]随着时代进一步发展,"那些住得日益稠密的居民,对内和对外都不得不更紧密地团结起来。亲属部落的联盟,到处都成为必要的了;不久,各亲属部落的融合,从而各个部落领土融合为一个民族[Volk]的共同领

① [美]摩尔根:《古代社会》,刘峰译,北京:中国社会出版社 1998 年版,第 81 页。
② 《马克思恩格斯选集》(第 4 卷),北京:人民出版社 1972 年版,第 98 页。

土，也成为必要的了。”[①]从这里我们可以看出，血缘维系方式在原始社会里是保证每个胞族、氏族和部族成为一个社会整体的必然的和极为重要的方式。在这种维系方式中，凡是有血缘关系的人都会被看成是自己的人，从而成为这个社会中当然的一员。

由于这种维系方式来自血缘关系，所以从中发展出了与之相适应的文化观念：对血缘家族的忠诚和为血缘家族无私奉献。换言之，对血缘家族酋长要绝对服从和无限忠诚，对维护血缘家族利益或荣誉需要具备勇敢与胆识（后来发展成为英雄精神），就成为这种社会里最需要的道德价值尺度。我们不应该贬低这种血缘维系方式对原始社会人们的巨大作用。这种维系方式的价值在于，它保持了早期人类社会的稳定发展并使之有效地进行运转，并把人类从蒙昧社会带进了文明社会。所以，摩尔根指出：“当氏族制度依然存在的时候，它还通过自身的经验并积累起发明政治社会所必须具备的智慧与知识。氏族制度，就它的影响，就它的成就，就它的历史，在人类进程图表上所占的地位丝毫不亚于其他任何制度。”[②]

当我们以此来观照人类早期出现的文学的时候，就会知道，欧洲的原始文学实际上是血缘维系方式的产物，同时也是血缘道德和价值的表现物。这一点和其他民族是一样的。所以这样的一个维系方式，就形成了早期人类文化或者文学的基本特征。希腊神话有一个最基本的特点，就是血缘家族性特征。早期的“老辈神”神话，以女性为大家长，以后以一个男性神为大家长。宙斯就是“奥林匹斯山”上的大家长，奥林匹斯神系不过是一个家族维系结构的神话表达。

既然血缘维系的方式规定了人类早期的文化形态和道德价值评判尺度，那么对家族的忠诚，对酋长的忠诚，或者对古代祖先的忠诚，就是当时社会的最高道德。不管一个人做什么事情，这个道德原则是不能违背的。这也就是为什么希腊神话中各个神祇都特立独行，遵从个人欲望行事而不受惩罚，就是因为，在这种维系方式下，只要表现出了对血缘父亲和血缘家族的忠诚，就是合理的。而其他一些行为，只要不违背这根本性的一点，都是可以原谅的。因此我们也可以说，当时的法律和道德都是“自然法”或“血缘道德”。在欧洲，这种维系方式甚至持续到希腊的“史诗时代”乃至“古典时代”。假如我们把《伊利亚特》中的希腊联军比作一个部族的军队，那么，阿伽门农就是这个血缘部族的酋长。阿喀琉斯虽然武艺高强，性格暴烈，但最终仍然要服从部族的利益。他可以要

---

① 《马克思恩格斯选集》（第 4 卷），北京：人民出版社 1972 年版，第 160 页。
② ［美］摩尔根：《古代社会》，刘峰译，北京：中国社会出版社 1998 年版，第 308 页。

脾气,闹情绪,为了私利而拒绝出战,但终究还是要服从阿伽门农的命令,最终仍然要以联军的(部族的)利益为重,他不敢也不能最终背叛联军的最高首领。这是当时的“知识型构”也好,是其“话语—权力”规定也好,反正这就是此时血缘维系方式所要求的至高无上的道德价值。尽管希腊进入到奴隶制社会鼎盛时期后,发生了一些变化,但血缘维系所要求的基本的东西仍然存在。我们知道,在希腊古典时期悲剧中,出现了一些很重要的变化:如神的观念被命运观念取代、英雄变为常人等等。其实这正是血缘维系方式解体的征兆和反映。

索福克勒斯的《安提戈涅》是古希腊一部伟大的悲剧。在这个剧本中出现的主要矛盾本质上就是血缘关系对抗新出现的社会契约关系。悲剧故事发生在城邦底比斯。安提戈涅是剧中的女主人公。国王克瑞翁的外甥波力涅克斯背叛城邦,勾结外邦进攻底比斯但却在战场上被杀死。战争结束后,克瑞翁将波力涅克斯暴尸田野,并下令,任何人都不允许为其收尸,谁若违背命令埋葬波力涅克斯将被处死。但波力涅克斯的妹妹安提戈涅则以遵循“天条”为由埋葬了她哥哥,于是被克瑞翁下令处死。命令下达后,克瑞翁遇到了一个占卜者,说他冒犯了诸神。克瑞翁后悔了,派人去取消命令时,安提戈涅已被处决了。克瑞翁的儿子,也既是安提戈涅的情人,站出来攻击克瑞翁而后自杀,克瑞翁的妻子听说儿子已死,也责备克瑞翁而后自杀。克瑞翁这才认识到是自己一手酿成了悲剧。《安提戈涅》是古希腊悲剧的经典,对该剧的隐喻意义一直有不同解释。从维系方式变化的角度而言,会使我们对此戏剧的主题有更为深入的理解。安提戈涅的哥哥波力涅克斯背叛了城邦该杀(这就是城邦意义上的忠诚)。但舅舅克瑞翁的做法也违背了血缘正义。而安提戈涅出于对血缘关系的维护,埋葬了哥哥,按血缘维系方式的要求也是合理的。剧中安提戈涅在对抗克瑞翁时有一段常常被法学家所引用的台词:“我不认为一个凡人下一道命令就能废除天神制定的永恒不变的不成文律条,它的存在不限于今日和昨日,而是永久的,也没有人知道它是什么时候出现的。”[1]从这个故事中可以看出,血缘维系方式已经遇到了强大的挑战。我们过去经常讲,在欧里庇得斯的戏剧中,神圣的神祇露出卑鄙自私的面目。为什么呢?其实这也是血缘家族关系解体的症状。总之,在这些戏剧中,一方面,对血缘家族的忠诚,对部族的忠诚,是主人公不能忘怀的东西;但一方面社会的新观念又出现了,从而形成了深刻的矛盾。我们可以据此梳理血缘维系方式的兴盛包括它的解体的过程,从而对欧美早期

---

① [古希腊]索福克勒斯:《安提戈涅》,罗念生译,见《古希腊戏剧选》,北京:人民文学出版社1998年版,第140页。

文学的发展脉络进行新的解说。

从西方社会的历史文化发展进程来看，第二个出现的维系方式就是“信仰维系方式”。所谓“信仰维系方式”，本质上就是靠对一种精神力量坚定不移的信仰来聚集一个更大规模社会群体的维系方式。“信仰维系方式”主要发生在人类的血缘维系方式破产以后的漫长历史阶段。就欧洲大陆而言，此维系方式大约发生在古希腊文化末期。在此时，“有决定意义的已不是血族团体的族籍，而只是经常居住的地区了；现在要加以区分的，不是人民，而是地区；居民在政治上已变为地区的简单的附属物了”[①]。在这样的社会历史文化条件下，人们必须要寻找一种更好的社会维系方式。而这种新的社会维系方式必须要满足下列的几个条件：其一，这种维系方式的内核必须是超越血缘关系而成为整个民族能够共同接受的某种“力量”。其二，能够起到这种超越现实性的“力量”，只能是精神性的思想文化力量。所以，“信仰维系方式”，说到底，是对某一种精神性的思想文化力量的崇拜。而正是在对某一种精神性的思想文化力量的崇拜中，扩大了的群体（由不同血缘关系组成的部族联合体）才能形成一个新的民族或国家集团。也就是说，“那些组成城邦的公民，不论他们的出身、地位和职务有多么不同，从某种意义上讲都是‘同类人’。这种相同性是城邦统一的基础”[②]。其三，“信仰维系方式”的一个鲜明特点是，某种观念形态的东西，例如某一思想或文化学说必须要受到高度的崇拜，而信奉它的人们必须保证不对他们所信奉的东西发出一点点儿疑问。所以，“信仰维系方式”的本质不是理性的而是敬畏的，不是可以讨论的而是必须无条件服从的。姑且不说当时的人们没有强盛的理性能力，就是有这种能力，在当时的历史文化条件下也会被粗暴地加以排斥。

我们知道，国家的出现是生产力发展的结果。随着生产力的不断发展，最初的血缘部落发展成了部落联盟（部落联盟也是松散血缘关系维系的产物）。一般而言，部落联盟是通过联姻的方式形成的，联姻表明了血缘关系已经扩大。而当不同的部落联盟最后结合在一起的时候，就形成了国家。国家的出现导致了血缘维系关系的解体。因为再不会有任何一个血缘意义上的父亲能生出那么多子孙了。在这种情况下，起作用的就不再是血缘维系而变成了信仰维系了。也就是说，既然血缘意义上的“父亲”没有了，决定着当时的人们需要一个

---

① 《马克思恩格斯选集》（第4卷），北京：人民出版社1972年版，第113页。

② ［法］让－皮埃尔·韦尔南：《希腊思想的起源》，秦海鹰译，北京：生活·读书·新知三联书店1996年版，第47页。

精神上的“父亲”。现代意义上宗教“唯一神”的产生,可以被看成是“精神父亲”的代表和象征。

从西方社会宗教文化发展的实践来看,基督教“上帝”的出现,就解决了这个问题。在当时的社会历史条件下,超自然的“上帝”可以做每个人精神上的“父亲”。可以说,不论是原有的希腊人还是罗马人,不论是小亚细亚人还是耶路撒冷人,只要信奉基督教,那么,“上帝”就成了这些民族共同体意义上的“精神父亲”。由此,我们也可以比较一下犹太教和基督教之间的区别。古老的犹太教之所以到今天还是民族宗教,而基督教作为它的一个小分支,则很快成为世界性的宗教,一个很重要的原因就是在于基督教破除了犹太教一直固守的血缘的意识,或者说破除了犹太教的“选民意识”。犹太教的“上帝”,在某种意义上就是犹太民族血缘祖先的高度抽象化,而基督教的“上帝”,则成了人类某种至高精神力量的化身。除“一神论”外,犹太教重要的思想还有“选民意识”。换言之,“耶和华”为什么只保护犹太人,就是因为犹太人是它挑选出来的“选民”,是上帝的子孙。这就带有强烈的血缘维系意味。当然,在犹太教产生的时代,当血缘关系是维系犹太民族重要力量的时候,它是合理的。但当基督教产生的时代,再坚持这种血缘维系方式就落伍了(当然,我们不排除犹太民族的特殊性)。而基督教出现以后,它立刻摈弃了“选民”意识,而将其转变成了“人民”意识。它告诉信众:上帝面前人人平等,信我者就是我的子民,我都保护——不管黑人还是白人,男人还是女人,西方人还是东方人,也不管是犹太人还是非犹太人。这就打破了单一民族的血缘界限,把血缘维系关系提升到了一种新的精神信仰的维系层面了。这也就为什么二三世纪前后,罗马帝国形成的时候,基督教开始还受排斥,而后来却成为其国教的原因。因为罗马帝国到处征伐,疆域拓展欧亚非三大洲。在这种情况下,再没有任何一种血缘意义上的力量能把文化不同的民族结合在一起并成为一个国家了。在这种情况下,罗马帝国的统治者们采取了两手策略,一是为了维护帝国的统一,控制住新征服的民族,采取了以军事行省制为特征的中央集权制度。[①] 二是从思想上进行统一,用一个超然的精神力量来维系庞大的来自不同信仰的民众。因为实践的发展使这些罗马

---

① 英国著名历史学家汤因比曾经指出:“像统一国家缔造者在他们的领土上所分布的卫戍站和殖民地那样,他们在这些领土所划分的省区具有两个特殊功能:保持统一国家本身和保持那在统一国家政治组织内的社会体。”可见,行省制的建立一方面有利于维护罗马国家的稳定,另一方面,也有利于稳定被征服国家和地区的社会秩序。因此,罗马行省制的建立和完善一个重要的积极意义就在于巩固罗马国家自身的统一和领土的安全。

统治者们知道，如果不在精神上成为一统，这个帝国是稳定不住的。基督教强调一神论，就打破血缘维系方式，也就与帝国境内施行一个皇帝、一个上帝、一个国家的这种历史要求结合在一起了。

"信仰维系方式"要求对精神上的父亲有坚定不移的信仰（即宗教的虔诚），并且靠这种虔诚的信仰来维系社会的一统。通俗点说，就像在古代的血缘关系条件下，部族成员不能怀疑反抗自己的血缘父亲一样，新的历史条件下的社会成员也要对这个精神上的父亲绝对服从和完全信奉。从这个意义上来说，"信仰维系方式"的建立是人类精神走向强盛的标志——这是因为精神不强盛的人没有信仰。所以，当时宣传基督教，宣扬对上帝的忠诚，就有了历史和文化的进步意义。这也是我们为什么非常看重早期基督教思想家文学家（例如圣奥古斯丁等人）著作的原因。

圣奥古斯丁（全名圣·奥勒留·奥古斯丁，354—430 年）是古罗马帝国时期天主教思想家，欧洲中世纪基督教神学、教父哲学的重要代表人物，也是教父思想的集大成者。他的著作堪称神学的百科全书。在他的著作中，可以看出，苏格拉底、柏拉图和亚里士多德等希腊哲学家所理解的神与奥古斯丁所信奉的基督教的上帝之间的一个显著差别，就在于前者是一个赋形于质的工匠，后者则是一个"无中生有"的创世者。在基督教思想家的眼中，上帝创世既不需要材料，也不需要工具，甚至连时间和空间也不存在，他仅凭语言就足以产生出整个世界。对此，奥古斯丁写道："你创造天地，不是在天上，也不在地上，不在空中，也不在水中，因为这些都在六合之中；你也不在宇宙之中创造宇宙，因为在造成宇宙之前，还没有创造宇宙的场所。你也不是手中拿着什么工具来创造天地，因为这种不由你创造而你借以创造其他的工具又从哪里得来的呢？哪一样存在的东西，不是凭借你的实在而存在？因此你一言而万物资始，你是用你的'道'——话语——创造万有。"[①]若要再深一步考察，我们会发现，他最大的贡献是创造了一种崭新的思维模式，或者说看问题的新方式，这个模式就是"信仰的理解"模式。他在全部著作中体现出了一个非常重要的主张：信上帝不要问为什么，你信就行了。只要你坚定不移地虔诚地信奉他，最后就会深刻地理解他。表面上看，这是在宣传蒙昧主义，可是在当时罗马社会的特定历史条件下，其实他是在建构一种新的维系方式，即"信仰的维系方式"。他的最终目的是要把当时生活在不同地域的、信仰不同神祇的罗马人，维系到基督教"上帝"这个

① [古罗马]奥古斯丁：《忏悔录》，周士良译，北京：商务印书馆 1963 年版，第 235－236 页。

“精神父亲”的周围,并在上帝的庇佑下,成为一家人(共同体)。我们知道,这个时期也出现了很多宣传敬奉上帝的文学作品,有鉴于此,我们今天绝不能简单地把它看成是迷信产物——因为它顺应了“信仰维系方式”要求,体现了文化的进步性。

到了公元476年西欧中世纪时代到来以后,这个新出现的“信仰维系方式”的历史进步性就更鲜明地表现出来了。举例来说,中世纪早期法兰克的都尔主教格雷戈里写了一部很有名的著作《法兰克人史》。其中描写了黑暗时代的法兰克人如何因信奉上帝得到救赎,而那些不信奉上帝的人遭到惩罚的故事。过去我们一说到这样作品的时候,便认为是封建糟粕,是在宣传封建迷信,是在为基督教的传播服务。其实这种看法是错误的。因为在法兰克的都尔主教生活的公元六世纪,对基督教上帝的信奉恰恰适应了信仰维系方式的要求。我们要看到,在中世纪初期蛮族入侵欧洲大陆的形势下,这个混合的社会如果没有一种力量维系是不行的。当时入侵欧洲大陆的蛮族,就是没有受过文明洗礼的人。所以,当其进入西欧文明大陆以后,任何法律、制度、规则对他们来说都是没用的,他们把除基督教以外的一切古代文明都打碎,使之变成了废墟。那么,为什么只剩下了基督教呢?这是因为这些蛮族入侵者非常迷信,从而导致他们对一个东西是非常害怕的——这个令他们极为恐惧的东西(或力量)就是来自神灵的惩罚(早期的人类概莫能外)。对此,英国著名的宗教学家克里斯多夫·道森指出:“在这样一个世界里,宗教只有通过它的超自然威望和对抗蛮族的肉体暴力的精神威力所激起的敬畏,才得以保持其势力。对上帝愤怒和圣徒复仇的畏惧,是能够震慑住无法无天的恶棍的唯一力量,这些恶棍在半野蛮的法兰克国家里,在新兴的统治阶层中比比皆是。”[①]在格雷戈里的《法兰克人史》就讲了很多作恶多端的歹徒暴死、莫名其妙地受到惩罚的故事,也描写了很多上帝的征兆、奇迹、预示、警告等超自然现象。当时出现的其他文学作品,也都大量地描写这样的故事和事件。今天看,这些无疑是迷信的东西。但从当时的社会效果看,这些迷信的宣传却带来了蛮族杀戮的减少、社会秩序的稳定和人们生活的暂时安宁。因为迷信的蛮族们害怕上帝的惩罚,所以才导致了一些暴虐行为的收敛。这样,在特定的历史条件下,这些迷信的东西就获得了它存在的合理性。也可以说,当时那些宣传基督教迷信的作品,宣传上帝丰功伟绩的作品,在特定历史条件下,就代表了社会发展的方向,顺应了人民群众要求稳定的

---

① [英]克里斯多夫·道森:《宗教与西方文化的兴起》,长川某译,成都:四川人民出版社1989年版,第26页。

愿望。

从信仰维系的角度看，从罗马时期起直到10世纪前后，这一维系方式对西方文学的发展也起到了重要作用。我们知道，封建制度在西欧巩固之后，出现了大量的歌颂上帝、王权、爱国精神以及英雄主义的作品，如宗教赞美诗、宗教戏剧、史诗和谣曲等。也有大量的宗教著作，宣扬了上帝万能的创世之功，宣传了信徒们对上帝坚定不移的信仰，宣扬了基督徒们传播宗教的坚毅的精神、克己的品格与献身的意志。但恰恰就是这些宣传，客观上使得当时混乱之中的欧洲社会在基督教为核心的体系统筹下，形成了西欧封建的社会秩序和精神秩序。这些作品虽然都有浓厚的宗教意识，但却使得中世纪的盛期之前的文学，有力地服务了"信仰维系方式"的目的，并形成了一定程度的文学秩序。因此，它对中世纪走出黑暗时代的混乱，也起到了巨大的历史进步作用。

到了公元11世纪前后，欧洲社会历史文化发展的第三种维系方式，即"理性维系方式"开始萌芽。所谓"理性维系方式"，主要是指发生在人类近代社会发展阶段的一种现代维系方式。理性维系方式的基本内涵在于，此时社会的维系力量是超出每一个个体的欲望而由大多数人认同的、带有超越性和普遍性的理性观念。换言之，这个观念是经过人们充分认识、理解、把握和说明的，并被人们认为是真理性、科学性的观念。因此，信仰的盲从被取消，理性的价值被张扬。反对神学束缚，提倡科学和思想的自由，坚信真理，被认为是最高的境界。在靠理性维系的社会里，人们所具备的最高的品质是探索真理的热情。

这个过程起点大约发生在12世纪初。我们知道，在西欧"12世纪文艺复兴"发生前后，宗教内部的论争极为强烈。争论的焦点集中在对"上帝"、宗教体系构成以及基督教义的一些重要概念的理解上。特别是阿伯拉尔[①]、大阿尔伯特[②]和托马斯·阿奎那[③]等人出现之后，西欧宗教内部的怀疑精神成为显性现象。举例来说，其中有一个核心问题是对"上帝是什么"的追问。有人力图解释上帝是"三位一体"，即圣父圣子圣灵之一体。有人又问，圣父、圣子、圣灵"三位一体"之间是什么关系？从这个现象就可以看出来，此时人们由盲目地崇拜上帝，开始向"我们为什么要崇拜"的方向转化了。阿伯拉尔在哲学上采取概念论，既反对极端的实在论，又反对极端的唯名论，认为共相是存在于人心之中表示事物共性的概念。在其第一部著作《神学导论》中，他针对安瑟伦的"先信仰

---

① 皮埃尔·阿拉伯尔(1079—1142)，法国哲学家，神学家。人称高卢的苏格拉底。

② 大阿尔伯特(约1200—1280)，中世纪欧洲重要的哲学家和神学家，多明我会神父。

③ 托马斯·阿奎那(约1225—1274)，中世纪经院哲学的哲学家和神学家。

而后理解"的学说,提出信仰应建立在理性基础之上的主张。作为首位将亚里士多德的学说与基督教哲学综合到一起的中世纪学者,大阿尔伯特也提倡理性,主张神学与科学和平并存。过去的教科书中常指责托马斯·阿奎那宣扬繁琐哲学。其实繁琐哲学的出现,本质上是人理性意识强盛的标志。阿奎那把理性引进神学,是自然神学最早的提倡者之一,也是托马斯哲学学派的创立者。他的学说成为天主教长期以来研究哲学的重要根据。他所撰写的著作《神学大全》《反神学大全》等,基本思想认为上帝是"第一推动力",并从七个方面推导人为什么要信奉上帝。尽管他的结论是维护宗教的,但毕竟经过自己的艰辛思考得出了人必须要服从信奉上帝的结论。这就说明,到此时,基督教作为一种精神力量再把人们维系在一起的时候,就不是像奥古斯丁时代所主张的那样,盲目信仰上帝就行了。他此时传达出的信息是,人们要信仰的东西,必须是经过人的思考、经过论证并认为是真理性的东西。换言之,是理性指导下的信仰。这样,早年圣奥古斯丁提出的"信仰的理解"就被阿伯拉尔、大阿尔伯特、阿奎那等人提出的"理解的信仰"取代了。当我们从这个角度看中世纪中晚期出现的文学作品的时候,就可以发现此时人们的理性意识大大地增强了。虽然这些作品也在歌颂上帝,但这个上帝常常是人的创造力的反映。与其说中世纪中晚期的人们信奉上帝,还不如说是在借助上帝信奉某种自然的或人自身的创造力。有些作品与其说歌颂的是使徒的坚定信念和毅力,莫不如说是在歌颂赞美人自身应有的力量。

理性维系方式在文艺复兴之后,获得了巨大发展。可以说,从文艺复兴到今天,把人类社会整合在一起的文化力量一直是"理性维系方式",只不过这时出现的理性维系方式又开始与现代国家的出现紧密地联系在一起了。在文艺复兴时期,经过实践和思索,人们开始坚信人的力量,并把人性看成是最重要的东西。因此,在这个时代,弘扬人性和人的权利,反对神性和神权,就成为理性的结果。所以,它维系起了社会的进步力量,并逐渐成为新的民族国家的基本信条。17 世纪出现的重视经验、重视知识,是理性维系方式的进一步深化。到了 18 世纪,无神论的出现,使得人类社会第一次发现,原来世界上根本没有神(无论是自然神还是宗教神)。这样的理性思考,导致了"信仰维系方式"的彻底解体。人们发现,人类社会之所以能够发展和进步,完全取决于人自身的理性能力以及由人凭借理性所设计和建立的制度。因此,从法国大革命前后开始,一直到今天,人们总是用自己的理性来设想什么样的制度是合理的,什么样的人是完美的。这样就导致不同的民族和不同的国家,总是把自己的制度和自己的生存状态看成是较为理想的，其他不符合自己设想的制度和人的生存状态都是有缺陷的。也可以说，每一种理性都维系起一定数量的大众，从而形成了不同的社会政治制度、经济制度和文化制度以及生存方式的国家，从而也形成了不同的文化系统。由此可见，近代以来人类的社会维系都是靠理性方式维系着。

但问题在于，“理性维系方式”也是有着历史局限的。这就是对理性内涵理解的不同，导致了不同理性之间的冲突。例如，中国人现在信奉马克思主义，是因为通过实践检验，我们认为它是真理。而西方很多人信奉基督教，也是因为他们认为基督教是真理。由于不同的人所信奉的真理不同，这种维系方式的弊端也是明显的，即带来了不同思想体系的冲突，从而导致了很多西方学者所说的“文明的冲突”的出现和强化。

明确了理性维系方式的基本内涵和特征之后，我们就可以清醒地认识近代社会以来欧美文学发展走向了。13 世纪意大利诗人但丁所创作的就是信仰维系与理性维系方式交替时期出现的经典文本。在《神曲》中，引导作品中“但丁”游历幽冥三界的人有两个：一个是维吉尔，代表“理性”，第二个是贝亚特丽采，象征“信仰”。这样，作家但丁的两重性，我们从这里也能得到解释：一方面他带有中世纪的信仰维系的痕迹，另一方面带有理性维系的痕迹。这也说明但丁创作的时代，理性维系方式正在取代信仰维系方式。至于文艺复兴到 19 世纪末的西方文学，我们也基本可以看到，它从文艺复兴时期重视人性理性、到 17 世纪重视知识和智慧理性，再到 18 世纪重视政治理性，一直发展到 19 世纪的制度理性。“理性”总是作家认识世界和把握世界的核心概念和侧重点。相反，关于“信仰”的概念则很少再进入作家的创作视野之中了。换言之，在此后的文学中，冲突并不主要发生在“信仰”和“理性”之间，而更多的是发生在不同的“理性认识”之间。所以，在文学中，思想文化之间的冲突也越演越烈——当然，在 19 世纪之前，理性间的冲突主要围绕制度合理与否进行；而 20 世纪以来，特别是现代派作品中，则更多表现在生活方式或生存方式之间的冲突。从这个意义上来说，理性维系方式其实就是近现代社会的主要或基本的维系方式。

需要指出的是，这种当下普遍使用的“理性维系方式”在今天也遇到了危机。如前所言，“理性维系方式”自身的弊端带来今天世界上一个非常重要的文化冲突现象出现——不同文化或文明之间的冲突日益尖锐。我们都深刻地感受到了一个时代的悖论：一方面，在科学技术发展迅猛的今天，世界上不同的国家和民族之间的联系越来越紧密，全球化趋势越来越明显；但另一个方面，则是在世界已经开始变成“地球村”的情况下，不同文化与文明之间的冲突却日益尖锐。这种情况表明,处在21世纪的人们需要一个新的维系方式来解决今天出现的各种问题。这样的现实导致了一种新的“普适性价值维系方式”[①]的出现。

所谓“普适性价值维系方式”是指不同的民族和国家,尽管有着不同的利益需求与价值取向,但作为人类的成员,必须还要有整个人类共同拥有的价值尺度。因为只有普遍适用的价值,才能将各种文化的共同性价值提炼出来并被各种不同文化背景的人所接受。如前面所言,我们这里所说的“普适性价值”应该而且必须是在全人类文明中抽取出来并承认全人类不同成员差异基础之上形成的,是体现着世界每个国家与民族相互平等、相互尊重、相互宽容意义上的用语和概念,而不是哪一个西方国家把自己的价值强加于世界各国的概念。习近平主席提出的“人类命运共同体”,就说出了这一问题的本质。换言之,“人类命运共同体”的思想文化基础就是我们所说的“普适性价值”。对此,已经有国内学者深刻指出,随着经济全球化深入发展,资本、技术、信息、人员跨国流动,国家之间处于一种相互依存的状态,一国经济目标能否实现与别国的经济波动有重大关联。各国在相互依存中形成了一种利益纽带,要实现自身利益就必须维护这种纽带,即现存的国际秩序。国家之间的权力分配未必要像过去那样通过战争等极端手段来实现,国家之间在经济上的相互依存有助于国际形势的缓和,各国可以通过国际体系和机制来维持、规范相互依存的关系,从而维护共同利益。“国际社会存在的各种价值观仍主要服务于不同国家的现实利益,人类命运共同体的建设仍是一个长期、复杂和曲折的过程。如果各国政治家能真正从全人类长远利益出发来考虑问题,而不是从短期国内政治需求出发来制定政策,一个更高程度的、走向共同繁荣的人类命运共同体完全是可以建成的。”[②]

综上所述,若我们把西方四大维系方式的发展历程用图形来表示,大致如下:

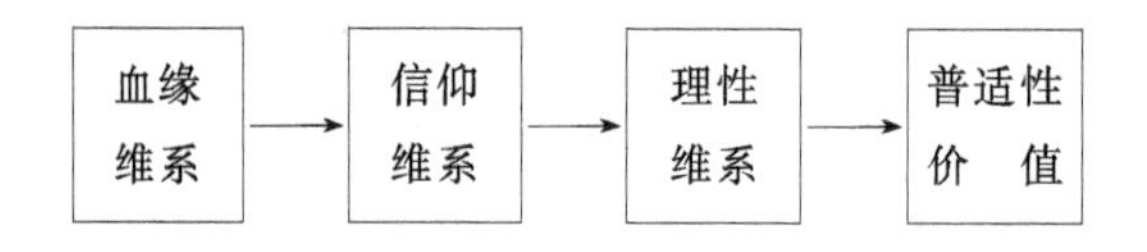

这是一种各自阶段有着不同的性质、并且相互间依次取代与递进式的维系发展模式。其表现形态说明它内在缺乏一个持续不断的恒定的、或曰“传统”的

---

① 请注意,本文在这里使用的是“普适性价值”概念,而不用“普世价值”的概念。这是因为当前“普世价值”的提法已经成为某种政治意义的概念。而在这里用“普适性价值”的提法,纯粹是一种学理意义上的用语。

② 曲星:《人类命运共同体的价值观基础》,《求是》2013年第4期,第55页。

东西。若说西方世界有“文化传统”的话,从这个角度我们可以看出其文化传统是具有自己独特性质的,也是与东方世界不一样的。

由此可见,西方社会的四种基本“维系方式”的演进和更迭,给我们重新认识欧美文学提供了一个新的文化视角,由此出发我们可以更清醒地知道,在不同维系方式的时代,作家们怎么写作以及为什么那样写作?为什么有些作家或作品在它所出现的时代会产生那么大的影响而在以后的发展中却走向衰落。用此理论,我们甚至可以很好地解释当前一些跨文化的文学现象所面临的冲突。例如,现在有很多学者在做美国犹太文学等方面的研究课题,而这类文学中所包含的文化冲突,在很大程度上是血缘维系文化与现代理性文化之间的冲突。以美国犹太文学为例:由于其在宗教领域常常表现为“选民意识”,这决定着犹太人的文化基本上是以血缘民族为基本内涵的文化。当一些犹太人来到美国后,发现美国社会实行的则是以“理性维系方式”为特征的文化。这样,冲突就不可避免了。一方面,犹太民族必须要保持自己的文化传统,要坚持犹太教的“选民意识”和犹太民族的血缘维系特性——他们不能抛弃这种血缘意识和血缘维系特性,如果抛弃了这种维系方式,就等于犹太人赖以存在的民族文化基础不存在了。这是他们最不愿意看到的结果。但另一个方面,若他们在美国的文化中不愿改变,一味坚持这种血缘意义上的文化,又不能适应在美国社会的发展,也不能真正融入美国的社会之中。这种文化上的矛盾决定着他们只好成为“边缘人”或“局外人”。可以说,索尔·贝娄、辛格等人的小说中“美国的犹太人”所发生的文化冲突的要害就在这里。

这样理解欧美文学,可以看出,它在深层中受到这种维系方式的制约。一部欧美文学史,就是在四大维系方式相互间不断取代与递进式发展制约下不断演化的历史。

四、比较视野下欧美独特维系方式特征的再证明

下面我们还将从东方维系方式的角度,在东西方维系方式之间差异的比较中进一步谈一谈西方维系方式的特征,从而强化我们对欧美维系方式这一问题的看法。与西方世界不同,东方世界没有西方这样鲜明的更迭替代的四大维系方式。从各个东方民族的发展历程中,我们可以看到,在东方,“血缘维系方式”是一个持久不衰的基础性和根本性的东西,也是持续不断从古代发展到今天的

一种独特的维系发展流程。换言之,东方文化乃至文学是在其独有的"血缘维系方式"的基础上产生和演化发展起来的。

东方世界最早出现的维系方式,走的也是与世界其他民族同样的"血缘维系方式"之路。现有的大量历史文化材料告诉我们,在古代东方,最早出现的也是靠血缘维系所组成的家庭、氏族、部族和部落联盟等为单位的一个个社会群体。而构成这些群体的或社团的维系力量,仍然是血缘的力量。这一点在每个东方民族的早期神话、考古等材料中,比比皆是。甚至最早的女神崇拜(如东方各国的众多"大母神"神话)和随之而来的父权制形态下的父权崇拜,其本质都是血缘维系方式的典型体现。此后在漫长的发展中,血缘意义上的父亲,也发展成了一些部族的或民族的"祖先神",甚至发展成为一些现代国家的民族文化图腾。

问题在于,当西方社会从"血缘维系方式"开始向"信仰维系方式"和"理性维系方式"依次转换的时候,东方世界却一直把"血缘维系方式"持续不断地继承了下来。为什么会出现这种和西方社会维系方式完全不同的发展演进过程呢?东方为什么没有形成西方那种四大维系方式更迭替代的发展模式呢?大致而言,这是和东方世界的生产力发展以及独特的生产方式密不可分的。对此,马克思在谈到亚细亚生产方式的问题时,曾指出了亚细亚生产方式的特殊性。他认为在亚细亚生产方式制约下,早期东方国家的产生与西方有所不同。他的一个重要看法是,由于独特的生产方式,决定着东方早期国家并非阶级矛盾不可调和的产物,东方的早期国家常常是作为一个强有力的管理者顺应社会需要所诞生的国家形式。由此而言,在亚细亚生产方式下,东方国家普遍具有专制主义特色,像希腊那样的城邦国家所实行的奴隶主民主制度和个人的自由思想意识也很难在东方产生发展起来。这可能也是古代的海洋文明与大陆文明的主要区别所在。因为在大陆性的文明中,像海洋文明那种出海捕猎、冒险抢掠,能充分发挥个人能力和才智的机会不多,而集体性协作进行生产活动是其最好的选择。同样,在土地上集体性的劳作使人的生存相对而言也比较容易,加之在一个有强大集权力量的领导和统筹下,社会的组织结构也较为完善。进而言之,在一个相对完善的社会组织系统中,大陆性民族的发展规模和效率都可以得到保证。在东方,亚细亚生产方式从远古时代一直延续到19世纪初,其中既保存有原始的公社所有制,又存在着专制君主最高所有权,还夹杂着其他的一些因素,如种姓制、奴隶占有制和封建制等各种因素。但不管怎么说,一个个强有力的大家长(祖先)存在,一个个相对自足的封闭性的疆域构成,一个个金字塔式的社会结构，容易形成“大一统”意识和较为稳固的东方世界各个民族的基本社会形态，也容易导致延续传统的文化心理的构成。按福柯的话来说，这是决定东方世界的根本性的“话语一权力”形式或曰“知识型构”。正是由于以上的特点，才导致了“血缘维系方式”没有被取代，而是被延续、继承和发展下来了。对此，梁漱溟先生在《中国文化要义》中谈到中国文化的十四大特征时，就特别指明了“社会经久不变”“以家庭为重”“孝文化”等重要特点。[①] 当代学者余英时先生在谈到东西方文化的差异时，也曾指出过，西方文化从希腊人开始，加上与希伯来文化的融合，是靠理性和神学信仰来追溯价值之源的，所以西方文化形成的是外在超越的价值系统；而中国人（也可以说东方人）走的是内在超越的路。[②]

具体来说，由于血缘维系的方式一直是东方世界文化中的强大潜流，它在深层次起着作用，从而导致了东方世界文化发展的独特形态。如果说，西方世界自古至今是在四种性质完全不同的维系方式的依次替代、不断更迭和跳动性发展演变的话，那么，东方世界的维系方式基本上遵循的是在血缘维系基础上所进行的延续和拓展的演变方式。其发展运作模式大体上依据的是从“血缘家族维系方式”出发，随着社会的发展和进步，逐步拓展为“血缘氏族维系方式”，进而又由“血缘氏族维系方式”拓展到“血缘部族维系方式”；最后从“血缘部族维系方式”再转化为“血缘民族（乃至国家意义上的）维系方式”，从而形成了现代人们所说的东方民族传统或民族文化传统的演进流程和基本特性。如用图形显示，东方世界的维系方式大约体现为如下形态。

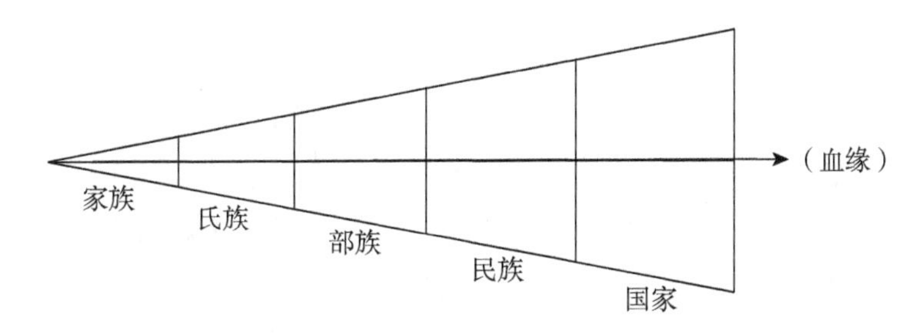

如图所示，这是一种在血缘基础上不断拓展扩大的增拓式的发展演进模式。这说明东方世界的维系方式是在血缘基础上，按照一个基本恒定的、渐进

① 参见梁漱溟：《东西文化及其哲学》，上海：上海人民出版社 2015 年版。

② 参见余英时：《从价值系统看中国文化的现代意义》，《文化：中国与世界》第一辑，北京：生活·读书·新知三联书店 1987 年版。

式发展传承并不断向前并向四周拓展的特殊演进模式。其基本表现为,在最早的血缘家族时期,能够维系一个家族基本力量的是直接的血缘意义上的母亲或父亲所造成的血亲“亲和力”。在氏族阶段,由于家族间通婚等原因,直接血缘意义上的家长成为一个氏族意义上的大家长;而到了部落发展阶段,直接血亲的、间接血亲的、通过赐姓和联姻的以及作为家庭奴仆等都聚拢在一个部落首领(这个首领一般是这个部落中德高望重的类似于“父亲”的人,享有父亲的威望和权力)周围的维系方式,使之聚合成为了一个部落群体。而随着社会的进一步发展,当作为一个“共同体”的民族或国家出现之后,在此情况下,东方世界很多民族常常把某个核心家族、氏族、或部族的某个“祖先”(家长)神话化,成为这个民族的共同的“祖先神”。例如,历史上中国满族某个部族的祖先神“撮哈占爷”,最后就演化成了长白山神,即全体满族人共同崇拜的主神。当然,除了这种现象之外,也有一些民族是把自己祖先的特征更抽象化和纯精神化。表面上看,似乎这些神灵与祖先关系不大,例如希伯来人的“耶和华”、印度人心目中的“大梵天”“湿婆”“毗湿奴”等。但前者的上帝只挑选希伯来人作为“选民”,后者的三个神祇之间的关系,也有着血缘传承的谱系和特征。这说明,在东方世界众多民族的主神身上,都既有着其核心家族祖先血缘性的身份特征,也有着全民族共有的核心价值的精神性特征。与西方不太重视“传统”相比,一个非常有趣的现象是,东方世界各个民族都非常重视自己的“传统”,而寻找“传统”的时候,又常常把目光转向古代,尤其是本民族发展的早期阶段所创造的祖先身上。这一点对那些由较为单一民族构成的国家来说,更为明显。这其实也是“血缘维系方式”在人们深层意识上起作用的反映。

东方的这种持续到今天仍然起作用的血缘维系方式,其内部的发展和演化也是非常独特的。打个比方,“血缘的力量”就像大河中的强大潜流,从古代一直流淌到今天。在中心潜流的制约下,原本的小河在向前流动中不断进行着外延的拓展和向前的开拓。因此,越到后来河床的场域越来越开阔,包容性越来越巨大,内涵越来越丰富。它不断地把周边的、相邻的地域纳入自己的范畴之中,成为一个大河流域。虽然随着范围的扩大,中心的潜流越来越看不清楚,但这一潜流是一直存在并起着重要作用的。我们前面所说的由家族到氏族、到部族再到民族的发展流程,其实就是这样一个维系方式的演化过程的反映。时至今日,东方世界仍然有一个非常重要的意识,就是非常强调一个祖先对本民族所起的维系作用。例如,在中国,人们常常讲一个词语,即我们是“炎黄子孙”。也就是说,由于我们都是炎黄子孙,那么咱们就是一家人;在犹太民族中,犹太教强调犹太人是"上帝的选民",而上帝只庇佑或者说眷顾犹太人,不保护其他人。就是说犹太人自己认为他们是有着一个共同"家长"的一家人。我们还知道,日本文化中把大和民族是一家人的观念提高到了无以复加的程度,他们常常把天照大神(他在人世间的代表为天皇)挂在嘴上,无非是说他们也有着自己一个"神圣"的祖先。不仅如此,在日本飞鸟时代,武士集团和与之相适应的"武士道"精神发展起来了。领主和武士之间的关系,就颇有血缘关系的韵味。对此,美国文化史学者威廉·E.迪尔(*William E. Deal*)就曾经指出:"从近世开始,地方武士团就是由领主与家臣关系联结而成的、各效其主的独立武士团体联盟。实际上,领主和家臣的盟约起到了联系双方纽带的作用,由此,家臣的后代为领主家族的后代效力,作为回报,领主一直为家臣提供俸给。尽管领主和家臣之间没有血缘关系,但他们常用当时亲属关系的语言来说明并表达彼此间的关系。例如,家臣被称为'家人'(平安时代之后称为'御家人')和'家中的孩子'。家臣有时也把领主描绘成父亲的形象,虽然他们并没有血缘关系。"[①]甚至生活在现当代的日本人也有一个鲜明特点,即在日本的社会中,群族意识仍然很重要,对组织、企业的忠诚常常被看成是一个成员的最高品德(对天皇或者领主的愚忠是20世纪上半叶日本军国主义形成的重要原因之一)。在西亚、北非的阿拉伯世界中,阿拉伯人的血缘家族意识也同样处于重要地位,时至今日,在阿拉伯文化中,家族血缘关系也是其社会最重要的关系之一。在南亚的印度以及孟加拉等国,家族意识也一直支配着人们的政治、经济乃至日常生活。至于在今天的非洲大陆,这种家族性、部族性的东西,也是一直在起着作用的。由此可以说,血缘维系方式在东方世界一直潜移默化地起着重要的作用。

正是因为东方这种血缘维系意义上的传统,才导致了与西方世界治理方式的完全不同。在古代社会里,西方世界非常注重法制建设。例如,很多王朝的国王上位就立法,从最早的《罗马法》到东罗马拜占庭的时候《查士丁尼法典》以及到了法国大革命之后出现的《拿破仑法典》、美国1789年的《人权宣言》等等,其实这完全是依据不断变化着的维系方式更迭的有意识调整。从不同阶段的法律文本中可以看到西方社会不同时期维系方式变迁的履痕。那么在东方世界里,我们看到的则是东方人注重的不是法律而是传统,是一种以血缘关系为基础所形成的传统习俗道德力量甚至仪式的力量进行着治理。这一特点,不仅体现在亚洲一些文明发展较为久远浓厚的国家和民族中,在被殖民前的非洲大

---

① [美]威廉·E.迪尔:《探寻中世和近世日本文明》,刘曙野、符延军、李婷、马艳秋、李娇译,北京:商务印书馆2010年版,第202页。

陆也同样能说得通。

我们在这里如此对比,并非要说西方的维系方式就是进步的,就是好的,而东方诸民族的血缘维系方式就是落后的,就是坏的。之所以要指出这种差异,其实在于要说明东方和西方具有完全不同的社会维系方式,具有在此基础上产生的完全不同的文化形态与文学特征的可能。为此,我们可否在此基础上来建立属于中国人自己的、真正的“西方文学体系”或“东方文学体系”呢?若以这种看法出发,至少可以看到,东方世界在漫长的历史发展过程中,真正形成了属于自己的社会文化发展脉络和轨迹,具有和现在所谓“西方文学”完全不同的性质、特征乃至发展流程的轨迹。倘若我们从维系方式的差异上来看东西方文学的不同的话,那么,我们把维系方式大体一致的文学看成一类,也能够说得通了(例如非洲诸国在漫长的时间里也体现了以血缘关系维系的基本特征,这样,把非洲划为东方文学的范畴也就存在着合理性了)。换言之,把“血缘维系方式”看成是东方文学的基本底色和在深层次起着规定作用的强大力量,不仅基本符合东方世界诸民族和各个国家的基本实际,更重要的是它使“东方学”或“东方文学”的性质更为鲜明。这样划分既可以避免东方文学成为西方文学附庸的弊端,同样,也可以大体照顾到现有教材中东方文学的基本范畴的约定。更能够让人们看到,东方的社会及其文化发展绝对不是西方社会和西方文化发展的附庸,东方走了一条和西方世界完全不同的文化道路。

从维系方式上来看东西方文化之间的差异,也能够使很多困扰当代学者的文学现象得到更清晰的说明。我们知道,西方的现代化进程基本上是从它不同的维系方式递次取代(近代以来主要是“理性维系方式”对“信仰维系方式”的取代)的发展需要中,也可以说是从其文化内部发展的逻辑中逐渐走向现代化进程的。西方世界的三次工业革命以及文艺复兴后的历次思想解放运动,既有理性意识觉醒的基本动因,也是其维系方式变更进程中内在运作的必然结果。可在东方,由于血缘维系方式巨大的惯性作用,19 世纪以来很多民族国家的社会和文化大体上都是在血缘文化发展过程中被强制现代化的,或者说“被殖民现代化”的。这样就导致了东方的现代化进程是一个被外来文化强制的进程,例如,在中国,由于长期以来所形成的血缘民族传统和汉代以后所形成的新儒家学说,虽然促进了中国封建社会的强力发展,但也使得中国社会缺乏现代性的思想文化资源。恰恰是在西方文化进入之后,科学、自由、民主、革命、法制、个性解放、人的权利,乃至现代国家制度、工业进步等等观念引入了中国。在中国有志之士的呼喊与实践中,在与中国近百年来的社会发展实际相结合的过程中，成为富有中国特色的理解和主张。[①]

这里必须指出的是，传统的血缘维系方式是很难自己走向现代化的。这也是近现代中国的伟大思想家们为什么主张“欲改造社会，必须要先改造人们精神”，要进行社会革命，首先要反对封建家族势力罪恶的原因。这一点，我们在亚洲、非洲一些主要民族的文学中，也有明确的证据。例如，印度虽然在四百多年前就被英国所殖民，但它自古以来所实施的“种姓制度”，本质上表明近代以来的印度社会仍然是处于血缘维系方式的时代。因此，印度的被殖民过程，其实也是西方的“理性维系方式”对印度社会“血缘维系方式”的强制改造过程，本质上是被一种外来文化的强暴过程。那么，今天印度近代社会文化发展的矛头指向，就应该而且必须要对血缘社会传统关系进行改造和替代，才能有前途。再说日本。虽说日本在 19 世纪主动向西方学习，进行“明治维新”，但这也仍然是向西方学习的结果，是在完全不同的文化入侵中强行扭转了自己的社会进程。我们看到的现代非洲，大部分民族和国家都被殖民了，血缘维系方式的自然发展进程被强制打断，传统的血缘维系方式被外来的西方世界的“理性维系方式”所取代，这才导致了今天非洲大陆各国之间和各个民族之间强烈的矛盾和冲突，造成了西方的社会制度和文化在非洲“水土不服”的状况。所以，我们说，近现代东方世界出现的诸种复杂问题，本质上都可以从这两种维系方式的碰撞中找到深层的原因。

但是，当人类社会发展到 20 世纪末以后，无论是西方世界的依次替代的维系方式，还是东方世界血缘维系方式的传承拓展模式，都面临着一个被全新的维系方式所取代的趋势。如前所言，20 世纪末，尤其是 21 世纪以来，全球化浪潮汹涌澎湃。人类的全球化进程不仅改变了当今社会的政治、经济和文化结构，从更深层次来说，也改变了东西两大世界传统的维系方式走向。近现代以来西方一直占据着主导地位的“理性维系方式”，开始向“普适性价值”的新的维系方式转换。那么，当东方世界也开始走向现代化和全球化进程的时候，东方的血缘维系方式也必须要顺应这个历史潮流而做出改变。其实从现在东方各国的文学创作中，我们已经开始看到这种改变的端倪。现代的，尤其是东方当代文学文本中，不仅强调信奉真理比信奉血缘关系更重要，而且那些虽然源自西方，但经过东方人消化和理解的人类的“普适性价值”也越来越获得人们的认同。平等、自由、民主、个人权利等也已经成为东方文学的核心主题词。这说

---

① 参见刘建军：《关于“欧美文学中国化进程”的若干问题》，《东北师范大学学报》2012 年第 3 期，第 86—90 页。

明,西方今天出现的“普适性价值维系方式”也开始在东方世界蔓延开来,逐渐成为新的维系方式的主流。今天东方世界面临着一个不断从拓展性的“血缘维系方式”向“普适性价值维系方式”转变的时期。东西方不同的维系方式,在全球化进程中终于走到一起来了。可以预言,今后东西方都将走向“普适性价值维系方式”的进程。

但也要看到,东方世界在走向“普适性价值维系方式”的过程中,与西方社会相比,可能更为艰难。这一则是因为东方世界的社会发展整体上落后于西方;另则也是东方世界在维系方式的转换中,不能完全丢掉自己的传统,去全盘照搬西方的模式——因为那不符合东方各国的国情。因此,我们既要从自己的传统文化中去寻找普适性的价值并将其进行现代化阐释,也要从西方世界的维系方式演进中借鉴并吸取其价值内涵。我们坚信,未来的世界一定是融合了东西方不同文化的精华所产生的新的“普适性价值维系方式”所维系的世界。

从以上的尝试性建构中,我们既考虑到了整体性,也考虑到了其辩证发展性,同时也意识到了欧美文学发展的深层原因。虽然我们的认识只是初步的,也未见得每个人都同意,但我们每个人只有具备这种探索的努力,才可能在新的阐释中抛弃西方文学中“逻各斯中心主义”的“二元对立”思维模式,抛弃原有西方文学中以善恶斗争(人性论)为核心的看问题的方式和我们原有的庸俗社会学等较单一的认知方式,从而做出用“中国话语”对世界文学史的科学言说。

第九个问题：

百年来欧美文学“中国化”的经验和遗憾表现在哪些方面？

百年来欧美文学的“中国化”进程，是中国人民在追求现代化和民族复兴的伟大实践进程中的一个重要领域。正如我国正在建设的社会主义现代化强国是一项前人从来没有做过的极其伟大而光荣的事业一样，欧美文学，包括外国文学的“中国化”进程，也是我们的前人从来没有做过的光荣而伟大的事业。因此，在思想文化，尤其是文学领域这个进程的实践中，有着许多值得总结的经验，也蕴涵着极为深刻的教训和遗憾。但总的来说，功绩是主要的。

一、欧美文学“中国化”进程中的主要成功经验

关于欧美文学“中国化”成功的一般经验，在我们的前文中，其实就在进行总结。现再系统地强调一下：

第一，欧美文学，包括外国文学的引进和发展必须要与现代中国社会的发展实践相结合。这也就是说，要考察欧美文学进入中国的过程，包括中国现代文学的发展建设过程，不能离开中国近现代以来社会发展变革的实际。因为一离开百年来中国社会的发展进程，很多问题就说不清楚了。近些年来，有一种很不好的倾向，就是在谈到中国现代文学建设的时候，有些学者，尤其是外国学者，非得要抛开中国社会发展进程的实际，站在一个貌似所谓“公允”的立场，对中国现代的文学发展进行所谓“客观”的言说。其中代表者就是华裔美国学者夏志清和他在中国的一小批追随者。

我们知道，夏志清一贯以西洋文学专家的角度来看待和评价中国现代文学，但他的学术立场，即看问题的角度是有问题的。其根本问题就是他脱离中

国现代文学的发展实际,尤其是脱离开近百年来中国社会发展的实际,站在西方学界所谓“公允”的立场,换言之,所谓抽象“客观”的文学立场来评论中国现代文学。例如,他的《中国现代小说史》,名为“史”,但却脱离开了当时文学赖以产生的中国现代社会的巨大变化实际,抛开了主体观念与文本客体之间构成的历史语境,来大谈中国现代文学的成败得失。这正如高照成所批评的,他“用当时美国已经过了时的‘新批评’方法来阐释半殖民地半封建语境中的中国现代文学史”,“用西方形式理论与自由主义主体性来阐释中国现代作家作品,用西方价值标准和审美眼光来评判中国爱国作家抗战作品的做法,显然是无法令人认同和信服的。当时的中国进步作家与夏志清之间,一个是中华民族救亡图存的主体性,一个是西方形式主义的阐释主体性”。[①] 正是因为夏志清抛开了具体的历史情境,抛开了中国社会在特定阶段的历史发展规定性,所以他在评价中国现代作家历史地位和成就的时候,完全充斥着他的主观好恶,或者说用所谓西方的“自由性”来对抗“暴力”或“共产主义”。这样,他根本不可能做出科学的有价值的结论。例如他曾说:“读五四时期的小说,实在觉得它们大半写得太浅露了。那些小说家技巧幼稚且不说,看人看事也不够深入,没有对人心作深一层的发掘。这不仅是心理描写细致不细致的问题,更重要的问题是小说家在描绘一个人间现象时,没有提供比较深刻的、具有道德意味的了解。”[②]为什么呢?他解释的原因在于:“中国现代小说的缺点即在其受范于当时流行的意识形态,不便从事于道德问题之探讨(its failure to engage in disinterested moral exploration)。”而“索福克勒斯、莎士比亚、托陀二翁,他们留给我们的作品,都借用人与人间的冲突来衬托出永远耐人寻味的道德问题。托、陀两翁都是伟大的人道主义者,他们对当时俄国面临的各种问题、危机都自有其见解,其借用了小说的形式说教无误,但同时也写出人间永恒的矛盾和冲突,超越了作者个人的见解和信仰,也可说超越了他们人道主义的精神。”“索、莎、托、陀诸翁正视人生,都带有一种宗教感,也就是说,在他们看来人生之谜到头来还是一个谜,仅凭人的力量与智慧,谜底是猜不破的。事实上,基督教传统里的西方作家都具有这种宗教感的。我既是西洋文学研究者,在‘结论’这一章里就直言,现代中国文学之肤浅,归根究底说来,实由于其对‘原罪’之说,或者阐释罪恶的其他宗

① 高照成:《西方主体性与非历史化:夏志清〈中国现代小说史〉批评——基于马克思主义文学阐释视角》,《中国社会科学院研究生院学报》2017 年第 2 期。

② 夏志清:《中国现代小说史·原作者序》,见夏志清:《中国现代小说史》,刘绍铭等译,桂林:广西师范大学出版社 2014 年版,第 9 页。

教论说，不感兴趣，无意认识。”[①]请看，他离开了当时的历史语境和现实生活的实际，用西方的价值观和审美趣味去评论当时中国社会出现的文学，明显地表现出了他的肤浅。不仅如此，他贬低鲁迅、茅盾、丁玲等人的作品，而对以前被忽略作家钱锺书、沈从文、张爱玲等人则给予高度的评价。他贬低鲁迅等人作品的理由在于他们描写了当时历史发展进程中的社会生活，表现了当时阶级斗争和人民争取自由幸福的要求而没有表现所谓的“人性深度”，而对张爱玲等人的评价则是因为她（或他们）写出了所谓的“人性的深度”。例如张爱玲的《金锁记》就被他称为“中国从古以来最伟大的中篇小说”[②]；钱锺书被推崇为吴敬梓之后最有力的讽刺小说家；在评点沈从文的小说《静》时，他说：“三十年代的中国作家，再没有别人能在相同的篇幅内，写出一篇如此有象征意味如此感情丰富的小说来。”[③]他称赞张天翼是“这十年当中最富才华的短篇小说家”[④]。当然，钱锺书、沈从文、张爱玲、张天翼等人是应该在中国现代文学史上有其历史地位的。但是，恰恰是夏志清忘记了鲁迅等人的创作与他们所生活的时代的密切关联，忘记了鲁迅等中国作家当时的历史责任感和文学使命。而沈从文、张爱玲等人的创作，在中国人民进行反抗封建地主阶级压迫和帝国主义侵略的历史条件下，毕竟与时代的迫切要求太游离了。换言之，在“刀与火”的时代，需要的必然是“刀与火”的作品。而当我们处在全面建设社会主义现代化进程中的时候，当人们需要对个人的情感、意识加以张扬的时候，沈从文、张爱玲等人的作品可能与今天的现实更为切合。换言之，文学的价值必须看它与当时的现实联系得紧密与否才能决定。这一点不仅适用于我们对自己的文学评价，也和欧美的乃至外国的文学引进中国有着紧密的关系。

前些年，有国内学者对苏联时期的一部长篇小说《钢铁是怎样炼成的》颇有微词，认为它缺少对人性深度地发掘，在中国造成了很不好的影响。但批评者恰恰忽略了这部小说引进中国的时候正是在我国社会主义革命和建设时期，它贴切地反映了当时中国社会发展的需要，表现了中国人民当时的思想文化需求。所以，尽管有些批评家说它是“废铁”，但仍然获得了人民广泛的喜爱。这就是说，欧美文学“中国化”的每一个阶段，都有其相对应的社会生活与其发生着紧密的联系。

---

① 转引自高照成：《西方主体性与非历史化：夏志清〈中国现代小说史〉批评——基于马克思主义文学阐释视角》，《中国社会科学院研究生院学报》2017年第2期。

② 夏志清：《中国现代小说史》，刘绍铭等译，桂林：广西师范大学出版社2014年版，第287页。

③ 同上书，第162页。

④ 同上书，第163页。

如果割断了这种联系,就很难对欧美文学在中国的作用做出科学的解说。我们是主张“我注六经”,但是这个“我注”,必须是要联系实际地“注”,是符合社会发展规律地“注”,而不是随心所欲地“注”,或者别有用心地“注”。

从以上两个例子可以说明,中国的外国文学引进和研究,或者说,欧美文学“中国化”进程,必须要与中国现代社会“站起来”“富起来”和“强起来”的发展进程相联系,要表现三个阶段不同要求并为其服务。这是中国引进外国文学的特殊性,也是建设中国现代文化要求的必然性。可以说,百年来中国社会的现代化进程和我国今天全面建设小康社会的伟大实践,给我们提供了新文化建设的绝好机遇,也为我们将欧美文学或外国文学优秀文化融入中国现代文化建设做出了时代的规定。因此,从中国的社会发展实践出发,在继承中国文化传统的基础上,汲取优秀的外来文化因子,建设中国的欧美文学话语,是我们今后应该继续坚持的最宝贵的经验之一。

第二,必须坚持马克思主义的立场观点和方法,用以指导我们欧美文学和外国文学的“中国化”进程,是我们另一个宝贵的经验。文学艺术作为上层建筑的重要组成部分,必须要适应经济基础的发展和社会进步的要求。马克思主义的历史唯物主义的文学学说,即文艺为人民服务,为建设社会主义强国服务,就是最适应我国当前的经济基础、社会制度和文化发展的意识形态。百年来的实践证明,正是马克思主义逐渐成为欧美文学“中国化”进程的指导思想,才使得我国的外国文学引进与研究,为中国的社会主义革命和建设事业做出了思想文化上的巨大贡献。由于这些方面内容我们已经说得很多了,此处仅再用两个问题进一步深入说明马克思主义的指导对我们文学研究的价值。

第一个问题是,要在重视一般社会发展规律的基础上,注重文学艺术的特殊规律,坚持文学作品思想和内容的辩证统一。很长时期以来,在马克思主义文艺思想的指引下,我们坚持认为,文学艺术有着自己的特殊规律,即审美规律。同样,我们也坚持着文学的特殊性,即文学内容和艺术形式是辩证的、高度的统一的观念。

在马克思主义经典作家看来,文学的发展和世界上其他事物的发展一样,不仅要遵循社会历史发展的一般规律,同时也要尊重自身发展的特殊规律。文学的特殊规律,在很大的程度上就是审美规律。诚然,文学艺术是一定时期社会生活的反映,但我们在强调外部原因的同时,更要看到其内部存在着一个起着更直接作用的内在功能性关系系统。对欧美文学而言,就要着重探讨其发展的内在原因,即内在的功能性结构体系对文学发展所起的作用。在西方社会发展进程中，欧美文学的发展也存在着一个内在功能性关系体系，即作家通过自我感受和审美表达来实现对人的本质不断发现和不断完善。这是一种主动性的和功能性的关系。这种主动性和功能性的关系在纵向流程中，即我们前面所说的在四大维系方式的依次替代过程中，导致了文学主题的不断更迭和艺术形式的不断演变。从作品的思想上看，西方人自远古爱琴文明时代就具有了初步的对自己能力肯定的意识，后来这种意识在与自然、与神、与物的不同文化时代，不断发展成为对自己本质（核心是追求自由）认识的递进关系，由此构成了欧美文学中强大的、功能性的人文精神传统。可以说，欧美文学的本质就是以人的自由为核心的本质在历史流程中的艺术显现。这样，欧美文学中所表现出来的各种不自由因素对人的不断限制和人对“自由”不断追求，就构成了欧美文学发展的内在矛盾构成。由于人所独有的意识和精神活动又是特定时代多种物质因素和精神因素相互联系、相互作用的结果，这也决定着人对人自身的认识和本质的把握，又是在多种共时性文化因素横向聚合中实现的。这样，欧美文学的人文精神传统，实则是在历史发展的纵向轴上和文化联系的横向轴上两个向度立体的全方位作用的产物。

从作品艺术形式上看，则体现为不断地进行着体裁创新、形式创新、技巧创新和手法创新等波澜壮阔的局面。但要注意，这种艺术形式的不断变化和产生，与其所表现的内容是不可分割的，两者是一个牢不可破、相互作用的辩证统一体。例如，马克思、恩格斯既将文学作品的内容看成是“社会史”“风俗史”（如同他们对巴尔扎克创作的《人间喜剧》和对英国“一派出色的小说家”的评价）；同时又坚持文学艺术创作要“莎士比亚化”，而不要“席勒式”，不要让文学艺术单纯地“成为时代精神的传声筒”。这两者的辩证统一和不可分割，至今仍然是文艺本质规律的揭示和文学创作的铁律。

举例来说，美国黑人女作家爱丽丝·沃克（Alice Walker）曾经写作一篇著名小说《紫色》（*The Color Purple*），就较好地体现出了思想内容与艺术形式与手法的辩证统一。也可以说，艺术形式从来都是作家思想倾向的最佳表达方式。《紫色》是一部书信体小说，主要由黑人女性西丽给上帝与妹妹写的九十多封信构成。为什么要采用书信体，其中包含着女作家深刻地艺术匠心和对黑人女性命运的深度思考。在女作家看来，黑人女性不仅在肉体上遭受着难言的侮辱与损害，更重要和更可怕的是她们被排除在了人类的文化（即话语系统）之外。从小说中可以看到，在整个社区中，她处处遇到的都是白人和黑人鄙视的眼光以及男人们不怀好意的对待，根本无人想和她言谈交流，哪怕去听一听她的诉说。这说明,在现实生活中她处于了完全“失语”的境地(小说中交代,她整天都不说一句话,有时几个月都处在沉默不语状况中)。为此,她只好把满腹的委屈、难言的痛苦和辛酸的感受,寄希望于书信之中,希望通过书信去表达和诉说。这样,小说采用的书信体的艺术形式,就成为主人公在现实生活中有话不能与周围的人言说的境况写照。读者还会看到,西丽的信大多数都是写给虚无缥缈的上帝,而不是写给远方哪个具体的人,这说明,她不仅在小镇上,甚至在人世间都没有一个可以倾诉和交流的对象。同时,她所写的信上又是没有收信人(上帝)地址的,这一空白也暗示着上帝永远不会收到她的信件(话语),也永远不会给她回信。那么,这本身也是一种无法交流的交流。即使是她给妹妹写的信,由于回信被丈夫扣押藏匿,也成了永远发不出去的话语。这样,西丽写信的目的是为了与他者沟通和交流,但结果仍然是“自言自语”,本质上仍然是“孤独的独白”。小说借助这种独特的书信体形式,揭示出了黑人女性群体孤独无助的现实困境和作为“沉默的声音”存在的状况。

《紫色》中还存在着大量的空白情节,这不是作家写作水平低下的结果,也不是悬疑推理线索故意隐藏,而是弥漫着普泛的象征意蕴。首先,时间上空白手法的运用。从《紫色》中,可以看到,整部作品中找不到每个故事发生的确切时间。例如,西丽所写的92封书信都没有标明她写信的具体时间,即没有签写时间(甚至签名)。这一方面是作家对黑人女性文化水平低下的悲凉展示,另一方面也提示读者,西丽这样处于底层的黑人女性,她们的生活是浑浑噩噩的,成长过程是混沌懵懂的,读者只能从书信所写的事件中朦胧地感觉西丽在逐渐长大。不仅黑人女性没有时间,黑人男性在作品中同样是没有时间的。例如,西丽的继父、丈夫等人,只是凭着欲望和感觉游荡着,支配他们行动的是本能欲望,所以,他们的存在,也只是如同没有时间感的动物一样“活着”而已。其次,是人物姓名空白手法的运用。不仅时间在黑人社会是缺失的,《紫色》的人名上也存在着大量空白。例如,主人公西丽,就是只有名字,没有姓氏。不仅西丽,其他黑人(包括男人)如耐蒂、莎格以及索菲亚、哈波、格拉第等,也是有名无姓。尤其是小说中每个黑女人称呼自己孩子的名字时都用“____”代替,表明黑人生的孩子没有个性特征,不知从何而来又去向何方的处境。在西方文化中,姓氏是一个家族传承的标志,是这个家族谱系的体现。而称谓的模糊和缺失的情况,恰恰是没有传统、没有谱系的美国黑人历史空白的反映,表明的是美国黑人传统的缺失。与此相联系的是作家还常用符号标记指代作品中的男人们。例如,西丽不管是对继父,还是对丈夫抑或是其他黑人男子,一律用“Mr. ____”

(有的译本将此翻译成“某某先生”)来称呼。而西丽对市长、官员和绅士等白人,也都用“Mayor ____”来指代。作家使用这样的手法,常常给阅读带来障碍,但其中的内涵则是非常深刻的:即在作家(抑或西丽)看来,在这个封闭的社会里,所有的男人们没有个性,没有特点,所有的就是同一副嘴脸:压迫女性、侮辱女性,与黑人女性为敌。不同的只是黑人男人是地位低一些的“Mr. ____”,而白人男人是“Mayor ____”而已。他们本质上是一类人,是整个男权制度的化身。由此可见,《紫色》以“有意味的形式”成就了有韵味的内容。

不仅欧美的现实主义文学如此,即使在今天的所谓欧美后现代文学中,也没有背离这种思想和艺术相统一的原则。如当下西方现代主义文学中使用的“碎片化”的生活、“荒诞性”的存在、“异化式”的境遇等某些手法,其实就是当代西方社会的精神现状的直接呈现。换言之,和古典作家们不同的,只不过是现代西方社会的精神碎片化现象、情感的荒诞现状和异化的生活,被作家用碎片化的形式和荒诞的手法表现出来了而已。同样,艺术不能单纯地成为时代精神的传声筒,甚至在欧美的现代主义或后现代主义文学中,也更是通过荒诞的和怪异的安排,使其思想的表达和观念的张扬,越来越退居幕后。更有甚者,连文本传递什么思想或价值都取消了。这样,不做时代的传声筒的主张,不是获得了更为曲折隐晦的呼应吗?!有鉴于此,在欧美文学中国化的新阶段,我们必须要坚持文艺具有的特殊规律,不能用一般的社会政治规律、经济规律乃至其他规律来取代具体的文学发展规律。再者就是要坚持内容与形式不仅是统一的,而且是辩证统一的思想。

第二个重要问题是,坚持马克思主义思想的指导,还可以对今天一些让人混乱的问题得以澄清。在最近二十多年来,文化冲突问题是一个非常凸显的问题。1993年,《文明的冲突和世界秩序的重建》出版,很快这本书便闻名于世,作者萨缪尔·亨廷顿(Samuel P. Huntington)继而成为20世纪末最负盛名的西方政治学家。他认为21世纪国际政治角力的核心单位不再是国家,而是文明,是不同文明间的冲突。文明是终极的人类部落,文明的冲突则是世界范围内的部落冲突。在正在显现的世界中,属于两个不同文明的国家和集团为了对抗来自第三个文明的实体或者为了其他的共同目标,可能形成有限的、临时的、策略上的联系和联盟,以推进它们的利益。在亨廷顿理论的基础上,有些学者简单化地把当前世界上的冲突归结为文明的冲突。更要命的是,他们还将东西方文明的冲突绝对化。他们认为,文明的冲突主要源自不同文化性质之间的冲突。由于文化性质的不同,在全球化进程中,冲突无法协调。这种看法虽然有些道理,但也有值得商榷之处。

按马克思主义的观点,意识形态上的冲突是受到其特定客观基础决定的。那么今天文明冲突的根本原因,首先要从社会生产力发展的程度去寻找,而不是简单地将其归结为文化上(文化说到底还是属于意识形态的范畴)的原因。就从文化或者文明的本身来看,当前世界几个主要文明在性质上并没有什么根本性的冲突。例如信奉伊斯兰教的人,认为安拉是至爱的化身,伊斯兰教的理想是建立一个平等幸福的“安拉的国”。在佛教中,那些佛教徒们,尽管他们所信奉的神祇与伊斯兰教不同,但建立一个幸福吉祥的“极乐世界”和伊斯兰教的理想没有什么根本差别。在信仰基督教的人看来,基督的“天国福音”无非也是告诉信徒们,在这个上帝的国里没有剥削、没有压迫、人人幸福。在这些不同文化体系中,我们能够看到它们在性质上有什么根本冲突吗?

既然不同的文明在性质上大体相似,那么当今的文化冲突又如此强烈,这该如何解释呢?主要原因在于两点:第一,如果说不同文明间会发生冲突的话,主要也不是性质上,而是体现在发展道路的选择上。自古以来,渴望美好的物质与精神生活,希望建立起和谐的人与自然、人与人乃至人自身之间的关系,从而使人类世界更加美好、更加幸福,是凡有文明以来的各个民族共有的情怀与价值理想。但问题出现在如何走向这个最终价值理想的道路选择上。正是因为道路选择的不同,导致了走向这道路的方式方法的不同,并由此埋下了冲突的种子。当这些冲突的种子被一些别有用心的政治人物、宗教的极端主义者和经济上的利己主义者所利用的时候,冲突就开始发生或激化起来了。[①] 也可以说,现代社会不同文明之间的冲突,说到底是有些民族试图把自己选择的道路强加给其他民族的结果。第二,不同的文明间之所以会发生冲突的另外一个重要原因,是由不同民族发展程度的差异造成的。文明的冲突说到底是经济和社会发展不平衡引起的冲突。世界上不同的民族国家,由于各种原因,使得各自发展的水平存在着较大的差异性。例如,总体上说,西方世界在文艺复兴之后,尤其是经过第一次工业革命洗礼,快速迈进了工业化和现代化的历史进程。而此时的东方世界,仍然处在封建社会晚期和被殖民的社会发展阶段。这样,由于发展程度的不同,那些发达的国家和民族,一方面为了维持自己的高消费的生活方式,想要占有世界上更多的资源,从而具有强烈的掠夺性;另一方面,他们又形成了自己的生活方式与价值观高于其他不发达的国家和民族的优越性心态。而不发达的国家与民族,不仅在经济上处于被掠夺的状态,在政治上和

---

① 参见刘建军:《耶稣是被谁杀死的?》,《山东社会科学》2014年第5期,第78—82页。

文化上也处于被压制和边缘化的状态。这样,发达国家和不发达国家的冲突就变得不可避免了。试想,当今天的西方社会已经进入到后现代、后工业化时代的时候,它们所提出的社会发展标准和价值观念能与发展中国家的发展标准和价值观念一样吗?所以,究其造成不同民族和不同文化之间的冲突的根本原因,我更看重的是不同国家和民族发展程度的差异。换言之,发展程度的差异是造成不同国家、不同民族之间文化冲突的更为根本的原因。而发展程度差别所造成的冲突,就不是“文明冲突”而是“南北冲突”,即发达国家和不发达国家的冲突了。这一点我们必须要保持清醒。

由此可见,以中国化的马克思主义为指导,根据中国社会不断变化了的情况,引进、消化、吸收欧美文化或文学中的有益成分,去重新看待欧美文学的价值与不足,从而建立起我们自己的言说话语,这也是一条我们必须坚持的重要的经验。

第三,百年来,中国的外国文学界也较好地处理了“原初的欧美文学”与“再造的欧美文学”之间的关系。由于论题的关系,我们在前面主要强调了欧美文学“中国化”和“中国话语”建设的问题,强调的是中国的文学话语权。但我们不要忘记,中国学者在对待外国文化包括文学的问题上,从来没有取而代之的意思。我们一直清醒地认识到,欧美的“欧美文学”与“中国的欧美文学”是两个完全不同的概念范畴。欧美文学有它自己的原生态,它翻译引进到中国以后,也就有了“中国形态”。中国的欧美文学工作者,正是因为清醒地意识到了这一点,因此也较好地处理了这个关系。我们虽然坚持欧美文学“中国化”,强调建设中国的欧美文学“话语”,但并非像有些人理解的那样,不顾欧美文学的原生样态,一味坚持“叛逆性翻译”,如同五四前刚开始进行翻译时林纾等人所做的那样,使之完全变成“中国的样式”。同样在研究中,我们也不是不顾欧美文学的实际状况,一味按照自己的欲求和所需要的目的加以解说,用自己的主观理解代替欧美人的理解。应该指出,我国的欧美文学“中国化”进程中取得的一个重要经验在于,我们既尊重欧美文学的思想特点和艺术成就,甚至对其局限性和不足之处也给予足够的注重,但同时也注意自己的独立理解和自己独特的阐释。这一特点,我们从严复以来对翻译的看法就可以看出来。在严复先生提出的“信、达、雅”的翻译思想中,他把“信”放在第一位,就是说,其出发点就是要尊重欧美文学的原生态样式;“达”是要传达出其原作品的真意真味;而“雅”则是在前两者的基础上进行创造。鲁迅先生主张“硬译”,固然有其政治上的原因,但对原作品的尊重也不能不说有着非常重要的考虑。在中华人民共和国成立后，我国的翻译家和文学评论家，也坚持着这样的传统，在翻译外国文学的作品时给予了原作以极大的尊重。茅盾先生在1954年8月19日召开的“全国文学翻译工作会议”上所做的《为发展文学翻译事业和提高翻译质量而奋斗》的纲领性报告，就明确提出，要达到艺术创造性的翻译，对原作进行认真的学习和严格的科学研究是必不可少的。他指出：“我们一方面反对机械的硬译方法，另一方面也反对完全破坏原文文法结构和词汇用法的绝对自由式的翻译方法。我们认为适当地照顾到原文的形式上的特殊性，同时又尽可能使译文是纯粹的中国语言，——这两者的结合是完全可能的，而且是必要的。”[①]在茅盾先生看来，在翻译过程中，在符合我们语言习惯和接受习惯的基础上，必须要尊重原著，要保持原作的思想感情乃至艺术技巧和风格，反对译者主观随意创造。这一思想，可以说一直在被我们的翻译家和研究者坚持着、践行着。近年来，之所以很多翻译的文本受到人们的诟病，其要害也在于这些译者不尊重原著。最近，王向远先生连续发文，谈了他对“译文学”的看法。他认为，原著是重要的，文本翻译必须注重于原作的语言和风格，翻译文本必须体现为对原作的尊重。这都是中国学者情怀的表现。

学者们在百年来欧美文学“中国化”进程中形成的这种清醒的认识，在今天信息发达的时代更显示出其价值。当前，现代科学技术的发展，使得不同民族与国家之间的文学交流越来越紧密，从而导致着国别文学之间的界限也越来越模糊。不仅如此，文学与其他学科和领域之间的界限越来越模糊，以致有人认为传统文学形态已经消失，有些国外学者甚至提出了“文学已死”的主张。更具有挑战的是，随着电子传媒手段的发展和影视艺术发达的影响，欧美文学乃至外国文学的一些传入方式也发生了新的巨大的变化。

面对这种世界文学发展的新情况、新趋势，需要我们提前应对，要对即将出现的新形态进行前瞻性把握。应对的基本原则是，我们要尊重欧美文学的原初文本和原初现象的基本特性，这是“源”。而其他国家引进后翻译的、再创的文学样式或再解读的文本，乃至被影视、游戏、图画等改编后的文本，都是“流”。但这并不说明，原初的文本一定会高于再造的文本。也不能说，再造的文本就一定强于原作。正如我们前面所说，翻译文本是对原文本的一种“增殖”。就是说，原初的文本，是一种文本，同样，在交流的基础上所翻译和创造的文本，也是一种文本。原初的文本越是具有经典性，那么，它出现N个不同文本的可能性

---

① 茅盾：《为发展文学翻译事业和提高翻译质量而奋斗》，转引自罗新璋编：《翻译论集》，北京：商务印书馆1984年版，第513页。

就越高。例如莎士比亚的《哈姆莱特》被翻译成世界各国文字以后，《哈姆莱特》的文本就已经有了多个再造文本了。"一千个人眼中有一千个哈姆莱特"，从文本的意义上说，就是"一个《哈姆莱特》文本产生出了一千个《哈姆莱特》文本"。[①]

那么，这些不同的文本间（即原文本和增殖出来的文本）是什么样的关系呢？它们各自的价值又何在呢？按接受美学的原理，原文本和依此出现的其他众多增殖文本，是平等的关系。假如原文本没有读者的阅读和接受，这种原文本的出现就没有意义。而增值出来的文本恰恰是互文的产物，也是交流和互补的产物，更是文化交流的必然结果。这里我们要再次申明："交流"的基础是平等意识。换言之，文化交流本身存在着一种相互补充，相互借鉴的特性。因此，文化之间的交流并不仅仅只表现为强势文化对弱势文化的压制、入侵或者歧视，还有两种文化相互受益和两个文化主体之间的互补。

若从理论上来说清楚原文本和增殖文本的这两者之间的关系，"不完整的主体理论"[②]可以较好地解释和回答这一问题。

长期以来，关于主体的问题，始终存在着模糊的认识。传统理论所讲的"主体"，其实是西方逻各斯中心主义"二元对立"的产物。传统的主体理论的弊端有二：第一，主体是自我圆满完善的排斥他者的权威性存在。例如，既然讲"人是主体"，那似乎就是说，人是自我圆满的，具有至高无上权利的，相对于外在世界，就意味着人类支配一切，导致一种抽象的、僵化的或机械的"人类中心主义"的观念出现，从而破坏了人与"他者"之间的和谐互补关系。第二，传统的"主体"论无法解决主体内在的矛盾。我们知道，世界上没有单一存在的事物，任何一个事物总是和他者联系在一起。因此，当人们说"人是主体"的时候，只是对外在的"他者"而言的，却无法说明在人类自身的关系中，究竟谁是主体。文艺复兴时期强调"人是宇宙的精华，万物的灵长""人是世界上最可宝贵的生灵"，然而，正如人文主义者后来发现的那样，很多矛盾、冲突和毁灭都是在人这个主体的内部发生的，即同为主体的一部分人毁灭了另外一部分也是主体的人。以上这两个不可克服的矛盾导致了传统主体论的破灭。因此我们需要对传统的"主体"的理论进行重新阐释。

某个东西是主体，但同时要承认，它又是"不完整的主体"。所谓"不完整的主体"，就是说这个主体自身并不完满，需要"他者"参与或者说借助他者才能显

---

① 此问题请参见本书第二个问题的第三部分的相关内容。

② 参见刘建军：《人的本质和"不完整主体理论"及其应用》，《东北师范大学学报（哲学社会科学版）》2008年第1期。

示出自己的主体性。这样,从人与对象的宏观角度而言,在人类与外在世界的关系中,人类和对象世界都是不完整的主体。这是因为,人和对象之间,都是以一种相互依存的关系存在的。例如,人不能脱离大自然而存在。同样,对大自然而言,没有人的存在其中,大自然的存在也没有意义与价值。这样,人和自然之间就是一种相互承认和相互依存的关系。人类以自己的“不完整性”向自然展开,而对象(大自然)则以自己的“不完整性”向人类敞开,从而在人与自然之间形成一种特定的完整关系。在这一关系中,人和大自然发生着互补性的联系。从这个意义上说,只有在二者构成的关系中,人的主体地位才能得以显现,人的主导地位才能达成。也就是说,人在面对自然的时候既要征服自然,又要依赖自然。人与自然在各自不完整的互动中形成的特定的人的意识才是主体意识。由此可见,“主体”的概念必须放在关系结构之中才能得到科学的说明,不存在抽象的所谓的纯粹的“主体”。

关于主体的问题,还有一个误区要辩明。即原来人们在谈到主体问题的时候,总是把实体性的人看成是主体,即认为要谈主体,必须是指人。这种对主体的认识,常常使我们难以对“主体”问题作出新的理解。而我们认为,现代系统思想把关系视为事物的本质属性之一,从事物的整体关系上把握其本质和运动规律,这就打破了实物中心论的局限,引起了人类思维方式的革命性变革。实物中心论的症结在于只见实物(人),不见关系。而我们主张的“主体”,是关系性的主体构成。换言之,“关系”成为真正的主体。

“欧美文化和文学”,是欧美社会的产物,“中国人理解和再造的欧美文化与文学”,是中国人理解的产物。可以说,他们也都是各自不完整的主体存在,都有其存在的合理性。然而,我们若只突出哪一个文学,或者说以哪一个文学为主体,认为它就是“圆满”的,另一个是不“圆满”的。或者认为,前一个文本是可以支配后一个文本的。这就恰恰犯了传统的“主体论”的错误。正是在两者的相互交流互补中,它们才形成了一个不断适应时代要求的欧美文学崭新的关系性的主体形态。

“不完整主体”的理论不仅强调个体的不完整和与他者的互补关系,同样还强调个体的“在场”和发挥积极主动的作用。历史上不存在一个贯穿着古今的抽象意义上的“主体”。尤其是人与人之间的关系是人的“在场”的关系,不同时期和不同的条件下的人有着不同的在场方式,同时也构成不同的关系,从而形成不同的主体意识。换言之,只有个体在场,才能形成具体的人与人之间的关系。同样,也只有处在具体的关系中,个体才有意义。萨特曾说:“……这块岩石，当我要搬动它的时候，石头表现出一种深深的反抗力，但当我要登上它以观赏风景时，它对我又表现出一种可贵的帮助……岩石是中性的，它等待着某种结果来说明它是一个敌人，还是一个合作者。”[①]这就是辩证法。同样，在哲学的层面上来说，物质只有与精神并提时才有意义，二者是一个互补的完整的板块。形式与内容的关系也是如此，形式就是内容，内容就是形式。同样，既然主体是不完整的主体，这也决定着它所形成的关系内部的各种要素必须是平等的。如前所言，传统“主体”的理论，最大的弊端就在于它内部各种要素的不平等。同时，也要看到，“平等”并不等于“平均”或“等同”，“平等”是在承认差别的前提下存在的，正是因为人与人、文化与文化、文学与文学之间存在着差异，所以，才有平等观念提出的必要。因此，处于平等关系中的两个或两个以上的不完整主体之间，是一种对立统一的关系，而不是主导和被主导的关系。对立冲突并不完全等于本质上差异所导致的冲突，统一也不等于形式上的调和。有时候同质间的对立，或发展程度上的差异乃至数量上的差异也构成对立统一关系。

正是因为我们百年来基本上较好地处理了两种不同文学间的关系，既尊重了欧美文学的本体性，又不唯洋是举，坚持自己的话语言说，才使得我们欧美文学“中国化”取得了独特的成就，成为世界文坛一个显著的现象。

第四，坚持社会发展进步的方向，进行有组织、有系统、有目的地翻译引进和研究欧美文学乃至外国文学，也是一条重要的经验。应该指出，百年来欧美文学乃至外国文学“中国化”的进程，经历了一个从个体性的、散在的和自发的工作样态向有组织、有目的、有规划地自觉样态的转换。早在五四新文化运动之前，我们可以看到，那个时期我国引进欧美文学或其他国家的文学，都属于自发性的和个体性的。大多是当时一些有识之士，有感于国家的危亡和文化的衰败，以个体之力，奋起引进外来文化，试图救亡图存。到了五四时期，翻译引进外国文学的自觉性开始增强。在五四新文化运动中，出现了“文学研究会”和“创造社”等同仁性的进步文学组织，外国文学译介工作有了较为明确的文学纲领和初步的组织架构。中国共产党成立之后，注重文学组织的建立和发展，有组织、有系统、有目的译介欧美文学达到了初步自觉阶段。1930 年 3 月 2 日在上海由中共领导创建的文学组织“中国左翼作家联盟”（简称“左联”）就是中国共产党自觉创立文学组织的初步尝试。“左联”成立的目的是与国民党争取宣传阵地，吸引广大民众支持其思想。“左联”的旗帜性人物是鲁迅，但实际的领

---

① [法]萨特：《存在与虚无》，陈宣良等译，北京：生活・读书・新知三联书店 1997 年版，第 601 页。

导者是两度留苏曾任中共总书记的瞿秋白。在“左联”成立大会上，鲁迅先生作了题为《对于左翼作家联盟的意见》的讲话。他第一次提出了文艺要为“工农大众”服务的方向，并且指出左翼文艺家一定要和实际的社会斗争接触。除上海总盟外，还先后建立了北平左联（又称北方左联）、东京分盟、天津支部以及保定小组、广州小组、南京小组、武汉小组等地区组织。参加“左联”的成员，也不限于文化工作者，还扩大到教师、学生、职员、工人，盟员总数达数百人。1930 年 11 月，“左联”派萧三作为代表参加在苏联哈尔科夫召开的第二次国际革命作家代表会议，并加入国际革命作家联盟，成为它的一个支部——中国支部。“左联”在国民党政府残酷压迫下顽强战斗了 6 个年头，粉碎了国民党当局的文化围剿，有力地配合了中央苏区军事上的反围剿斗争。同样，“左联”也培养造就了一支坚强的革命文艺大军，为抗日战争时期、解放战争时期，甚至为 1949 年后的人民文艺事业准备了一批骨干人才。可以说，“左联”不仅为建设人民大众的革命文艺作出了卓越贡献，也为中国的欧美文学翻译、研究和传播的组织化和系统化提供了有益的范例。

除了国统区外，在解放区，革命的文学组织也开始建立。就在中国工农红军到达陕北后不久，1938 年 4 月 10 日，鲁迅艺术学院就在延安正式成立。毛泽东不仅出席了成立大会而且还做了讲话。4 月 28 日，毛泽东在鲁艺又发表了演讲，强调：“鲁迅艺术学院要造就有远大的理想、丰富的生活经验、良好的艺术技巧的一派艺术工作者。……这三个条件，缺少任何一个便不能成为伟大的艺术家。”[①]他并为鲁艺题词“抗日的现实主义、革命的浪漫主义”。鲁迅艺术学院的成立，无疑使广大的文学艺术工作者，包括翻译家和外国文学工作者进一步组织和团结了起来。

中华人民共和国成立之后，我们党更加重视文学组织的发展和文学队伍的建设。在新中国成立前夕的 1949 年 7 月 23 日，由中国共产党领导的中华全国文学工作者协会（中国作家协会的前身，简称全国文协）在北平成立。从此全国的文学艺术工作者成为在党的领导下的一个有组织的整体。随即在 1951 年召开的“全国第一届翻译工作会议”和 1954 年召开的“全国翻译工作会议”（第二届），更进一步促成了我国有计划、有组织、有统一领导的文学翻译工作者队伍的形成，在文学翻译的组织建设上取得了重大突破。此后我国的欧美文学和外国文学“中国化”进程进入了新的历史发展时期，并形成了我国外国文学引进和

① 《毛泽东文集》（第二卷），北京：人民出版社 1993 年版，第 123 页。

研究有计划、大规模发展的局面。直到"文化大革命"爆发之前这十七年，应该说，外国文学的引进和发展的组织化、系统化，取得了此前从来没有取得的伟大成就。当然，由于复杂的历史原因，在外国文学翻译和研究组织化过程中，也出现了很多问题，例如行政手段的粗暴干预、过于强调"舆论一律"以及对欧美文学的偏见等，这一点也是需要汲取教训的。

1978 年改革开放以后，中国有组织、有系统、有目的地翻译引进和研究欧美文学乃至外国文学，发展到了一个新阶段。新时期组织和建设工作的主要特点是：一是党和政府对文学艺术的组织领导，虽然还继承着新中国成立以来的一些做法，但更加注意了文学艺术的发展规律。粗暴的行政干涉大量减少，以发布指南和以鼓励为主的做法成为文化和文学工作主要领导方式。例如，国家社会科学研究基金、中华外译项目研究基金、教育部哲学社会科学研究基金和其他各种层次项目和奖励的建立，开始由原来的"指定写什么"，变成了"鼓励或支持写什么"。二是各种民间性质的学会和协会的建立，把"写什么"和"怎么写"等问题交给了学者们自己。例如，在 20 世纪 70 年代末 80 年代初，就有很多民间性质的协会和学会开始经过学人的协商大量建立。从外国文学领域来说，1978 年 11 月 25 日至 12 月 5 日，全国外国文学研究工作规划会议在广州召开，参加会议的有全国七十多个单位的一百四十多位代表。周杨和梅益等参加了会议。在会议的后一阶段，为成立中国外国文学学会进行了讨论。经过充分酝酿和民主选举，在 12 月 5 日的中国外国文学学会成立大会上选举产生了中国外国文学学会理事会，并选出了会长、副会长和理事等，原则通过了学会章程。中国翻译协会成立于 1982 年，是由全国与翻译工作相关的机关、企事业单位、社会团体及个人自愿结成的学术性、行业性的非营利组织，是翻译领域唯一的全国性社会团体，由分布在中国内地各省、市、区的单位会员和个人会员组成，下设社会科学、文学艺术、科学技术、军事科学、民族语文、外事、对外传播、翻译理论与翻译教学、翻译服务、本地化服务十个专业委员会。中国比较文学学会成立于 1985 年，至今已有三十多年，学会是最初由中国社会科学院、北京大学、北京师范大学等三十四个单位联合发起，并经国务院批准的国家一级学会。比较文学作为一门伴随改革开放发展起来的新兴学科，三十年来得到了迅猛发展。目前，学会已经成为领导和协调中国比较文学研究工作、促进国内外比较文学的教学与研究、加强中国比较文学与国际的学术交流、推动中国比较文学事业发展的重要平台。1985 年 6 月 17 日至 22 日中国高校外国文学教学研究会成立，该会由北京大学、中国人民大学、北京师范大学、北京师范学院（今首都师范大学)、南开大学、复旦大学、华东师范大学、上海师范大学、南京大学、南京师范大学等十所院校发起。成立大会暨第一届学术讨论会由南京大学主办,来自全国八十多所高等院校和出版部门的一百三十余名代表和参加第一届外国文学讲习班学习的一百余名同志参加了大会。中国中外文艺理论学会是1994年经民政部批准成立的全国性的文艺理论学术研究团体,该学会挂靠在中国社会科学院。不仅如此,各个不同的语种以及各个省级学会也随之蓬勃发展起来。应该说,这些学会和协会的建立,有效地团结了全国从事翻译和研究的外国文学工作者并使得中国的外国文学事业获得了全方位的、巨大的发展。三是随着中国外国文学各级学术组织的建立,在政府和各个学术组织的统筹下,我们到今天,不仅完成了很多欧美作家和其他国家的文学发展情况的介绍、翻译和研究,其领域几乎涵盖世界各个国家和民族的代表性作品,而且还产生了一大批规模较大、影响深远、学术成就较高的外国文学研究成果。可以毫不夸张地说,改革开放后这三十多年,中国的外国文学、比较文学的翻译和研究队伍空前扩大,外国文学研究的成果斐然,成就举世瞩目。时至今日,可以说,我国几乎每周都有相关的外国文学学术会议召开,每天都有一定数量的外国文学翻译和研究成果问世。这说明,组织起来,加强规划,齐心协力干大事,是社会主义制度优越性在外国文学领域的集中体现。

以上四个基本经验,是我们对欧美文学包括外国文学进入中国百多年来进程经验的粗浅总结。随着中国现代化的深入发展,中国社会的现代化建设的进程将会加快,同时也将会遇到各种各样新的问题和挑战。同样,中国与外来文化接触越来越紧密,对外来文化的需求将会更加多元和强烈。这样的现实需要我们有着清晰的立场和自觉的意识。而这些经验将使得我们在今天乃至以后一段历史时期内对欧美文学乃至外国文学的翻译、引进、阐释、理解时更加清醒。

二、欧美文学“中国化”进程中存在的主要遗憾

在百年来欧美文学“中国化”进程中,我们虽然取得了很大的成就,但也存在着一些遗憾或教训。除了社会政治、政策方针等方面的原因外,这里我们主要谈谈文学方面的教训。究其要者,文学领域的遗憾大致有以下几个方面。

遗憾之一是,由于中国现代化进程是在被动的条件下发生的,尤其是在变

形了的西方启蒙主义[1]影响下发生的，加之当时中国社会民主革命和民族解放的迫切需要，这导致了我们特别注意在思想文化领域进行政治斗争和革命启蒙。应该说，欧美文学在“中国化”的进程中，我们注重于对政治立场站位、进步思想内容的张扬，包括表现阶级之间的矛盾与对立、强调进步与落后的搏斗以及沉沦与上升之间的反映，毫无疑问是符合百年来中国社会历史发展的需求的。这种注重，在特定的历史发展阶段，也是无可厚非的。但问题在于，文学毕竟是审美的产物，是一种特殊的意识形态。若说有教训的话，就是我们自觉或不自觉地用政治标准取代了艺术标准。换言之，在很长的时期内，政治标准成为评判一部外来作品好与坏的唯一依据。虽然我们党曾多次强调政治标准和艺术标准的统一，但在具体操作和执行的过程中，政治标准总是压倒艺术标准。这一点，其实在五四新文化运动中就已经表现出来了。至于到了 1949 年之后，这种注重政治思想内容，忽视艺术思想和成就的现象更为严重。在“文化大革命”时期，甚至完全抛掉了对欧美文学作品的艺术性考察，将其文学完全看成了反面教材。政治标准与艺术标准分离的这个弊端，直到今天也没有得到很好的解决(尽管前面我们曾经说过今天已经有了对艺术形式注重的意识，也有了一些实践性的成果，但仍然是初步的)。例如，我们可以看到，当下有些关于欧美文学分析的论文和著作，也常常是将思想内容和艺术成就不自觉地进行分离。

造成这种状况的原因，除了中国百年来的革命、建设和发展的基本规定之外，不能不说也和我们对文艺规律认识的不足有关。我们应该知道，文学有文学自身的规律，政治有自身的规律。文学的规律不等于政治规律，同样，政治规律也不能代替文学发展规律。按照马克思主义的辩证唯物论和历史唯物论学说，文学和政治乃至宗教、教育、哲学、艺术等都属于上层建筑的范畴。因此，在文学规律、政治规律乃至其他文化领域规律的背后，还有着一个起着决定作用的“社会发展规律”。社会发展规律是根本性和决定性的，并且，“社会发展规律”是一种客观存在。而政治规律和文学规律都是人对社会发展规律认识的主观反映。在这个问题上，我们不能含糊。换言之，政治规律是政治家认识社会发展规律的反映，文学规律是文学家认识社会发展规律的反映。认识和反映，就都可能会有不准确的地方，因此，让文学家去服从政治家所认识的规律，并去表现政治家所认识的规律，这可能是极不合适的。从这个意义上说，假如政治家对社会发展规律的认识是正确的，那么，文学遵照政治家所认识的社会发展

---

① 关于西方启蒙主义在东方变形的问题，请参见本书第五个问题的相关内容。

规律去进行写作，可能还有道理。但倘若政治家对社会规律的认识是不科学的，那么，让文学家去按照政治家所认识的所谓的社会规律去写作，问题就大了。同样，文学作为社会生活的审美反映，其认识社会发展规律的方式也是独特的。文学家认识社会，是审美性的认识。也就是说，文学家可以从社会学的角度去认识社会，也可以从心理学的角度去认识社会，还可以从生态学的角度去认识社会，更可以从历史－审美的角度去认识社会。但不管从哪个角度去认识，都是审美的认识。文学对社会的反映都必须是对社会生活的审美反映和艺术表现（这种审美反映，可能是从现实主义角度，也可能是浪漫主义的角度，还有可能是象征主义、表现主义、意识流等现代主义乃至后现代主义角度）。换言之，文学批评应该回到用审美的方式去认识社会发展规律的起点，而不是成为政治家所认识的规律的图解。

在今天我们全面建设社会主义文化的时候，自觉地从审美的角度来把握社会发展规律，或者说，走向文学审美文化建设的时代，将是我们亟待完成的任务之一。我们的意思，不是不要注重外国文学作家作品政治倾向和思想内容的认知和把握，而是说，这种认知和把握，必须是从审美所认识的生活发展规律出发、从文学的艺术特殊性出发而进行的认识和把握。这样，会使我们的认识和研究走向新的深化。这一点，在中外文学历史上，不乏先例。例如，法国批判现实主义作家巴尔扎克，本身的政治倾向是保皇主义的，但他的艺术观念则是进步的。他正是在现实主义的描写中，表现了他所钟爱的贵族阶级在资产阶级暴发户们日甚一日的冲击下走向没落的过程，为他们唱了一曲“无尽的挽歌”。他痛恨资产阶级暴发户们的为掠夺财富不择手段的罪恶行径，对他们的粗俗、狠毒、贪婪和没有人性恨之入骨，但巴尔扎克的现实主义艺术观，则不妨碍他写出这些人逐渐登上历史舞台的必然趋势。诚如恩格斯所说的是“现实主义最伟大的胜利之一”①。

由于长期忽视文学以艺术审美方式认识社会发展规律的功能，以致我们常常看不到文学作品的艺术形式本身，也是特定时期政治需要的产物。例如，我们在学习世界文学的时候，就会发现一个现象，即不论欧美、还是亚非，包括中国，“故事”和“戏剧”总是最先出现的艺术形式。为什么这两种文学艺术形式都是最早出现的呢？我认为，一是和当时社会生产力低下，大多数人不识字、文化水平低有关。不识字的人接受东西，只能靠耳朵听或眼睛看具体的场景，不能

① 《马克思恩格斯文集》（第10卷），北京：人民出版社2009年版，第571页。

去阅读。而故事形式恰恰符合了“听”这一特点，而戏剧则符合了眼睛“看具体故事”的特点。换句话说，不管一个人识字还是不识字，只要是有人讲故事，只要是有人演故事（戏剧），大家就都能听得懂，看得懂。这也就是为什么希腊早期“行吟诗人”较多的原因，也是为什么古代希腊戏剧能够较早兴起的原因。二是统治阶级，或者是一些先进分子为了宣传自己的某种思想主张。在民众文化水平很低的情况下，他们也必须利用这些普通人都能够接受的艺术形式，让大众了解和知道自己的思想和主张。由此可见，仅仅是故事和戏剧这种纯粹的审美形式，就不再仅仅是艺术形式本身，而成为时代内容的重要组成部分了。这不仅使我们想到，当下有很多人鼓吹我们今天是“读图时代”，是“影视时代”，要人们去读图，其实，这不过是古代早期“故事”和“戏剧”形式的现代翻版。这样做的结果，说句严重的话，不过是在造就“现代文盲”。可见，从审美的角度、从艺术的角度去看待欧美文学，将是我们今后一段时间内的重要工作。

最近，有人提出百年来中国社会的发展的注重点是依次从“政治”到“经济”，再到“文化”的发展过程，这也是非常有见地的。而“文化”阶段的文学建设的核心是“审美”建设。在此基础上，也有人提出了外国文学进入中国也有三部曲，即“认知”“研究”和“审美”三个阶段。可见，今天的欧美文学“中国化”重点在于“审美建设”。这些看法与我们的想法不约而同。我们正是要在这种新的转变中，建立我们所理解的欧美文学的审美规律。

遗憾之二是，在很长的一段时间内，由于过于重视作家的立场、文学作品的政治倾向等的问题，所以欧美文学“中国化”的进程，在极“左”路线的干扰下，在解决作家、翻译家或研究家立场观点等问题的时候，我们常常用行政的或政治运动的手段解决问题。抛开其他的一些政治性因素和具体的原因，在文学领域，这个问题的实质是没有把握好社会发展的总体趋势与文学批评个性化表达之间的关系，片面地强求一律了。

诚然，在中国现代化发展进程中，我们翻译家、研究者和文化传播者，必须要适应中国现当代社会发展的总体趋势。如前所言，欧美文学的引进、研究和传播必须要在我国革命、建设和全面建设小康社会不同阶段的主要任务的总体规定下进行。离开了这一点，就很难适应中国社会发展和文学发展的需要。因此，我们才主张，欧美文学乃至外国文学“中国化”的进程，必须要适应这一总体发展趋势的要求。但是，也要着重指出，我们一定要把追求总体发展趋向的一致性，和文学言说的“一致性”区别开来，即我们要遵从历史发展总趋势的要求，文学活动要与历史发展趋势保持一致性。但不能要求文学家、艺术家、译介家和广大的文艺工作者,都说一样的话语,谈一样的看法,说一样的结论。不能强求文学创作和批评都要言说的一律、感觉的一律和话语上的一律。举例来说,到了中午吃饭的时间,大家都要去吃饭,这就是趋势的一致性。但吃什么则是“萝卜白菜,各有所爱”,不能让大家都吃萝卜,或者都吃白菜。由此可见,在今天的中国,不论我们翻译引进欧美文学或外国文学中的什么东西,都要有利于中国的社会发展和文化的发展,这就是总体趋势的一致性。但是,对每一个个体的研究者来说,无论你研究什么样的作品,不管是古代的、现代的,进步的、落后的,激昂的、颓废的,还是宗教的或反宗教的,只要有利于中国的现代思想文化建设,都应该是允许的。例如,今天我们研究法国的消极浪漫主义文学,研究夏多勃里昂,只要能从他的创作经历和文学作品(例如《勒内》《阿达拉》)得出实事求是的结论,可能就会使我们对法国大革命之后一代青年的思想状态、生活情趣乃至对革命的态度有个清醒的了解,从而使我们看到,任何一次大的社会革命后,都会有一部分青年人走向颓废或者消极。这可以提醒我们,要采取办法防止这样的事情发生。这不是对我们也有借鉴意义吗?我们从不认为,研究夏多勃里昂的人就一定会比研究雪莱、拜伦的人世界观落后,也不认为他们的研究没有价值。应该指出,在建设社会主义现代文化,增强我们民族的文化自信的过程中,我们更要接触一些消极的或者说反动的文化现象,应该更深入地去了解它、认识它,然后才能使我们有强大的免疫力。研究无禁区,就是这个道理。至于某些研究的结论正确与否,也应该放在平等的学术争鸣中去解决。因为文学艺术上争论问题只能通过平等的争论或争鸣来解决,不能用行政的方式或者说政治处理的方式去解决。用政治的手段或者用行政的手段去解决文学的问题,弊端太大了。这种教训是极为深刻的。

尤其是在进入到经济全球化、文化多元化的今天,各种新的文化现象层出不穷,有很多社会文化和文学现象在此前我们根本没有遇见过。比如说,生态主义文学问题、后殖民主义文学问题、流散文学问题乃至大都市文学问题等。这些文学流派和样式都是在当代欧美文学中最先产生和出现的,所以需要我们去研究它们,认识它们;再如,在后工业社会和信息时代的历史条件下出现的后现代人道主义思潮、基督教文化的新特征、人的主体地位的新特点乃至人类的新困境等等,也更需要我们去研究。因此,用行政的手段设立研究禁区,毫无必要。再说,在今天信息技术如此发达的情况下,也毫无效果。对此,我们莫不如尊重文学艺术的规律,让大家去研究它。因为只有深入地研究了,才能有效地认识它,更好地应对它。我们知道,越是两种文化冲突尖锐的时候,就越是我们了解这一文化最深入的时候。只有对某种外来文化或文学深入了解了,我们才能更有效地在争论中“亮剑”。争论和争鸣,是辨别真理和谬误最好的方式。马克思主义就是在斗争中,在同其他形形色色的错误的或反动的思想文化体系的斗争中发展起来的。这也就决定着我们的文化自信也只有在不断地争鸣中才能真正建立起来。换言之,在争论或争鸣中解决文学艺术乃至思想观念的问题,也是抛弃行政手段和政治手段解决文学问题的最好方式。

遗憾之三是,长期以来我国文学批评所使用的主要方法,即文学社会学批评方法的滞后,忽略在文学社会学批评理论和方法论上的创新意识,导致了文学创作、批评和评论的僵化,也导致了欧美文学译介、评论和研究的僵化。

应该说,文学社会学批评长期以来一直在我国的文坛上占有主导性的地位,在百年来我国的文学艺术发展实践中,尤其是中国社会革命、建设和现代化发展的特殊要求,加上马克思主义侧重于从社会历史的发展中解决社会问题的倾向,导致文学社会学批评方法在我国文学艺术领域的兴盛。这一点,在今天也表现得十分明显。但是,我们在这个问题上,却缺少反思意识。当下,应该对我们一直使用的,并在很长时期内影响我国的“文学社会学批评”方法做出反思,看一看我们在这方面的失误。

人们知道,文学社会学批评手法自古有之。在古希腊亚里士多德的《诗学》中,就已经出现了这一批评的萌芽。亚里士多德提出悲剧是“对于一个严肃、完整、有一定长度的行为的模仿”,其实就蕴含了社会是文艺模仿的对象的意思。在对柏拉图“模仿说”的考察中,亚里士多德始终贯彻了这样的看法:“悲剧或曰艺术是对世界——在正常的行动和知觉中所见的那种模样的世界的模仿性再现。”[①]这样,在古希腊哲学家眼中,世界是第一性的,文艺是第二性的。那就决定着文学必须依附社会生活而存在。在后来的文艺复兴时期,达·芬奇最早明确地提出了“镜子说”。达·芬奇写道:“画家的心应该像一面镜子,永远把反映事物的色彩摄进来,前面摆着多少事物,就摄取多少形象。”[②]莎士比亚也提出了“戏剧镜子说”,更明显带有文学社会学的观点。在悲剧《哈姆莱特》中,莎士比亚借他笔下的人物之口,指出他的作品就是要“给自然照一面镜子,给德行看一看自己的面目,给荒唐看一看自己的姿态,给时代和社会看一看自己的形象

---

① [古希腊]亚里士多德:《诗学》,罗念生译,上海:上海人民出版社 2005 年版,第 35 页。

② [意大利]达·芬奇:《笔记》,伍蠡甫主编:《西方文论选》(上卷),上海:上海译文出版社 1979 年版,第 183 页。

和印记”[①]。在这些较早的意见之中,我们可以看到文学社会学批评的萌芽。但自觉地对文学社会学批评进行理论说明和总结的是德国哲学家赫尔德尔。赫尔德尔(1744—1803)是德国著名的古典哲学家、启蒙运动思想家和“狂飙突进运动”的引路人。他曾是康德的学生,后来成为康德的论敌。他从极其接近于唯物主义的经验主义的立场出发,提出了文学社会学批评思想,并同康德的不可知论和二元论进行了激烈争论。法国的斯达尔夫人则继承了前人的研究成果,创立了传统的文学社会学批评。到了19世纪中期,法国的文学批评家、艺术史家、美学家泰纳(1828—1893)明确提出了影响文学的三大要素“种族”“环境”与“时代”。随着文学社会学批评的不断发展,其内涵也逐渐发生着变化。但无论如何,欧美出现的文学社会学批评,是欧美近现代社会出现的文学理论,尽管它影响很大,但其中不科学的部分早已经被很多学者指出并批评过了,这里不再赘述。

但是在中国出现并形成的文学社会学批评理论,情况却有很大的不同。五四新文化运动之后,特别是在20世纪30年代以后,泰纳的文学社会学批评理论和苏联的普列汉诺夫的社会学批评相继被引进中国,受到了人们的注意。此后,随着苏联一些领导人对文艺的论述,尤其是日丹诺夫对社会主义文学的僵化理解的引进,日益影响到我国的文学批评,于是我国有些人便学习苏联的做法,把它与马克思主义的社会理论主观地嫁接在一起,成为我们在学习苏联意义上形成的所谓马克思主义文学社会学批评理论。这种理论的弊端极为明显,其中最突出的弊端就是文学与社会之间的关系被处理成僵硬的关系,似乎有什么样的社会生活,就存在着相应的文学艺术。文学社会学批评被框定在机械反映论的模式中。批评家们热衷于鉴定某部作品是否反映了生活真实或本质的真实,满足于以此标准来对文学作品作出定性式的裁决。而对文学与社会生活的复杂关系,尤其是在细节中表现的复杂描写,或不屑一顾,或缺少细致入微的分析。

长期以来,我们的教科书里一直理所当然地把一些西方传统的、中国古代的和苏联人理解的马克思主义社会学概念拼凑在一起,构成我们的文学社会学批评理论,并且在很多人的意识中,这种文学社会学批评就等于马克思主义的文艺批评理论。这种所谓的文学社会学批评理论,严格来说,与马克思主义的文学社会学理论并不是一回事儿,与马克思主张的历史-审美批评也不是一回

---

① 卞之琳译:《莎士比亚悲剧四种》,北京:人民出版社1988年版,第89页。

事儿，更与中国化的马克思主义文艺理论不是一回事儿。如果再进一步说，它和西方近代的文学社会学批评理论也不是一回事儿。但问题在于，很长的时期内，我们却用它教育学生，规范文艺工作者的研究和创作，并规范着我们的文学批评，包括对外国文学翻译、介绍、研究和传播等工作。尤其是当这种所谓的文学社会学批评和文艺为人民服务，为社会主义服务的目标结合在一起的时候，它似乎成为一个不可置疑的社会主义文艺的铁律了。在“文化大革命”期间，这种机械的文学社会学批评理论，已经达到了无以复加的地步。

我们必须认识到，新中国成立后头十七年，尤其是在“文化大革命”期间，我们在文学艺术领域出现的那些批评的简单化、创作的庸俗化和对待作家极“左”化的错误，除了政治上、思想上的原因之外，应该说和我们上述所谈的对文学社会学批评理论认识的误区和使用的僵化是分不开的。改革开放以后，欧美多种文学批评方法进入国内，改变了国内单一性的文学社会学批评一统天下的局面，文学社会学批评本身也获得了新的发展。但总体看来，情况仍然不尽如人意。子曰：“工欲善其事，必先利其器”，既然文学社会学批评理论和方法已经成了我们最熟悉，也是今天很多人仍然热衷使用和善于使用的方法。那么，对文学社会学批评的理论进行创新，是亟待解决的任务。为此，今天，我们要在马克思主义理论的指导下，汲取中外优秀的文学理论成果，改变以往文学社会学批评的那种社会生活－文学批评两极构成的简单化、庸俗化和机械化的弊端，加大对社会生活与文学作品之间的文化要素的重视，使其在社会生活－文化形态－文学阐释三个维度中进行重建。从而进一步从实践的基础上揭示其理论属性，并提出中国特色文学社会学批评的新形态，以适应符合中国当代思想文化发展和文学批评的实际。这样，在欧美文学“中国化”的进程中，我们既可以避免跟着外国的理论跑的尴尬，也可以避免用机械的文学社会学批评理论来介绍和分析研究外国作品的弊端。

遗憾之四是，从整体上看待我们的欧美文学“中国化”进程，有一个重要的问题常常被我们有意识或无意识忽略，这就是基督教文化与欧美文学之间的关系没有得到应有的重视。在很长的时间里，基督教文化与欧美文学关系的问题在我国文坛基本处于被屏蔽状态。

我们知道，基督教是欧美社会最重要的文化现象。可以说，没有基督教，就没有今天如此样态的西方文化与文学。换言之，不谈基督教，就很难说我们能够真正认识和了解西方文学。因为基督教文化与欧美文学之间的关系是十分紧密的。对这个问题，我曾在学术专著《基督教文化与西方文学传统》中，对基督教与西方文化之间的关系,做了较为详尽的说明。[1]

首先,从历史发展的整体性上看,"基督教在塑造西方文化的传统和价值方面起到了极其重要的作用"[2]。没有基督教文化,就不会形成后来西方世界的思维模式和看待人与世界关系的方式,也就不会有今天意义上的西方文明。从漫长的西方历史文化发展进程来看,西方世界的基本思维模式是"逻格斯中心主义"和灵肉分离的二元对立学说。但假如我们进行一番追根溯源的话,就可以看出,这种"逻格斯中心主义"的二元论并不是古代希腊人的思维形式。因为在希腊神话中,远古的希腊人创造的是一个"人神同形同性"的世界。所谓"同形同性"其实就是人与神的一元论或者说是世界本质上的一元论。如果说在希腊人那里出现了"逻格斯中心主义"的二元对立思维模式的话,那也是发端于古代希腊社会"古典时期"的柏拉图和亚里士多德的时代。只有在这个时期,才出现了"逻格斯中心主义"和二元对立思维模式的萌芽。而恰恰是基督教传入欧洲大陆并成为罗马人的国教之后,上帝创造世界以及天国与地狱对峙的学说逐渐与柏拉图和亚里士多德的学说合流,逻各斯中心主义的"二元对立"的思维模式才得以真正建立。以后一直持续到20世纪下半叶,这种思维模式始终占据着统治地位并成为人们思考一切问题的主要思维方式。尽管随着时间的发展,"上帝"常常被"真理""理念""结构"等所取代;"天国"和"地狱"也常常被"主观"和"客观""内容"与"形式""经济基础"与"上层建筑"等概念所置换,但本质上仍然受着这种思维模式的制约。所以,我们说西方文化受到了基督教的深刻影响并与基督教文化密不可分,就是说这一文化在思维模式上完全是基督教式的,或者说是被基督教所同化了的。没有基督教,就没有西方人这种独特的思维模式。假如我们从思维角度给西方文明下一个定义的话,我们基本可以说"自古代希腊进入到奴隶制社会以后一直到20世纪下半叶的西方文明,是以'逻格斯中心主义'和二元对立思维模式为特色的文明"。

同样,没有基督教也就不会有西方古代文化的近代化或者说现代化进程。毫无疑问,古代希腊罗马文化是欧洲的古代文化的典范。这一文化的基本价值取向是要满足人的自然人性。马克思所说的古代希腊人是人类正常的儿童,其基本要义就是说希腊人一直遵从着人的本性要求和自然欲望行事的原则,即人的本性要求和自然欲望是他们行事的唯一依据和最高准则。但基督教的出现,则把人的精神生活、精神需要提到了至高无上的地位。正是基督教的出现,才

---

① 参见刘建军:《基督教文化与西方文学传统》,北京:北京大学出版社2006年版。

② [英]麦格拉丝:《基督教概论》,马树林、孙毅译,北京:北京大学出版社2003年版,第1页。

把古代的人由“自然人”的观念发展到了人是“精神的人”的高度。而人能够凭借自己的思维能力和想象能力,创造出一个与现实物质世界乃至人的肉欲世界完全不同的精神世界,这是人类能力极大提高的结果。而且这个“精神世界”在基督教的作用下,又是那样的完整和宏大,那样的有序和规范,那样的环环相扣并能够用一种神学的方式解释人们遇到的各种各样的现实与思想上的问题,更说明人类已经具有再造一个现实中不曾有过的想象世界(或曰精神世界)的能力。可以说,正是基督教的出现,使得西方世界的人在认识自身和世界的时候达到了新的精神高度。尽管在不同的时期和不同的欧美学者那里对基督教文化的阐释有不同的侧重,但对人的精神的注重始终再没有动摇过。甚至到今天,即使人们主张在精神要求和肉体欲望的平衡中来考察人的时候,人的精神世界仍然作为一个重要的方面,这不能不说是得益于基督教的开拓。我们还知道,所谓人的现代化,在很大程度上主要是人的精神现代化,在某种意义上说,是基督教对人的精神力量的注重,促进了西方文化从古代走向近现代。

我们还要看到,没有基督教,没有基督教文化中表现得极为强烈的灵与肉、感性与理性、天国之城和地上之城两种要素的矛盾斗争,也就没有西方文化自身发展的内在强大动力。当前,很多学者极为愿意用“人定胜天”来概括说明西方文化的特征。对此,我原则上同意这个观点。但是,仅仅指出这一点还远远不够,我们还必须回答,西方文化中的“人定胜天”是怎么来的。我们知道,事物发展的根本动因来自事物的内部而不是外部。诚然,希腊独特的优越地理环境曾经给西方社会的人们留下了原始记忆,对形成这种“人定胜天”的文化心理起到了至关重要的作用。[①] 但是,基督教所开创的天国理想和人的内在冲突学说,使得西方人看到,真正的理想在天国世界需要人不断追求才能得到,而人身上的肉欲和心中魔鬼常常使得人走向沉沦。那么,要得救,就要不断克制自身的欲望和恶劣的情感,向更高的灵的境界飞升。换言之,上帝拯救那些虔敬的人,而人越能够克制自己的欲望,人自身越有力量、勇气和追求上帝的精神,就越能够获得上帝的垂青和眷顾。基督教的这种思想,后来成为欧洲乃至美洲大陆的一种普遍的文化心态,甚至成为西方世界人们的一种人生文化信条。这一点我们不仅会在教士们所创作的作品中看到,甚至在一些西方文化巨人的创作中,例如但丁、弥尔顿、歌德、列夫·托尔斯泰以及当代很多作家的作品中就可以看到。所以,西方人的人定胜天意识并非是生之俱来的,而是从基督教所主

---

① 参见刘建军:《演进的诗化人学——文化视界中西方文学的人文精神传统》第一章第1节,长春:东北师范大学出版社 1998 年版。

张的人的内心矛盾斗争中产生出来的。人的内心矛盾也成为西方文化发展的内在动力。甚至古代希腊文化注重人的欲望和基督教强调人的精神理性也构成了尖锐的矛盾，而恰恰是这种矛盾，也导致了文艺复兴、启蒙主义乃至现代主义等一些大的文化思潮的产生，从而推动了西方文化的发展和进步。

当然，基督教文化也存在着巨大的弊端。择其要者，首先，按马克思所说，它是一个本末倒置的文化体系。上帝用语言创世造人，本质上就是说观念创造了世界。其次，它在人类社会发展的很多问题的阐释上，都是神学的，而不是科学的。最后它在很长的历史时期内，都被统治阶级所利用，成为统治阶级维护自己统治的思想文化上的工具。

但由此也可见，基督教文化，无论如何都是欧美世界的显性文化现象。基督教与欧美文化乃至欧美文学之间的关系，是一个不能回避的问题。可是，在我们的欧美文学研究领域，尤其是我们在欧美文学“中国化”的进程中，却有意识或无意识地将之阻挡和屏蔽掉了。其实，基督教文化与欧美文化之间关系这个问题在五四新文化运动前后，是受到人们关注的。因为最早引进欧美文化和文学作品的人，大多都是欧美的一些传教士。如前所言，大约在18世纪中期，就有很多外国传教士开始在中国传播基督“福音”。五四运动前后，也有很多中国学者宣传基督教文化的思想。中国早期的翻译，也与基督教传播有关。但由于鸦片战争之后，随着英美帝国主义对中国的入侵，基督教被当成帝国主义殖民中国的思想工具而越来越被中国的先进分子所唾弃。在中华人民共和国成立之后，由于东西方两大阵营的对峙，加上当时中国革命和建设双重任务中“革命”的任务(尤其是无产阶级专政下继续革命主张的提出)被强化的情况下，加上我们对马克思所说的“宗教是人民的鸦片”[①]的简单化理解，基督教逐渐成为反动的帝国主义的思想文化在我国受到抵制。因此也导致在文学研究领域，很长时间内我们对基督教文化的研究是拒绝的，基督教和欧美文学之间的关系研究也就更少了。即使谈到了基督教文学，也大多以“在历史上起到了非常落后反动的作用，其文学作品没有什么价值”等话语概括。还有些教科书，把一部欧美文学史看成是“用人性反对神性”的斗争史，认为强调“人性”就是好的，而主张“神性”就是落后的，对此缺乏科学的分析和认识，总之，在潜意识中认为欧美文学的历史就是用人性对基督教反抗和斗争的历史。近些年来，基督教文化与欧美文学的关系越来越引起了国内学者的注意，大量的基督教文献开始引进，

---

① 《马克思恩格斯文集》(第1卷)，北京：人民出版社2009年版，第4页。

研究基督教文化与西方文学关系的论著增多。有些人采用“原型批评”方法，在西方文学作品中寻找基督教“母题”，也有些学者试图给基督教对西方文学的作用以公正的评价。应该说，国内现在对基督教文化和欧美文学的这些关联性研究是一个可喜的现象。但新的问题也开始出现。纵观这些年来的研究现状，有些人基本上把外国，尤其是西方很多研究《圣经》或研究基督教的学术观点搬到国内；也有些学者不适当地夸大了基督教文化的作用，甚至将其作用绝对化。应该说，以前我们对基督教文化的忽略是不对的，但今天将其作用无限度地夸大也是不合适的。从欧美文学“中国化”的任务来看，尤其是建设有关基督教文化及其与欧美文学关系上的“中国话语”的角度来看，我们还必须做出更大的努力。换言之，在这样重要的领域中，我们中国学者必须要有自己的话语。

综上所述，我们也已看到，百年来欧美文学的“中国化”进程，取得了相当大的成就，出现了许多成功的经验和做法。尤其是紧密围绕着中国社会现代化进程的伟大实践和历史要求，在中国化的马克思主义指导下，我们基本上正确地处理了外国文学与中国文学的关系，处理了“坚持传统”和“洋为中用”的关系，既反对文化上的闭关锁国，也反对“全部照搬”，从而使得我们在短短的百多年内，在欧美文学的“中国化”进程方面取得了巨大的成就。这种成功的经验，将会在以后很长的一段时间内起着重要的作用。但是，我们也要看到，在外来文化，尤其是在欧美文学“中国化”的进程中，我们也有很多的遗憾或教训。这些遗憾或教训的出现，主要是和我们正在进行的前人从来没有做过的伟大事业而缺乏这方面经验有关，我们也一定要好好地汲取这方面的教训，以使中国的现代化文化建设事业更加健康地发展。

第十个问题：

今后欧美文学“中国化”建设需要注重哪些重要的关系？

“人类的文学已有数千年的发展历史，其间涌现出了诸多杰出的作家和经典的文本，这些作家和文本不仅在审美的愉悦中为我们开启了对既往社会、历史、风俗的认识，也给予了我们无尽的思想和精神启迪。在不同民族、国家和地区文学日益发展为世界文学的今天，文学更成为沟通人类心灵的重要桥梁。比较文学作为一个力图沟通不同文化和文学的学科和研究领域，有责任和义务探索文学纵横发展的状况和内在规律，为人类文学和文化的深入交流探索可能的路径。”[①]如前所说，今天我们已经处在了“世界文学时代”发展的新阶段，走到了建设欧美文学“中国话语”的新历史文化时期。在欧美文学“中国化”新的进程中，我们应该注意处理好以下三种重要的关系。

一、马克思主义文艺思想指导与“文学反映论”的关系

作为我们引进和研究欧美文学指导思想的马克思主义文艺思想，与我们一直强调的“文学反映生活”之间是个什么样的关系？弄清这个问题，对于今后欧美文学“中国化”的进程，对于中国的欧美文学话语建构，具有重要的意义和价值。

“指导思想”与“生活的反映”，在某种意义上说，是一个矛盾体。一般说来，“指导思想”是一个先在的理念，而“生活的反映”则是作家以生活为先，去理解和表现的一种对生活的独特感悟。因此，在这个问题上总是存在着一些糊涂的

---

① 王立新、王旭峰：《论比较文学中的纵向发展研究与横向发展研究》，《黑龙江社会科学》2012 年第 4 期，第 114 页。

认识。有人错误地认为，一个是强调主观为先的，一个是注重客观为先的，二者只能是矛盾的。其实，这两者间并非是相互排斥和对立的关系，而是一个辩证的和互补的关系。如何达到二者之间的有机统一，其中的基本关系肌理是什么，这不仅是欧美文学“中国化”进程中遇到的大问题，也是我们在文艺理论建设中必须要回答的问题。

一般而言，科学的指导思想与用艺术和审美的方式去认识和反映生活，本身是一个辩证的统一体。请注意，这里我们所说的“指导思想”是“科学的指导思想”。所谓科学的指导思想，指的是能够真正反映历史进程本质和社会发展规律的思想。到目前为止，人类社会出现的最能科学地认识和说明人类历史发展进程乃至规律的思想，就是辩证唯物主义和历史唯物主义。毫无疑问，马克思主义文艺理论是建立在辩证唯物主义和历史唯物主义基础上的。“唯物史观的创立，使文学理论研究冲破了层层迷雾，找到了自己前进的方向。马克思以前，在欧洲已有种种美学、诗学理论著作。古希腊留下了赫西俄德的《神谱》、柏拉图的《理想国》、亚里士多德的《诗学》和《修辞学》等名著，以后的贺拉斯、朗吉努斯、普罗提诺、达·芬奇、布瓦洛、维柯、狄德罗、莱辛、康德、歌德、席勒、谢林、黑格尔等也都有自己的美学和文学理论专著。但是，由于时代和阶级的局限，他们的文学理论都建立在唯心史观的基础上。”[①]马克思主义文学理论是建立在唯物史观基础上的文学理论，主张“按照历史唯物主义的观点，文学和其他艺术一样，都属于社会意识形态，是客观世界在人类观念领域的反映，同时又通过对客观世界的反作用以及与其他意识形态的相互作用，影响着人类历史的发展和变革”[②]。由于它强调的是文学反映社会生活，故很多人将其简称为“文学反映论”。但请注意，马克思主义所说的文艺反映生活，指的是反映的“本质性的生活”，或者说是通过社会现象反映生活的本质。正因为马克思主义揭示了社会生活的本质发展规律，而文学也要表现生活的本质，故此二者间就有了高度的一致性。由此，我们才说文学反映生活的关键在于反映的是“生活的本质”。

这也就是说，不是什么样的生活都值得我们的文艺家们去反映。只有那些能够反映社会本质的现象和体现出历史发展趋势的社会生活，才是我们要反映的客观存在，才是真正要反映和表现的生活。这无关什么样的题材，也无关什么样的文学现象。就是说，必须要抓住带有社会发展和历史发展本质特征的东

① 马克思主义理论研究和建设工程重点教材、本书编写组：《文学理论》，北京：高等教育出版社、人民出版社2009年版，第17－18页。

② 同上书，第75页。

西加以反映和表现，才是文学反映生活的真正含义。换言之，作家不管写作了什么，不论是歌颂式的写作或批判式的写作，只要是反映了社会发展的本质和历史发展的趋势，就是有价值的反映。在19世纪，也出现了很多“文学反映理论”。例如法国艺术哲学家泰纳就看到了文学要反映生活的特点，并且也意识到了“科学地反映生活”的重要性。因此，他把生活归纳为“种族”“环境”和“时代”三个内容。但泰纳的文学社会学批评理论最大的弊端是，他在揭示生活的本质特征的时候，把“种族”放在第一位，把“环境”放在了第二位，而把“时代”放在了第三位。因此，使其艺术哲学变成了庸俗的社会学。假如他把“时代”放在第一位，可能情况就大不相同了。

这样，文学是社会生活的反映，同时它又反作用于生活——就成了我们对马克思主义文艺观最直接和最简洁的理解，这也是新中国成立以来我国文艺创作和批评所遵循的最基本的观念。换言之，由于马克思主义科学地解释了人类历史和社会发展的根本规律，所以，它与文学艺术对社会生活的科学反映就构成了本质上的一致性，因此，这就达到了两者之间在本质上的高度的统一，从而使“指导思想”与“反映生活”之间，构成了相互依存、相互促进的辩证的关系。从中国现代以来文学的发展实践来看，用马克思主义的文艺思想指导我们的文学创作和批评，毫无疑问是完全正确的。实践充分证明，它是我国新的社会主义文艺建设取得巨大成就的根本保证。

但问题是，随着社会生活的不断发展，尤其是随着人们认识的不断加深，我们对这一定义的理解，也面临着新的深化。

第一个问题是:文学是社会生活的反映，也有个怎样挖掘生活的本质以及如何反映本质性生活的问题。

我们知道，文学反映社会生活，有什么样的社会存在，就会出现什么样的文学，这是马克思主义的基本原理。但社会生活又是纷纭复杂、多彩多姿、时刻处在变动之中的客观存在。它的复杂性、多样性以及动态变化的特征，还需要我们注重文学反映的特殊性规律。而这一点常常被人们所忽略。

但要注意，这个所谓的社会和历史的本质与发展趋势，并不是来自某些先在的观念、意识和理念，也不是某种具体的政治主张和要求，而是来自作家对自己所处时代的具体生活细节的本质把握，是从人们对日常生活细节的把握中，来探究其时代的本质要求。即使是马克思主义文艺观，我们也只能把它作为文学艺术家、研究家和批评家们认识社会和反映生活的指导思想和科学方法，而不能把马克思主义经典作家对某些文学艺术现象和作品的具体论断当成最终结论。那么,文学家艺术家应该如何把握本质性的生活呢?这就是要深入具体的社会生活中去,深入人民群众的火热的生产实际中去,从人民群众日常生活中琐碎和细微的现象入手,从中挖掘体现社会发展的本质性东西。在此,我们应该再一次细读和体会恩格斯的这一段名言:“据我看来,现实主义的意思是,除细节的真实外,还要真实地再现典型环境中的典型人物。”[①]请注意,恩格斯在这里指出的“现实主义”并不是仅仅指19世纪出现的“现实主义思潮”或某种特指的现实主义创作方法,我们还应该把它理解为包括一切描写现实的文学作品,抑或作家们具有现实生活指向的写作活动。同样,“除细节的真实之外”并非说细节的真实不重要,而是告诉人们,细节的真实是前提,是反映生活本质和塑造“典型环境与典型人物”能够成功的先决条件。这里要特别注意“细节的真实”中的“真实”问题。细节有“真实”的细节,也有不真实的“细节”。“细节的真实”其实就是让作家把握具有本质特征的生活细节。因为文学家认识社会、认识生活,都是从具体的真实的社会生活细节出发的。试想,人们形成了地主阶级压迫农民的观念,一定是在大量的具体生活现象和生活细节中得出的。再如,巴尔扎克在《人间喜剧》中所表现的资产阶级相继用高利贷手法、商品流通方式和利用金融资本盘剥等手段进行残酷财产掠夺的认识,也是首先来自他所经历过的一个个活生生的具体生活事件而形成的。可以说,生活中真实与虚假细节的相互纠缠和千变万化,各种生活细节的稍纵即逝乃至大量生活细节的凌乱存在,也许其中恰恰隐含了时代的本质特征和历史发展的趋势要求。这就要求作家们有正确的立场,超人的艺术眼光和把握本质性生活的能力。换言之,作家也只有在大量的细节的真实把握和描写中,才能塑造出“典型环境和典型人物”。这里,我们尤其要注意“细节真实”和“塑造典型环境中的典型人物”二者间的逻辑关系,一定是“细节真实”为先(因为它是指认识生活),而“塑造典型环境中的典型人物”为后(而它则是指反映生活),这个关系不能本末倒置,一本末倒置,就会使真理变为谬误。从创作的意义上说,所谓作家要深入生活,也就是要求作家们在深入生活的时候,要从生活的细节中和琐碎的事件中,发掘本质性的征象,从而对历史趋势进行科学地认识和把握,然后才能真正创作出“塑造典型环境中的典型人物”。这样,对恩格斯这句话的合理的解释应该是:要从生活的细节真实出发,并从中发现和把握生活本质的真实,然后再用典型化的方式进行描写,这样的作品才是有价值的。这一理解,对当前我们从事欧美文

---

① 《马克思恩格斯文集》(第10卷),北京:人民出版社2009年版,第570页。

学乃至外国文学的学者们,也有指导性的意义。例如,当前我们在引进欧美文学的过程中,有人之所以常常会把一部文学作品变成某种政治、经济或文化概念的图解,或者将其变成某种观念的图解,就是因为我们头脑中存在着的那些所谓"社会存在",其实不过就是空洞抽象的"社会生活",或者是依据某些外国的文学理论概念所想象的一般意义上的"社会生活"。这样一来,虽然我们中间有些人研究和写作出发点可能是马克思主义的,但在具体操作中则把文学反映生活的概念庸俗化和机械化了。

马克思、恩格斯、毛泽东等无产阶级思想家以及世界上很多著名的文学研究者、批评者,在分析文学作品的时候,也无一不是都在强调着文学是社会生活的反映。在对待具体文学作品或文学现象的时候,他们总是从具体生活出发而不是从观念出发,从细节处入手而不是从观念人手来反映社会生活并评价文学作品。例如,恩格斯对巴尔扎克创作的评论,列宁对列夫·托尔斯泰作品的分析,乃至毛泽东同志对中外很多文学作品的评点,就是范例。由于他们对马克思主义立场观点和方法的熟悉,加上对社会现实状况和生活细节的熟悉,并能从中发现社会发展的本质趋势,因此能够对作品做出更深刻的评价。我们不得不指出,当前在我们的文学研究和评论中,很多学者仍然是观念先行,热衷于把西方某些所谓的"最新"理论拿来,套用某个文学现象或某部文学作品。我们有些教师在指导学生论文写作的时候,也总是要先问该论文用的是什么理论;很多学生也常常困惑自己写出来的东西在理论性上的不足(即没有套用哪个理论),其实根源也来源于此。

在此,我们要特别强调,坚持马克思主义的文艺反映论做指导是我们今天进行文学研究的基本出发点,而从生活的细节出发,从文学现象的具体表现出发,依据时代发展趋势,实事求是地进行审美判断就是方法。立场和方法的统一,是文学反映论的本质特征之一。因此,我们决不能用方法代替立场,更不能以立场代替方法,尤其是不能认为立场正确了,文学批评的方法就一定会正确。举例来说,如何看待基督教文化?从马克思主义的立场上来说,基督教是不科学的世界观,是本末倒置的思想体系。因为从《圣经·旧约》开篇的《创世记》,就是上帝用言语创造天地万物——这其实就是告诉信徒,世界是观念(言语)创造的。但是,若从方法论的角度来看,基督教又是不能完全否定的,因为它毕竟反映了不同时期西方人对社会的认识和价值追求。同样,其自身也是一个根据时代变化通过不断解释而调试的思想文化体系。基督教文化发展史告诉我们,基督教最先产生在对现实绝望的最下层贫民之间,最早体现的是下层贫民的世界观。[1] 但随着欧洲社会的发展，它又从最孤苦无告的下层人的世界观转化为适应封建社会发展的神学体系。在文艺复兴运动之后，又转化为资产阶级的思想文化体系。正是由于这种内在转换，使得基督教文化一直持续到今天。这就是我们站在马克思主义的立场上辩证地看待基督教文化现象得出的结论。

不仅如此，我们还要看到，文学毕竟是用审美来反映社会生活的产物。因此，决定着这种反映又是审美的反映。所谓审美的反映，就是说它是用形象反映世界和反映人类社会生活的，而不是以概念的和逻辑推理的方式来认识生活和解释世界的。因为一部伟大的作品，固然思想是深刻而独特的，但是一定要看到，作家写的是文学作品，他的思想和情感都是通过独特而高超的艺术技巧表现出来的。正如我们前面所说的，其结构手法、人物描写乃至其语言风格等，其实就是内容本身，体现着作家情感的价值取向。这里再举个例子。美国当代作家海明威的小说《老人与海》，在短短的五万多字的小说中，用了大量的篇幅(大约三分之二)描写了老人三天两夜在大海中和马林鱼以及鲨鱼的搏斗。这里，老人和鱼搏斗的场景描写是极其重复的，情节是严重拖沓的，语言也是非常冗长啰嗦的，有的地方拖沓得让读者简直读不下去。了解海明威创作特点的人都知道，他极力主张写作的“冰山原则”，即以语言的简洁著称。但为什么在这里他要采用这样重复拖沓和反复啰嗦的描写呢？我们认为，这不是海明威写作的败笔，而恰恰是作家写作的一种有意为之的技巧：他这样描写是为了诉诸读者的感受。试想，老人桑提亚哥就是在这种重复、拖沓和无望的境遇中亲身经历了漫长的三天两夜，经历了从希望到绝望的过程，这该是一段多么难熬的时光啊！而我们读者利用两三个小时去读它都难以容忍，那么，老人的感受其实

---

① 恩格斯曾指出：最初的基督徒，“在城市里，是形形色色的破产的自由人，……此外还有被解放的奴隶和特别是未被释放的奴隶；在意大利、西西里、阿非利加的大庄园里，是奴隶；在各行省农业地区，是日益陷入债务奴役的小农。对所有这些人说来，绝对不存在任何共同的求得解放的道路。对所有这些人说来，天堂已经一去不返；破产的自由人的天堂是他们先人曾在其中做自由公民的过去那种既是城市、又是国家的城邦；战俘奴隶的天堂是被俘和成为奴隶以前的自由时代；小农的天堂是已被消灭的氏族制度和土地公有制。所有这一切，都被罗马征服者荡平一切的铁拳消灭净尽了。”现状不堪忍受，未来也许更加可怕，没有任何出路，悲观绝望。或许有人试图从最下流肉体上的享乐中寻求解脱——但有可能让自己这样做的人只能是极少数。而大多数人就只好俯首帖耳地服从于不可避免的命运。在这种情况下，“对于巨大的罗马世界强权，零散的小部落或城市进行任何反抗都是无望的。被奴役、受压迫、沦为赤贫的人们的出路在哪里？他们怎样才能得救？所有这些彼此利益各不相同甚至互相冲突的不同的人群的共同出路在哪里？……这样的出路找到了。但不是在这个世界上。在当时的情况下，出路只能是在宗教领域内。于是，另一个世界打开了。……基督教出现了。它认真地对待彼岸世界里的报偿和惩罚，造出天国和地狱。一条把受苦受难的人从我们苦难的尘世引入永恒的天堂的出路找到了。”参见《马克思恩格斯全集》(第 22 卷)，北京：人民出版社 1972 年版，第 542 页。

就通过阅读变成了我们读者的感受。这种描写方式,目的是要启发人们,西方现代生活的过程也是一种无望的煎熬历程,每个人都在忍受着这种煎熬!这样一来,我们还能说冗长的打渔描写只是艺术技巧吗?这种描写不就变成了小说内容本身吗?还有卡夫卡的《变形记》。这部小说的第一句话就是:"一天早晨,旅行推销员格里高尔·萨姆莎醒来,发现自己变成了一只大甲虫。"卡夫卡这样描写,其实完全违背了小说的创作规则。这句话是陈述语句,不是描写语句。我们知道,小说应该尽量用描写语言去写作,而不是用叙述的语言去写作。如果按照描写语言来写的话,那么作家完全可以把"早晨"变成"一抹红色的光线穿透远方青灰色的天幕"等语句,而主人公变形的过程,用描写的手法可以演变成一个活生生的有丰富细节的场景。但作者却用陈述语句,直截了当地说出了这个可怕的事件。为什么卡夫卡要采用这种与传统小说完全相悖的描写手法?原因在于作家对人被异化的独特感受。在卡夫卡看来,人被异化,就是这样突然地、赤裸裸地、直截了当地发生的。换言之,当一个人感到了他被异化的时候,异化已经完成!所以,这种艺术描写手法和技巧,就是作家感受本身,就是内容最重要的组成部分。

同样,文学是审美的产物,又是以作家和读者动态的审美体验和感知来反映生活的本质的。这种体验和感知既是作家的,同时也是读者的,是在动态中形成的。对此,德国哲学家、现代诠释学家汉斯一格奥尔格·伽达默尔就深刻指出:"艺术作品的真理性既不是孤立地在作品上,也不是孤立地在作为审美意识的主体上,艺术的真理和意义只存在于对它的理解和解释的无限过程中。"[①]既然是作者和读者动态的审美的体验和感知,这样也就使得任何文学作品都不可能只有或好或坏这种非此即彼的单一价值判断。一个作品可能会在一个读者那里得出一种结论,但在其他人的眼中,可能会得出另外一种结论或几种乃至几十种不同的结论。而恰恰这些不同的看法、感受和结论又都体现出了文艺"对社会生活反映"的不同侧面特征,而读者们通过不同作家的审美认识,也可以判断出生活的本质所在。这就是文学审美判断不同于其他学科,如哲学、社会学、统计学等学科判断的道理。伽达默尔在诠释学视角下对文学本质也进行了透视,他指出,文学不再是一种作为审美对象的艺术形式,它以其"在此"模态式筹划"此在"的方式使意义得以发生,并在自身之域呈现出具有时空性、境遇性、连续性并揭示出事实多种可能的真理。从上述这样理解文学的审美特性而

① [德]伽达默尔:《诠释学Ⅰ:真理与方法》,洪汉鼎译,北京:商务印书馆2010年版,第7页。

言，就可以看出，这在本质上更贴近于马克思、恩格斯所主张的“历史和审美相统一”的方法。马克思主义的历史和审美相统一的方法，对我们今天的文学发展更加具有指导意义。

第二个问题是，欧美文学进入中国，也有一个它作为西方社会生活的反映变为中国的社会生活反映的转换问题。众所周知，欧美文学，包括外国文学作品是在不同时代、不同民族国家和具有不同立场、不同的价值观念作家们创作的产物。这些文学都是域外不同的现实生活的反映。而中国的现实情况和欧美乃至外国的社会生活有着明显的不同。这样，文学作为社会生活的反映，在不同的国家交流情况下是否能够说得通呢？或者说，外国的文学作品能否反映中国社会生活的本质呢？

我们的回答，这不仅是可能的，而且是必须的。因为人类的生活，既有着现实的物质性生活，同样也有着精神性的生活。文学作品对生活的反映，更多的是精神性、文化性生活的反映。

其实，这就涉及了人类文化的相通性问题了。如前所言，我对文化的理解和其他学者的理解存在着差异。我对这一问题的基本看法是，在我们已知的世界中，只有人才有文化。那么，什么是文化呢？在整个生物界中，只有人才有意识和情感活动。同样，也只有在人与人之间才能够建立起意识上和情感上的联系——精神上的联系。这样，文化作为只有人所具有的意识和情感的产物，其底蕴反映着人的思维或精神活动。那么，人运用精神情感活动的目的是什么呢？当然是为了人类能够活得更好一些，更有价值一些。这样就决定着人类各种文化之间，有一个本质上相同的东西——亦即都是要追求“真善美”，追求更美好、更有价值和尊严的生活。外国人追求于此，中国人也是追求于此。因此，外国作家反映生活和中国作家在反映生活的目的上就有了本质上的一致性。

而人的思维活动，特别是人的精神情感活动所固有的主动性功能，就使得文化能够不断地被创造。也就是说，人的精神活动以及人的主观能动性是文化得以出现和不断创造的前提。既然文化的本质是人与人的精神意识和情感之间的联系，那么，人的思维的活跃性和意识活动的不间断特征就决定着任何文化都是动态的文化，任何文化形态都是活的有机体，亦即任何文化形态都是处在不断的发展和变化之中的。可以说，这是文化的又一个极为重要的特性。例如，我们谈欧美文化，我们要谈的并非是固定不变的一个僵死概念和没有生命的知识范畴。我们对这一文化考察，本质上是通过各种历史事件和历史资料乃至各种历史现象，来把握西方人的精神活动和情感联系的运动过程，来揭示特定社会历史条件下各种政治的、经济的、生活方式和行为规范中所包含的人类的思维特征和认识能力所达到的程度——本质上是对当时人类精神发展所达到的程度的自觉把握。同样,由于历史是不可还原的,因而任何一个国家和民族的文学作品,只要一问世,就成为“历史文本”,它只能是作为一种过去的存在而在当代的阐释氛围中存活,当它被引入到另外一个国家或民族后,只要能够被阐释,那么它就能够在异域文化氛围中存活。换言之,文学交流就是对历史上出现的作家作品和文学现象在异域文化中所进行的现代阐释,本质上是在历史文本基础上的“话语的再造”。再进一步说,我们不可能完全重构历史的真实,因此,历史的真实只能是被当代人所认可了的本质的真实。这实际上就是一种对历史精神的现代理解和现代阐释。更重要的是,我们在任何时候所写的历史著作,包括文学史著作,都是给同时代人看的,是为当代的发展服务的。所以,文学的历史与现代人的需要相结合的过程,也是一种对文学历史的现代阐释活动过程的反映。由于人类的进步愿望都是一致的,即人类向往真善美的目的是一致的,这样,我们就可以说,西方人所创造的文学,假如其本质上也体现了人类向往真善美的理性世界的体悟,也就有了我们接受它的文化基础,从而使我们能够在一个新的文化语境中接受它们。

就文本自身而言,任何经典性的文本,不论是中国的,抑或是外国的,由于其形象性、整体性乃至情感性的特征,它与自然科学、社会科学乃至哲学意义上的文本具有明显的不同。在一部文学的文本中,它是作家用形象(无论是人物形象还是情感形象)表现其对存在的现实生活的理解和把握的。由于它是整体性的或者说是风俗性的,由此决定着它所表现的认识就不是某种具体的道理而是具有普遍性意义和价值的哲理。同样,文学作品对某一民族、某一时代社会生活的反映,由于其形象性,也决定着其既有特殊性,更具有普遍性。欧美文学诚然是一种欧美诸国社会特定生活的反映,但若另外一个民族具有了相似的社会氛围、类似的时代要求和人们审美情感与愿望等,它就有了被其他民族理解和感受乃至接受的可能。这是一种间接的对社会生活的反映形式,反映的也是时代要求和社会要求,反映的也是人们的精神需要和审美需要。对此,伽达默尔就指出:“属于世界文学的作品,在所有人的意识中都具有位置。它‘属于’世界。这样一个把一部属于世界文学的作品既可以归于自身的世界,也可以通过最遥远的间距脱离生育这部作品的原始世界。毫无疑问,这不再是同一个‘世界’。但是即使这样,世界文学这一概念所包含的规范意义仍然意味着:属于世界文学的作品,尽管它们讲述的世界完全是另一个陌生的世界,它依然还是意味深长的。同样，一部文学译著的存在也证明，在这部作品里所表现的东西始终是而且对于一切人都有真理性和有效性。因此，世界文学绝不是那种按照作品原本规定构造该作品存在方式的东西的一种疏异了的形式。其实正是文学的历史存在方式才有可能使某个东西属于世界文学。”[①]换言之，文学作品是作为人类的经验和智慧的载体，蕴含或呈现了人类生存的种种可能性。对文学作品的理解，使我们能够超出个体的、地域的和时代的有限视域，从其中获得其他生存的可能性，并在自己的理解中，获得对未来的洞见。从当今的实践来看，人们越来越看到，文学反映的生活，既有现实的具体的、生理性、物质性的生活，也有精神性的、情感性的生活。而某个时代精神性、情感性的生活，常常蕴含着恒定的文化价值因子，因而更具有普遍性的价值。

我们还知道，无论中外，凡是优秀的文学作品，总是反映特定时代积极的、进步的价值观和人生态度。马克思主义的理论是以一定社会目标为方向，内含着现实普遍利益即人民大众利益的价值导向，对人类各种不自由的状态是批判性的，因而是革命的和进步的。换言之，这一理论内含着把个人有限生命融入伟大的人类解放事业并从中获得生命意义的人生导向，因而是积极的、向上的。这其实也是中外文化本质要求一致性的典型体现。正是因为马克思主义体现了对人类前进方向的科学把握，所以用它作为我们引进欧美文学的指导思想，也是必然的。尤其是在经济全球化和文化全球化的今天，当现实社会生活越来越紧密地联系在一起的时候，当人类遇到的问题越来越趋于一致的时候，我们以马克思主义的文艺学说为指导，紧密联系欧美文学作品的实际，并根据中国的现实和长远的需要来建立中国欧美文学话语，就显得更加必要。

二、欧美文学经典的跨文化性及其与我国当代文化建设需要的关系

经典问题也是今天人们讨论的热点问题。欧美文学自产生以来，出现了大量的经典作品，今天我们耳熟能详的文学经典，诸如希腊神话传说、《荷马史诗》、希腊戏剧、但丁的《神曲》、莎士比亚的四大悲剧、歌德诗剧《浮士德》、巴尔扎克的《人间喜剧》，托尔斯泰的小说以及 20 世纪以来的现代或后现代作品，不胜枚举。

---

① [德] 伽达默尔：《诠释学Ⅰ：真理与方法》，洪汉鼎译，北京：商务印书馆 2010 年版，第 237—238 页。

但关于什么是经典,则是一个有着诸多不同看法的问题。在我们研究欧美文学"中国化"进程的时候,也遇到了西方文学的经典能否成为中国的经典,以及某种文化语境下的经典在另外的文化环境中形态改变以及对经典认识和阐释变形的问题。

这些问题的关键其实是对文学经典的理解问题。很长时期以来,我们对文学经典的认识,总是跟着西方的或外国的"经典"观念跑。例如,有些学者从词源学的角度指出,"文学经典"指的是那些历史上经过时间检验并在文学范畴内提炼或总结而形成的规范、标准与法则;有些人则认为"经典文学"指的是那些经过时间的检验并符合经典规范、标准与法则的文学作品。这样的经典定义是将其放在一个抽象而恒定不变的意义上去理解的。

艾略特给"经典"下的定义与以上这些看法有所不同。他认为:"假如我们能找到这样一个词,它能最充分地表现我所说的'经典'的含义,那就是'成熟'。我将对下面两种经典作品加以区别:其一是普遍的经典作品,例如维吉尔的作品;其二是那种相对于本国语言中其他文学而言的经典作品,或者是按照某一特定时期的人生观而言的经典作品。"[①]在艾略特的这种分类中,前者是普通性意义上的经典,而后者只是相对性意义上的经典。"陌生性"是连接经典功能与价值评判的重要基点。可以说,他对经典的看法,引入了"层级性"的思想。

在众多的文学经典的理论中,也有人把经典做了两个方面的划分:一是经典文学的品质属性;二是经典建构的条件属性。前者是指经典的文本构成属于文学经典理论体系中的本质论范畴,而后者的建构过程则属于条件范畴。这是很有启发的一种看法。

但我更认为,一部文学经典的形成,大致有三个基本范畴的规定:第一个是文本本身必须具有经典性;第二个是时代需要的条件;第三个则是译者、评论者和研究者的见识与推崇。三者是一个不可分割的完整的整体,是文学经典能够成为经典的三个基本规定。

先说第一点。所谓文学文本的经典性主要指文本自身而言。没有文本,就不会有经典。那么作为一个经典的文学文本,它自身必须要具备三个最基本要素:第一个要素是经典文本要有引人入胜的细节和能够成为人们津津乐道的关键性情节(或场景)。也就是说,一部文学作品,要想成为经典,其中必须要包含着大量的经典性的和让人过目不忘的细节,即细节和场景的典型性。这也是文

---

① [英]艾略特:《什么是经典作品?》,王恩衷编译:《艾略特诗学文集》,北京:国际文化出版公司1989年版,第190页。

学经典文本与其他领域的经典文本完全不同的地方。也可以说，没有好细节的文本，是难以成为文学经典的。人们都有这方面的经验，当一个读者在阅读一部文学作品的时候，最先让其记住并长久不忘的，常常是一些经典型的细节或经典的场景。这些细节不仅总是让人随口道出，随时使用，而且还经得住反复咀嚼，回味无穷。更重要的是很多细节和场景已经成为人们日常生活中特定语言，如我们说到“替罪羊”，就来自《圣经・旧约》中的经典细节。可能很多人没有读过《旧约》中的亚伯拉罕的故事，但这个经典的情节已经深入到人们的日常语言之中了。再如人们形容某个人耽于幻想，不切实际，常常脱口而出“真是个堂吉诃德”或“又在大战风车了”。甚至在西方现代派或后现代派作品中，我们也常常看到一些经典的细节（也可以说变形的细节）和场景（象征的或意象的场景），例如，卡夫卡小说《城堡》中的主人公 K 无论如何都进不去“城堡”的诸多细节，卡尔维诺小说《寒冬夜行人》中的“我”与“女读者”读书的情节等，都会给人留下深刻的印象。由此可见，经典的细节在某种意义上说，是作家人生智慧和艺术智慧最集中的体现。除了叙事作品中的细节和典型化场景之外，一首诗歌中的名句，也是如此；一出戏剧中的“戏眼”，也是如此。可以说，没有好的细节或好的场景的作品，是不会有艺术魅力的。第二个要素是文学经典文本中必须包含着大量的、各种各样的知识，尤其是时代性和地方性知识。也就是说，经典文本必须具有知识的丰富性。我们看《荷马史诗》、但丁的《神曲》、巴尔扎克的《人间喜剧》、列夫・托尔斯泰的《安娜・卡列尼娜》乃至现代主义文学中艾略特的《荒原》、乔伊斯的《尤利西斯》、加西亚・马尔克斯的《百年孤独》、巴思的《烟草经纪人》等以及中国的屈原的《离骚》、李白、杜甫、白居易的诗歌乃至罗贯中的《三国演义》、施耐庵的《水浒传》、吴承恩的《西游记》、曹雪芹的《红楼梦》和巴金的《子夜》、钱锺书的《围城》等作品时，它们毫无疑问都包含着众多的时代性和地方性知识，有的可以说是包含了人类当时产生的各种知识，其中有的作品甚至可以被看做是特定的时代性和地域性知识的“百科全书”。以巴尔扎克为例，恩格斯在谈到巴尔扎克的小说时，就说过，他从其作品中所学到的关于法国波旁王朝时期的社会知识、经济知识和政治斗争知识等比一切历史学家、政治学家和统计学家告诉他的全部东西都要多。至于《红楼梦》——其中所包含的时代性、地方性知识，如康熙、雍正、乾隆时期社会的政治结构、家族状况、阶层构成、人际关系乃至风俗习惯、饮食文化、绘画技法等——更可称为一部集中国清代封建社会丰富知识的百科全书。关于其中所蕴含的时代性知识和地方性知识的丰富性，已经有很多研究“红学”的学者说过，这里就不再赘述了。甚至一首诗歌,只要称为经典,也能在短短的几行诗句中,包含着时代性的知识,例如欧仁·鲍狄埃的《国际歌》、艾略特的《荒原》就是经典范例。第三个要素是文学经典文本一般说来都是指向哲理性的表达,而不是具体道理的传递。从文学史的实践中我们可以看到,文学作品不是哲学或其他社会科学类著作,它不以论证和宣传具体的道理见长,而是以鲜明形象和浓郁的情感来表现某种哲理。可以绝对一点说,一个以讲道理见长的作家,或者一个作家试图用自己的作品去讲述某个具体的道理,哪怕是最深刻的道理,那也是创作不出经典作品的。因为任何道理都是有一定的时效性和特定指向性的,从来没有哪个具体的道理,尤其是关于社会和人生的道理,可以适应一切时代和一切人。而若某个道理可以被不同的时代和不同的人群所接受,那就不再是道理而是哲理了。同样,若一个文本体现出了某种哲理,就说明它具有了多元阐释的可能,即具备了阐释的无限性。而一个只知道讲某一个具体道理的作家,阐释的丰富性是受到限制的。是否可以这样说,蹩脚的作家一直试图讲道理,而伟大的作家讲的道理只是表面的现象,这些道理不过是他要表达某种哲理的载体,最终他要表现是哲理思考(或在道理中蕴含着某些超越具体道理的哲理)。换言之,"道理"是具体的,是针对某一个具体对象而言的。而"哲理"则是抽象的,具有普遍性的东西。这一点,在中外文学史上可以说屡见不鲜。例如,加西亚·马尔克斯的《百年孤独》,如果认为这部小说的价值只在于告诉读者,拉丁美洲在近代一百年来停滞了,封闭了,从而指向的是批判拉丁美洲的孤独现实,那就是在讲一个关于拉丁美洲的道理。但若我们知道,在这个道理背后,还有一个深刻的哲理,即一个民族的落后与停滞,完全来自自己内部成员观念停滞、自我意识的封闭,那就是哲理性意义上的思考了。因为这种哲理的东西不仅仅适用于拉丁美洲,并且还可以对世界上其他的国家和民族都有警示和借鉴作用。这才是具有世界性和普适性价值的东西。加之文学是作为对现实生活的形象的、整体性的反映文类,因此,表现哲理性更是其优长所在。

我认为,不管中外的文学文本,要想成为经典,就必然要包含着以上所说的这三个最基本要素。也可以说,这三个最基本要素,就是一个文学文本可能成为经典文本最基本的基因。简单地说,即"细节"(或经典性场景)、"知识"(尤其是地方性知识)和"哲理"是一个文本的"经典基因"。一个文学文本,只有自身具备了这三种最基本的基因,并将之有机地结合成为一个审美性的文本,才有成为经典的可能。

第二点要说的是时代的需要。一个文本虽然具备了成为经典的要素,但也不一定就能够真的成为文学经典。就像一个健康的种子，自身虽然具备了长成好苗的基因，但它要成为一株真正的植物，还要有外在的条件。“好雨知时节，当春乃发生”。也就是说，具备了经典要素的文学文本，还必须要在特定的历史条件或时代条件的需要下才能成为经典。我们经常在中外文学实践中看到这样的现象：一个在出版时并没有引起人们太多的注意，也没有产生什么影响的文学作品，过了几年、十几年或几十年后，突然“火”了起来，并被认同为经典；同样，一个本来在自己国家没有什么影响的作品，但到了另外一个国家，反而成为经典。以上这两种情况表明，经典的出现常常是和特定时代与特定历史的要求分不开的。这也就是人们常说的，时代造就了经典。所谓历史和时代的需要，其内涵大致有三：一是某种社会政治形势的需要；二是时代氛围和大众情绪的需要，三是阶段性审美欲求的需要。所谓政治情势的需要，就是说在特定的政治形势下，一些文学作品会马上成为经典。举例来说，德国的工人诗歌、英国一派出色小说家的创作，由于适应了 19 世纪四五十年代的德国的和英国工人阶级的政治要求，很快流传起来并成为经典文学现象。再举例来说，爱尔兰作家乔伊斯的《尤利西斯》，出版时备受冷落，甚至被人认为是谁也看不懂的“天书”。但这并不妨碍它在几十年后，成为一本举世闻名的文学经典名著，受到世人的追捧。这部小说的命运之所以会如此，就是因为第二次世界大战之后西方世界的精神价值混乱使它成为当时人们心灵的写照。至于它在 1978 年后的中国也成为经典，是因为它符合了此时中国人精神困惑和迷惘的现实。再如英国作家劳伦斯的《查泰莱夫人的情人》，出版时被当成黄色的、淫荡的小说受到封禁。但几十年后，当人们的人性解放达到一定的程度的时候，它则成为表现人类本能意识对抗冷冰冰的工业文明的经典作品。还有爱伦·坡的一些作品出版后，在当时的美国受到了批评和抵制，但在其他国家，如法国，则受到了很多作家和评论家的肯定，如波德莱尔就对其赞美有加。究其原因，很重要的一点就是，这是时代需要使之然。从这个意义上说，是时代造就了“经典”。在中国的文坛，20 世纪三四十年代，由于当时的主要任务是进行新民主主义革命和反对日本帝国主义侵略，鲁迅的杂文、赵树理的小说等更符合时代和民族的需要，因而受到人们的喜欢。而那些揭示人性隐层奥秘乃至下意识和潜意识的作品，包括某些以描写所谓纯人性美好为主题的小说，如沈从文、张爱玲等人的创作，在当时并不是急需的，受到冷落也就不足为奇了。而当改革开放后，随着人们物质水平和文化水平的提高和人们在新的历史条件下精神困惑的加深，沈从文、张爱玲等人的作品才会受到人们的重视，也是这个道理。

这里,我们必须指出,经典和热点并不是一回事儿。在某种时代氛围的要求下,有些作品虽然思想或艺术水平并不高,但可能某一时间正好切合了人们的心理要求或情感需要,因而受到人们的关注和追捧,成为“热点”现象。但成为“热点”的文学作品很难说就是经典。有些文学作品可能在特定某一阶段受到读者的欢迎,形成热点,但倘若这些作品并不具备我们前文所说那些经典文本的要素(即经典细节或场景、时代性地方性知识和哲理性,且三者有机地联系起来),或者只是具备某一种单独的要素,那也就不可能成为经典,只能是“热”一阵子,然后就销声匿迹了。也就是说,只有那些文学文本内涵由我们上面所说的三个要素的有机构成,才决定着它有了一种成为经典的恒定性与可能性。换言之,文学经典必须是不同民族的文学巨匠们在不同历史阶段所创造出来的最高艺术智慧的结晶,其中包含着不同时代和不同民族的作家们所体验到的大量的生活经验与人生智慧。而这些生活经验和人生智慧,又会不断地滋养着不同时代和不同民族的读者,给人们提供各种不同的养分。对此,法国批评家圣·佩甫就曾经说过,真正的经典作品丰富了人类的心灵,扩充了心灵的宝藏,令心灵往前迈进了一步,发现了一些毋庸置疑的道德真理,或者在那似乎已经被彻底探测、了解了的人心中,再度掌握住某些永恒的热情;他的思想、观察、发现,无论以什么形式出现,必然开阔、宽广、精致、通达、明断而优美;他诉诸属于全世界的个人独特风格,对所有的人类说话。那种风格不依赖新词汇而自然清爽,历久弥新,与时并进。

第三点就是翻译家、研究者、评论者的深刻评论与大力推崇。一部文学作品,除了自身具有细节性、知识性和哲理性的要素和时代的要求之外,要想成为经典,还要有慧眼识珠的翻译家、研究者和评论家对其思想价值、审美价值的大力开掘和全力推荐。也就是说,文学经典的形成,除了作家个人的原因外,是与评论家(乃至读者)的主动参与分不开的。在读者中,有一般性的读者,即普通大众,也有专业性的读者,即前面我们所说的研究家和评论家等。很多历史上的文学文本,就是因为有一些卓越的“读者”参与,才成为经典的。例如《荷马史诗》、希腊悲剧能够成为经典,就和亚里士多德、柏拉图的评论有着密切的联系;但丁的《神曲》能够成为经典,也和薄伽丘、恩格斯等人的评论密切相关。从文学发展的历史来看,无论中外,伟大的批评家、研究家对某些文本的深刻分析与高度推崇,也是这些文本成为经典文本的重要原因。因为这些卓越的研究者和评论家,能够从这些作品的细节和典型场景中,在时代性和地域性知识的构成中,发现其内含的哲理,并能够根据时代的变化需要,进行与时俱进的解说,从而使历史文本现实化和当代化。或者说能够在异域的文化土壤中得到发展和创新。这一点，对我们从事欧美文学或曰外国文学翻译、介绍、评论和研究的人来说，有着巨大的启迪。因为我们的翻译，是根据自己的需要有选择的翻译，我们的介绍是有选择的介绍，我们的研究是有选择性和针对性的研究，从而才使得外国的经典在中国的土壤中得到新的阐释。对此，刘洪涛指出："从读者角度看世界文学，它并非有一套固定的经典，而是一种阅读模式，是一种跨越时空与不同世界进行交流的模式。达姆罗什的这一说法，很显然受到读者反应理论的影响。按照读者反应理论，一个文本在被读者阅读之前，只是一些装订在一起的纸张、印刷的一些文字而已；只有经过读者的阅读，才能赋予它作为'文学作品'的生命。据此，民族文学作品在成为世界文学的过程中，读者的阅读扮演了非常重要的角色。"①

从以上三个方面，我们详细地考察文学经典形成的规律。这就是文本的经典性、时代的需要性和卓越读者参与性三者的有机结合和合力的作用，才能促使文学经典的生成。

这也就可以解释外国的文学作品，为什么可以在跨文化中成为中国的经典了。因为文本的细节性和场景的经典性，无论哪个民族都是可以接受的；而时代性和地域性的知识，也是可以跨越不同的文化成为世界各民族的共同知识。而一个经典文学作品中所包含的某类哲理以及哲理可以多重性阐释的特性，使得不同的民族完全可以根据自己的需要，进行时代的重新解说。尤其是当前，在我国构建新的文化的时候，只要我们立足于中国的立场，以适应我们的需要，就可以将外国的作品变成我们的经典。

不仅如此，外国文学经典引进后，经过我们的阐释，还具有认识时弊的作用和抗拒时弊的价值。对此，陈众议曾说过，当今文化消费主义之流浩荡，而且其进程是强制性的，不以人的意志为转移。我国文坛也提前进入了"全球化"和"娱乐至死"的狂欢，或轻浮或狂躁，致使伪命题及"去中心化"现象比比皆是。文学语言简单化却美其名曰"生活化"，卡通化却美其名曰"图文化"，杂交化却美其名曰"国际化"，低俗化却美其名曰"大众化"等等，这些东西，以及工具化、娱乐化等去审美化、去传统化趋势在网络文化的裹挟下势不可挡。现代化伴随着资本主义的产生和发展而产生、发展，并且以新的面目走向了所谓的"后现代"或"后工业时代"，导致文学及狭义文化与商业的界限彻底模糊。然而作为

---

① 刘洪涛、张珂：《全球化时代的世界文学理论热点问题评析》，《清华大学学报（哲学社会科学版）》2014 年第 6 期，第 135 页。

人文精神的重要基础和介质的文学经典，既是人类文明的重要见证，同时也是一时一地人心、民心的最深刻、最具体的体现，而外国文学经典，则是建立在各民族无数作家基础上的不同时代、不同民族的认识观、价值观和审美观的形象反映。换言之，文学经典为我们接近和了解世界提供了鲜活的历史画面与现实情境。因此，走进经典永远是了解此时此地、彼时彼地人心民心的最佳途径。文学创作及其研究指向各民族变化着的活的灵魂，而其中的经典，包括其经典化或非经典化过程，恰恰是这些变化着的活的灵魂的集中体现。[①] 从陈众议先生上述表达的意思中，可以看出文学经典对现实弊端的认识和建立新的人生境界的双重作用。

我们还应该看到，引进和学习外来的文学经典，还可以为我们解决当前面临的一些重大问题提供有价值的思路。例如，“文化和谐”是当前我们建设社会主义新的文化的主要追求目标之一，这也是具有世界意义的重大课题。尤其是习近平主席提出了建设“人类命运共同体”的目标，更需要弘扬文化“和谐”的思想。那么。当代外国的作家们是否也表现出了这方面的认识呢？换言之，在当代一些经典的欧美小说作品中，是否也已经给我们提供了这方面的启示呢？答案是肯定的。为了更清楚地解释这个问题，我们下面选取一个当代欧美文学作品的例子——丹·布朗(Dan Brown)的小说《达·芬奇密码》(*The Da Vinci Code*)来对此进行更为深入的说明。

2003年，美国当代著名小说家丹·布朗出版了长篇小说《达·芬奇密码》。小说自出版以来，风靡全球。有人称它是一部荒唐的反基督教的作品，也有人将其看成是一部富于知识性和传奇性的通俗小说。总之，没有人认为它是一部文学经典。而我则认为，这是一部具备了全部经典要素的并将会成为经典的文学名著。我们之所以这样断言，理由在于，从文本自身看，它包含了成为经典文本的全部要素。首先，它有众多的、引人入胜的细节和场景。如博物馆馆长索尼埃临死前蘸自己的鲜血在腹部画了一个五芒星，还在身旁写下几行谜样的数字和文字；罗伯特·兰登与女符号学家索菲的历险等等，每个细节和具体场景都引人入胜。其次作品包含了大量的历史、文化、基督教、现代大都市生活等各种知识。比如达·芬奇的绘画、斐波那契数列、五步抑扬格、死海古卷、圣杯、圣婚、天主事工会、郇山隐修会以及大量隐喻和象征的手法等等，涵盖了艺术史、数学、文学、社会学以及宗教等各个领域，更有趣的是，《达·芬奇密码》中故事

① 参见陈众议：《当前外国文学的若干问题》，《外国文学动态研究》2015年，第1期。

发生的地点，从巴黎的卢浮宫到伦敦的西敏寺，从丽兹酒店到苏比教堂；从圣叙尔皮斯教堂到香榭丽舍大街几乎都是真实的。同样像郇山隐修会以及天主事工会这样的社会组织，也并非作者的杜撰，都有一定的真实性和根据。再者小说具有明显的哲理性，即它探讨了文化冲突等一系列重大问题，并提出了解决文化冲突的途径与方法。我们知道，《达·芬奇密码》通过一个精心虚构的貌似真实故事，揭示了不同教派之间尖锐的文化冲突。在小说中，读者可以看到，作者精心设置了文化上处于针锋相对的两个集团或曰对立的双方。一个是郇山隐修会，另一个是天主教事工会。小说中描写的郇山隐修会，是一直被基督教传统所压抑的、历史更为悠久的女神宗教的信仰和观念的守护者。他们作为以抹大拉的玛利亚为核心，以守护耶稣血脉为重任的地下教会，一直都维持着自己的信仰与圣婚仪式。而作为它对手的天主事工会则绝不认同这个说法。他们坚信现有的基督教信念，认为除耶稣之外，基督教根本没有一个所谓的女祖先或女首领。因此他们固守着传统的信条，一心维持耶稣的神性和基督教的男性崇拜。作者这样描写，当然不是为了表现基督教到底是女性崇拜还是男性崇拜的问题，因为这个问题本来就是个假问题，是小说家言，不足为信。但它其中却隐含着当代文化冲突的信息密码。我们知道，所谓的文化冲突，本质上是不同的思维出发点和思维的方式之间的冲突（这如作品中两个教派团体冲突一样）。而在20世纪末，世界性的不同文化间的冲突越演越烈。甚至这种文化间的冲突，已经发展成为全世界范围内的经常性和普遍性现象。因此，作者这样描写，其实在客观上就应和了当前文化冲突和文明冲突的现实，指出了文化冲突的后果。因此，我们也可以将《达·芬奇密码》中的这个故事，看成是丹·布朗用小说形式精心建构的一个当代文化冲突的寓言。

既然它是一部表现文化冲突的范本，那么它就体现出了作家对文化冲突问题的深邃思考。首先，在作者看来，今天出现的两种不同教派的文化冲突，是自古以来就一直存在着的。这也就是为什么小说从一个古老的公案，即基督教到底是要崇拜耶稣还是抹大拉的玛利亚写起，也是为什么作品会牵扯到达·芬奇、牛顿、雨果等许多历史人物以及欧洲历史上众多重大事件的原因。应该说，作者对文化冲突的这一认识是非常深刻的。我们知道，现代社会出现的政治、经济冲突，可能和现实的利益冲突以及由此产生的不同的现实主张关系更为密切。但只有文化上的冲突（宗教冲突和教派冲突是其主要的表现形式之一）常常隐藏在历史的源头上，并体现在文化的传承的过程中，不全然或仅仅是现代利益冲突的直接产物。其次，文化冲突的根子常常是对于对一个原初性的共同使用的教义的不同阐释。换言之,文化冲突常常表现为大家对所共同信奉东西的不同理解所造成的冲突。例如,在这部小说中,不管是历代郇山隐修会的成员,还是天主事工会的人众,他们都是信奉基督教的。这一点二者之间没有什么差别。但恰恰就是同属于基督教阵营的人,却变成了你死我活的敌对双方。之所以会如此,就是因为他们对基督教某些教义的理解不同。这不仅让我们想到,今天人类所信奉的基本价值观其实也是差不多的。例如,世界上无论哪个民族或国家,都会把民主、自由、平等、和谐等作为自己的核心价值观。但恰恰由于对其内涵的解释不同,形成了不同的制度、文化上的对立。再次,古老的文化冲突为什么会在今天凸显出来了呢?作家指出,这是被现代一些别有用心的人或是为了自身的利益、或是某个团体为了自己的私利,或是有人为了实现自己不可告人的目的所利用的结果。换言之,私心作祟所导致的宗教般的狂热——在作家看来——这才是导致当今文化冲突的主要原因。换言之,今天文化上的冲突,说到底是由某些人、某些集团为了自己的私欲与利益和权力野心的膨胀造成的,是被利用的结果。由此可见,丹·布朗这部小说对当今世界出现的激烈文化冲突的原因作出了深邃思考。

不仅如此,《达·芬奇密码》也指出了不同文化之间和解的出路。要讲清楚这个问题,我们首先面临着一个必须回答的问题,即小说标题中所说的“达·芬奇密码”中的“密码”究竟指的是什么。在小说中,作者故弄玄虚的为什么是“密码”设下了很多迷局。首先出现的是卢浮宫里的一套散乱排列的字母序列。但这个“密码”并不是作者要表达的真正密码,它不过是博物馆馆长雅克·索尼埃临死前留下的一个让他的孙女索菲去寻找符号学家罗伯特·兰登的指示标记;随后出现了达·芬奇名画《最后的晚餐》中所隐藏的抹大拉的玛利亚,即基督教早期被压抑的“女性崇拜”的真相似乎是“密码”,但随着情节的发展,证明这也不是作家要说的“密码”。那么,这个真正的“密码”到底是什么呢?在“尾声”部分,真正的“密码”终于出现了,或者说被他们感悟到了。小说在“尾声”中作者有过一段意味深长的描写:夜色阑珊之中,兰登来到了巴黎的卢浮宫广场。当他来到卢浮宫地下购物商场,在与地面上相对应的玻璃金字塔的下面,则是一个“倒立的杯形金字塔”。在这个倒立的金字塔的塔尖正下方地面上有一个小金字塔的塔尖与其相对。这一刹那,兰登理解了此前出现的全部符号的含义,也终于知道了此前他和索菲苦苦追寻的“密码”的真正含义。这最终破译的密码就是“人类文化和文明应该和谐相处”。

之所以这样说,原因有二:一是作家把故事开头和故事结尾都放在巴黎的卢浮宫，是意味深长的：在这里，“卢浮宫”这个建筑物具有双重象征蕴涵：一方面这里是“大师杰作在掩映中相拥而眠”之所，也就是说它是收藏达·芬奇《蒙娜丽莎》等名画的所在，与小说的名称《达·芬奇密码》的书名相呼应；另一方面，这里也是收藏着大量的天主教艺术珍品的宝库，还是收藏着各种其他的不同民族、不同宗教流派所创造的大量艺术精品的地方。它们都是人类共同的文化遗产。一句话，这里是各种文化和文明的精华之物共同呈现、精彩展示之地，是各种人类文化遗产的和谐寄居之所。这充分说明不同的文化、多样性的文明本来就能够和谐相处，也应该和谐相处在一起。二是小说还用极具象征性和符号性的手法，给了这一密码的内涵以更加形象性的具体展示：前面说过，兰登在地下大厅突然注意到，卢浮宫新建的玻璃金字塔的地下部分是个三角形下垂体，呈现为倒立的圣杯状，即在其地下部分实则有着一个倒立的三角形。小说写道：“兰登走到通道尽头，走进一间巨大的地下室。就在眼前，倒立的金字塔闪着光芒，从上面垂下来——那是一个 V 字形的大得惊人的玻璃杯轮廓。圣杯！”这样，他理解了这个倒立的三角形可以解释前面出现的很多符号，如女性的子宫、圣杯乃至女性上帝的象征。也可说，是修郁山隐会隐藏的秘密的象征。由此可见，小说中的所谓寻找圣杯，其实就是要寻找长期以来被压制和守护的关于基督教女性祖先的秘密。

但事情到此还没有完，情节接下来是：兰登从上而下，顺着那个倒立的金字塔尖往下看去，看到就在整个倒金字塔尖的下方，与之相对也矗立着一个微型金字塔。这个微型的金字塔则呈出正三角形的形状：“这座小小的建筑物从地底下凸出来，仿佛是冰山上的一角——是一个巨大的金字塔形拱顶的顶部，它绝大部分淹没在下面，就像是一个隐秘的房间。”由此，这个正三角形的符号，可以解释成男性的“阳物”、剑刃和男性上帝的象征。它也可以代表“天主事工会”一直要打压修郁山隐会的进攻和强权的符号。

这个正三角形与上面那个垂下来的倒三角形塔尖相对，暗示着的是两者的尖锐对立。作为一种富有哲理性的象征符号，这种对立既可以看作是两个基督教派别的对立，也可以引申为男权话语与女性话语的对立。若从象征的意义上讲，我更想把它看成是当今世界上不同文化间的对立。

这正、倒两个三角形，毫无疑问是完全相反的，也是尖锐对立的。但在作者看来，任何事情都是辩证地发展的，即构成矛盾的双方都有向相反方向转化的可能性。正如这两个相对的金字塔的塔尖，本来是针锋相对、尖锐对峙的。但假如我们把这两个方向不同的三角形，再进一步向前推进的时候，两个三角形就可以交汇成为一个新图案。也就是说,假如我们把这两个三角形符号重叠,就出现了“大卫之星”的符号:✡,这是由两个对峙的三角形重叠组成的新符号。它们既是各自的独立存在,又是一个新整体。换言之,分则独立存在,合则共为一体。两个部分只有合在一起,才构成了一个完整的、和谐的新整体——这才是作者所理解的两种不同文化交汇融合的“密码”。

作者这样写作的目的,首先就是告诉人们,天主事工会有其自己的男性崇拜传统,而郇山隐修会则有自己的女性崇拜的文化传统。这两者虽然有区别,表面上完全对立,但其实又都是一种文化——基督教文化——的不同侧面。他们只有结合在一起,才构成了类似“大卫之星”的完整价值。我们知道,犹太人历史上的大卫时代,是其最强盛的历史发展阶段。这其实就是在告诉读者,任何文化都不能仅仅强调自己的价值而忽略对方的价值而单独存在,只有和谐相处,宽容互补,才能构建更为强大的文化形态。因此,“文化和谐”——这就是“达·芬奇密码”的真正内涵。作品用此告诉读者,在今天文化冲突日趋激烈的时候,尤其是在20世纪末21世纪初的世界文化高度融合的时期,更要尊重文化传统的多样性,不能走极端。其次,作者也告诉读者,今天的文化冲突的起因,说到底是被少数人为了私利而别有用心利用的结果。通过对小说情节发展,我们还可以看到,作家对不同文化和谐相处的态度是坚定地,对那些为了私利,不择手段利用这个事件来达到自己卑鄙目的或某个小集团的利益的人是痛恨的。他通过不同的双方代表人物结局的描写也证明了这一点。要尽阴谋,一心想公布这个秘密,以求实现自己野心欲望的提彬爵士,最后受到了惩罚,死得很惨;而天主教的阿林加洛沙主教,受到良心的责备,临死前捐出了自己的全部积蓄,去补偿那些被塞拉斯杀害的对手的家庭;那个天主事工会雇佣的杀手塞拉斯则在忏悔中亲手结束了自己的生命。因此,小说警示人们,要防止不同的文化之间的冲突,关键是要提防那些别有用心的人和为了私利而不择手段的群体——他们才是今天引起不同文化冲突的真正祸根。再者,通过小说我们也可以感到,文化间的差异和冲突并不可怕。可以说,没有差异就没有融合,往往是在文化冲突越强烈的时候,就蕴含着融合的更大的可能性。关键是每种文化都要有宽容精神,任何人或任何教派乃至民族都不能因自己的一己之私而否定其他文化。这才是密码的巨大价值!而恰恰对密码的这种理解,才使得这部通俗性的小说具有了哲理的高度,也即与中国古代哲学中的“和谐”思想有了共同的意蕴,由此可见,这样一部小说,在跨文化的中国获得了新的阐释后,已经成为宣扬中国和谐主张的文本。

三、"阐释的自由"与"历史主体性""文本主体性"的关系

在当前我们所进行的欧美文学"中国化"和构建中国的欧美文学话语的进程中,还必然遇到"阐释的自由"和"历史的主体性"以及"文本的主体性"之间的关系。

首先谈一谈"阐释的自由"问题。自从改革开放以来,随着西方各种文化思潮和文艺理论的引进,加上中国的学术环境日益宽松,人们的思想不断解放,从而导致个人的主体意识、自由意识越来越强烈。这本来是一个大好事,是人们思想进步和社会进步的重要表现。然而,在这种情况下,在学术界对文学的阐释中,尤其是对欧美文学的阐释中,也出现了一些只要个人的阐释自由,强调"阐释的自由性"而忽略"阐释的有效性"和"阐释的历史性"的弊端。当我们巡检当前我国的外国文学界现状的时候,就会发现,有很多阐释欧美文学的著作和论文,忽略作品自身的实际,也忽略特定社会历史的发展实际,将一些西方的文学批评概念不加选择地拿过来,甚至是生吞活剥地拿过来,对文本进行强制性的阐释。比如,当欧美"新批评"引入中国后,就出现了不顾作品实际和不顾文学与社会联系的实际,只寻找文学内部的原因而忽略与外部联系的阐释弊端。尤其是"新历史主义"批评理论进入中国后,我们很多人在对新历史主义的概念和基本价值缺少了解的情况下,主观地认为一切和当前的主流历史观与价值观不同的或唱反调的历史阐释就是"新历史主义"。这样的理解使得错误的"阐释的自由"大行其道。这样的状况诚如特里·伊格尔顿在抨击"后现代主义"复归时曾经指出的那样,这是一种后现代意义上的"自由主义"。他认为后现代主义拾起了自由主义的口号,以绝对的个性自由来对抗所谓的"文化权力"(包括社会结构、行为规范乃至民族主义、爱国主义等政治见解),即后现代主义把这一切都当成了公众的敌人。因此,他认为这种后现代主义是与自由主义的最糟糕的东西结合起来的产物,它对自由主义的公正、平等和人权等伟大主题几乎毫无兴趣,只能一味依靠否定性的自由观念,来随意批判和任意阐释。这在本质上其实就是一种按自己的主观愿望"做自己的事情"的没有真正自由主体意识的自由主义。

诚然,我们尊重阐释的自由,因为没有阐释的自由,就不会有对文本和文学现象的新的发现和新的结论。但是,正如任何事情都必须有前提或条件一样,

自由的阐释也需要有自己的前提和条件。这个前提或条件就是,任何文本和文学现象都是特定时代的产物,同样,文本也是人创作出来的独立的客观存在。这就导致历史和文本就是作家自由阐释的两大前提。马克思主义阐释学强调人的主体性,但同时认为,只有以历史意义上的人的主体性话语对文本的阐释,才能揭示文本的意义;也只有依据和尊重文本的主体性所进行的阐释,才是有效的阐释。这就是我们所说的“阐释的历史性”(人的历史的主体性) 和“阐释的有效性”(文本的历史主体性)原则。同时,还要看到,马克思主义创始人长期坚持着一种历史主体论和文本主体论,但这种历史和文本主体论并不同于苏联学者们所主张的那种主观的和机械的“对作者作品的历史社会分析”。因为马克思早就说过:“作家绝不把自己的作品看作手段。作品就是目的本身。”[①]这一点与后来的苏联理论家的解读相去甚远。

因此,今天我们若要建构当代马克思主义中国化指导的,最新也是最为重要的理论形态之一的中国特色马克思主义文学阐释学,就要将文本置于具体的历史语境之中。其中心是将马克思的“历史”观念建立在一种比经济生产更加广义的“总体性质”的历史语境之上,及至更深层的历史动力之中。还要指出,我们强调阐释主体只存在于阐释的历史语境之中,这样的主体是一种历史性的实践主体,而不是一种永恒不变的、纯粹的理论主体。当代西方马克思主义的代表人物弗雷德里克·詹姆逊(Fredric R. Jameson)等也认为,马克思主义文学阐释学应主要聚焦于以下两点:第一是阐释主体的历史性,即文本阐释是与文本时代相适应的阐释,这是历史主义原则。也可以说,这是阐释主体的文化身份认同,这并非是要求阐释主体仅仅局限于本土文化之中,也不是要否定跨文化主体的价值,而是要求阐释主体要对所阐释的文本进行民族文化历史与意识形态层次的定位。第二,要以文本为主体,就是说任何阐释不能完全离开历史上出现的文本自身。反过来说,离开文本基本规定的所谓“自由的阐释”其实也是无效的阐释。对此,有学者指出:“在文学批评实践中,任何对文本的阐释都有自己的主体性。但问题在于主体的观念是否与文本客体之间构成历史语境中的对象化关联,这是揭示文学文本中‘掩蔽’的意义与价值的先决条件。”[②]他还总结说:“概而言之,马克思主义阐释学着重强调三点:一是从历史政治的视界对文本进行的诠释,特别重视以符号学的行动理论对‘个性化作品’的解

① 《马克思恩格斯全集》(第1卷),北京:人民出版社1956年版,第87页。

② 高照成:《西方主体性与非历史化:夏志清〈中国现代小说史〉批评——基于马克思主义文学阐释视角》,《中国社会科学院研究生院学报》2017年第2期,第88页。

读。詹姆逊曾经以莎士比亚的《麦克白》为例，说明该剧主题是表现宫廷对于叛乱的胜利。二是强调文本的意识形态特性，詹姆逊曾用‘意识形态游戏’等观念来分析文本。其三是阐释学主体性的建立，这种主体性是历史主体性。与詹姆逊互为呼应的英国马克思主义理论家伊格尔顿也为马克思主义阐释学的建构做出了重要的贡献。尤其是新世纪以来，他将关注的重心放在以文本阅读为主要阐释方法的马克思主义‘文学哲学’上。伊格尔顿所提出的文本阐释观念既明确又极具实践性，这尤其体现在诠释的‘历史主体性’方面。”①

有鉴于此，我们必须清楚，一方面，任何文学阐释都必须忠实地展示其历史发展的原貌和本质趋势；而另一方面它又必须是现代人在阐释中所得出的时代性结论。这样，历史和现实之间，作家作品及文学现象产生时的时代精神与现代文学文化精神之间，就面临着一个如何有机地统一和相互间高度融合的问题。首先，我们今天的文学史家必须要把审视的眼光转到对民族的文化精神和艺术精神的关注上来，寻找出以往文学的文化和艺术精神与今天现实精神的“契合点”。历史是不能复制的，我们应该尽可能地还原其历史的文化精神和艺术精神，从而揭示出历史文化艺术精神的主旨及其对现代文化艺术精神的影响。而这种较为稳定的民族文化艺术精神，既是传统的，又是现代的，既是常数又是变数。其次，这种民族文化艺术精神的寻找与阐释，应该是建立在对文本的细读和大量历史材料的占有和考证的基础上进行的，而不应该是当代人纯主观阐释的产物。所以，我们既不赞成纯考证型的文学研究，也不赞成纯主观的阐释或所谓纯思辨性的文学研究。我认为，今天重写后的文学研究阐释著作，应该是历史知识体系、现实评价体系和审美体系的高度统一，应包含科学的知识和历史的线索、哲学的思辨以及艺术规律的揭示，这种阐释实则就是史实与思辨、传统与现代、文化精神与艺术精神相结合的现代阐释。再次，文学历史发展的本身就不能再被简单化地看成是一个单纯地按时间顺序进化的线性流程。文学作品自身的形象特点和诗化特征所带来的丰富内涵以及包容性、融合性和开放性，使其本身就是个历时和共时并存的形态。所以，今天的文学史家应该在文学作品及现象自身的经纬线上，立体地、全方位地对之加以描绘和展示，用我们今天的话语模式，去建立具有中国特色的文学史模式和文学史阐释流派。

从以上的论证中我们可以看出，在今后欧美文学“中国化”新的进程中，我们必须要强调对外来文学现象和文学文本个人的“阐释自由”与“历史主体论”

---

① 高照成：《西方主体性与非历史化：夏志清〈中国现代小说史〉批评——基于马克思主义文学阐释视角》，《中国社会科学院研究生院学报》2017年第2期，第88页。

“文本主体论”的有机统一。这是一种真正的思维方式的清醒。换言之,在历史主体论和文本主体论前提的规定下,发挥翻译者、介绍者、研究者和推广者的主观能动性,进行科学的创新,才能建构起科学自由的中国的欧美文学话语。

我们通过以上十个问题,较为系统地对百多年来欧美文学,或曰外国文学“中国化”进程中所涉及的相关理论问题,做出了初步的解说。应该指出,欧美文学“中国化”的内涵是极为丰富的,其给予人们的理论启示也是极为深邃的。可以说,这一进程所提供的经验和教训,将会超越这一具体的文学领域,在其他文化领域产生巨大的影响。

主要参考文献

一、英文文献

Ackroyd, Peter, *Foundation: The History of England from Its Earliest Beginnings to the Tudors*, London: Macmillan Publishers Limited, 2013.

Hayek, F. A., *Individualism and Economic Order*, Chicago: The University of Chicago Press, 1980.

Hourly History, *Age of Enlightenment: A History from Beginning to End*, Charleston: CreateSpace Independent Publishing Platform, 2016.

Hu Wenzhong, Cornelius N. Grove, Zhuang Enping, *Encountering the Chinese: A Modern Country, an Ancient Culture*, Boston: Intercultural Press, 2010.

Mente, Boye Lafayette De, *The Chinese Mind: Understanding Traditional Chinese Beliefs and Their Influence on Contemporary Culture*, Tokyo/Rutland/Vermont/Singapore: Tuttle Publishing, 2009.

Miskimin, Harry A., *The Economy of Early Renaissance Europe, 1300—1460*, London: Cambridge University Press, 1975.

Mitter, Rana, *Modern China: A Very Short Introduction*, Oxford: Oxford University Press, 2016.

Riesman, David, *Individualism Reconsidered*, New York: The Free Press, 1954.

Steiner, George, *After Babel: Aspects of Language and Translation*, New York: Oxford University Press, 1998.

Tam, Kwok-kan, Kelly Kar-yue Chan, Kwok-kan Tam, *Culture in Translation: Reception of Chinese Literature in Comparative Perspective*, Hong Kong: Open University of Hong Kong Press, 2012.

Weber, Max, ed. H. H. & Wright Mills Gerth, *From Max Weber: Essays in Sociology*, New York: Oxford University Press, 1946.

Weber, Max, *The Protestant Ethic and the Spirit of Capitalism: and Other Writings*, Trans. Peter Baehr & Gordon C. Wells, New York: Penguin Books, 2002.

二、经典理论文献

《马克思恩格斯文集》,北京:人民出版社,2009。

《马克思恩格斯选集》,北京:人民出版社,1972。

《列宁选集》,北京:人民出版社,1995。
《毛泽东文集》,北京:人民出版社,1999。
《邓小平文集》,北京:人民出版社,1995。
习近平:《在纪念孔子诞辰2565周年国际学术研讨会暨国际儒学联合会第五届会员大会开幕会上的讲话》,《人民日报》,2014年9月24日。
习近平:《在文艺工作座谈会上的讲话》,《人民日报》,2015年10月15日。
习近平:《在哲学社会科学工作座谈会上的讲话》,《人民日报》,2016年5月19日。
习近平:《决胜全面建成小康社会 夺取新时代中国特色社会主义伟大胜利》,《人民日报》,2017年11月20日。
中央档案馆编:《中共中央文件选集》,北京:中共中央党校出版社,1991。
中共中央书记处研究室文化组编:《党和国家领导人论文艺》,北京:文化艺术出版社,1982。

三、汉语著作文献

阿英:《阿英全集》1—12卷,合肥:安徽教育出版社,2003。
[德] 阿多诺:《主体与客体》,北京:商务印书馆,1997。
[美]爱德华·T.霍尔:《无声的语言》,上海:上海人民出版社,1991。
[古罗马]奥古斯丁:《忏悔录》,北京:商务印书馆,1963。
[美]保罗·尼特:《宗教对话模式》,北京:中国人民大学出版社,2004。
陈福康:《中国译学理论史稿》,上海:上海外语教育出版社,2000。
陈建华主编:《中国外国文学研究的学术历程》,重庆:重庆出版社,2016。
陈平原、夏晓虹编:《二十世纪中国小说理论资料·第一卷(1897—1916)》,北京:北京大学出版社,1989。
陈子展:《中国近代文学之变迁·最近三十年中国文学史》,上海:上海古籍出版社,2002。
陈众议主编:《当代中国外国文学研究1949—2009》,北京:中国社会科学出版社,2011。
成仿吾:《成仿吾文集》,济南:山东大学出版社,1985。
[德]歌德:《歌德文集》,北京:人民文学出版社,1999。
郭沫若:《郭沫若全集》,北京:人民文学出版社,1989。
郭延礼:《中国近代翻译文学概论》,武汉:湖北教育出版社,1998。
(南朝)顾野王:《大广益会玉篇》,北京:中华书局,1987。
韩石山:《韩石山文学批评选》,上海:书海出版社,2004。
何辉斌:《外国文学研究60年》,杭州:浙江大学出版社,2010。
胡适:《胡适文集》,北京:北京大学出版社,1998。
(汉)桓宽:《盐铁论》,乔清举译注,北京:华夏出版社,2000。
[德]伽达默尔:《诠释学:真理与方法》,洪汉鼎译,北京:商务印书馆,2010。
蹇先艾:《蹇先艾文集》,贵阳:贵州人民出版社,2004。
蒋洪新主编:《世纪回眸外国文学研究在中国》,长沙:湖南人民出版社,2007。

江弱水:《中西同步与位移——现代诗人丛论》,合肥:安徽教育出版社,2003。
[德]卡希尔:《人论》,上海:上海译文出版社,1985。
[德]康德:《历史理性批判文集》,北京:商务印书馆,1990。
[德]克里斯托弗·道森:《宗教与西方文化的兴起》,成都:四川人民出版社,1989。
[美]克鲁克洪等:《文化与个人》,杭州:浙江人民出版社,1986。
[英]雷蒙·威廉斯:《文化与社会》,北京:北京大学出版社,1991。
[美]弗雷德里克·詹姆逊:《詹姆逊文集》,北京:中国人民大学出版社,2005。
[美]弗雷德里克·詹姆逊:《马克思主义与形式》,南昌:百花洲文艺出版社,1997。
李万钧:《欧美文学史和中国文学》,福州:福建教育出版社,1989。
李中梓辑注:《内经知要》,文棣校注,北京:中国书店,1994。
刘建军:《演进的诗化人学——文化视界中西方文学的人文精神传统》,长春:东北师范大学出版社,1998。
刘建军主编:《向着崇高的灵的境界飞升——中国高等教育学会外国文学专业委员会成立三十周年庆典论文集》,长春:东北师范大学出版社,2016。
柳亚子编:《苏曼殊全集》,北京:中国书店,1986。
梁漱溟:《东西文化及其哲学》,上海:上海人民出版社,2015。
鲁迅:《鲁迅全集》,北京:人民文学出版社,2005。
罗选民主编:《外国文学翻译在中国》,合肥:安徽文艺出版社,2003。
罗新璋编:《翻译论集》,商务印书馆,1984。
马克思主义理论研究和建设工程重点教材本书编写组:《文学理论》,北京:高等教育出版社、人民出版社,2009。
马以君编注:《苏曼殊文集》,广州:花城出版社,1991。
[英]麦格拉丝:《基督教概论》,北京:北京大学出版社,2003。
茅盾:《茅盾全集》,北京:人民文学出版社,1996。
孟昭毅、李载道主编:《中国翻译文学史》,北京:北京大学出版社,2005。
[美]摩尔根:《古代社会》,北京:中国社会出版社,1998。
钱理群、温儒敏、吴福辉:《中国现代文学三十年(修订本)》,北京:北京大学出版社,1998。
瞿秋白:《瞿秋白文集》,北京:人民文学出版社,1989。
[法]让一皮埃尔·韦尔南:《希腊思想的起源》,北京:生活·读书·新知三联书店,1996。
[法]萨特:《存在与虚无》,北京:生活·读书·新知三联书店,1997。
申丹、王邦维总主编:《新中国 60 年外国文学研究》,北京:北京大学出版社,2015。
宋炳辉:《文学史视野中的中国现代翻译文学——以作家翻译为中心》,上海:复旦大学出版社,2013。
时萌编著:《曾朴及虞山作家群》,上海:上海文化出版社,2001。
外国文学编写组:《外国文学史》,北京:高等教育出版社,2015。
王恩衷编译:《艾略特诗学文集》,北京:国际文化出版公司,1989。

王国维:《王国维文集》,北京:中国文史出版社,1997。
王栻主编:《严复集》,北京:中华书局,1986。
王一川:《西方文论中国化与中国文论建设》,北京:经济科学出版社,2012。
(唐)王冰:《重广补注黄帝内经素问》,北京:科学技术文献出版社,2011。
吴其尧:《庞德与中国文化:兼论外国文学在中国文化现代化中的应用》,上海:上海外语教育出版社,2006。
伍蠡甫主编:《西方文论选》,上海:上海译文出版社,1979。
[美]威廉・E. 迪尔:《探寻中世和近世日本文明》,北京:商务印书馆 2010。
夏志清:《中国现代小说史》,桂林:广西师范大学出版社,2014。
谢天振:《译介学》,上海:上海外语教育出版社,2000。
许钧、穆雷:《中国翻译研究 1949—2009》,上海:上海外语教育出版社,2009。
[古希腊]亚里士多德:《诗学》,上海:上海人民出版社,2005。
杨周翰等主编:《欧洲文学史》,北京:人民文学出版社,1964。
[美]约翰・汤姆林森:《全球化与文化》,南京:南京大学出版社,2004。
[美]伊恩・P. 瓦特:《小说的兴起》,北京:生活・读书・新知三联书店,1992。
郁达夫:《郁达夫文集》,广州:花城出版社,1983。
查明建、谢天振:《中国 20 世纪外国文学翻译史》,武汉:湖北教育出版社,2007。
郑克鲁主编:《外国文学史》,北京:高等教育出版社,2006。
郑振铎:《俄国文学史略》,长沙:岳麓书社,2010。
周作人:《周作人自编文集》,石家庄:河北教育出版社,2002。
周作人:《泽泻集 过去的生命》,石家庄:河北教育出版社,2002。
朱光潜译:《歌德谈话录》,北京:人民文学出版社,1978。
朱光潜:《朱光潜全集》,合肥:安徽教育出版社,1993。
朱维之、赵澧、黄晋凯主编:《外国文学简编》,北京:中国人民大学出版社,2015。
朱自清:《朱自清全集》,南京:江苏教育出版社,1988。
(宋)张载撰:《张子正蒙》,(清)王夫之注,上海:上海古籍出版社,2000 年。
中国社会科学院外国文学研究所编:《外国文学研究在我国社会主义精神文明建设中的地位和作用——中国社会科学院外国文学研究所国情调研综合报告》,南京:译林出版社,2010。
中国外国文学研究会主编:《世纪回眸:外国文学研究在中国》,长沙:湖南人民出版社,2007。
《中华经典名著全本全注全译丛书・庄子》,方勇译注,北京:中华书局,2010。
《中华经典名著全本全注全译丛书・黄帝内经》,姚春鹏译注,北京:中华书局,2010。

四、期刊论文

陈平原:《知识、技能与情怀(下)——新文化运动时期北大国文系的文学教育》,《北京大学学报(哲学社会科学版)》,2010 年第 1 期。
陈思和:《20 世纪中外文学关系研究中的“世界性因素”的几点思考》,《中国比较文学》,2001 年第 1 期。
陈心想:《倚杖听江声——许倬云教授访谈录》,《书屋》,2017 年第 2 期。
陈众议:《"莎士比亚化"——马克思主义文艺观刍议(二)》,《外国文学动态研究》,2017 年第 2 期。
陈众议:《当前外国文学的若干问题》,《外国文学动态研究》,2015 年第 1 期。
代迅:《全球视野中的本土化选择:近百年西方文论在中国》,《文艺理论研究》,2000 年第 4 期。
高玉:《文学翻译研究与外国文学学科建设——吴元迈先生访谈录》,《外国文学研究》,2005 年第 3 期。
高玉:《本土经验与外国文学接受》。《外国文学研究》,2008 年第 4 期。
高照成:《西方主体性与非历史化:夏志清〈中国现代小说史〉批评——基于马克思主义文学阐释视角》,《中国社会科学院研究生院学报》,2017 年第 2 期。
黄宝生:《外国文学研究方法谈》,《外国文学评论》,1994 年第 3 期。
黄铁池:《独语与喧哗——美国文学史的"当代性"反思》,《湖北大学学报(哲学社会科学版)》,2010 年第 1 期。
蒋承勇:《关于外国文学史教材建设的思考》,《外国文学研究》,1995 年第 2 期。
刘洪涛、张珂:《全球化时代的世界文学理论热点问题评析》,《清华大学学报(哲学社会科学版)》,2014 年第 6 期。
刘建军:《关于"欧美文学中国化进程"的若干问题》,《东北师范大学学报(哲学社会科学版》,2012 年第 3 期。
刘建军:《关于文化、文明及其比较研究等问题》,《东北师范大学学报(哲学社会科学版)》,2002 年第 2 期。
刘建军:《人的本质和"不完整主体"理论及其应用》,《东北师范大学学报(哲学社会科学版)》,2008 年第 1 期。
陆建德:《外国文学的翻译传播与中国的新文化运动》,《绍兴文理学院学报》,2016 年第 2 期。
聂珍钊:《文学伦理学批评在中国》,《杭州师范大学学报(社会科学版)》,2010 年第 5 期。
聂珍钊:《中国的文学理论往何处去》,《东北师范大学学报(哲学社会科学版)》,2016 年第 6 期。
曲星:《人类命运共同体的价值观基础》,《求是》,2013 年第 4 期。
王立新、王旭峰:《论比较文学中的纵向发展研究与横向发展研究》,《黑龙江社会科学》,2012 年第 4 期。
王宁:《 "后理论时代"中国文论的国际化走向和理论建构》,《北京大学学报(哲学社会科学版)》,2010 年。
王守仁:《现代化进程中的外国文学与中国社会现代价值观的构建》,《外国文学评论》,2004 年。
王忠祥:《构建多维视野下的新世纪外国文学史——关于编写中国特色外国文学史的几点理论思考》,《外国文学研究》,2010 年第 5 期。
吴元迈:《回顾与思考——新中国外国文学研究 50 年》,《外国文学研究》,2000 年第 1 期。
吴晓都:《本位、外位与外国文学研究》,《东北师范大学学报(哲学社会科学版》,2016 年第 6 期。

谢天振:《翻译文学——争取承认的文学》,《中国翻译》,1992 年第 1 期。

余英时:《从价值系统看中国文化的现代意义》,《文化:中国与世界》第一辑,北京:生活·读书·新知三联书店,1987 年。

周启超:《20 世纪 80 年代外国文论引介:回望四个镜头》,《学习与探索》,2015 年第 3 期。

外国作家批评家人名索引

A

阿尔志跋绥夫 45,70
阿诺德·蒙塞 190
爱德华·霍尔 193
爱丽丝·沃克 219
艾克曼 15
艾略特 252
安妮·林德赛 119
安瑟伦 203
安特莱夫 70
安徒生 70
奥登 131
奥尼尔 179
奥斯特洛夫斯基 65
奥斯汀·多布森 119

B

巴尔扎克 219
巴思 253
拜伦 70,115,117,118,124,137,174,134
保尔·福尔 130
班台莱耶夫 151
贝克特 172
庇护二世 188
别林斯基 127
柏拉图 185,201,235,238,243,256
波德莱尔 76,255
布鲁诺 98
布瓦洛 243
薄伽丘 187,256

C

车尔尼雪夫斯基 127

D

达·芬奇 187,235,243,258—262
达噶尔 141
大阿尔伯特 203,204
大仲马 120
但丁 15,167,205,239,251,253,256
丹·布朗 258,259,260
狄德罗 243
笛福 116
狄更斯 117
杜勃罗留波夫 127
都德 76
杜威 149

F

法捷耶夫 65,151
凡尔纳 45,115,123
房龙 61,62
弗洛伊德 79,137
弗雷德里克·詹姆逊 264

G

高尔基 65,70,119,127,151
哥尔德 151

歌德 12,15－19,64,77,104,131,151,184,239,243,251
格雷戈里 202
郭士立 139

H

哈葛德 121
海明威 179－181,247
伽达默尔 248,250
贺拉斯 243
赫西俄德 243
黑格尔 103,108,243
胡德 118
华盛顿·欧文 117
华兹华斯 124
惠特曼 131

J

纪德 76
加尔文 188
嘉禾 76
加缪 179
伽利略 188
加西亚·马尔克斯 253,254

K

卡尔维诺 253
卡夫卡 171,179,248,253
卡西尔 193
康德 236,243
康帕内拉 188
克里斯多夫·道森 202
克莱德·克鲁克洪 193
柯南·道尔 123

L

拉伯雷 187
莱蒙托夫 119
莱辛 151,243
朗吉努斯 243
劳伦斯 255
雷蒙·威廉斯 193
里尔克 131,136
利玛窦 134
卢梭 108
罗曼·罗兰 70
罗琳 137
洛伦佐 187

M

马丁·路德 188
马基雅维利 188,189
马可·波罗 91
马克斯·韦伯 3
马礼逊 139
马洛 187
马雅可夫斯基 65
麦都思 139
梅里美 151
孟德斯鸠 116
蒙田 151,187
弥尔顿 239
莫泊桑 70,151
摩尔根 196,197
莫里哀 76,120

N

尼采 137,171,174
聂维洛夫 151

O

欧仁·鲍狄埃 254

P

普列汉诺夫 236
普罗提诺 243
普希金 70,151,175

Q

契诃夫 70,119,127
乔伊斯 179,253,255

R

日丹诺夫 236

S

萨拉·梯斯代尔 119
萨缪尔·亨廷顿 221
萨特 137,179,226
萨义德 20
莎士比亚 63,108,174,175,187—189,216,225,235,251,265
塞万提斯 187
圣奥古斯丁 201,204
斯宾塞 116
斯达尔夫人 236
司各特 116
司汤达 151
斯托夫人 116
斯威夫特 116
苏格拉底 201
索福克勒斯 198,216

T

塔琳娜·冯·苞拉 188
泰戈尔 70,131
泰纳 236,244
泰特勒 128
特里·伊格尔顿 263
屠格涅夫 70,119,120,151
托尔斯泰 70,127,151,239,246,151,153
陀思妥耶夫斯基 151,167,168
托马斯·阿奎那 203,204

W

王尔德 70
维柯 243
韦勒克 190
威廉·E.迪尔 211
威廉·哈维 188
威廉·柯伯 117
维塞利亚斯 188
沃伦 190
乌尔德利希·茨温利 188

X

席勒 219
夏多勃里昂 234
夏目漱石 122
显克维奇 70
萧伯纳 70
肖洛霍夫 65
小仲马 76
谢林 243
雪莱 124,137,234

Y

亚当·斯密 115,116
亚里士多德 98,108,176,201,204,235,238,243,256
耶麦 130
叶芝 131

易卜生 64,70,110,111,125—127
伊恩·P.瓦特 138
雨果 45,120,130,259
赫尔德尔 236
约翰·穆勒 116
约翰·汤姆林森 38

Z

甄克思 116
朱利乌斯二世 188
左拉 76,119,120

中国著名作家学者人名索引

A

阿英 2,137
艾思奇 82

B

巴金 76,83,131,253
白居易 84,253
包天笑 120
班固 84
卞之琳 76,83,131
冰心 76,116,126,131

C

曹靖华 83
曹雪芹 108,253
曹禺 76,83,126
陈椴 119,120,141
陈鸿壁 119
陈景韩 139
陈潭秋 40
成仿吾 70,71
程小青 137

D

戴季陶 121
戴望舒 130,131
邓中夏 140
董必武 40
杜甫 84,108,253

F

范文澜 82
费孝通 82
冯桂芬 86
冯至 76,83,129—131,136
凤仙女史 119
傅雷 83,175
傅斯年 129,140

G

高君宇 140
戈宝权 76,83,175
耿济之 70
辜鸿铭 75,76,117
顾颉刚 140
顾炎武 84
郭沫若 70,71,76,82,83,85,116,121,126,131,175
郭绍虞 70
郭嵩焘 30,31

H

胡适 64,76,83,119,125,126,129,141,149
黄摩西 139
黄日葵 140

J

季羡林 76,83,175
贾谊 84

翦伯赞 82
蹇先艾 131
蒋百里 70
金克木 76

K

康有为 64,75,108,114
孔子 62,87,88,99,100,101,108

L

老舍 76,83
李白 78,84,108,253
李伯元 139
李贺 78
李健吾 130
李唯健 136
李中梓 52
李赋宁 191
林徽因 136
林纾 64,75,82,113,116,119—121,134,223
刘半农 140,141
刘文典 85
梁启超 108,113—115,123,124,139,145
梁实秋 76,131
梁漱溟 209
梁宗岱 131
鲁迅 1,25,45,46,64,69,71,72,76—78,83,85—89,105,106,108,110,116,121,125,126,131,132,135,144,145,150,167,173—175,217,223,227,228,255
陆澹安 137
陆游 84
罗贯中 253
罗家伦 140
罗念生 76,83

M

马骏 140
马君武 118
马寅初 82
茅盾 142,217,224
梅益 229
孟子 88
穆旦 131,132

N

南溪赘叟 86

P

潘家洵 125

Q

钱锺书 76,82,157,217,253
瞿秋白 71,72,127,131,228
瞿世瑛 70
屈原 84,104,108,253

S

沈从文 64,217,255
沈祖芬 121
司马迁 84
施耐庵 253
施蛰存 130
苏曼殊 82,117—119
孙大雨 136
孙伏园 70
孙家鼐 86
孙了红 137

T

陶履恭 141
田汉 70,71

听荷 119

W

王安石 108
王冰 52
王国维 64,75,89
王力 76,191
王寿昌 116
王统照 70,126
王阳明 84,108
文天祥 84
伍光建 117,119,120
吴承恩 253
吴梅村 78
吴梼 119
吴趼人 139

X

夏衍 131
夏曾佑 114,115
萧乾 131
萧三 228
辛弃疾 84
许地山 70,126
许汝祉 83
徐念慈 120
徐彦之 140
徐志摩 131,136

Y

严复 64,74,75,76,82,108,113—116,223
杨绛 175
杨周翰 73,83,92,174,190,191
叶圣陶 126
郁达夫 70,121,142
于谦 84
袁振英 125

Z

赵澧 10,73,83,191
赵树理 255
张爱玲 64,217,255
张坤德 117
张默君 119
张载 52
张资平 70
张之洞 86
张月超 83
章太炎 85,87,89
曾朴 118,119,120
郑伯奇 70
郑振铎 70,71,127,129,174,191
郑观应 30
周桂笙 117,120,139
周立波 131,151,152
周瘦鹃 120,121,125
周扬 131,151
周作人 64,69,70,83,92,116,121,127,131,135,141,174,191
朱光潜 73,76,83,86,131,174,191
朱生豪 83,175
朱熹 52,88
朱希祖 70
朱维之 10,73,83,190,191
朱自清 130,136

本卷后记

《百年来欧美文学“中国化”进程研究》(第一卷)(理论卷)主要回答的是欧美文学进入中国百多年来遇到的一些重大的理论问题与实践问题。换言之,这一卷与其他各卷不同之处在于,它是在其他各卷回答具体问题基础上提炼出的带有总体性和全局性问题的理论阐释和学理构建。写作这样一部涉及中国和欧美社会现当代的历史、文化和文学总体现象,同时又要科学地揭示中国百多年来接受欧美文学进程规律的理论著作,应该说是有很大难度的。本书力图站在中国现代社会历史发展与中外文化交流的角度,以马克思主义中国化的最新理论为指导,通过欧美文学或曰外国文学“中国化”进程的独特侧面,从理论上来总结说明欧美文学在中国的译介、研究和传播的基本规律和对中国新文化建设的贡献。

本卷的写作过程,受到很多专家学者不同方式的指点和帮助。朱寰、吴元迈、刘中树、郑克鲁、韩耀成、刘意青等前辈学者,我的好朋友陈众议、陆建德、申丹、聂珍钊、陈建华、蒋承勇、王立新、张冰等先生,都在不同程度上为本卷的写作贡献了智慧。此外,我的学生杨丽娟教授、刘春芳教授、袁先来教授以及博士研究生魏琳娜、米睿、刘悦、邵一平等或为我查找了资料,或为我写作提供了一些具体的意见,或为书稿的校对付出了心血。在稿子杀青付梓之际,我对他们表示衷心的感谢!

还需说明的是,写作本卷的过程中,我阅读了大量的中外文献资料,受到了很多学者的启发。有些学者的观点已经在全书的引文中加以注明,有的也在参考文献中加以提及。但需要说明的是,因篇幅的关系,还有一些中外文献难以一一列出,这不能不说是一种遗憾。与之相关的是,在后面的人名索引列表中,中国人名索引部分,我只编列了本卷所涉及的那些已经去世的学者和作家的名字,其他还健在的学者,没有放在其中。在此,我要对给我学术影响很深的诸位学者表示衷心的谢意。

写作这样一卷难度较大的理论性著作,里面一定有许多的错误和不当之处。我渴望读者诸君的批评指正。

本卷著者:刘建军